Matthias Löwe

Hünenburgjagd
Brökers 7. Fall

Matthias Löwe

Hünenburgjagd

Brökers 7. Fall

Rediroma-Verlag

Bibliografische Information der Deutschen Nationalbibliothek:
Die Deutsche Nationalbibliothek verzeichnet diese Publikation in der Deutschen Nationalbibliografie; detaillierte bibliografische Daten sind im Internet über http://portal.dnb.de abrufbar.

ISBN 978-3-98885-117-8

Copyright (2023) Rediroma-Verlag

Umschlagillustration: Gio Löwe

Alle Rechte beim Autor

www.rediroma-verlag.de
14,95 Euro (D)

Kapitel 1
Happy birthday, Dicker

„Happy birthday to you!"

Der Gesang war vielstimmig und er klang schief. Auch wenn beinahe jeder der anwesenden Freunde Brökers sich bemühte, die Melodie zu halten, so waren ihre Tonarten doch schlecht aufeinander abgestimmt. Für sich genommen wäre Charlys Altstimme sicherlich schön gewesen. Bröker hatte gar nicht gewusst, dass seine Journalistenfreundin, die er schon seit Studienzeiten kannte, so gut singen konnte. Allerdings bildete ihre Tonlage mit Saras hellem Sopran einen merkwürdigen Misston. Immerhin sang Gregors Freundin aber. Das konnte man von Britta, die Bröker am längsten von allen kannte und die er vor vier Jahren durch Zufall wiedergetroffen hatte, nicht sagen. Britta hatte noch nie gerne gesungen, weder öffentlich noch privat, und so bewegte sie nur die Lippen in der Hoffnung, dass niemandem ihre Zurückhaltung auffiele. Ihre fehlende Lautstärke wurde von Gregor, der seit einem guten Dutzend Jahren Brökers jüngerer Mitbewohner war, mehr als ausgeglichen. Genau genommen sang Gregor nicht, er schrie. Dabei traf er beinahe keinen Ton, sodass sich die anderen Besucher des Zweischlingen peinlich berührt nach der Geburtstagsgesellschaft umsahen, doch das schien ihm wenig auszumachen. Auch Pagelsdorf, Brökers Hund, der ihm vor zwei Jahren zugelaufen war, hatte keinen Gefallen an den gemeinsamen musikalischen Anstrengungen der Freunde. Er jaulte unter dem Tisch sitzend laut vernehmlich, als habe ihn jemand getreten. Vielleicht wollte er seinem Herrchen aber auch ein eigenes Ständchen bringen.

„Happy birthday to you", folgte die zweite Zeile ebenso dissonant wie die erste. Bröker verzog das Gesicht wie unter Zahnschmerzen.

„Happy birthday ...". Dann wurde es undeutlich. Während die meisten seiner Gäste „lieber Bröker" zu singen schienen, war sich Bröker beinahe sicher, dass Gregor „alter Dicker" grölte.

Aber nicht nur deshalb verfinsterte sich die Miene des Mister Marple von der Sparrenburg, wie Charly nicht müde wurde, Bröker in ihren Berichten um seine detektivischen Großtaten zu titulieren, weiter. Zum einen stand er nicht gerne im Mittelpunkt, schon gar nicht im Zentrum einer derart zweifelhaften künstlerischen Darbietung. Zum Zweiten hatte er seinen Geburtstagen nach dem Erreichen der Volljährigkeit nie sonderlich viel Bedeutung beigemessen. Leute, die ihn nicht kannten, hatten ihn aufgrund seiner Behäbigkeit ohnehin immer älter geschätzt, als er war. Manche hatten sich dabei gar um fünfzehn oder zwanzig Jahre vertan. Seinem fünfzigsten Geburtstag vor zwei Jahren hatte Bröker daher mit großem Unbehagen entgegengesehen und er hatte sich nicht vorstellen können, dass es mit jedem weiteren Geburtstag schlimmer wurde.

Wenn er nun an sich als einen Zweiundfünfzigjährigen dachte, war es ihm beinahe, als stünde er am Rande des Todes. Immer häufiger musterte er sich verstohlen morgens im Spiegel. Aufgrund seines beachtlichen Leibesumfangs war es ihm schon immer schwergefallen, sich als eine Schönheit zu betrachten. Auch daran, dass sein Haar schon längst nicht mehr von grauen Strähnen durchzogen war, wie er noch immer behauptete, sondern dass inzwischen ein Aschgrau dominierte, hatte er sich allmählich gewöhnt. Aber dieser braune Fleck auf seiner Hand, zweifellos ein Altersfleck, war neu. Und waren seine Augenlider nach einer durchzechten Nacht schon immer so runzlig gewesen? Zumindest warf die Haut an seinem Hals aufgrund seines noch immer gesunden Appetits keine Falten. Dennoch konnte es keinen Zweifel geben: Bröker hatte Angst, alt zu werden. Jedenfalls an seinen schlechten Tagen.

Der heutige Tag aber sollte zu den besseren zählen, sagte er sich und unterbrach seine trüben Gedanken. Darum hatte er seine Freunde schließlich ins Zweischlingen, eine Kulturstätte mit sehr gutem Restaurant am Rand des Teutoburger Waldes, eingeladen. Hier konnte er für ein paar Stunden seine Sorgen vergessen. Hier gab es reichlich guten Kuchen und jede Menge Kaffee. Außerdem war die Atmosphäre zwar geschmackvoll, aber dennoch so locker, dass Bröker sich wohlfühlte. Er lächelte.

Dann bemerkte er, dass sich die Blicke seiner Freunde auf ihn gerichtet hatten. Natürlich, ihr Geburtstagsliedchen war vorbei und nun schauten sie ihn an, als erwarteten sie eine Ansprache. Nur, was sollte er sagen?

„Danke", begann er ideenlos. Dann rang er nach Worten. Er hatte nicht erwartet, eine Rede halten zu müssen, sonst hätte er sich vorher ein paar Gedanken gemacht.

„Jetzt fang bloß nicht an zu heulen", interpretierte Gregor seine Sprachlosigkeit gewohnt aufsässig.

„Na, bei eurem Gesang, besonders deinem, Gregor, wäre es kein Wunder, wenn mir die Tränen kämen", gab Bröker grinsend zurück.

Sollte der Junge, wie er den dreißigjährigen Gregor noch immer nannte, ruhig seine Kommentare abgeben, so kam er, Bröker, immerhin darum herum, weiter vergeblich nach Worten zu suchen.

„Ich denke, nach dieser Darbietung haben wir uns alle eine kleine Stärkung verdient", fuhr er fort. „Darum bestellt bitte alle Kaffee, Kuchen, oder was immer ihr wollt, ihr seid eingeladen!"

Wenig später hatten alle ein Stück Torte und eine Kaffeespezialität vor sich stehen. Bröker, der sich nicht zwischen dem Nusskuchen und der Mandarinentorte hatte entscheiden können, hatte sich einfach beides geordert. Genüsslich ließ er sich soeben ein Stück der Torte auf der Zunge zergehen.

„Schade, dass Mütze nicht mit dabei ist", äußerte Gregor unterdessen, wobei auch er den Mund voller Kuchen hatte. „Er hätte dir einen Kampf darum liefern können, wer den meisten Kuchen verdrückt."

Die anderen nickten. Mütze, der eigentlich Günther Schikowski hieß und Polizeihauptkommissar war, hätte den Kreis der engsten Freunde Brökers komplettiert. Er und Bröker kannten sich seit

Jahrzehnten von den Heimspielen des Bielefelder Fußballvereins Arminia, bei denen der Kommissar noch immer gelegentlich Dienst tat, obwohl er eigentlich ein Anhänger des VFL Bochum war.

„Ja, wo ist Mütze eigentlich? Ich hatte fest damit gerechnet, ihn hier zu sehen", erkundigte sich nun auch Charly. Erst jetzt fiel Bröker auf, dass sie zur Feier des Tages ein grünes Kleid trug, das gut mit ihren roten Haaren harmonierte, die sie zu einem Pferdeschwanz zusammengebunden hatte.

„Mütze hat leider wieder einmal Dienst", erläuterte er. „Offenbar muss auch am Wochenende immer irgendein Hauptkommissar erreichbar sein und Mütze hatte für heute schon zugesagt, bevor Gregor mich auf die Idee gebracht hat, dass wir doch eine kleine Kuchenorgie feiern könnten."

Passend zu seinen Worten schob er sich ein weiteres Stück Torte in den Mund und bemerkte gleichzeitig, dass der erste seiner beiden Teller schon leer war. Schnell hob er die Hand, damit die Bedienung ihn bemerkte. „Ein Stückchen von der Schwarzwälder Kirschtorte", bat er die junge Frau.

Dann machte er sich vergnügt über den Kuchen auf dem zweiten Teller her. Ja, unter solchen Umständen war selbst ein zweiundfünfzigster Geburtstag und der trübe November, der in zwei Wochen begann, zu ertragen.

Es dauerte anderthalb Stunden, bis Bröker auch die letzte der angebotenen Torten probiert hatte. Hätten ihn seine Freunde nicht so gut gekannt, hätten sie der Vernichtung von fünf großen Stücken Sahnetorte und des Nusskuchens wahrscheinlich ebenso staunend zugesehen, wie einige der anderen Besucher des Cafés, so aber lächelten sie nur und gönnten ihrem Gastgeber das Vergnügen.

Schließlich legte auch der seine Kuchengabel beiseite und seufzte behaglich. „Was für ein gelungener Start in die zweite Tageshälfte", befand er. „So kann es von mir aus weitergehen."

„Wart nur, bis du erst unsere Geschenke gesehen hast", erwiderte Gregor.

„Das ist eine hervorragende Idee!", gab Bröker zurück. „Wir könnten uns mit dem Auspacken der Präsente die Zeit bis halb sechs vertreiben."

„Was genau geschieht denn um halb sechs?", erkundigte sich Britta.

„Da öffnet die Küche für das Abendessen", grinste ihr Gastgeber. „Ich habe eben schon einen Blick auf die Speisekarte geworfen. Es gibt mit Kürbis gefüllte Ravioli mit Ziegenkäse oder auch ein Orangenerdnusshühnchen. Das stelle ich mir beides lecker vor. Und zum Nachtisch würde ich mir ein Tiramisu bestellen, wenn sie das haben."

„Ach, Bröker, auf deinen Appetit ist immer Verlass. Ich glaube aber, mit dem Geschenkeauspacken wird es jetzt nichts", konterte Gregor. „Saras und mein Geschenk bekommst du bei uns zu Hause. Wir haben es nicht mitgenommen. Wir dachten, wir kommen ja sowieso alle nachher noch mit an die Sparrenburg." Dort befand sich Brökers Stadtvilla, die er vor nunmehr fünfzehn Jahren von seiner Mutter geerbt hatte.

„Es tut mir leid, wenn auch ich deine Pläne durchkreuze, aber ich kann unmöglich bis zum Abendessen bleiben", ergänzte Charly. „Ich muss dringend noch einmal in der Redaktion vorbeigucken. Eventuell ist ja heute Nachmittag noch etwas geschehen, das morgen unbedingt in der Zeitung stehen sollte."

„Nach so einem Kaffeetrinken wäre es doch sowieso gut, wenn wir uns etwas bewegen würden", warf nun auch Britta ein.

Bröker fand, dass Bewegung in den meisten Fällen überwertet wurde und wollte erwidern, sie habe ja nur ein kleines Stück Torte gegessen, eine Menge, die man in seinen Augen kaum als üppig bezeichnen konnte, schwieg dann aber. Erfahrungsgemäß war er in der Frage, in welchen Mengen Speisen genossen werden sollten, anderer Meinung als seine Freundin und es lohnte sich nicht, darüber in Streit zu geraten.

„Ja, ein kleiner Spaziergang wäre doch eine gute Idee", schlug Sara auch schon in die gleiche Kerbe. „Hier um die Ecke ist doch die Hünenburg. Wenn wir dorthin laufen und wieder zurück, haben wir bestimmt auch wieder Appetit für ein Abendessen gesammelt, egal, wo wir das dann zu uns nehmen."

Manchmal konnte sich Bröker nur über Gregors Freundin wundern. Hätte er eine Wette abgeben sollen, wer von allen Teilnehmern seiner Geburtstagsfeier keine Spazierwege durch den Teutoburger Wald kannte, so wäre seine Wahl mit Sicherheit auf die junge Frau gefallen, die mit ihren Piercings und ihrer dunklen Kleidung eher in einen Gothic Club gepasst hätte als in die freie Natur. Während Bröker noch über Sara nachdachte, hatten die anderen schon eine Entscheidung getroffen.

„Bröker, wenn du so nett wärest, unsere Rechnung zu begleichen", forderte ihn Gregor mit einem Zwinkern auf, als alle anderen schon aufgestanden waren, „dann könnten wir uns gemeinsam auf einen kleinen Spaziergang zur Hünenburg begeben."

Bröker graute ein bisschen vor der unnötigen Bewegung, dennoch hätte er nie geahnt, wie sehr der anstehende Ausflug seine Erinnerung an diesen Tag trüben würde.

Kapitel 2
Gejagt, gefragt

Eine Viertelstunde später quälte sich Bröker einen steilen Anstieg in den Teutoburger Wald hinauf. Der Schweiß rann ihm in Strömen über das Gesicht und das Hemd, das er zur Feier des Tages unter seiner altmodischen Wildlederjacke trug, klebte klitschnass auf seiner Haut. Er hatte vage in Erinnerung gehabt, dass sich das Gelände auf dem Kamm des Teutoburger Waldes befand. Auch fiel ihm wieder ein, dass dort seit dem neunzehnten Jahrhundert verschiedene Aussichtstürme standen und dass heutzutage die höchste Erhebung heute ein über 150 Meter hoher Fernmeldemast war. Allerdings war ihm der Weg dorthin nicht so beschwerlich im Gedächtnis geblieben – wahrscheinlich, weil er ihn zuletzt als Kind mit seinen Eltern gegangen war. Damals war er zwar auch für normale Maßstäbe schon füllig gewesen, aber im Vergleich zu seinem heutigen Kampfgewicht von weit mehr als zwei Zentnern hätte man ihn noch als halbwegs schlank und agil bezeichnen können.

„Wartet auf mich!", japste er. „Ich bin nicht so schnell."

Doch niemand schien ihn zu hören, vielleicht weil seine Worte auch nicht anders geklungen hatten als das halb erstickte Pfeifen, das er bei jedem Atemzug von sich gab. Nur Pagelsdorf fühlte sich durch Brökers Bitte ermutigt, noch einen Zahn zuzulegen. Mit seinem ganzen Körpergewicht hängte sich der mittelgroße Mischling ins Geschirr, als müsse er Bröker ganz allein den Berg hochziehen. Sein Herrchen folgte ihm stolpernd und fluchend, doch der Hund hatte kein Erbarmen und bremste nicht ab.

Mit einem Mal durchschnitt ein Knall die Luft. Die fünf Freunde blieben abrupt stehen. Pagelsdorf spitzte die Ohren. Sein Schwanz ging unsicher hin und her. Dann bellte er vorwurfsvoll.

„Was war das?", wunderte sich Britta.

„Das war ein Schuss", schaltete Sara am schnellsten und wieder staunte Bröker über ihre Kenntnisse. „Wahrscheinlich jagt hier jemand. Schließlich ist gerade die Jagd auf beinahe alle Wildtiere freigegeben. Ich glaube, dass es von weiter oben kommt."

Ein weiterer Knall bestätigte ihren Verdacht.

„Wenn oben an der Hünenburg gejagt wird, sollten wir vielleicht lieber hier unten bleiben", gab Bröker zu bedenken. „Es ist ja auch schon zehn vor fünf."

Die anderen guckten ihn an – jeder seiner Freunde schien zu wissen, dass hinter diesem Vorschlag etwas ganz anderes steckte als die Angst vor einem Jagdunfall oder die späte Uhrzeit.

„Klar, wir sollten schnell zurück. In zwei Stunden geht die Sonne unter." Wieder einmal war Gregor der erste, dem eine passende Replik auf einen Einwand Brökers einfiel.

Alle bis auf Bröker lachten.

„Na komm schon, das wird schon nicht so gefährlich sein. Immerhin haben wir relativ wenig Ähnlichkeit mit einem Hirsch", ergänzte Charly flapsig.

Britta hakte Bröker unter. Trotz seiner Einwände setzten die Freunde den Weg Richtung Hünenburg fort. Dabei ließen sie sich auch von weiteren Schüssen, die gelegentlich aus den Tiefen des Teutoburger Waldes zu hören waren, nicht abschrecken.

„Die sind ja richtig aktiv heute, ich wusste gar nicht, dass es hier so viel zu jagen gibt", kommentierte Gregor.

„Doch schon", entgegnete seine Freundin nickend. Bröker wunderte sich, dass ihre Piercings bei den abrupten Kopfbewegungen an Ort und Stelle blieben. „Ich kenne einige Leute, die hier sogar sehr gern zur Jagd gehen."

Noch bevor Gregor hierauf etwas erwidern konnte, echote ein erneuter Schuss durch den Wald. Dann folgte ein weiteres Geräusch.

Charly hob den Zeigefinger. „Seid mal still", rief sie. Ihre Stimme klang aufgebracht. „Habt ihr das auch gehört? Das klang doch wie ein Schrei, oder?"

„Ich dachte schon, ich hätte halluziniert", bestätigte Britta. „Aber ja, auch ich habe einen Schrei gehört, direkt nach dem Schuss."

„Dann sollten wir uns erst recht schnellstens zurück zum Zweischlingen begeben", wiederholte Bröker seinen Vorschlag. „Es ist doch offensichtlich, dass es hier gefährlich ist."

Doch die anderen hatten sich schon für die entgegengesetzte Richtung entschieden. Pagelsdorf zog Bröker hinter sich drein.

Kapitel 3
Nicht ganz wie Wilhelm Tell

Als die fünf kurze Zeit später an der Hünenburg ankamen, war sogar Gregor, der mit Abstand Sportlichste der Freunde, außer Atem. Der Weg war steil und da es ungewiss war, ob eventuell jemand hier oben ihre Hilfe benötigen würde, hatten sie sich beeilt.

Nur Bröker war ganz und gar nicht zufrieden mit der Hast, mit der sie den Hügel erklommen hatten. „Ich habe Seitenstechen", lamentierte er und hielt sich die Hüften. Tatsächlich machte er mit seinem nun vollkommen durchgeschwitzten Hemd unter der offenstehenden Jacke, seinem zerzausten Haar und seinem schmerzverzerrten Gesichtsausdruck einen sehr unglücklichen Eindruck. „Wenn ihr mich gefragt hättet: Ich hätte mir an meinem Geburtstag etwas Schöneres vorstellen können, als den Teuto hinaufzurennen, als wollte ich den Hermannslauf gewinnen, aber auf mich hört ja keiner."

Britta strich ihrem Jugendfreund halb ironisch, halb liebevoll über den Kopf. „Schimpf nicht, so schlimm ist es doch nicht", murmelte sie so leise, dass nur Bröker sie hören konnte.

Unterdessen guckten sich die anderen um. „Seid ihr euch sicher, dass die Schüsse von hier gekommen sind?", fragte Charly mit zweifelndem Unterton. „Ich sehe weit und breit niemanden, der sie abgegeben haben könnte."

In der Tat schien der Platz unterhalb der beiden Fernmeldetürme, des alten, der inzwischen als Aussichtsturm und Café genutzt wurde, und des neuen, der ein paar Meter von dem alten entfernt lag, menschenleer.

„Wie könnte ich mir da sicher sein?", fragte Gregor zurück. „Ich habe ja auch nicht mehr gehört als du. Eher sogar weniger. Ich hätte nicht mal sicher sagen können, dass da ein Schrei war."

„Doch, doch, da war ein Schrei", beharrte die Journalistin. „Ich habe ihn ganz deutlich wahrgenommen und Britta auch."

„Dann lass uns auf den Aussichtsturm gehen", schlug der Junge vor. „Vielleicht sieht man ja von da oben mehr."

„Geht nicht, der ist geschlossen", nahm nun auch Bröker wieder an der Unterhaltung teil. Sein Seitenstechen hatte nachgelassen und er hatte zu seinen Freunden aufgeschlossen und dabei einen Blick auf das Schild geworfen, das vor dem ehemaligen Fernmeldeturm angebracht war. „Wahrscheinlich haben wir uns vergeblich hierherbemüht", fügte er zweifelnd hinzu. Dabei war seinem Gesicht deutlich die Erleichterung darüber anzumerken, nicht noch weiter nach oben kraxeln zu müssen.

„Seht mal da drüben!", unterbrach Sara die beiden. Ihr Blick war während der Unterhaltung über die gesamte Anlage gewandert. Jetzt deutete sie auf eine Gruppe von zehn oder zwölf Menschen, die in ein paar Dutzend Schritten Entfernung standen. An dieser Stelle ging die Lichtung, auf der sich die beiden Türme befanden, wieder in einen dichteren Wald über. Die Gruppe schien in eine Diskussion vertieft und hatte daher die Anwesenheit Brökers und seiner Freunde noch nicht bemerkt.

„Sollen wir mal hingehen?", zeigte sich Bröker plötzlich aktiver als in der letzten halben Stunde.

„Natürlich gehen wir hin. Warum hätten wir uns sonst so beeilt, hierherzukommen?", gab Gregor zurück.

„Selbstverständlich", pflichtete ihm Charly bei. „Kommt!" Wann immer es etwas gab, was nur eine kleine Möglichkeit barg, am nächsten Tag auf der Titelseite des Lokalteils ihrer Zeitung zu landen, war ihre journalistische Neugier geweckt. Gemeinsam mit Gregor lenkte sie ihre Schritte in die angegebene Richtung. Die anderen folgten ihnen. Nach der Kraft, mit der Pagelsdorf erneut an der Leine zog, zu urteilen, hatte auch Brökers Hund ein gesteigertes Interesse an den Ereignissen.

Als die Freunde näherkamen, erkannten sie, was für eine Gruppe von Menschen sie da vor sich hatten: Einheitlich in bräunliche oder dunkel olivgrüne Tracht gekleidet und mit Gewehren über den Schultern oder in der Hand, handelte es sich bei der kleinen

Ansammlung eindeutig um eine Jagdgesellschaft. Auch die Hunde, die sie an kurzen Leinen mit sich führten, darunter Dackel, Terrier und Münsterländer, wie Bröker erkennen konnte, unterstützen diese Schlussfolgerung. Noch schienen die Jäger keine Notiz von Bröker und seinen Freunden genommen zu haben. Immer wieder deuteten sie auf eine Stelle vor sich im hohen Gras und diskutierten erregt. Aber Bröker war zu weit entfernt, um verstehen zu können, worum es ging.

„Wahrscheinlich streiten sie sich darum, wer ein Reh oder einen Hasen geschossen hat", mutmaßte auch Gregor.

„Hier oben gibt es wahrscheinlich kaum Hasen", warf Sara ein. Sie schien sich ihrer Sache sehr sicher.

„Wieso, das kannst du …?", hob ihr Freund zu einer Frage an, wurde dabei aber von einem wütenden Bellen Pagelsdorfs unterbrochen, der die Jagdhunde gewittert und als eine potenzielle Gefahr ausgemacht hatte. Diese erwiderten Pagelsdorfs Laute mit vielstimmigem Bellen und Knurren. Augenblicklich verstummte die Diskussion der Jäger. Ihre Blicke wandten sich in die Richtung der Neuankömmlinge.

„Waidmannsheil", eröffnete Bröker das Gespräch, sobald die Jagdgesellschaft in Rufweite war. Insgeheim war er dabei ein wenig stolz, dass er sich gleich an die korrekte Anrede erinnert hatte. „Haben Sie etwas Schönes erlegt? Ein leckeres Reh vielleicht? Oder einen Hirsch? Gibt es hier überhaupt Hirsche?" Der Gedanke daran, was sich aus so einem Stück Wild alles zubereiten ließe, brachte ihm seine gute Laune zurück und machte ihn redselig.

Die Jäger sahen einander betreten an. „Waidmannsheil trifft es nicht ganz", sagte ein baumlanger Kerl in ihrer Mitte mit tiefer Stimme. Der Jägerhut, den ein Gamsbart zierte, ließ ihn noch größer erscheinen. „Darum hören sie hier auch niemanden Waidmannsdank sagen." Stumm deutete er auf die Stelle, die im Mittelpunkt der Diskussion der Jagdgesellschaft gestanden hatte.

Nun waren auch Bröker und seine Freunde nahe genug, um zu sehen, was die Jäger so in Erregung versetzte. Einen Moment lang hielten alle die Luft an.

Dann war es Charly, die sich als erste gefasst hatte. „Sehe ich das richtig? Ist das ein Mensch?", fragte sie. Man konnte deutlich hören, wie sie nach Fassung rang. Aber es konnte keinen Zweifel geben: Vor den Jägern lag der Körper eines Mannes im hohen Gras. Seine Kluft und die Flinte, die seitlich neben ihm lag, wiesen ihn als einen Kollegen der Grünröcke aus.

„Ist das nicht offensichtlich?", entgegnete eine kleine Frau, die in diesem Moment aus der Gruppe hervortrat und die das einzige weibliche Mitglied der Jagdgesellschaft zu sein schien, aufgebracht.

„Das ist Herr Osthuesenhenrich", ergänzte ein kaum größerer Mann an ihrer Seite, vielleicht war es ihr Ehemann. „Doktor Osthuesenhenrich, genauer gesagt." Obwohl der Körper verdreht auf der Seite lag, schien er sich sicher zu sein.

„Ist er tot?", sprach Bröker die Frage aus, die wahrscheinlich allen auf der Seele brannte.

„Tja, er ist oder war ja Doktor in unserer Truppe", erwiderte der großgewachsene Jäger, der ihnen als erster Antwort gegeben hatte. „Aber meiner laienhaften Meinung zufolge, lebt er nicht mehr."

Er kniete nieder und tastete den Hals des vor ihm liegenden Körpers ab. „Genau wie eben. Kein Puls zu spüren", stellte er fest. Er wollte den Mann auf den Rücken drehen.

„Nichts anfassen, Sie könnten Spuren zerstören", ging Bröker instinktiv dazwischen. „Außerdem gibt es Verletzungen, bei denen jede Bewegung lebensgefährlich ist. Ich meine, wenn Ihr Kollege noch lebt."

„Stimmt, Entschuldigung", erwiderte der lange Jäger zerknirscht.

Auch die anderen Jäger nickten betreten.

„Was ist denn passiert?", hakte Charly nach. Bröker meinte dabei ihren professionellen journalistischen Tonfall zu erkennen.

„Das fragen wir uns auch alle", gab die Frau zurück. „Und wir sind, ehrlich gesagt, ein wenig ratlos."

„Wir waren auf einer ziemlich weiten Fläche hier im Wald verteilt und haben das Wild vor uns aufgebracht. Das macht man bei der Streifjagd so", fuhr ihr Ehemann fort. Dabei starrte er weiterhin entsetzt auf den im Gras liegenden Körper. „Es ist alles so fürchterlich", fügte er hinzu.

„Und da die Bäume hier so dicht stehen, konnten wir einander auch nicht sehen, jedenfalls nicht immer", übernahm der lang aufgeschossene Jäger, der als einziger seine Fassung wiedergewonnen zu haben schien. „Immer mal wieder hat jemand von uns einen Schuss abgegeben, wenn er ein Tier aufgestöbert hatte."

„Stimmt, das haben wir gehört", erwiderte Bröker.

„Was jagen Sie eigentlich?", meldete sich Sara zu Wort. Sie hatte sich bislang auffällig im Hintergrund gehalten, trat nun aber zu ihren Freunden.

„Wir sind heute auf Füchse gegangen", erklärte der Lange. Dann stutzte er. „Sag mal, kenne ich dich nicht? Bist du nicht die Tochter von Mathias Klönne?"

„Stimmt, das ist mein Vater", gab Sara zu und verzog dabei das Gesicht, als sei ihr die Feststellung unangenehm.

„Kind, was bist du groß geworden", meldete sich ein weißbärtiger Jäger zu Wort. „Ich weiß noch, wie dich Mathias das erste Mal mit zu einer Jagd mitgenommen hat. So ein kleiner Dötz warst du." Er deutete eine Körpergröße in Höhe seiner Knie an. „Und jetzt musst du diesen furchtbaren Unfall mit ansehen. – Hast dich aber ganz schön verändert – all das Metall im Gesicht", fügte er noch hinzu.

Bröker nickte innerlich. Dass Sara die Tochter eines Jägers war, erklärte, warum sie sich so gut mit der Jagd auskannte.

„Inzwischen hat sich einiges verändert. Zum Beispiel finde ich auch das Jagen nicht mehr so toll", erklärte die prompt. „Und meinen Vater auch nicht."

Für einen Moment wusste keiner, was er sagen sollte.

„Jedenfalls haben wir nach einem der Schüsse plötzlich einen Schrei gehört", fuhr die Jägerin nach einer kurzen Pause mit ihrer Schilderung fort. „Da habe ich schon befürchtet, dass etwas Schlimmes passiert sein könnte."

„Den haben wir auch gehört", bestätigte Charly. Es war Bröker, als notierte sie sich innerlich alle Details für einen Artikel.

„Wahrscheinlich haben in dem Moment auch alle anderen das Gleiche gedacht, nämlich, dass jemand angeschossen wurde", führte die Jägerin weiter aus. „Entweder ein Spaziergänger oder einer von uns. Und vermutlich sind alle in die Richtung gerannt, aus der sie den Schuss und den Schrei gehört zu haben meinten. Wir sind hier alle beinahe gleichzeitig angekommen. Und da haben wir Gerd, also Doktor Osthuesenhenrich, hier liegen sehen."

„Wie gesagt, ich glaube, er ist tot", wiederholte der lange Jäger seine Feststellung, die er vor wenigen Minuten geäußert hatte.

„Und da stehen wir hier alle rum und sagen, da kann man nichts machen, schade, dass er tot ist?", unterbrach Britta die Schilderung. „Wir müssen doch trotzdem einen Notarzt rufen. Und auf jeden Fall auch die Polizei. Vielleicht kann man den Mann ja doch noch retten und außerdem muss die Polizei auf jeden Fall feststellen, wer von Ihnen den tödlichen Schuss abgegeben hat!"

Sie zückte ihr Mobiltelefon und wählte den Notruf. „Hier Johannsmeyer. Ich möchte einen Jagdunfall melden. Wir stehen hier ungefähr hundert Meter von der Hünenburg entfernt …", begann sie.

„Ich kann nicht glauben, dass einer von uns Gerd Osthuesenhenrich auf dem Gewissen hat", stellte der weißhaarige Jäger fest, während Britta weiter Meldung machte.

„Wie können Sie denn da zweifeln? Schließlich war außer Ihnen ja niemand hier oben, jedenfalls keiner, den wir gesehen hätten. Und schon gar niemand mit einem Gewehr." In Bröker war sein detektivischer Spürsinn erwacht. Wartete etwa ein neuer Fall auf ihn?

„Ich glaube, ich weiß, was Jürgen meint", erwiderte der lange Jäger. „Ein tödlicher Jagdunfall ist nicht sehr wahrscheinlich, ich habe so etwas noch nie miterlebt."

Kapitel 4
Mehr Fragen als Antworten

Es dauerte keine zehn Minuten, bis man von der Osnabrücker Straße her Sirenen näherkommen hörte. Bröker konnte zwei verschiedene Signale ausmachen – wahrscheinlich kamen ein Polizeiwagen und ein Krankenwagen, aber er hatte sich nie merken können, welcher Ton zu welchem Einsatzfahrzeug gehörte. Dann sah er die Autos die Zufahrtsstraße Hünenburg hinaufeilen, die sich auf der gegenüberliegenden Seite des steilen Aufstiegs befanden, den er mit seinen Freunden einige Minuten zuvor genommen hatte.

Kurz flackerten die Blaulichter auf dem Parkplatz vor den beiden Fernmeldetürmen. Der Notarztwagen war als erster eingetroffen, das Polizeifahrzeug folgte wenige Atemzüge später. Aus dem ersten Auto sprangen zwei Leute in gelb-roten Jacken, eine Frau und ein Mann, wie Bröker auf den zweiten Blick feststellte. Während die Frau einen Koffer in Händen hielt, hatte sich der Mann eine faltbare Trage geschnappt.

Der baumlange Jäger winkte: „Hierher, hier sind wir."

Die Warnwesten eilten in die angegebene Richtung. Auch dem Polizeiwagen entstiegen zwei Personen. Bröker erkannte einen Uniformierten. Und der andere sah ganz nach Mütze aus, wenn ihn nicht alles täuschte. Er merkte, wie er erleichtert aufatmete. Sein Freund würde hoffentlich Licht in diesen vertrackten Jagdunfall bringen können. Gleichzeitig war er froh, nicht auf Schewe oder einen seiner Untergebenen zu treffen. Schewe war Erster Polizeihauptkommissar, und in allen Fällen, in die Bröker hineingeschlittert war und die er schließlich auch aufgeklärt hatte, war durch ein unerklärliches Schicksal Schewe sein Gegenspieler bei der Polizei gewesen. Zudem hatte Bröker vor zwei Jahren auf Mützes Anraten ein Praktikum bei der Polizei absolviert und war dabei selbstverständlich in Schewes Abteilung geraten – als direkter Untergebener seines selbstherrlichen Polizeipsychologen und selbsternannten Profilers van Ravenstijn. Mit dem Holländer verband ihn nicht erst seit jener Zeit eine tiefe gegenseitige Abneigung und ihn jetzt zu sehen, wäre für Bröker im schlechten Sinne die Krönung eines misslungenen Geburtstagsnachmittags gewesen.

Unterdessen hatte die Besatzung des Krankenwagens ihr Ziel erreicht.

„Kommen Sie hierher", dirigierte der Anführer der Jäger, der ihnen schon die Handzeichen gemacht hatte, die beiden. „Es handelt sich um unseren Jagdkollegen Gerd Osthuesenhenrich, Doktor Osthuesenhenrich", schob er nach, als würde der Titel einen Unterschied machen. Dabei deutete er auf den leblosen Körper. Die Jäger hatten noch immer nicht gewagt, ihn anzurühren, und er lag daher noch immer im hohen Gras.

„Danke", erwiderte die Frau aus dem Rettungswagen knapp. Ohne weitere Worte zu verlieren, kniete sie sich neben Osthuesenhenrich. Ebenso wie der Wortführer der Jäger eine Viertelstunde zuvor fühlte sie ihm den Puls. Dann zog sie ihm das rechte Augenlid hoch. Das hätte man auch früher machen können, ging es Bröker durch den Kopf. Schließlich drehte sie den Körper auf den Rücken. Nun konnte man auch die linke Gesichtshälfte von Osthuesenhenrich sehen, beziehungsweise das, was der Schuss davon übriggelassen hatte. Der Kopf des vor ihr liegenden Mediziners war rot vor Blut und dort, wo das Auge gewesen war, klaffte ein großes Loch.

Britta stieß einen kleinen Schrei aus.

Die Notfallärztin schüttelte nur den Kopf. „Ich muss Ihnen mitteilen, dass Ihr Kollege tot ist", wandte sie sich an die Jäger.

„Genau wie wir befürchtet hatten", erwiderte der weißbärtige Jäger. Seine Jagdkumpanen nickten betroffen.

Unterdessen war auch Mütze bei der Gruppe eingetroffen. Er wandte sich als Erstes an die Ärztin und nahm sie beiseite. Den Wortwechsel der beiden konnte Bröker nicht verstehen, aber sicherlich klärte die Notfallmedizinerin den Hauptkommissar darüber auf, dass Osthuesenhenrich nicht mehr am Leben war. Mütze nickte mehrfach und wandte sich dann an den Streifenpolizisten, der das Gespräch seines Fortgesetzten in einigem Abstand verfolgt hatte.

„Bitte sperren Sie hier alles ab", wies Mütze den Uniformierten an. „Ich sage inzwischen dem Kriminaltechnischen Untersuchungsdienst Bescheid. Es wird ohnehin schwer genug werden, in diesem Gelände brauchbare Spuren zu finden."

Der Angesprochene eilte zum Polizeiwagen zurück, von wo ihn Bröker wenig später mit rot-weiß gestreiftem Flatterband zurückkommen sah. Während er begann, den Bereich, in dem sich die Jäger, Brökers Freunde und der tote Doktor Osthuesenhenrich befanden, mit dem Absperrband zu markieren, zückte Mütze sein Handy und drückte eine Taste.

Bröker hörte, wie er „Ja, genau, die KTU", sagte. „Hier zu den Fernmeldetürmen der Hünenburg, wir haben einen toten Jäger, wahrscheinlich ein Jagdunfall, aber was sich genau abgespielt hat, müssen wir herausfinden."

Bröker war beeindruckt, wie souverän Mütze bei alldem wirkte. Er hatte schon des Öfteren festgestellt, dass sein Freund im Dienst ganz anders auftrat als abends in einer Kneipe bei einem Glas Bier. Aber im Moment war er beinahe stolz darauf, den Mann zu kennen, der so unaufgeregt versuchte, Klarheit in die verworrene Situation zu bringen. Ja, Mütze war ein echter Profi.

Als er sein Telefonat beendet hatte, wandte sich der Hauptkommissar den wartenden Jägern zu. „Da wir es hier mit einem Todesfall zu tun haben, können wir es nicht wie bei einem simplen Verkehrsunfall mit einer schnellen Zeugeneinvernahme vor Ort bewenden lassen. Polizeiobermeister Schmidt", dabei deutete er auf seinen Kollegen, der noch immer mit dem Absperrband beschäftigt war, „wird gleich Ihre Personalien aufnehmen und Ihnen einen vorläufigen Termin nennen, zu dem Sie Ihre Aussage bei uns auf dem Präsidium machen können."

Die Jäger nickten, die meisten schienen noch sehr von dem Geschehen betroffen und hielten den Blick gesenkt.

„Natürlich wüsste ich trotzdem gerne, was sich nach Ihrer Meinung hier zugetragen hat", fuhr Mütze fort. „Könnten Sie mir einen ersten Eindruck geben?"

„Ich kann es versuchen", meldete sich der lange Jäger wieder zu Wort. Er schien sich als eine Art Anführer der Gruppe zu verstehen. „Mein Name ist Kuhfuß, Jörg Kuhfuß. Grob zusammengefasst war es so: Wir haben hier heute eine Fuchsjagd veranstaltet, genauer eine Streifjagd. Da gehen wir Jäger in breiter Front vor und stöbern das Wild auf. So auch hier. Da der Wald hier sehr dicht steht, haben wir uns untereinander nicht immer gesehen. Daher bezweifle ich, ob jemand wirklich alles mitbekommen haben kann. Andererseits wird jeder von uns Ihnen wahrscheinlich eine sehr ähnliche Geschichte erzählen."

„Und zwar welche?", hakte Mütze nach.

„Wenn jemand dachte, er hätte Wild aufgebracht, das er erlegen könnte, hat er oder sie einen Schuss abgegeben. Das haben die anderen auch gehört. Nach einem dieser Schüsse ertönte direkt danach ein Schrei. Das hat die meisten von uns alarmiert. Schließlich kann es immer geschehen, dass ein Schuss danebengeht und ein Jagdkumpan getroffen wird, auch wenn ich das selbst noch nie erlebt habe. Die meisten sind dann in die Richtung gelaufen, aus der sie den Schuss gehört zu haben glaubten, also ungefähr aus der Richtung der Fernmeldetürme. Als wir hier oben ankamen, haben wir erst einmal gar nichts gesehen, bis Jürgen dann den leblosen Körper entdeckte." Kuhfuß zeigte auf den weißhaarigen Jäger, um anzudeuten, welcher seiner Kollegen die grausige Entdeckung gemacht hatte. „Man konnte ihn in dem hohen Gras ja auch leicht übersehen. Nach und nach trafen immer mehr von uns ein. So genau wusste niemand, was zu machen ist, wir standen unter Schock. Aus einem Impuls heraus habe ich Gerd den Puls gefühlt, aber da war nichts zu spüren. Daher ging ich davon aus, dass er tot war. Ihn umzudrehen, wie die Notärztin es gerade gemacht hat, habe ich mich nicht getraut. Ich wollte schließlich keine Spuren verwischen. Nun gut, eigentlich hat mich erst der Herr da drüben darauf gebracht", setzte er mit einem Kopfnicken in Richtung Bröker hinzu.

„Ich glaube, Sie haben alles richtig gemacht", bestätigte Mütze.

„Vielleicht nicht ganz", räumte Kuhfuß ein. „Eventuell haben wir zu lange gezögert, bevor wir Sie und den Krankenwagen gerufen haben. Darauf sind wir auch nicht selbstständig gekommen. Die Frau dort hat am schnellsten geschaltet." Diesmal wies er auf Britta, die mit Brökers anderen Freunden am entgegengesetzten Ende der Lichtung stand. „Wir waren einfach so furchtbar bestürzt und verwirrt."

„So wie die Leiche aussieht, glaube ich nicht, dass ein paar Minuten früher oder später einen großen Unterschied gemacht hätten", beruhigte Mütze den Zeugen. „Aber mit den Leuten da drüben würde ich gerne auch noch ein paar Worte wechseln." Mütze wandte sich in Richtung der Freunde. „Sie zum Beispiel, Herr …". Mütze nickte Bröker zu.

„Bröker", sagte Bröker wie um sich vorzustellen.

„Genau, Herr Bröker, können wir uns mal unter vier Augen unterhalten?"

„Ich, warum ich denn?", entgegnete Bröker, um mitzuspielen. Wahrscheinlich wollte sein Freund hören, wie er die Lage einschätzte, auch wenn er, Bröker, von der Situation ebenso überfordert war wie die Jäger.

„Bitte, kommen Sie einfach mit", forderte ihn der Kommissar auf.

„Jetzt mal unter uns, von ehemaligem Praktikanten zu Bulle", begann Mütze, als sie wenig später abseits unter einer Fichte standen. Pagelsdorf, den Bröker natürlich mitgenommen hatte, zog ungeduldig an seiner Leine, ohne genau zu wissen, wohin er eigentlich laufen wollte. Die Zeit, die so eine Befragung in Anspruch nahm, gefiel ihm noch weniger als seinem Herrchen.

„Ja, Herr Hauptwachtmeister?" Auch wenn Bröker gewohnt ironisch mit Mütze sprach, war er gespannter als sonst, wenn er sich mit seinem Freund unterhielt. Mütze hatte ihm gegenüber so einen ungewohnt halb-offiziellen Tonfall angeschlagen. Dachte er ernsthaft, Bröker oder einer seiner Freunde hätten irgendetwas mit dem Jagdunfall zu schaffen? Das war doch absurd!

„Hauptkommissar, wenn schon. Aber mal ernsthaft: Was um Himmels willen machst du hier?", eröffnete der Polizist die Fragerunde. „Kann man noch nicht einmal in Ruhe seinen Sonntagsdienst absitzen, ohne dass du irgendwo neben einem Toten stehst? Und was macht Gregor hier, seine Freundin, Britta oder noch schlimmer, Charly?"

„Wieso ist Charly schlimmer als all die anderen?"

„Weil es nichts Brisantes gibt, das Charly erfährt und das nicht am nächsten Tag auf der Titelseite des Lokalteils ihrer Zeitung stünde."

Bröker schwieg betreten. Diesbezüglich hatte Mütze recht: Charly war eine gute Freundin, er hatte kaum bessere Freunde. Aber sie war auch Journalistin, und man sollte ihr gegenüber nichts aussprechen, was man nicht auch in den Medien wiederfinden wollte. Trotzdem waren die Vorwürfe ihm gegenüber ungerecht und das wollte er Mütze auch wissen lassen.

„Also, was macht ihr hier?", riss ihn der Kommissar aus seinen Überlegungen.

„Du wirst es kaum glauben, aber wir haben einen Spaziergang gemacht. Ich würde sogar behaupten, eine Wanderung, so steil wie der Anstieg nach hier oben ist."

„Du und wandern?" Trotz seiner Anschuldigungen musste Mütze lachen und zwar so laut, dass es auch die anderen Leute, die sich noch auf der Lichtung befanden, hörten. Befremdet drehten sich ein paar der Jäger um, als versuchten sie zu begreifen, was es denn in dieser Situation zu lachen gab. „Bröker, das ist eine so schlechte Ausrede, dass es wahr sein muss", vollendete Mütze seinen Gedanken.

„Es ist auch wahr. Wir haben im Zweischlingen Geburtstag gefeiert. Meinen Geburtstag, wenn du dich erinnerst." Ohne es zu wollen, klang Bröker ein wenig pikiert. Dann wiederum fand er es nicht so schlimm, Mütze durfte ruhig wissen, dass er sich durch seine Vorhaltungen auf den Schlips getreten fühlte.

„Geburtstag? Ach, stimmt ja. Sorry, Bröker. Herzlichen Glückwunsch zum Geburtstag, alter Arminiafan", erwiderte sein Freund betreten.

„Ach, ich wollte ja nicht deine Glückwünsche sammeln, auch wenn mir ein wenig Unterwürfigkeit von einem Bochumfan ganz guttut", beschwichtigte Bröker. „Ich wollte dir nur beschreiben, was vorgefallen ist. Als wir mit dem Kaffeetrinken durch waren, wollte ich eigentlich nur die Zeit bis zum Abendessen überbrücken. Die haben da total leckere Sachen. Aber Sara und Britta haben vorgeschlagen, einen Spaziergang zu machen. Und da lag die Hünenburg natürlich nahe."

„Und was habt ihr dann gesehen?"

„Gesehen ist das falsche Wort. Gehört ist wichtiger. Wir waren etwa auf dem halben Weg nach oben, als wir Jagdgeräusche vernommen haben. Schüsse. Es war ziemlich laut. Pagelsdorf war ganz aufgeregt."

Wie zur Bestätigung bellte der Hund.

„Und dann?", wollte Mütze wissen.

„Irgendwann ertönte ein Schuss, auf den unmittelbar ein Schrei folgte. Jedenfalls, wenn man Charly und Britta glauben darf. Ich habe nichts gehört. Und Gregor auch nicht. Bei Sara bin ich mir nicht so sicher."

„Und ihr seid dem Klang direkt gefolgt?"

„Die anderen ja. Ich wollte lieber unten bleiben, wegen der Sicherheit."

„Und weil das Abendessen lockte", grinste Mütze.

Bröker verzog das Gesicht. Manchmal kannte ihn sein Freund einfach zu gut. „Ja, mag sein. Trotzdem bin ich hinter den anderen hergelaufen. Die sind richtig gerannt. – Und als wir angekommen waren, haben wir diese Jäger gesehen. Sie standen im Kreis um ihren toten Jagdkollegen. Also – dass er tot war, konnte ich natürlich nicht sehen. Das hat dieser Lange behauptet."

„Kuhfuß", erläuterte der Kommissar.

„Keine Beleidigungen", grinste Bröker.

„So heißt der lange Jäger."

„Ja, das dachte ich mir ja."

„Also, dieser Kuhfuß hatte schon ertastet, dass Osthuesenhenrich, das ist der Tote …"

„Ich weiß."

„… dass der tot war."

„Insoweit stimmen deine Beobachtungen mit dem überein, was mir diese Jäger anzubieten hatten. Sie könnten also recht haben", konstatierte Mütze.

„Stimmt", gab ihm Bröker recht. „Wobei natürlich keiner von ihnen über viele Informationen verfügt, beziehungsweise diese preisgibt."

„Was meinst du?"

„Na, haben sie dir gegenüber nicht auch behauptet, dass sie einzeln gejagt haben, weil das ihr Jagdritual …"

„Die Streifjagd."

„Weil das die Streifjagd so erfordert?"

„Doch genau. Das haben sie gesagt."

„Insofern kann man natürlich nicht sicher sein, dass nicht einer von ihnen diesen Osthuesenhenrich erschossen hat. Die anderen hätten ja keine Möglichkeit gehabt, es zu beobachten", erklärte Bröker. Diese Zweifel hatten ihn schon in der letzten halben Stunde beschäftigt.

„Da hast du recht", pflichtete ihm Mütze bei. „Trotzdem, wenn du mich fragst, handelt es sich hier um einen typischen Jagdunfall. Auch wenn es mir leidtut, dass du in diesem Fall dann nichts zu ermitteln hast …"

„Da wäre ich mir nicht so sicher …"

„Wieso? Hast du mehr Informationen oder willst du nur einen Anlass für neue Nachforschungen haben?"

„Bislang finde ich nur, dass die Statistik gegen einen Jagdunfall spricht."

„Wie kommst du darauf?"

„Ich meine, einmal gelesen zu haben, dass Jagdunfälle extrem selten sind."

„Da liegst du richtig", zeigte auch Mütze, dass er sich auskannte. „Es kommen zwanzigmal mehr Leute beim Autofahren zu Tode als auf der Jagd. Wer im Haushalt arbeitet, hat sogar ein fünfzigmal höheres Risiko, dabei umzukommen, wenn ich die Zahlen richtig im Kopf habe."

„Na, siehst du. Ich bin kein Autofahrer – jedenfalls, wenn man die eine Fahrstunde nicht rechnet", erinnerte sich Bröker an sein Praktikum bei der Polizei. „Und ich arbeite auch nicht großartig im Haushalt. Und das nicht aus Faulheit, sondern allein aus Sicherheitsgründen."

Mütze lachte.

„Und wie viele Mordfälle gibt es im Jahr?", wollte Bröker wissen.

„Mann, das ist ja fast wie im Examen bei dir", stöhnte der Hauptkommissar. „Wenn ich es richtig im Kopf habe, dann gibt es im Jahr ungefähr vierzig Todesfälle bei der Jagd, aber zwei- bis vierhundert Mordopfer."

„Dann weiß ich, was wir machen." Trotz der tragischen Situation musste Bröker grinsen.

„Und was?"

„Ihr könnte ja weiterhin von einem Jagdunfall ausgehen, wenn ihr das für wahrscheinlicher haltet. Und ich denke mal darüber nach, ob es nicht einen Anhaltspunkt für einen Mord gibt."

„Aber wehe, du lässt es uns nicht sofort wissen, wenn du was findest", drohte Mütze mit einem Augenzwinkern.

Kapitel 5
Sara

„Da hast du ja Mütze doch noch an deinem Geburtstag gesehen!" Britta wirkte ausgesprochen fröhlich, aber Bröker wusste, dass sie ihn nur aufmuntern wollte.

Die Vorfälle des Nachmittags hatten ihm gründlich die Geburtstagslaune verdorben – und nicht nur ihm. Keiner seiner Freunde hatte mehr Lust gehabt, auch das Abendessen noch im Zweischlingen einzunehmen und so war auch Bröker begleitet von Britta und Gregor nach Hause gefahren und hatte ein Dinner aus dem gezaubert, was der Kühlschrank so hergab. Zum Glück herrschte in Brökers Kühlschrank selten Ebbe und so waren der Camembert auf Preiselbeeren als Vorspeise, das kurzgebratene Reh mit Kartoffelstampf als Hauptgericht und die Crème brûlée zum Nachtisch auch für Bröker ein zumindest halbwegs annehmbares Geburtstagsessen gewesen.

Einigermaßen mit dem Tag versöhnt, tätschelte er sich den Bauch und nickte. „Stimmt, gesehen haben wir uns. Aber wie er mich zunächst in die Mangel genommen hat! Das bilde ich mir doch nicht nur ein. Hat er euch zum Beispiel auch gefragt, warum ihr hier seid? Es klang für mich beinahe so, als sei ich schuld daran, dass dort oben an der Hünenburg ein Toter lag!"

„Ich glaube auch, dass er dich besonders hart angefasst hat", bestätige Gregor Brökers Verdacht. Er hatte neben Britta auf Brökers Küchenbank Platz genommen und wartete darauf, dass Bröker Rotwein nachschenkte. „Weißt du, es kommt vielleicht daher, dass es nun schon das zweite Mal ist, dass du mit einem Toten aufwartest, während er Wochenenddienst schiebt."

Ein paar Jahre zuvor war jemand auf dem Leineweberfest zu Tode gekommen und Bröker hatte direkt danebengestanden, sich dann aber davongestohlen, um nicht gleich eine Zeugenaussage machen zu müssen.

„Ja, das verstehe ich", gestand Bröker. „Aber es ist schließlich nicht meine Schuld. Ich habe diesen Osthuesenhenrich nicht von den Lebenden zu den Toten befördert, weder absichtlich noch unabsichtlich. Wenn es nach mir gegangen wäre, wäre ich noch nicht einmal dort oben gewesen."

Britta und Gregor schwiegen.

„Wo wir schon beim Thema sind", fuhr Bröker fort. „Glaubt ihr, dass dieser Doktor auf natürliche Weise zu Tode gekommen ist?"

„Na, wenn einem der halbe Kopf weggeballert wird, kann man das kaum als natürliche Todesursache bezeichnen", gab Gregor zurück.

Bröker musste trotz der makabren Erinnerungen kichern. „Stimmt, ich meine, war es ein Jagdunfall, oder meint ihr, da steckt mehr dahinter?"

„Schwer zu sagen", erwiderte Britta. „Wie kommst du darauf, dass es kein Jagdunfall war?"

„Statistik", gab Bröker trocken zurück.

„Statistik?", hakte Gregor mit hochgezogenen Brauen nach. „Heißt es nicht immer, man soll keiner Statistik trauen, die man nicht selbst gefälscht hat? Oder gilt das nur für van Ravenstijn."

„Hör mir mit dem Quacksalber auf", lachte Bröker. „Es gibt nun einmal in Deutschland fünf bis zehnmal mehr Morde als Jagdunfälle, jedenfalls wenn man Mütze glauben darf."

„Toll, klingt beinahe so, als sollte man Jäger werden, wenn man besonders sicher leben möchte", grinste Gregor. „Es ist schon eine seltsame Sache mit der Statistik. Ich hätte wetten können, dass es gleichzeitig hundertmal mehr Jäger als Mörder gibt. Jedenfalls, wenn man den Mord an unschuldigen Kaninchen oder Wildschweinen nicht mitrechnet."

„Da spricht aber Sara aus dir", stellte Bröker fest.

„Stimmt", entgegnete der Junge trocken. „Aber auch sonst muss die Tatsache, dass Jagdunfälle so selten sind, nicht unbedingt für einen Mord sprechen. Hauptgewinne im Lotto sind auch selten, aber nicht jeder, der sechs Richtige hat, ist ein Betrüger."

„Übrigens hat Sara mich heute überrascht", wandte sich Bröker noch einmal Gregors Freundin zu. „Ich hätte nicht gedacht, dass sie sich so gut mit der Jagd auskennt."

„Du hast doch auch mitbekommen, woher das kommt", schaltete sich nun auch Britta ein. „Saras Vater ist Jäger, oder?"

Gregor nickte. „Saras Vater ist auch noch in ganz anderer Hinsicht ein Thema für sich."

„Inwiefern?", wollte Bröker wissen.

„Wenn man ihn kennenlernt, fragt man sich, wie aus Sara der weltoffene und soziale Mensch werden konnte, der sie ist", erklärte der Junge.

„Ich wusste gar nicht, dass du ihn überhaupt schon einmal getroffen hast", gab Bröker zurück.

„Ich dachte, ich hätte es dir erzählt", erwiderte sein Mitbewohner. „Vielleicht habe ich es auch vergessen oder verdrängt. Ich hatte auch nur ein einziges Mal das Vergnügen. Wahrscheinlich haben Saras Eltern danach beschlossen, dass ich kein angemessener Umgang für ihre Tochter bin. Zum Glück sieht die das anders."

„Angemessener Umgang?", lachte Britta. „Das klingt fast so, als sei sie von königlichem Geblüt und du eben nur ein kleiner Bürgerlicher."

„Du lachst, aber in den Augen von Saras Eltern ist unsere Beziehung tatsächlich so etwas wie eine Mesalliance", antwortete Gregor düster. „Saras Vater, also Herr Klönne, ist Anwalt. Einer von denen, die jeden und alles verteidigen, Hauptsache es bringt Kohle oder Publicity. Am besten beides."

Bröker zuckte nur mit den Schultern. Das war genau das Bild, das er ohnehin von Anwälten hatte. Aber Britta schien sich genauer auszukennen. Kein Wunder, dachte Bröker, schließlich hatte sie ja auch Jura studiert.

„Klönne?", sagte sie. „Etwa der Klönne, der vor ein paar Jahren in dem Missbrauchsprozess die Angeklagten vertreten hat und aufgrund von Formfehlern einen Freispruch erwirkt hat, obwohl alle davon überzeugt waren, dass die Vorwürfe zu Recht erhoben worden waren?"

„Genau der", bestätigte Gregor. „Solche Fälle an sich sind ja nicht sonderlich lukrativ für ihn. Aber sie machen ihn bekannt. Und Bekanntheit ist in diesem Beruf direkt proportional zu den Honoraren, die man pro Stunde verlangen kann."

„Und die sind bei Saras Vater besonders hoch?", fragte Bröker.

„Du sagst es", gab sein Mitbewohner zurück. „Jedenfalls, wenn man Sara Glauben schenkt – und das tue ich natürlich."

„Aber wie ist Sara dann zu der geworden, die sie ist? Ich meine, wieso ist sie nicht eine von diesen versnobten Oberschichtblondinen?", hakte Britta nach, der Saras Geschichte wesentlich wichtiger war als die Frage, wie viel einem Klienten ihr Vater pro Stunde abnehmen konnte – bei Letzterem traf es vermutlich in der Regel niemanden, der es sich nicht leisten konnte.

„Ich denke, das wird irgendwann in der Pubertät passiert sein", erklärte Gregor. „Eben in der Zeit, in der Menschen anfangen, selbstständig zu denken und nicht nur nachzuplappern, was ihre Eltern so von sich geben. Sie hat mir das irgendwann einmal erzählt: Sie hat begonnen, sich in den Gruppen zu engagieren, in denen auch ihre Freunde unterwegs waren. Antifa-Gruppen, Umweltschutzorganisationen, Amnesty international, all die guten Vereine, die Leute unterstützen, die sich selbst nicht gut helfen können."

„So ähnlich wie du", stellte Bröker fest.

„Ja, mag sein, es ist ja kein Zufall, dass wir uns gut verstehen. – Jedenfalls hat Sara irgendwann einmal gemerkt, dass die Werte, die sie in diesen Gruppen vertritt, genau das Gegenteil der Ideale sind, die ihre Eltern ihr über ihre ganze Kindheit hinweg vorgelebt hatten. Die haben es auf der anderen Seite gar nicht gerne gesehen, dass ihr Töchterchen, das sie schon in den Fußstapfen des Vaters gesehen hatten, sich in eine völlig verkehrte Richtung entwickelte." Gregor seufzte.

„Aber sie konnten nichts dagegen machen?", fragte Britta neugierig.

„Nicht, dass sie es nicht versucht hätten", erklärte Gregor. „Sie haben sie massiv bearbeitet. Ihr auch mal das Taschengeld gekürzt oder abends den Ausgang. Aber wenn man Sara kennt, weiß man, dass das relativ wenig hilft. Sara muss man überzeugen, man kann sie nicht manipulieren." Er lächelte, wie er selten lächelte. „Sie ist schon eine besondere Frau", schloss er.

„Und wie hat Sara den Druck ausgehalten?", hakte Britta nach.

„Nicht besonders gut", erwiderte der Junge. „Es gab Phasen, wo sie so gut wie nichts gegessen hat, andere, in denen sie sich geritzt hat. Typisches Autoaggressionsverhalten eben." Bröker wurde daran erinnert, dass Gregor ja einen beruflichen Hintergrund hatte, bei dem auch solche Auffälligkeiten thematisiert wurden.

„Als sie achtzehn war, ist sie schließlich ausgezogen", fuhr Gregor fort. „Ihre Eltern konnten es ihr nicht verbieten, aber sie haben es ihr so schwer wie möglich gemacht. Keine finanzielle Unterstützung, die sie nicht drohen musste einzuklagen, seelischer Terror – ihr wisst schon, manchmal waren weder Vater noch Mutter bereit, mit ihr zu sprechen, dann wieder haben sie sie täglich angerufen, um sie auf die rechte Bahn zurückzubringen. Echt, warum gibt es eigentlich keinen Elternführerschein? Ich beneide Sara jedenfalls echt nicht darum, was sie in der Zeit durchgemacht hat."

„Kann ich verstehen", murmelte Bröker. Auch er war in einem behüteten Elternhaus aufgewachsen, aber die Phase der Rebellion hatte er durch eine Phase der Trägheit ersetzt – und die dauerte bis heute an.

„Und wie geht es Sara heute damit?", hakte Britta nach. Sie schien sich viel leichter in die Lage von Gregors Freundin hineindenken zu können als Bröker.

„Schlecht", gab der Junge unumwunden zu. „Ihr habt ja gemerkt, wie es ihr gegangen ist, als wir auf diese Jagdgesellschaft getroffen sind."

„Nein", sagte Bröker. Er war ehrlich überrascht. „Ich dachte, sie sei stolz, dass sie so viel über die Jagd weiß."

„Ach, Bröker." Gregors Lächeln hatte einen mitleidigen Unterton. „Wenn Sara etwas weiß, dann sagt sie es natürlich auch. Insbesondere in Situationen, in denen andere von ihrem Wissen profitieren können. – Aber gut ging es ihr dabei bestimmt nicht. Es ist ja kein Zufall, dass sie heute Abend nicht bei uns ist."

„Ich dachte, sie sei noch verabredet. Das hat sie doch gesagt", wandte Bröker ein.

„So etwas sagt man eben, wenn man anderen nicht vor den Kopf stoßen will – besonders Geburtstagskindern, wenn sie einen fragen, ob sie am Abend noch etwas vorhaben", klärte ihn Britta auf.

„Oh." Bröker war betroffen. Es war nicht das erste Mal, dass er nicht mitbekam, wie es jemandem aus seiner unmittelbaren Umgebung ging. War er schon immer so unsensibel gewesen? Oder war er nur über die vielen Jahre, in denen er mit niemandem außer Gregor zusammengewohnt hatte und zu kaum einer Handvoll Menschen Kontakt gehabt hatte, so geworden?

„Saras Verhältnis zu ihren Eltern ist eben sehr kompliziert", erklärte Gregor weiter. „Auf der einen Seite ist sie in kaum einer Frage der gleichen Meinung wie ihre Erzeuger und sie findet es auch armselig, mit welchen Mitteln diese ihre Vorstellungen bei ihr durchsetzen wollen. Andererseits sind es eben doch ihre Eltern und sie würde sich gerne besser mit ihnen verstehen. Darum trifft es sie besonders, wenn sie in Momenten wie denen eben an der Hünenburg an sie erinnert wird. – Mir scheint auch, dass das in letzter Zeit eher schlimmer als besser geworden ist", fügte er nachdenklich hinzu.

„Kannst du ihr da nicht helfen?" Bröker versuchte sein mangelndes Einfühlungsvermögen wiedergutzumachen.

„Ich sollte ihr helfen und ich will es auch", erwiderte der Junge. „Dafür bin ich ja ihr Freund. Spaß haben kann man mit vielen, aber wenn es einem dreckig geht, dann braucht man seinen Partner."

Wieder einmal wurde Bröker klar, dass sein Mitbewohner in den vergangenen zwölf Jahren gleich mehrere Reifungsprozesse vollzogen hatte, von denen er meist sehr wenig mitbekommen hatte. „Ich glaube, da hast du recht", nickte er, obwohl er selbst nie derartige Erfahrungen mit einer Partnerschaft gemacht hatte.

„Eigentlich wäre ich jetzt auch bei ihr. Ich wollte dich nur an deinem Geburtstag nicht alleine lassen", fuhr Gregor fort. „Es ist nämlich so, dass ich sowieso viel zu wenig Zeit habe, um mich um sie kümmern. Vor allem weil sie in ihrer WG lebt und ich bei dir."

Mit einem Mal durchfuhr Bröker ein Schrecken. Von daher wehte also der Wind. Gregor wollte mit Sara zusammenziehen. Und dann wäre er, Bröker, nach zwölf Jahren wieder ganz allein in diesem viel zu großen Haus. Dann würde er den wichtigsten seiner ohnehin spärlichen Sozialkontakte verlieren, den einzigen, den er täglich sah. Die mangelnde Anteilnahme, die er wenige Minuten zuvor bewiesen hatte, zeigte ja, wohin das führen würde: Er würde seiner Umwelt gegenüber völlig abstumpfen und dadurch auch noch seine letzten Freunde, Mütze, Charly und Britta, einbüßen. Und Gregor würde auch keine Zeit mehr für ihn haben, der musste ja von nun an Sorge um Saras Wohlergehen haben.

„Aber ... aber, kannst du denn einfach bei ihr in der WG einziehen?", klammerte sich Bröker an seinen letzten Strohhalm. Er konnte nicht verhindern, dass seine Stimme dabei ein bisschen weinerlich klang.

„Nein, das ist ja das Problem", gab Gregor zurück. „Bei ihr in der WG sind keine Zimmer frei – mal ganz davon abgesehen, dass es sich um eine reine Frauen-WG handelt. So weiblich kann ich mich gar nicht geben, dass ich dort einziehen darf."

„Also wollt ihr euch eine Wohnung suchen?", schaltete sich auch Britta wieder in die Unterhaltung ein.

„Ja klar, wenn es nicht anders geht." Auch Gregor schien ein wenig zögerlich bei seiner Antwort.

„Was wäre denn die Alternative?" Bröker verstand einfach nicht.

„Na gut, wenn wir nun schon darüber reden." Der Junge seufzte. „Ich habe in den letzten Wochen hin- und herüberlegt. Ich habe ja gesehen, dass es Sara nicht gut geht. Und ich will ihr helfen, aber es ist nicht einfach, wie ihr gerade gesehen habt. Daher wollte ich dich fragen, Bröker…?"

„Was?" Bröker klang gespannt wie beim Elfmeterschießen in einer Partie, in der Arminia Bielefeld um den Aufstieg in die Bundesliga spielte.

„Ich wollte dich fragen, ob Sara nicht auch hier einziehen darf…". Gregor fiel die Frage hörbar schwer. „Vielleicht nur, bis wir etwas anderes gefunden haben."

„Natürlich darf Sara hier einziehen", schossen die Worte aus Brökers Mund, noch bevor sein Mitbewohner seinen Satz beendet hatte. „Und ich wäre sehr traurig, wenn ihr eine andere Wohnung meinem Haus vorziehen würdet. Schließlich haben wir ja auch noch ein Gästezimmer, das ihr haben könnt. Und darüber hinaus wirst du wohl kaum einen Vermieter finden, der keine Miete nimmt, dafür aber freie Kost und freien Wein bietet."

„Ach, Bröker, du bist einfach der Größte", strahlte Gregor. „Ich weiß ja, dass du großzügig bist, trotzdem habe ich mich irgendwie nicht getraut zu fragen."

„Dass ich der Größte bin, solltest du dir irgendwo hinschreiben, wo du es nicht so schnell vergisst", grinste Bröker. Ihm fiel eine Zentnerlast vom Herzen.

„Ich würde gerade einmal Sara anrufen und ihr die frohe Botschaft mitteilen", lachte nun auch Gregor. „Sie weiß noch gar nichts davon, dass sie hier einziehen soll – aber ich kann mir kaum vorstellen, dass sie ablehnt."

Bei all der Freude lächelte auch Britta, allerdings schien sie dabei auch ein wenig melancholisch.

Kapitel 6
Plötzlich zu dritt

Dass alles so schnell gehen würde, hatte Bröker bei seiner Zusage nicht gedacht. Plötzliche Veränderungen überforderten ihn oft, aber nun war es zu spät für Einwände. Ohne sich die Zeit zu nehmen, an einen ruhigeren Ort zu wechseln, hatte Gregor noch aus der Küche Sara angerufen. Kein Zweifel, der Junge hatte es eilig gehabt.

„Stell dir vor", hatte er verkündet. „Bröker hatte eine fantastische Idee: Er möchte, dass du bei uns einziehst. Ich glaube, er denkt, dass ein bisschen mehr junges Blut hier nicht schaden kann, jetzt, wo er schon zweiundfünfzig ist."

Bröker konnte sich nicht erinnern, etwas Derartiges gesagt zu haben, weder den ersten noch den zweiten Satz. Aber er protestierte auch nicht. Zum einen hätte das ein schiefes Licht auf Gregors Einladung an seine Freundin geworfen, zum anderen wollte er Sara ja gerne bei sich aufnehmen, wenn es verhinderte, dass der Junge auszog. Und es konnte sicherlich nicht schaden, wenn Sara dachte, dass die Initiative von ihm, Bröker, ausgegangen war.

„Also kommst du gleich her?", fragte Gregor hoffnungsvoll.

Eine halbe Stunde später stand Sara schon vor der Tür. Gregor rannte umgehend los, als sie klingelte. Sie hatte einen großen Tramper-Rucksack über der Schulter, als sie kurz darauf die Küche betrat. Fast sah es so aus, als habe sie nur auf eine Einladung Brökers gewartet.

„Das ist so super von dir, vielen lieben Dank", sagte sie, nachdem sie ihren Rucksack abgesetzt hatte. Sie ging zu Bröker und umarmte ihn.

Der fand es noch immer gewöhnungsbedürftig, so innig berührt zu werden, merkte, wie er sich versteifte, gab sich dann aber Mühe, sich nichts anmerken zu lassen.

„Gerne, ich würde mich freuen, wenn du bei uns einziehst", sagte er und deutete auf ihr Gepäck. „Die paar Sachen kannst du ja vielleicht erst einmal bei Gregor einräumen. Langfristig könnt ihr natürlich auch gerne noch das Gästezimmer bekommen. Das steht ja sowieso meist leer."

Als Sara ihre Kleidung verstaut hatte, saßen Bröker, Britta und Gregor noch immer in der Küche. Sie hatten inzwischen eine weitere Flasche Wein geöffnet und dachten wieder darüber nach, wie Osthuesenhenrich zu Tode gekommen sein mochte. „Natürlich war es ein Jagdunfall", sagte Gregor gerade im Brustton der Überzeugung. „Was soll es denn sonst gewesen sein? Statistik hin oder her. Ja, es kommen jedes Jahr nur gut drei Dutzend Menschen bei der Jagd zu Tode, aber dann haben wir eben so einen Fall vor uns."

„Mag sein, dass du recht hast", pflichtete ihm Britta bei. „Ich habe mal von einem Medizinstudenten den Spruch gehört ‚Wenn du Hufgetrappel hörst, denke zuerst an Pferde, nicht an Zebras', das scheint mir hier ganz gut zu passen."

„Du meinst, wenn ein Toter im Gras liegt und erschossen wurde und eine Menge Menschen mit Gewehren stehen darum herum, dann wird es am ehesten einer von denen gewesen sein und nicht Mister Unbekannt?", fragte Bröker.

„So ungefähr", bestätigte Britta.

„Meint ihr wirklich?", schaltete sich auch Sara in das Gespräch ein. Sie nahm auf der Eckbank neben Gregor Platz. Der stellte ihr ein Glas hin und goss ihr von dem Primitivo ein.

„Ich kann mir schon vorstellen, dass es dir schwerfällt, zu glauben, dass einer aus der Jagdgemeinschaft diesen Doktor auf dem Gewissen haben soll, wenn auch unabsichtlich", kommentierte er dabei. „Du kanntest diese Jäger, oder?"

„Stimmt genau", bestätigte seine Freundin. „Ich weiß nicht, ob ich dir jemals erzählt habe, dass mein Vater auch Jäger ist, ich rede ja nicht so furchtbar häufig über meine Eltern und unser einziges Treffen zu viert war ja auch für dich der Horror."

„Das hast du mir tatsächlich nicht erzählt", gab der Junge zurück. „Aber nach dem, was du heute alles über die Jagd wusstest und wie dich die Leutchen da oben an der Hünenburg begrüßt haben, konnte ich es mir denken."

„Ja, der Sinn und Zweck der Jagd und ob es sinnvoll oder ethisch vertretbar ist, Tiere zu erschießen, ist einer der vielen Punkte, bei denen ich mit meinen Eltern nicht einer Meinung bin. Obwohl da das Jagen noch besser ist als dieses Auschwitz für Schweine in den vielen Schlachthöfen quer durch die Republik", seufzte Sara. „Jedenfalls sind wir heute genau auf die Jagdgesellschaft getroffen, in der mein Vater immer auf die Pirsch geht, wie er sagt. Aber die Situation hatte wenigstens etwas Gutes."

„Und was?", fragte Bröker neugierig dazwischen.

„Mein Vater scheint krank gewesen zu sein oder einen wichtigen Termin gehabt zu haben – jedenfalls war er nicht mit dabei", erklärte Sara. „Ansonsten hätte ich ihn da oben getroffen und das – glaubt mir – wäre wirklich das Letzte gewesen, was ich mir erträumt hätte."

„Ist es denn so schlimm mit deinen Eltern?", fragte Britta behutsam.

„Ach, schlimm ist nicht das richtige Wort, beziehungsweise kann es mehr als schlimm sein und dann wieder wünsche ich mir, dass es richtig gut wäre", gab Sara prompt zurück. „Es ist so etwas wie eine Hassliebe. Wenn sie wildfremde Menschen wären, wäre es mir ja beinahe egal, welche verstaubten Ansichten sie vertreten und was sie von mir halten, meiner Art zu leben oder auch von Gregor. Es gibt ja jede Menge Spießer, die nicht meine Ansichten teilen. – Aber sie sind keine wildfremden Menschen, sie sind meine Eltern. Und darum schmerzt es mich, wenn sie mich verurteilen und denken, ich hätte jemand Besseren verdient als Gregor, einen Menschen, der sich anders als sie um andere kümmert und sorgt. Ich sollte sie lieben und könnte sie gleichzeitig hassen." Sie war ungewollt heftig geworden und ihr traten die Tränen in die Augen.

Gregor streichelte ihr beruhigend über die Schulter. Was er tun sollte, wusste er aber ebenso wenig wie seine Freundin. „Man kann sich seine Eltern leider nicht aussuchen", murmelte er nur und angesichts dessen, was Bröker einmal erlebt hatte, als Gregors Eltern zu Gast gewesen waren, wusste er nicht, ob er es zu Sara oder mehr zu sich selbst sagte.

„Jetzt bist du erst einmal bei uns und ich verspreche dir, dass dir hier keiner vorwirft, wie du lebst oder wer du bist", versuchte Bröker die richtigen Worte zu finden. Er lächelte und dachte, dass ihm das für seine Verhältnisse relativ gut gelungen war.

„Danke", lächelte Sara zurück und wischte sich mit dem Ärmel ihres langärmligen, schwarzen Shirts die Tränen weg. „Ich bin euch echt dankbar, dass ich hier sein darf, also vor allem dir, Bröker. – Dir natürlich auch", schob sie nach, als sie Gregors halb vorwurfsvollen Blick sah und stupste ihn am Arm.

„Du darfst so lange hier wohnen, wie du möchtest", erwiderte Bröker und diesmal spürte er, dass es nicht nur der Wunsch war, Gregor möge nicht ausziehen, der ihn diese Worte sagen ließ. Wie zur Bekräftigung hob er sein Weinglas und stieß mit den anderen an. „Auf eine gute Zeit bei uns", sagte er.

Dann schwenkten seine Gedanken wieder zu dem toten Jäger, der wenige Stunden zuvor vor ihnen im Gras gelegen hatte. „Sag mal, du hast aber auch keine Idee, wer diesen Osthuesenhenrich erledigt haben könnte", fragte er Gregors Freundin.

„Wenn es ein Zufall war, ganz bestimmt nicht." Noch einmal wischte sich Sara die Tränen weg. Langsam gewann sie ihre Fassung zurück. „Ich bin ja keine Wahrsagerin. Aber wenn ihr mich fragt: Ich habe meine Zweifel, ob es sich tatsächlich um einen Jagdunfall handelt. Das wollte ich ja eben schon sagen."

„Und woher kommen diese Zweifel?", fragte Bröker interessiert. Hatte Sara mehr gesehen als sie alle?

„Hm, habt ihr euch Doktor Osthuesenhenrich mal angesehen?", erwiderte die.

„Na ja, schön sah er ja nicht gerade aus mit seinem Gesicht, das halb weggeschossen war. Ich konnte da nicht gut hingucken", gab ihr Freund zurück. „Aber ich denke, das meinst du nicht."

„Nein, das meine ich nicht", bestätigte Sara. „Ich dachte viel mehr daran, was denn diese Verletzungen verursacht haben könnte."

„Ich dachte, das sei das einzige, was klar ist", warf Bröker ein. „Die Verletzungen stammen von einem Gewehr, er wurde erschossen – oder willst du sagen, es war ein Jagdmesser?" Er begleitete seinen Scherz mit einem schiefen Grinsen.

„Ne, ne, Gewehr ist schon richtig." Auch Sara konnte sich bei diesem Satz ein kleines Lachen nicht verkneifen. „Aber vielleicht ist dir auch bekannt, dass es verschiedene Arten von Gewehren gibt."

„Maschinengewehre, zum Beispiel", schlug Bröker vor.

„Zum Beispiel", erwiderte Sara, während Gregor eine Fratze zog. „Worauf ich eher hinauswill: Bei der Jagd werden Flinten und Büchsen eingesetzt."

„Ist das nicht das Gleiche?", zeigte nun auch Britta ihr Unwissen.

„Nein, ganz und gar nicht", klärte Sara sie auf. „Mit Flinten wird in erster Linie Schrot verschossen, obwohl es, glaube ich, da auch andere Geschosse gibt. Büchsen sind für Kugeln bestimmt."

„Ja und?", halte Bröker nach, der noch immer nicht wusste, worauf seine neueste Mitbewohnerin abzielte.

„Ich bin ja keine Expertin und ich habe mir Doktor Osthuesenhenrich – so hat mein Vater immer gesagt – nicht aus der Nähe angesehen", erklärte die. „Aber wenn mich nicht alles täuscht, wurde der Herr Doktor von einer Kugel erschossen. Bei Schrot hätte es ganz viele kleine Einschussstellen gegeben anstatt einer großen."

„Aha", erwiderte Bröker trocken.

„Und du willst sagen, die Leute aus dieser Jagdgesellschaft hatten nur Schrotwaffen dabei?", schaltete Gregor schneller als sein älterer Freund.

„Beschwören könnte ich es nicht", räumte Sara ein. „Ich konnte mir ja nicht alle Waffen ganz genau angucken, aber ich hatte den Eindruck, dass die meisten mit einer Schrotflinte unterwegs waren."

„Schießt man denn mit Schrot auf Füchse?", wunderte sich Britta. „Ich dachte, das wäre eher etwas für die Kaninchenjagd oder wenn man eine Taube erlegen will."

„Da fragst du mich etwas Schwieriges", gab Sara zu. „Ich habe keinen Jagdschein. So etwas würde ich auch nicht machen – vielleicht ein bisschen widersprüchlich, denn ich esse ja Fleisch und ich weiß auch, dass Wild sehr gut schmecken kann. Also habe ich alles, was ich über die Jagd weiß, von meinem Vater. Aber wenn ich mich richtig erinnere, kann man Füchse sowohl mit Kugeln als auch mit Schrot jagen. Ich glaube, diejenigen, die es mehr auf den Pelz – mein Vater hat immer Balg gesagt – abgesehen haben, jagen eher mit Schrot, weil das nicht so hässliche Löcher gibt. Übrigens: Das finde ich dann wirklich widerlich, Tiere wegen des Pelzes zu jagen, den sie tragen."

„Da stimme ich dir völlig zu", nickte Britta.

Bröker hingegen merkte, wie er ganz aufgeregt wurde. „Heißt das, wir haben Hinweise darauf, dass es sich bei dem Todesfall, den wir gesehen haben, nicht um einen Unfall handelt?", fragte er, um noch einmal ganz sicherzugehen.

„Es wäre es jedenfalls wert, noch einmal zu prüfen, ob Doktor Osthuesenhenrich wirklich von einer Kugel getötet wurde und wer eine entsprechende Waffe dabeihatte", bestätigte Sara.

„Das muss ich unbedingt Mütze sagen", sprang Bröker auf und lief zum Telefon. Dass er noch immer einen Festnetzapparat besaß und diesen auch regelmäßig benutze, gehörte zu den vielen kleinen Schrullen, die ihn zu einem ganz besonderen Menschen machten. Als er aber auch noch ein kleines, abgegriffenes Notizbuch von einem Regalbrett unterhalb des Telefons hervorkramte, konnte Gregor nicht mehr länger an sich halten: „Wieso schickst du Mütze nicht einfach eine Brieftaube, er wird dann schon wissen, von wem die kommt", neckte er Bröker. Gleichzeitig aber war ihm bewusst, dass er seinen Freund weder ändern konnte noch wollte.

Bröker ignorierte die Spöttelei des Jungen und wählte konzentriert Mützes Nummer. Er lauschte in den Hörer. „Keiner da", stellte er ernüchtert fest, nachdem er es ein Dutzend Mal hatte schellen lassen.

„Hast du auf dem Präsidium angerufen oder bei Mütze zu Hause?", erkundigte sich Gregor.

„Bei ihm zu Hause natürlich", entgegnete Bröker und deutete auf die Uhr an der Mikrowelle, die zehn Minuten nach zehn zeigte. „Um diese Zeit sollte Mütze nicht mehr auf dem Revier sein, selbst wenn er Wochenenddienst hat."

„Stimmt", pflichtete ihm Gregor bei.

„Hat Mütze kein Handy?", fragte Sara mit gekrauster Stirn. Sie selbst hatte nie einen Festnetzanschluss besessen.

„Doch klar, das kann ich natürlich auch versuchen. Ich will ihn aber nicht wecken", antwortete Bröker eingedenk dessen, dass ihm Mütze schon einmal berichtet hatte, irgendein Verrückter habe ihn nachts mit dem Telefon terrorisiert. Damals hatte er sich nicht zu sagen getraut, dass er, Bröker, es gewesen war.

„Wenn er zu Hause ist, wird dein letzter Anruf das schon erledigt haben", grinste Britta. „Und wenn nicht, ist das mit dem Handy eine gute Idee."

Noch einmal befragte Bröker sein Notizbuch und wählte dann wieder. Nach dem dritten Klingeln nahm Mütze ab: „Schikowski", meldete er sich mit rauer Stimme. Im Hintergrund waren Stimmen und Musik zu hören.

„Ich bin's, Bröker."

„Bröker. Du?" Offenkundig hatte Mütze nicht mit einem so späten Anruf seines Freundes gerechnet. „Kannst du nicht schlafen?"

„Um die Uhrzeit?", lachte Bröker.

„Ja, stimmt", gab Mütze zurück. Er hatte wohl gerade auf seine Uhr geschaut. Dann machte er eine kurze Pause.

„Feierst du gerade die letzten Spiele des VFL Bochum?", nutze Bröker die Zeit, um eine kleine Stichelei zu setzen.

„Viel zu feiern gibt es da ja nicht, gerade sind wir Tabellenletzter", gab Mütze erwartungsgemäß zurück. Auf den Verein aus dem Ruhrgebiet ließ er ebenso wenig kommen wie Bröker auf die Arminia.

„Immerhin seid ihr noch in der Bundesliga", erwiderte Bröker mit einem traurigen Gedanken an seinen Verein, der seit dieser Saison wieder zweitklassig war.

„Aber auch nur eben so. Sag mal, Bröker, du rufst doch nicht am späten Abend an, um dich mit mir über Fußball zu unterhalten?"

„Stimmt", kam die Antwort gedehnt.

„Darf ich raten?", erwiderte der Hauptkommissar. Es geht um diesen toten Jäger, oder?"

„Genau wegen dem rufe ich an", bestätigte Bröker Mützes Verdacht.

„Bröker, du kannst es echt nicht lassen, dich in unsere Fälle einzumischen." Mütze lachte zwar, dennoch schwang in seinen Worten ein deutlicher Vorwurf mit. „Ich weiß zwar, dass ein Polizist nie wirklich Feierabend hat, aber gerade sitze ich mit ein paar Kollegen in Muttis Bierstuben und versuche den Dienst zu vergessen. War echt stressig heute – das kannst du dir sicherlich vorstellen, du hast ja den Toten auch gesehen."

Bröker konnte seinen Polizistenfreund in der engen, aber gemütlichen Kneipe förmlich vor sich sehen. Er war gelegentlich auch schon dort gewesen, dennoch wunderte er sich, dass sich Mütze mit seinen Kollegen ausgerechnet in eine Schwulenkneipe begeben hatte. Aber der Hauptkommissar war eben toleranter, als man das gemeinhin von einem Polizisten erwartete.

„Genau – mich lässt der Fall auch nicht los", beharrte er dennoch auf das Thema.

„Na, ob es ein Fall ist, muss sich erst noch herausstellen. Bislang gehen wir von der Arbeitshypothese Jagdunfall aus. – Ich weiß ja nicht, wer sich ab morgen um diesen Doktor Osthuesenhenrich kümmern wird, aber ich könnte mir vorstellen, dass derjenige mit einem ähnlichen Ansatz startet." Die letzten Worte hatte Mütze beinahe gebrüllt, weil auch die Geräuschkulisse im Hintergrund an Lautstärke zugenommen hatte.

„Ich bin mir nicht sicher, aber vielleicht ist ja doch mehr an dem Fall, als du gerade denkst", gab Bröker zurück.

„Wie? Ich verstehe dich so schlecht."

„Kannst du dir vielleicht für einen Moment eine ruhigere Ecke suchen, es könnte wichtig sein."

Mütze seufzte vernehmbar, entfernte sich dann aber von der Lärmquelle. „Weil du es bist, Bröker", maulte er. „Bei den meisten anderen hätte ich das Gespräch schon längst beendet. – Also, was gibt es so Dringendes?"

„Ich denke, es könnte weit mehr an diesem toten Doktor sein als ein Schuss, der sich versehentlich gelöst hat."

„Bröker, ich bewundere ja, wie du immer wieder Fälle aufgeklärt hast, sogar solche, bei denen Schewe völlig auf dem Holzweg war, aber ich habe keine Ahnung, wie du darauf kommst, dass es sich nicht um einen Jagdunfall handelt." Noch einmal seufzte Mütze. „Ich komme gleich, bestell doch schon mal noch ein Pils für mich mit", rief er jemandem in der Kneipe zu.

„Es ist eigentlich gar nicht meine Beobachtung, sondern Saras." Bröker wollte sich nicht mit fremden Federn schmücken.

„Okay, gut. Und was hat Gregors Freundin beobachtet?"

„Etwas, was wir alle hätten sehen können: Osthuesenhenrich ist an einer Kugel gestorben."

„Das soll bei einem Jagdunfall vorkommen, ich weiß nicht, wieso das gegen meine These spricht. Wenn er von einem Bagger überfahren worden wäre, sähe die Sache anders aus." Bröker merkte, dass Mützes Ärger über die Störung allmählich verschwand und seine gewohnte gute Laune zurückkehrte.

„Ja, aber Sara meint auch, dass die Jäger, die sie gesehen hat, allesamt Schrotflinten bei sich hatten. Ihr Vater ist auch Jäger, musst du wissen. Sie kennt sich also ein wenig mit Waffen aus", erklärte Bröker.

„Hm." Mit einem Mal klang Mütze nachdenklich. „Wenn das stimmt, würde das ein ganz neues Licht auf den Fall werfen."

„Ich denke, es ist zumindest etwas, was man in Betracht ziehen sollte."

„Ja, es ist bestimmt ein Ansatzpunkt, der bei der Befragung der Jäger morgen eine wichtige Rolle spielen wird." Mütze machte eine kleine Pause. „Ich danke dir, Bröker, dass du mich noch so spät angerufen hast – und das an deinem Geburtstag. Und tut mir leid, dass ich eben ein bisschen knatschig war."

„Da nicht für", gab Bröker zurück und legte auf. Ob Sara da wirklich etwas Wichtiges bemerkt hatte? Bröker fühlte eine bekannte Anspannung in sich aufsteigen.

Kapitel 7
Der ewige Schewe …

Als Bröker am nächsten Tag die Treppe aus dem Obergeschoss hinunterkam, war es schon zwanzig nach elf.

„Mann, oh Mann, das war wohl gestern ein Gläschen zu viel", stöhnte er und hielt sich den Kopf. Dann sah er seinen vierbeinigen Mitbewohner, der vor der Haustür in kleinen Kreisen auf- und ablief.

„Oh Pagelsdorf", seufzte er. „Mit dir muss ich ja auch noch nach draußen." Daran, dass ein Hund sehr viel mehr auf sein Herrchen angewiesen war als eine Katze, hatte sich Bröker in den letzten zwei Jahren nur sehr allmählich gewöhnt und manchmal vergaß er es immer noch. Aber wenn er jetzt ein größeres Malheur vermeiden wollte, musste er seinen Morgenkaffee noch ein wenig nach hinten verschieben und zunächst eine Runde mit Pagelsdorf drehen.

Dass so ein Spaziergang den Kopf ebenso klar machen konnte wie eine Dosis Koffein, bemerkte er, als er zehn Minuten später über den Kammweg des Teutoburger Waldes in Richtung des Cafés Schöne Aussicht lief. Das Wetter versprach einen goldenen Oktobertag und der Blick auf Bielefeld machte dem Namen des Cafés alle Ehre.

Er atmete durch. Ja, es war gestern wirklich zu lang geworden, sagte er sich, während ihn Pagelsdorf auf die andere Seite des Weges zog. Britta, Sara und er hatten noch zwei weitere Fläschchen Wein geöffnet, um auf seinen Geburtstag anzustoßen, und als Britta schließlich um halb eins mit dem Hinweis aufgebrochen war, sie müsse am nächsten Tag arbeiten, hatten Gregor, Sara und er noch einen Anlass gefunden, um noch eine Flasche Wein zu entkorken: Schließlich musste auch Saras Ankunft geziemend begossen werden.

Ob es der Alkohol war, Gregors Nähe oder die Gewissheit, dass die junge Frau von nun an bei Bröker ein neues zu Hause gefunden hatte, wusste er nicht, sicher aber war, dass Gregors Freundin im Laufe der Nacht immer mehr aufgetaut war. Sie hatte noch einmal ausführlicher von dem Druck berichtet, den ihre Eltern schon immer auf sie ausgeübt hatten. Schon zu Schulzeiten hatte es bei Noten, die schlechter als eine Zwei waren, Taschengeldentzug oder Hausarrest gegeben. Sie hatten das damit begründet, dass Sara schließlich einmal Jura studieren sollte, um in die Fußstapfen ihres Vaters zu treten. Und auch kaum einer von Saras Freunden war gut genug für sie gewesen, schon gar nicht Gregor, den sie vor nun schon vier Jahren kennengelernt hatte.

„Dass ich jetzt bei dir wohnen darf, ist echt meine Rettung", hatte sie Bröker gegenüber mehrfach beteuert, sodass dieser irgendwann das Gefühl bekommen hatte, so viel Dankbarkeit gar nicht verdient zu haben. Schließlich hatte er nur Wohnraum zur Verfügung gestellt, den er selbst im Übermaß besaß.

Und außerdem war er ja schon durch Saras Beobachtung belohnt worden, dass dieser Doktor Osthuesenhenrich von einer Kugel getötet worden war, die auf den ersten Blick keines der Mitglieder der Jagdgesellschaft abgefeuert haben konnte. Vielleicht gab es also wieder einmal einen Fall, um den er sich kümmern konnte. Er musste zugeben, dass ihn dieser Gedanke mit Vorfreude erfüllte.

„Komm, wir drehen um", forderte er Pagelsdorf auf. „Dein Herrchen muss sich mal wieder Gedanken um einen Toten machen."

Aber wo sollte er beginnen, fragte er sich, als er eine halbe Stunde später doch noch den ersten Kaffee des Tages zu sich nahm. Die Frage war schnell beantwortet: Zum jetzigen Zeitpunkt konnte er allein wenig machen. Zunächst einmal musste geklärt werden, ob Saras Beobachtung, dass Osthuesenhenrich von einer Gewehrkugel niedergestreckt worden war, zutreffend war. Das konnte niemand außer der Polizei wissen. Eigentlich war es daher bedauerlich, dass er nicht mehr als Praktikant im Präsidium arbeitete wie noch vor zwei Jahren. Damals war er an einige Informationen einfacher herangekommen. Dann wieder fiel ihm ein, wie ihn van

Ravenstijn damals schikaniert hatte, zur und er beschloss, dass seine Situation nun deutlich angenehmer war.

Nein, er würde sein Praktikum nicht wiederaufnehmen, stattdessen würde er seine verlässlichste Informationsquelle nutzen, die er bei der Polizei hatte, Mütze. Der würde wahrscheinlich schimpfen, dass Bröker mal wieder Privates und Dienstliches vermengte und mehr von ihm erfahren wollte, als er eigentlich preisgeben durfte. Andererseits konnte es aber auch sein, dass Mütze das Gefühl hatte, ihm noch einen Gefallen zu schulden, wenn Saras Tipp gestern Abend wirklich etwas wert gewesen war.

Noch mit seiner Tasse mit dem Logo von Arminia Bielefeld in der Hand ging Bröker zum Telefon, wählte die Nummer des Polizeipräsidiums und ließ sich zu Mütze durchstellen.

„Schikowski", meldete der sich kurz darauf. Wenn Mütze im Büro war, klang er stets um einige Nuancen ernsthafter, als wenn Bröker ihn privat darf.

„Hallo, Mütze, ich bin's, Bröker", meldete sich Bröker wie am Abend zuvor.

„Hallo." Mütze klang seltsam einsilbig. Kein Ton in seiner Stimme verriet, dass ein Freund am anderen Ende der Leitung war. Ob Brökers Anruf ungelegen kam?

„Ich wollte mich nur erkundigen, ob euch mein Tipp von gestern weitergebracht hat", fiel der dennoch direkt mit der Tür ins Haus. Er hätte auch nicht gewusst, wie er seine Frage zurückhaltender hätte stellen können.

„Entschuldige, ich bin gerade sehr beschäftigt", gab Mütze förmlich zurück. „Es passt gerade schlecht."

„Was ist denn los, Mütze? Hast du gerade die Dienstaufsicht bei dir im Zimmer?" Bröker lachte unsicher. Er wusste nicht, was er von dieser Reaktion seines Freundes halten sollte.

„Nein, nein", gab Mütze in unverändertem Tonfall zurück. „Aber wenn du vielleicht in einer Stunde Zeit hast, können wir uns zu einem späten Mittagessen treffen. Wie wäre es im Nichtschwimmer?" Ohne die Antwort seines Gegenübers abzuwarten, hängte Mütze ein.

Bröker schaute das Mobilteil seines Telefons noch eine Zeit lang verdattert an, bevor er es wieder auf die Basisstation legte.

Als Bröker zur angegebenen Zeit in dem gemütlichen Lokal in der Bielefelder Innenstadt eintraf, hatte Mütze schon auf einer lederbezogenen Bank Platz genommen und winkte. Bröker ließ sich auf dem Stuhl ihm gegenüber nieder.

„Hast du kein Bier bestellt?", fragte er und blickte leicht konsterniert auf die Apfelsaftschorle, die vor seinem Freund stand.

„Bröker, ich weiß nicht, ob du dir das vorstellen kannst, aber ich muss nach unserem kleinen Lunch noch ein paar Stunden arbeiten. Da macht es sich schlecht, wenn meine Alkoholfahne kräftig in meiner Atemluft flattert. – Aber du kannst dir ja gerne ein Pils bestellen", zeigt sich der Kommissar großzügig.

„Das mache ich auch. Schließlich habe ich nicht so einen lästigen Job", erwiderte Bröker und gab der Bedienung ein Zeichen. „Eigentlich könnten wir auch gleich etwas zu Essen kommen lassen", fuhr er mit einem Blick in die Speisekarte fort.

„Das habe ich auch schon", gab Mütze zurück.

„Und was? Sag nicht, einen Salat." Bröker lachte herzhaft bei der Vorstellung.

„Doch genau, einen Bauernsalat, der ist echt lecker. Solltest du auch mal probieren!"

Bröker schüttelte nur den Kopf. „Wenn ich den Tag mit vegetarischem Zeug beginne, kann nichts Gutes daraus werden. Ich denke, ich werde mich darum kümmern, dass an unserem Tisch ein ausgeglichenes Verhältnis zwischen Grünzeug und leckerem Fleisch besteht." – „Ein großes Pils und einmal dieses Hühnchen in Parmesankruste", bat er die Kellnerin, die inzwischen an ihren Tisch getreten war. Die Vorfreude auf das Essen ließ seinen Blick kurz aufleuchten.

„Aber sonst ist alles bei dir in Ordnung?", erkundigte er sich dann mit einem besorgten Seitenblick auf Mütze.

„Wie kommst du darauf, dass es anders wäre?"

„Zum einen futterst du jetzt mittags Grünzeug", begann Bröker. „Ich meine, das kannst du ja kaum damit begründen, dass du nachher wieder arbeiten musst …"

„Nein, aber damit, dass meine Hosen zu eng werden, wenn ich zweimal oder mehr am Tag warm esse."

„Man kann auch einfach neue kaufen."

„Geschenkt. Außerdem muss ich mich anders als du in meinem Beruf gelegentlich körperlich bewegen. Da ist es ganz gut, wenn ich nicht allzu viel überflüssiges Gewicht mit mir rumschleppe."

„Na gut, einverstanden", räumte Bröker ein. „Aber das ist ja nicht der einzige Grund, warum ich dich heute etwas seltsam finde."

„Was ist denn der andere?"

„Eben am Telefon warst du so kurz angebunden. Es klang beinahe so, als wolltest du mich verleugnen." Bröker konnte nicht verhindern, dass er vorwurfsvoll klang.

„Ach, das", lachte Mütze. „Mach dir mal keine Sorgen", wiegelte er ab.

„Aber was war denn?"

„Du hattest mit deiner Idee, ich hätte die Dienstaufsicht im Büro gar keinen schlechten Riecher. Es war zwar nicht die Dienstaufsicht, aber Schewe und van Ravenstijn, die alte Spürnase."

„Und was wollten sie? Und wieso wäre es so schlimm gewesen, wenn sie erfahren hätten, dass wir miteinander telefonieren? Spätestens seit meinem Praktikum kennt Schewe mich doch."

„Eben weil er dich kennt, wollte ich vermeiden, dass er weiß, dass du am anderen Ende der Leitung warst: Ich habe ihm heute Morgen mitgeteilt, was alles am Wochenende los war. Der Fall des toten Jägers stand natürlich ganz oben auf meiner Liste. Erst schien Schewe nicht sonderlich interessiert, aber als ich ihm dann von deiner Beobachtung erzählt habe …"

„Du meinst, Saras Beobachtung", korrigierte ihn Bröker.

„Genau, als ich ihm berichtet habe, dass Sara nur Schrotflinten gesehen zu haben glaubt, während Osthuesenhenrich von einer Kugel getötet wurde …"

„Stimmt das denn?", unterbrach ihn Bröker.

„Ja, der Doktor wurde tatsächlich von einer Kugel erschossen", bestätigte Mütze. „Jedenfalls wurde Schewe hellhörig, als ich ihm diese Beobachtungen geschildert habe. Und auch van Ravenstijn schien schon an den ersten psychologischen Theorien zu feilen, auch wenn er erstaunlich zurückhaltend war und keine davon geäußert hat."

„Das heißt, dass Schewe jetzt in dem Fall ermittelt?", hakte Bröker nach.

Mütze machte eine Pause, weil in dem Moment Brökers Pils und das Essen kamen. Bröker nahm einen großen Schluck Bier und seufzte behaglich.

„Ja, Schewe hat den Fall an sich gezogen", erklärte der Hauptkommissar dann. „Und darum ist es auch besser, wenn er nicht weiß, dass du deine Nase auch schon wieder in den Fall gesteckt hast. Er hat als Erster Hauptkommissar natürlich das Recht, sich die wichtigsten Fälle auszusuchen. Auf der anderen Seite ist es mir auch ganz recht, wenn er sich mit diesem Jäger befasst: Seine Abteilung ist einfach größer und für einige der ersten Schritte braucht man etliches Personal, wenn man schnell damit fertig werden möchte."

„Zum Beispiel?"

„Zum Beispiel müssen alle Jäger vernommen werden. Zum einen müssen sie schildern, wie sie den Tathergang erlebt haben, zum anderen müssen wir wissen, wie viel an Saras Beobachtung dran ist, dass sie alle nur mit Schrotflinten bewaffnet waren", erläuterte Mütze.

„Verstehe", nickte Bröker, schnitt von seinem Hühnchen ab und schloss genießerisch die Augen, als er es verspeiste. „Das solltest du mal probieren, mein lieber Herr Hauptkommissar." – „Da gestern niemand zugegeben hat, Doktor Osthuesenhenrich erschossen zu haben, vermute ich, dass auch niemand bestätigen wird, dass er ein Jagdgewehr dabeihatte – also eins für Kugeln", wandte er sich, nachdem er den ersten Bissen hinuntergeschluckt hatte, wieder dem Fall zu. „Da ich Sara zutraue, eine Schrotflinte von so einer Büchse zu unterscheiden, werden wohl wirklich nicht viele Jäger mit einem Jagdgewehr unterwegs gewesen sein. Und das bedeutet, dass jemand, der bekennt, eine Büchse dabeigehabt zu haben, auch gleich zugeben könnte, dass er Osthuesenhenrich erschossen hat."

„Da könntest du richtigliegen. Es stimmt auch mit den bisherigen Ermittlungsergebnissen überein, die mir Schewe kurz geschildert hat, als du gerade anriefst."

„Was denn für Ergebnisse?", lächelte Bröker.

„Ja, das würdest du wohl gerne wissen", grinste Mütze. „Aber, na gut, ich verdanke dir ja auch den Tipp. Andernfalls hätte ich mich heute vielleicht vor Schewe ziemlich blamieren können."

„Eben, also, welche Erkenntnisse hat Schewe gewonnen?"

„Keine", lachte Mütze. Klang das eventuell ein bisschen schadenfroh?

„Keine?", echote Bröker.

„Nun, Schewe hat es tatsächlich geschafft, alle Jäger – und auch die eine Jägerin, die mit dabei war – zu vernehmen. Und alle haben ausgesagt, dass sie den Schuss und den Schrei gehört haben. Gesehen hat aber keiner was, die meisten höchstens ihren Nachbarn, sie sind ja in breiter Formation durch den Wald geschritten. Ja, es konnte noch nicht einmal jemand mit Sicherheit sagen, an welcher Stelle der Formation der Tote gegangen ist. Einige meinten, er sei etwas vor den anderen gegangen, weil er es immer so eilig hatte."

„Du meinst, als er noch lebte", grinste Bröker. „Und so ein Jagdgewehr hatte auch keiner dabei?"

„Nein, mehrere Jäger haben unabhängig voneinander erklärt, dass sie nur mit Schrot unterwegs waren. Angeblich ist das für den

Pelz der Füchse besser. Also wenn man ihn nach der Jagd verkaufen will. – Ehrlich gesagt, wusste ich gar nicht, dass es dafür noch einen Markt gibt."

„Ich trage auch keinen Fuchs", konterte Bröker und wies auf seine abgetragene Jacke. „Es gibt also zwei Möglichkeiten", fasste er dann zusammen: „Entweder einer der Jäger lügt und er hatte sehr wohl ein Jagdgewehr dabei …"

„Oder sie", warf Mütze ein.

„Oder sie. In dem Fall hätte er – oder sie – zu dieser Büchse gegriffen, weil er dachte, irgendein kapitales Wild erspäht zu haben. Dabei hat er leider seinen Jagdkumpanen erledigt."

„Das ist sicher eine denkbare Variante – und wenn du mich fragst, noch immer die plausibelste", erwiderte der Kommissar.

„Aber die andere sollten wir auch nicht außer Acht lassen."

„Sollten wir nicht", grinste Mütze. „Wen auch immer ‚wir' bezeichnet."

„Na uns", lachte Bröker zurück. „Also alle, die sich Gedanken über diesen toten Grünrock machen. Vielleicht schließt das ja mich mit ein. Jedenfalls wäre in dem zweiten Fall noch jemand anderes außer den Jägerkollegen des toten Herrn Doktor im Wald gewesen. Der hätte ihm aufgelauert und ihn dann – wie sagt man so schön in der Jägersprache – zur Strecke gebracht."

„In diesem Fall wäre es Mord", stelle Mütze nüchtern fest.

„Genau – und dann bräuchten wir zusätzlich zu einem Mörder auch ein Motiv und der ganze Fall wäre um eine ganze Stufe interessanter …"

„… oder komplizierter, je nachdem, aus welcher Warte man es betrachtet."

„Mag sein, mag sein, aber einfache Fälle kann Schewe auch selber lösen", griente Bröker. „Vielleicht können wir ja herauszufinden, welche der beiden Möglichkeiten die richtige ist."

„Wie willst du das denn machen?", wunderte sich Mütze.

„Habt ihr feststellen können, ob es sich bei der Kugel um die Waffe aus einem Jagdgewehr handelte?", schlug Bröker vor.

Mütze überlegte einen Augenblick. „Ich glaube, das ist mehr als nur schwierig", erwiderte er dann. „Zum einen haben wir – wenn ich unseren Doktor, also den Forensiker, nicht Osthuesenhenrich – richtig verstanden habe, keine Kugeln gefunden. Wir kennen also noch nicht einmal das Kaliber. Und dann kannst du natürlich eine Waffe mit langer Reichweite sowohl dafür einsetzen, einen kapitalen Hirsch zu erlegen, als auch im Sportbereich oder als Polizei- oder Militärwaffe. – Ich glaube nicht, dass es da große Unterschiede gibt."

„Zu blöd", seufzte Bröker. „Das war also eine Sackgasse. – Trotzdem hat mich deine Antwort auf eine Idee gebracht."

„Welche?"

„Selbst wenn er kein Jäger ist, wird derjenige, der auf Osthuesenhenrich geschossen hat, doch vermutlich einen Waffenschein besitzen."

„Solange er die Waffe nicht illegal erworben hat: ja."

„Gehen wir mal davon aus. Wer bekommt denn in Deutschland solch einen Waffenschein?", fragte Bröker neugierig.

„Na, die größten Gruppen haben wir schon aufgelistet: Jäger natürlich, daneben auch Sportschützen. Und dann diejenigen, die beruflich eine Waffe brauchen, also zum Beispiel Polizisten, Soldaten und Zollbeamte. Wenn du nicht zu einer der Gruppen gehörst, wird die Luft schon dünner. Für so ein Gewehr, wie wir es in diesem Fall vor Augen haben, wird ein großer Waffenschein benötigt. Dann musst du schon schriftlich nachweisen, warum du eine solche Waffe führen musst."

„Aber es ist nicht unmöglich, an so einen Waffenschein zu kommen?"

„Weder an einen Waffenschein noch an eine Waffe – das ist ja ein Teil des Problems. Du hast sicherlich schon einmal vom Darknet gehört. Da gibt es für genügend Geld alles." Mütze seufzte.

In diesem Moment klingelte sein Handy. Er zog es aus der Tasche und nahm den Anruf an. „Ja?" – „Ja, verstehe." – „Kein Problem. Ich habe heute nur etwas später Mittagspause gemacht." – „Dann sehen wir uns in ein paar Minuten", sagte er kurz hintereinander.

„Die Kollegen. Sie brauchen mich in einem Fall, diesmal einem aus meiner eigenen Abteilung", erklärte er.

„Alles klar", erwiderte Bröker. „Danke, dass du mir so viel Insiderinfos gegeben hast. Vielleicht kann ich mich ja mit einem Tipp zum Mörder revanchieren, wenn es so einen gibt."

„Natürlich wären wir wie immer dankbar", grinste Mütze, legte zwanzig Euro auf den Tisch und verließ das Lokal.

Bröker blieb sitzen und starrte vor sich hin. Mütze hatte ihm tatsächlich mehr Informationen gegeben als gewöhnlich. Aber war er nun wirklich schlauer als zuvor? Er zögerte, sich darauf eine klare Antwort zu geben.

Mit einem Male erstarrte er.

Kapitel 8
... und sein Holländer

Die schlaksige Gestalt in einem knallorangen Sweater und enger schwarzer Lederhose, die soeben das Bistro betreten hatte, kannte Bröker. So kleidete sich in ganz Bielefeld vermutlich nur einer: der selbsternannte Profiler der Bielefelder Polizei, van Ravenstijn. Seit er bei seinem Praktikum bei der Bielefelder Polizei ausgerechnet van Ravenstijn zugeteilt worden war und der ihn zu Tätigkeiten wie Bleistiftspitzen oder Aktensortieren verdammt hatte, war Brökers Abneigung gegenüber dem Polizeipsychologen noch gewachsen. Ob er sich noch schnell aus dem Staub machen konnte? Oder sollte er sich unter dem Tisch verstecken? Aber das war Bröker dann doch zu albern. Außerdem hatte van Ravenstijn ihn schon erspäht.

„Bröker!", rief er aus und strahlte, als habe er soeben ein lang vermisstes Stück Gouda wiedergefunden. „Sie hier? – Aber natürlich, das hätte ich mir ja denken können. Jetzt, wo sie nicht mehr bei uns arbeiten, haben sie Zeit, in Cafés herumzulungern, und den lieben Gott einen guten Mann sein zu lassen. Das sagt man doch so auf Deutsch, oder?" Er lachte meckernd.

„Ach, Ravenstijn", erwiderte Bröker trocken und bemüht, sich nicht provozieren zu lassen. „Zum einen ist mein Praktikum ja schon zwei Jahre her. Und zum anderen: Sollte ich Ihnen nicht die Frage stellen, was Sie hier machen?"

„Was meinen Sie?"

„Nun, wie Sie gerade so richtig bemerkt haben, bin ich Privatier und kann mir aussuchen, wann ich die schönsten Gaststätten Bielefelds aufsuche. Sie hingegen haben doch einen Beruf und sollten um diese Uhrzeit eigentlich arbeiten. Oder hat Schewe Sie rausgeschmissen?"

„He, he", wieder gab van Ravenstijn einen ziegenhaften Laut von sich, der wahrscheinlich ein Lachen sein sollte. „Natürlich habe auch ich einmal Mittagspause, Bröker. Aber ich weiß ja: Sie machen Witzchen. Unser Erster Hauptkommissar wird doch nicht einen seiner besten Leute entlassen. – Denken Sie einmal daran, was Sie bei mir alles gelernt haben."

„Akten schreddern", gab Bröker zurück.

„Das gehört eben dazu, wenn man ein Praktikant ist. Aber Sie haben doch wohl noch mehr gelernt!"

„Ja, dass es das Beste ist, wenn man nicht auf Sie hört, Ravenstijn. Nur so konnte ich den Fall damals aufklären."

„Bröker, Sie haben den Fall aufgeklärt, weil wir Sie gelassen haben. Ich habe damals gedacht, dass es für das Selbstbewusstsein eines Praktikanten gut ist, wenn er auch etwas zur Polizeiarbeit beitragen kann. – Und natürlich habe ich sofort gesehen, dass ihre Selbstachtung ein bisschen unterentwickelt ist."

„Sie meinen, ich strotze nicht so vor falscher Selbstzufriedenheit wie Sie!" Bröker schüttelte den Kopf. Der selbsternannte Profiler hatte weniger als fünf Minuten gebraucht, um seinen festen Vorsatz, sich nicht aus der Ruhe bringen zu lassen, ins Wanken zu bringen. Es war unglaublich, wie der Holländer das immer wieder schaffte.

„Na, kommen Sie Bröker, Sie meinen es doch nicht so. In Wirklichkeit mögen Sie mich und bewundern mich auch ein wenig", keckerte van Ravenstijn. „Und weil ich weiß, dass es so ist, will ich Sie auch an unserem neuesten Fall teilhaben lassen. Kommen Sie, ich leiste Ihnen ein bisschen Gesellschaft. Er ließ sich auf der Bank nieder, auf der nur wenige Minuten zuvor Mütze gesessen hatte. Eigentlich hätten die beiden sich sogar auf der Straße begegnen können.

Van Ravenstijn warf einen kurzen Blick in die Karte, als die junge Frau, die eben schon Mütze und Bröker bedient hatte, an den Tisch trat: „Darf ich Ihnen schon etwas bringen?", fragte sie.

„Ja", entgegnet van Ravenstijn und klappte die Karte zu. „Ich hätte gerne eine Pizza Margherita."

„Die billigste", kommentierte Bröker.

„Precies", bestätigte der Holländer, „aber können Sie statt Mozzarella zwei Scheiben Gouda drauflegen?", wandte er sich erneut an die Bedienung.

Die hob verwundert die Augenbrauen. „Ich werde mal in der Küche fragen, ob wir Gouda vorrätig haben. Wenn ja, können wir das sicherlich machen."

„Sehr gut", freute sich der Psychologe. „Und können Sie mir auch ein Schälchen Mayonnaise und Ketchup dazu bringen?"

„Wie Sie wünschen." Die junge Frau war so professionell in ihrer Reaktion, sich ihr erneutes Erstaunen nicht anmerken zu lassen. Vielleicht war sie doch keine Studentin, wie Bröker zunächst vermutet hatte, oder der Holländer ließ sich hier öfter blicken und sie war derartig abseitige Bestellungen schon gewohnt.

„Super", jubelte van Ravenstijn. „Und dann hätte ich gerne noch ein kleines Wasser. Das wäre alles."

Nun guckte die Bedienung Bröker an. „Für Sie auch noch etwas?"

Am liebsten wäre der gegangen, aber in solchen Augenblicken machte es sich stets bemerkbar, dass Bröker von seinen Eltern zur Höflichkeit erzogen worden war. So sehr es ihm widerstrebte, er würde sich ein paar Minuten mit dem Holländer abgeben müssen. „Ja, einen Kaffee noch gerne", sagte er daher.

„Kommt sofort", erwiderte die junge Frau und verschwand.

Van Ravenstijn lehnte sich zufrieden zurück. Bröker fragte sich, wie viele Italiener er schon mit einer derartigen Bestellung ihres Nationalgerichts zur Weißglut getrieben hatte.

„Und nun können wir ein bisschen plaudern", ließ sich der Psychologe vernehmen. „Ich kann Ihnen ein wenig von Ihrer ehemaligen Wirkungsstätte erzählen. Es ist bestimmt spannend für Sie."

„Oh, worum geht es denn?", fragte Bröker mit ironischem Unterton. „Waren Sie zum Betriebsausflug in einem Pannekoekenhuis oder haben Sie ein besonders schönes Sinterklaas-Gedicht auf Schewe geschrieben?" Bei dieser Vorstellung konnte er sich ein Grinsen nicht verkneifen.

Van Ravenstijn hingegen war ganz aus dem Häuschen. „Bröker, Sie haben ja tolle Ideen", rief er. „Wer hätte gedacht, dass Sie sich so gut in die Seele eines Holländers hineindenken können?" Er zog den Kassenzettel eines Discounters aus seiner Hosentasche. „Haben Sie vielleicht einen Stift?", fragte er Bröker.

Der griff in seine Tasche und angelte einen Bleistiftstummel hervor, den er zusammen mit seinem Notizbuch immer bei sich trug. Van Ravenstijn kritzelte hastig ein paar Worte auf die Rückseite des Kassenbons. „Ich musste mir Ihre Ideen einfach notieren – beides finde ich echt toll!", sagte er.

„Aber nein, ehrlich gesagt wollte ich Ihnen nichts über Sinterklaas-Gedichte oder Pannekoekenhuizen erzählen", sagte er, als er seine Notizen abgeschlossen und Bröker den Stift zurückgegeben hatte. Als wäre das Wort „Pannekoekenhuis" ein Stichwort für die Küche des Nichtschwimmer gewesen, kam in dem Moment van Ravenstijns Pizza. Während Bröker angesichts der Goudascheiben obenauf das Gesicht verzog, schnitt sich der Holländer ein großes Stück ab und schob es in den Mund

„Ich wollte Ihnen von unserem neuesten Fall berichten – der ist sehr interessant", sagte er kauend.

„Interessant heißt, Sie wissen nicht weiter und erhoffen sich einen Tipp?", frohlockte Bröker. Da er schon wusste, worum es ging, kostete er die Situation aus.

„Nein, nein, wie kommen Sie denn darauf? – Ich wollte Ihnen nur schildern, womit wir uns gerade beschäftigen. Ich dachte, es interessiert Sie", schmollte van Ravenstijn und wandte sich dem nächsten Happen Pizza zu.

„Natürlich", bestätigte Bröker rasch. „Ich finde es auch extrem spannend herauszufinden, wer denn auf diesen Doktor Osthuesenhenrich geschossen hat", spielte er genüsslich seinen Informationsvorsprung aus. Er verfehlte die erhoffte Wirkung nicht. Van Ravenstijn staunt ihn mit offenem Mund an. Dabei bemerkte Bröker einen Käsefaden, der von den Schneidezähnen in den Unterkiefer hing wie ein Stalaktit.

„Woher ... woher wissen Sie denn, dass wir uns mit diesem Fall befassen?", krächzte der selbst ernannte Profiler.

„Ach, Ravenstijn", lachte Bröker. „Zum einen haben Sie vergessen, dass ich gute Freunde bei der Presse habe. Der vermeintliche Jagdunfall stand doch schon heute Morgen bestimmt in den Zeitungen." Bröker zockte bei dieser Aussage ein wenig. Er hatte aufgrund seiner ausgedehnten Nachtruhe noch keine Zeit gefunden, sich der Lektüre der beiden Bielefelder Lokalblätter zu widmen, aber auf Charly war bei so etwas stets Verlass.

Der Polizeipsychologe schwieg. So falsch konnte Bröker mit seiner Annahme also nicht gelegen haben.

„Und außerdem haben Sie gute Freunde bei der Polizei", beschwerte sich der Holländer. „Vielleicht muss ich einmal mit Herrn Schewe sprechen, damit Kommissar Schikowski nicht alle Interna Ihnen gegenüber ausplaudert."

„Hauptkommissar Schikowski – so viel Zeit muss sein, Ravenstijn." Schon lange hatte Bröker keine Unterhaltung mit dem niederländischen Polizeipsychologen mehr so genossen. „Aber um Ihnen eine Sorge zu nehmen: Meine Informationen habe ich nicht von Mütze, also ich meine Hauptkommissar Schikowski."

„Sondern von wem dann?"

„Von mir."

„Von Ihnen?"

„Ja. Ich war dabei, als die Jäger ihren toten Jagdgenossen entdeckt haben. Ich habe gesehen, wie er tot mit zerschossenem Gesicht vor der Jagdgesellschaft lag. – Dazu brauche ich keine Insiderinformationen."

Van Ravenstijn schwieg betreten. Seine großspurige Ankündigung, Bröker über die letzten Aktionen von Schewes Truppe in Kenntnis zu setzen, hatte sich ins Gegenteil verkehrt. „Sie stecken mit dem Teufel im Bunde", zischte er.

„Das glaube ich nicht", grinste Bröker. „Schon allein deshalb, weil ich nicht an den Teufel glaube. Aber Sie wollten mir doch sagen, wie Sie mit diesem Fall umgehen", schob er hinterher. „In welche Richtung stellen Sie denn nun Ermittlungen an? Wen hat Schewe besonders in Verdacht?"

„Ha, das werde ich Ihne gerade sagen", lachte der Psychologe trocken.

„Ich dachte, genau das sei Ihre Absicht gewesen?"

„Ja schon, aber da dachte ich, dass Sie keine Ahnung von dem Fall haben", gab sich der Holländer ungewohnt offen. „Hätte ich gewusst, dass Sie den Fall so genau kennen, hätte ich vielleicht weniger gesagt."

„Das heißt, Sie haben noch keinen Verdächtigen?"

„Wir ermitteln in alle Richtungen."

Bröker lachte. Wenn er eins bei seinem jahrelangen Kontakt mit der Kripo gelernt hatte, dann das: Wenn die Polizei bekannt gab, in alle Richtungen zu ermitteln, dann hatte sie nicht den geringsten Verdacht, wer hinter einer Tat steckte. Mit vielen Mitarbeitern im Hintergrund konnte man sich so ein Vorgehen auch eher leisten, als wenn man alleine über einen Fall nachdachte. „Das heißt, Sie haben keine Ahnung, wer der Täter war", gab er zurück. In seiner Stimme schwang ein kleiner Triumph.

„Ahnungen haben wir viele", wollte der selbsternannte Profiler nicht klein beigeben, „Sie fragen doch auch nur so scheinheilig, weil Sie nicht wissen, wer diesen Doktor auf dem Gewissen hat."

„War es denn ein Mord?", warf Bröker ein. Bei dieser Frage interessierte es ihn wirklich, die Meinung der Polizei zu hören.

„Es kann beides gewesen sein: ein Unfall oder ein Mord, wer weiß das schon so genau", erwiderte van Ravenstijn kryptisch.

„Aber wenn ich Sie nach Ihrer Meinung fragen würde – worauf würden Sie dann tippen: Mord oder Unfall?", versuchte Bröker sein Gegenüber festzunageln.

„Da brauche ich nicht zu tippen", erwiderte der großspurig. „Natürlich war es Mord."

„Wieso sind Sie sich da so sicher?"

„Weil es so viele gute Motive für Mord gibt."

„Ach?" Bröker war wirklich gespannt, welche Beweggründe der Holländer nun anführen würde.

„Bröker, das können wir uns gemeinsam überlegen", lächelte van Ravenstijn hochnäsig. „An was erinnert Sie ein Gewehr?"

„An ein Gewehr", gab Bröker trocken zurück.

„Bröker, Sie müssen ein bisschen mehr Fantasie haben", beschwerte sich der Psychologe.

„An eine Pistole", spann Bröker den Faden gelangweilt weiter.

„Keine Waffe", half ihm der Holländer.

„Mein Gott, Ravenstijn, hören Sie auf, diese Ratespielchen mit mir zu veranstalten! Oder kann ich etwas gewinnen?"

„Na gut, Sie sind eben kein Psychologe. Daher wäre es ein Wunder, wenn Sie meine Gedanken nachvollziehen könnten", seufzte der selbsternannte Profiler.

„Das Wunder ist eher, dass Sie angeblich ein Psychologe sind", gab Bröker das Stöhnen zurück. „Also: Woran denkt ein Psychoheini wie Sie, wenn er ein Gewehr sieht?"

„Das ist doch klar! Ein Gewehr steht für Aggression …"

„Ach was", kommentierte Bröker genervt. „Für dieses Wissen haben Sie studiert?"

„… man dringt damit in andere Lebensräume ein, so sehr, dass man sein Gegenüber umbringen kann", fuhr van Ravenstijn unbeirrt fort. „Und denken Sie an die Form: Ein Gewehr ist ein perfektes Phallussymbol. Das weiß jeder, der nur ein Semester lang Psychologievorlesungen besucht hat."

„Man sieht ja an Ihnen, wohin so etwas führt", grinste Bröker. „Aber nehmen wir mal an, Sie haben recht. Was sagt Ihnen denn nun die Erkenntnis, dass Osthuesenhenrich von einem Phallussymbol erschossen wurde? Sie wollen doch nicht etwa auf den guten, alten Ödipuskomplex hinaus?"

„Das ist durchaus eine Möglichkeit. – In diesem Falle könnte ich mir vorstellen, dass ein Sohn den Jäger erschossen hat."

„Und welche anderen Möglichkeiten gibt es?"

„Ebenso gut könnte ich mir vorstellen, dass dahinter eine Tochter steckt, vielleicht eine, die als Kind missbraucht wurde."

„Das sind ja heftige Vorwürfe gegen den Toten."

„Natürlich. Aber ein Mord braucht natürlich einen starken Beweggrund. Missbrauch wäre ein solches Motiv. Ich könnte mir aber auch vorstellen, dass eine betrogene Ehefrau zu einer solchen Tat fähig wäre. Auch hier wäre es ja naheliegend, dass so ein Anschlag, mit einem Phallussymbol ausgeführt wurde", doziert der Holländer weiter.

„Ravenstijn, Ravenstijn", lachte Bröker. „Was Sie alles aus der Tatsache herauslesen, dass jemand mit einem Gewehr erschossen wurde. Und dabei muss man bedenken, dass ein Gewehr wahrscheinlich eher zu den üblichen Mordwaffen zählt." Dabei dachte Bröker, dass der holländische Polizeimitarbeiter mal wieder so viele Verdachtsmomente streute, dass er am Ende vielleicht sagen konnte, das habe er ja von vornherein gewusst.

„Dafür bin ich eben ein Profiler."

„Und Sie meinen nicht, dass der Tote vielleicht deshalb mit einem Gewehr erschossen wurde, weil es viel schwieriger ist, jemanden zum Beispiel mit einer Geige zu erschlagen?"

„Auch das hat es bestimmt schon gegeben. Und in dem Fall würde ich eher auf einen Musikschüler tippen." Das Selbstvertrauen des Polizeipsychologen war wie gewöhnlich schwer zu erschüttern.

„Aber haben Sie denn überprüft, ob an Ihren Vermutungen überhaupt etwas dran sein kann?", konterte Bröker.

„Sie sind aus psychologischer Sicht sehr plausibel", gab sich van Ravenstijn unbeeindruckt. „Wie hätte ich sie denn in der kurzen Zeit überprüfen können?"

„Zum Beispiel hätten Sie prüfen können, ob der Tote eine Tochter hatte oder einen Sohn. Vielleicht war er ja noch nicht einmal verheiratet?"

„Dazu fehlte mir bislang die Zeit", musste der Holländer zugeben. „Aber wenn wir den Fall aufgeklärt haben, werden Sie schon sehen, dass ich recht hatte."

„Ach, Ravenstijn", Bröker lächelte mitleidig. „Ich glaube, ich habe noch nie miterlebt, dass Sie einen einzigen Fall aufgeklärt hätten."

„Sie haben ein sehr kurzes Gedächtnis, Bröker", konterte der Psychologe, konnte aber offenkundig trotzdem keinen Fall nennen, in dem er richtiggelegen hatte. Er schob sein Besteck auf dem inzwischen leeren Teller zusammen und wechselte rasch das Thema: „Aber ich muss nun auch gehen. Meine Mittagspause ist vorbei. Könnten Sie die Rechnung für mich übernehmen? Ich habe es eilig." Er stand auf und verließ das Bistro.

Bröker blieb mit offenem Mund sitzen.

Kapitel 9
Ein erster Verdacht

Es hatte eine Weile gebraucht, bis Bröker in der Lage gewesen war, den Nichtschwimmer zu verlassen. Natürlich war van Ravenstijns Geiz ebenso berüchtigt wie seine Frechheit berühmt. Dennoch hatte Bröker nicht damit gerechnet, so von dem Holländer übertölpelt zu werden. Und obwohl er nicht geizig war, reute ihn der Schein, den er für das Mittagessen des selbsternannten Profilers schließlich zusätzlich über den Tresen schieben musste. Ausgerechnet seinen Intimfeind zum Essen einzuladen, war etwas, was selbst seine Grenzen der Großzügigkeit sprengte. Zumindest hatte van Ravenstijn sich für diesen Coup nur eine Pizza Margherita ausgesucht, tröstete er sich.

Als er eine halbe Stunde später wieder an seiner Stadtvilla eintraf, hörte er zweierlei. Zum einen schien das Telefon zu klingeln, zum anderen kommentierte Pagelsdorf das seltene Geräusch mit voller Lautstärke. So schnell er konnte, schloss Bröker auf. Der Hund raste zur Tür und tanzte um ihn herum.

„Aus dem Weg, Pagelsdorf, ich muss zum Telefon", versuchte Bröker ihn abzuschütteln.

Das Tier hatte nur wenig Verständnis für Brökers Eile und sprang an seinem Herrchen hoch, um es zu begrüßen und ihm zu zeigen, dass man nicht ohne seinen geliebten Vierbeiner aus dem Haus ging.

„Weg da!", beharrte Bröker. Wenn er es nicht rechtzeitig schaffte, den Anruf entgegenzunehmen, hatte er keine Möglichkeit herauszufinden, wer ihn sprechen wollte, bevor Gregor nach Hause kam. Natürlich besaß sein schnurloses Telefon, das ihm noch immer wie der letzte Schrei vorkam, einen Speicher, der die eingegangenen Anrufe festgehalten hatte, allerdings hatte er nicht die geringste Ahnung, wie man diesen abrufen konnte.

„Bröker hier", keuchte er in die Sprechmuschel, als er im letzten Moment den Apparat erreichte. Er musste zugeben, dass es mehr wie ein Bellen klang als wie die Namensangabe von Bielefelds bekanntestem Detektiv.

„Bröker, bist du es?" Am anderen Ende der Leitung hörte Bröker Charlys ansteckendes Lachen. „Oder hast du vielleicht Pagelsdorf zum Telefondienst abgestellt?"

„Nein, nein, ich bin es schon", erwiderte Bröker. „Ich komme nur gerade zur Tür herein und habe mich beeilt, damit ich den Anruf nicht verpasse."

„Ach, wie schön, dass ich zu deiner sportlichen Ertüchtigung beitrage." Bröker konnte hören, wie Charly grinste. „Aber das geschieht dir ganz recht. Schließlich habe ich mir heute auch schon die Finger wund getippt, um dich zu erreichen."

„Ja, wie gesagt, ich war nicht zu Hause. Ich habe mich mit Mütze zum Mittagessen getroffen und dann kam auch noch Ravenstijn und hat mir einen Knopf an die Backe gelabert."

Wieder kicherte Charly. „Den Ausdruck habe ich ja schon ewig nicht mehr gehört. Wie schön, dass er noch lebt."

„Der Ausdruck oder der Holländer?"

„Dreimal darfst du raten. Aber sag mal, hattest du nicht irgendwann mal ein Handy? Gregor hat dich doch zu so einem richtig schicken Smartphone überredet, oder? Auf deiner Mobilfunknummer habe ich es nämlich auch versucht. Aber da bist du auch nicht rangegangen."

„Doch, natürlich habe ich ein Handy." Wie zum Beweis zog Bröker das kleine elektronische Wunderding aus der Tasche, das ihm Gregor vor ein paar Jahren mit dem Hinweis aufgeschwatzt hatte, dass es sogar ein GPS-Gerät eingebaut hatte, mit dem man Geocaching machen konnte – an dieser elektronischen Schnitzeljagd hatte Bröker im Rahmen eines Falles Freude gefunden. Er warf einen Blick auf das Display. „Oh", stieß er hervor.

„Was ist? Hast du es nicht eingeschaltet?", lachte Charly, die erraten hatte, was Bröker gerade tat.

„Gewissermaßen."

„Gewissermaßen?"

„Es hat sich wohl eher selbst ausgeschaltet. Ich habe mal wieder vergessen, das Ding zu laden. Diese modernen Handys haben aber auch einen enormen Stromverbrauch."

„Ach, Bröker, wie schön, dass es Sachen gibt, die sich nie ändern", amüsierte sich die Journalistin weiter.

„Es ist nicht nur meine Schuld", verteidigte sich Bröker. „Früher hat man diese Dinger einmal pro Woche aufgeladen und dann haben sie funktioniert."

„Und auch da warst du schon regelmäßig ohne Saft, weil du vergessen hast, dein Handy ans Ladekabel zu hängen. Ich verstehe dein Problem ..."

Bröker schwieg. Charly hatte ihn überrumpelt.

„Aber sag einmal, wenn du dich mit Mütze getroffen hast, dann habt ihr wohl über den Fall des toten Jägers gesprochen, den wir gestern gefunden haben?", wechselte die das Thema.

„Ja, kann schon sein ...", gab Bröker zögerlich zu. Einerseits war ihm Charly schon manches Mal eine Hilfe gewesen, andererseits liebte sie es auch, über ihren Mister Marple von der Sparrenburg zu berichten, und das war ihm nicht sonderlich recht.

„Glaubt die Polizei denn immer noch an einen Jagdunfall?", fuhr die Journalistin fort. „Ich habe das in der heutigen Zeitung mal so vermutet. Gestern Abend war der Redaktionsschluss schon vorbei, sodass ich nur noch eine ganz kurze Meldung im Lokalteil platzieren konnte. Zeit für eine ausführliche Recherche war da nicht."

„Die Polizei ermittelt in alle Richtungen", brachte Bröker sie auf den neuesten Stand. „So jedenfalls hat es mir Ravenstijn erzählt. Das soll wohl heißen, dass sie keine Ahnung haben." Er machte eine Pause. Ach was, er konnte seine Freundin nicht im Ungewissen lassen, entschied er. „Wenn du mich fragst, war das mehr als nur ein einfacher Jagdunfall", fuhr er dann fort.

„Wie kommst du darauf?" Es kam Bröker so vor, als käme Charly vor Neugier durch das Telefon gekrochen.

„Das geht auf eine Beobachtung von Sara zurück – die wohnt übrigens jetzt bei uns, aber das ist eine andere Geschichte." Himmel, in den letzten vierundzwanzig Stunden war wirklich eine Menge geschehen.

„Was hat Sara denn beobachtet? Und wieso wohnt sie bei euch?"

„Sara kennt sich ein wenig mit der Jagd aus, ihr Vater ist auch Jäger". Bröker konnte nur auf eine der beiden Fragen antworten und so fasste er zusammen, was er von Gregors Freundin erfahren hatte. „Ihr ist aufgefallen, dass die Schussverletzung, die dieser Osthuesenhenrich hatte, wahrscheinlich von einer Kugel stammt. Das wurde in der Zwischenzeit auch von dem Gerichtsmediziner bestätigt."

„Und?"

„Die Jäger, die Sara gesehen hat, trugen allesamt Schrotflinten."

„Donnerwetter!" Charly pfiff durch die Zähne.

„Ja – und auch dabei ist die Polizei schon weitergekommen", fuhr Bröker fort. „Schewe hat den Fall übernommen und heute alle Jäger befragt."

„Wieso wusste er denn von Saras Hinweis?"

„Ich habe gestern Abend noch Mütze informiert. Ich wollte nicht, dass er heute dumm dasteht, wenn rauskommt, dass er noch an einen Jagdunfall glaubt."

„Ach, aber mich lässt du einfach Unsinn in der Zeitung schreiben? Du hättest mich auch anrufen können." In Charlys Stimme schwang Empörung.

„Tut mir leid, das habe ich in der Eile vergessen", murmelte Bröker.

„So schlimm ist es vielleicht auch wieder nicht", lenkte Charly umgehend ein. „Gestern Abend hätte ich den Artikel sowieso nicht mehr ändern können. Und ich glaube, ich habe durch den Hinweis auf Egons Hütte das Interesse meiner Leser wecken können."

„Egons Hütte?"

„Das ist so eine Jagdhütte nicht weit von der Hünenburg. Da hat es vor mehr als zehn Jahren mal einen Jäger gegeben, der erst seine Frau und dann sich erschossen hat."

„Das wäre ja ein Ding, wenn es jetzt dort wieder einen Mord gab."

„Du sagst es. Übrigens machst du dein gestriges Versäumnis gerade mehr als gut."

„Und wie mache ich das? Ich bin mir keines Verdienstes bewusst", wunderte sich Bröker.

„Dadurch, dass ich im Moment jede Menge Informationen von dir bekomme. Die Polizei war da nämlich heute Vormittag nicht so freigiebig – obwohl ich sehr beharrlich nachgefragt habe."

Bröker konnte sich lebhaft vorstellen, wie die Journalistin versucht hatte, Schewe auszuquetschen, aber an seiner professionellen Verschwiegenheit gescheitert war. Hoffentlich kam nicht heraus, über welche Umwege sie dann doch noch an die gewünschten Auskünfte gekommen war.

„Also, was haben denn die Jäger und die eine Jägerin, die ich sehen konnte, im Verhör ausgesagt?"

„Keiner von ihnen will ein Jagdgewehr, das Kugeln abfeuern kann, mit dabeigehabt haben. Sara hat sich also nicht getäuscht."

„Oder derjenige, der Doktor Osthuesenhenrich auf dem Gewissen hat, ist zu feige, das zuzugeben", schlug Charly eine Alternative vor.

„Das ist gut möglich. In dem Fall wäre es ein Jagdunfall und wir müssten herausfinden, wer den Doktor versehentlich erschossen hat. Oder es war kein Unfall, sondern Absicht – und dann wird daraus ein Mord und ein echter Kriminalfall, bei dem es sicher nicht einfach ist, den Mörder dingfest zu machen." Bröker konnte nicht verhehlen, dass er die zweite Alternative spannender fand.

„Irgendwie hatte ich bei dem Vorfall gestern Nachmittag ein komisches Gefühl", fuhr die Journalistin nach einer Pause fort. „Und nun stellt sich heraus: zu Recht."

„Komm, nun mach mir nicht den Ravenstijn", lachte Bröker. Charly konnte nicht sehen, dass er ihr dabei zuzwinkerte. „Der will nämlich auch immer im Nachhinein alles gewusst haben."

„Hey, es ist schon ein bisschen ehrenrührig, wenn du mich mit diesem Quacksalber vergleichst", ging die auf den spöttischen Tonfall ihres ehemaligen Studienkollegen ein. „Doch, doch: Meine Nase gesagt hat, dass mehr hinter dem Tod von Osthuesenhenrich steckt als ein einfacher Jagdunfall. Das kann ich sogar beweisen."

„Wie willst du das denn beweisen? Hast du gestern Abend noch heimlich einen Zettel mit Datum und Uhrzeit bei einem Notar hinterlegt, auf dem dein Verdacht notiert ist?" Bröker grinste bei der Vorstellung.

„Das nicht. Aber ich habe mich heute Morgen gefragt, wer denn als Täter infrage käme, wenn es sich bei dem Toten nicht um das Opfer eines Jagdunfalls handelt."

„Hm." Bröker versank in Nachdenken. „Auch für mich ist die Erkenntnis, dass Osthuesenhenrich eventuell einem Mord zum Opfer gefallen ist, ja relativ neu", musste er zugeben. „Und wie ich eben schon sagte, ist es in diesem Fall wahrscheinlich nicht einfach, den Mörder ausfindig zu machen. Dazu müsste man seine Lebensumstände besser kennen. Hatte er Feinde? Wie sieht es mit Leuten aus seiner näheren Umgebung aus: Gibt es da jemanden, der ein Motiv hätte, ihn umzubringen? – Ohne diese Informationen fiele, es mir schwer auf einen Mörder zu tippen."

„Ja, ja, Mister Marple, du hast ja recht." Aus Charlys Mischung klang eine Mischung von Amüsement und Enttäuschung darüber, dass Bröker nicht sofort nach ihren Ergebnissen gefragt hatte. „Ich habe mich eben ohne all das Wissen, das du aufgezählt hast, auf die Suche nach einem möglichen Täter begeben."

„Und bist du fündig geworden?" Bröker hätte es sensationell gefunden, wenn seine Freundin den Fall aufgeklärt hätte, noch bevor von der Polizei offiziell bekannt gegeben worden war, dass es sich bei dem Tod nicht um einen Unfall handelte. Doch so sehr er der Journalistin einen solchen Coup gönnte, so skeptisch war er auch.

„Wenn du fragst, ob ich dir jetzt einen Mörder präsentieren kann: Nein, das kann ich nicht", musste Charly zugeben. „Aber wenn ich einen suchen müsste, wüsste ich, wo ich anfangen sollte."

„Aber du hast keine Lust selbst zu suchen und willst die Arbeit lieber mir überlassen", begann Bröker nun den Grund hinter Charlys Anruf zu erraten.

„Keine Lust stimmt nicht ganz – ich habe schlichtweg keine Zeit. Und ich dachte mir, wenn ich schon Bielefeld erfolgreichsten Detektiven kenne …"

„Ich bin doch kein Detektiv", protestierte Bröker.

„… also, wenn ich schon jemanden kenne, der mittlerweile sechs Mordfälle aufgeklärt hat, dann wäre es doch dumm, ihn nicht nach seiner Meinung zu fragen", beendete Charly ihren Satz.

„Hm, du weißt schon, dass du mir nicht Honig ums Maul schmieren musst, damit ich über so einen Mordfall nachdenke – wenn es denn einer ist. Ich denke schon ganz automatisch darüber nach, besonders weil wir so nahe dabei waren, als es geschah."

„Natürlich weiß ich das. Aber vielleicht kann ich dir ja mit meiner Vermutung einen Denkanstoß geben." Die Journalistin brannte darauf, endlich loszuwerden, was sie sich im Laufe des Tages überlegt hatte.

„Dann schieß mal los."

„Losschießen passt ja sehr gut zu unserem Mordfall", grinste Charly, bevor sie wieder ernst wurde. „Vielleicht ist Vermutung auch das falsche Wort", räumte sie dann ein. „Du hast ja recht, dass man eigentlich erst den Hintergrund des Toten auskundschaften muss, bevor man jemand konkret verdächtigen kann. Mir ist nur ein Bericht eingefallen, der vor ein paar Wochen bei uns in der Zeitung erschienen ist. Und da es dabei auch um das Thema Jagd geht, dachte ich, dass die beiden Fälle vielleicht zusammenhängen."

„Hm, wenn es bei euch in der Zeitung gestanden hat, müsste ich es eigentlich gelesen haben", überlegte Bröker. „Schließlich lese ich eure Postille beinahe jeden Tag, vor allem den Lokalteil. – Warte mal: Es geht um das Thema Jagd, sagst du?"

„Genau."

„Jetzt erinnere ich mich. War da nicht etwas mit einer Gruppe junger Leute, die sich zu Beginn der Jagdsaison Aktionen gegen die Jagd ausgedacht haben?", dämmerte es Bröker.

„Ja, so ähnlich. Einen eigentlichen Beginn einer Jagdsaison gibt es ja nicht, weil es für jede Sorte Wild andere Jagdzeiten gibt. Aber es stimmt, als Anfang September die Jagd auf Rehe wieder erlaubt war, haben die jungen Leute ein paar öffentliche Protestaktionen gestartet. Zu Beginn war es nur eine kleine, nicht angemeldete Demo, auf der sie mit Tierfellen bekleidet über den Jahnplatz gelaufen sind und den Verkehr lahmgelegt haben. Das hat aber fast niemand mitbekommen, weil das sehr schnell von der Polizei aufgelöst wurde. Dann haben sie den Zugang zur Geschäftsstelle der Kreisjägerschaft mit einer Sitzblockade abgeriegelt. In meinen Augen war das auch nichts Großes, aber der Vorstand der Jäger hat sich ganz schön aufgeregt. Ich glaube, das Aufsehenerregendste war, dass sie sich in Ummeln an die Bäume des Waldes gekettet haben, in dem ein paar Stunden später gejagt werden sollte. Das war vor allem auch für sie selbst gefährlich."

„Hm", brummte Bröker. „Für mich klingt das zunächst einmal nach einer Gruppe von – engagierten Hitzköpfen." Er hatte sich im letzten Moment zusammengerissen und nicht „Spinner" gesagt, weil ihm in den Sinn kam, dass Gregor noch immer in Gruppen organisiert war, die sich ebenfalls für die Verbesserung der Welt einsetzen, sei es nun die Rettung von Lebensmitteln aus Containern, der Kampf gegen die Erderwärmung, oder die Unterstützung von Menschen, die mit der zunehmenden Bürokratie nicht zurechtkamen. Er, Bröker, war sogar selbst schon einmal mit Gregor auf einer Demonstration gewesen, auch wenn er sich nur noch vage daran erinnern konnte, wofür oder wogegen sie damals demonstriert hatten.

„Diese Sichtweise ist sicherlich nicht ganz falsch", räumte Charly ein.

„Und du glaubst wirklich, dass diese Leute den Doktor auf dem Gewissen haben?", zweifelte Bröker.

„Die meisten von denen sind harmlos, glaube ich. Zunächst habe ich auch nur eine Verbindung von den Protesten zu Osthuesenhenrich gezogen, weil es eben um das Thema Jagd geht. Ich hatte aber keine große Hoffnung, dass es sich dabei wirklich um eine belastbare Beziehung handelt, um auf die Spur des Mörders zu kommen."

„Und das siehst du jetzt anders."

„Ich weiß es nicht", sagte Charly gedehnt. „Es war ja nur eine Idee, beinahe eine Spielerei à la was wäre wenn. Ich wusste zu dem Zeitpunkt nicht, dass Osthuesenhenrich eventuell wirklich Opfer eines Anschlags geworden ist. Aber ich wollte auch nicht zu schnell die Flinte ins Korn werfen."

„Diesmal kommt die zweideutige Wortwahl aber von dir", lachte Bröker.

„Stimmt. – Jedenfalls bin ich in einer freien Minute zu Bredepohl gegangen. Das ist der Kollege, der vor Ort war, als diese Jagdgegner sich an die Bäume gekettet haben. Ich habe ihm mal ein bisschen auf den Zahn gefühlt, was er von dieser Gruppe hält."

„Du hast ihm gesagt, dass du einen Mörder jagst, bei dem du aber nicht weißt, ob die Leiche wirklich ermordet wurde."

„Das natürlich nicht!", erwiderte Charly. „Ich habe Osthuesenhenrich mit keiner Silbe erwähnt und stattdessen so getan, als würde ich über einen Hintergrundbericht über diese Jagdgegner nachdenken und ihn gefragt, ob er das für lohnend hält und ob er denkt, dass es in der Gruppe interessante Mitglieder gibt und ob von denen in nächster Zeit noch mehr zu erwarten ist. So ein typisches Journalistengespräch eben."

„Und was hat Bredepohl geantwortet?"

„Er war ein bisschen vage. Vielleicht wollte er sich selbst auch die Möglichkeit offenhalten, über diese Gruppe zu schreiben. Dennoch ist mir ein Satz im Gedächtnis geblieben: ‚Viele von denen sind einfach nur Spinner', hat er gesagt. ‚Aber bei zwei oder drei von ihnen könnte ich mir vorstellen, dass sie durchaus weitere Aktionen planen oder gewaltbereit sind.' – Das hat mich nachdenklich gemacht."

„Hm, das kann ich mir vorstellen", murmelte Bröker.

„Mist!", kam es plötzlich vom anderen Ende der Leitung.

„Was ist?" Bröker hob erstaunt die Brauen. So schnell war seine ehemalige Studienkollegin für gewöhnlich nicht aus der Ruhe zu bringen.

„Es ist ja schon zwanzig vor fünf", erwiderte die. „Ich habe dem Oberbürgermeister versprochen, ihn um sechzehn Uhr dreißig anzurufen, damit ich gegebenenfalls noch dem Chef Bescheid geben kann, dass ich mehr Platz in der morgigen Ausgabe brauche. Es geht um die neuen Programme, die Bauen in Bielefeld einfacher machen sollen. Also sei mir nicht böse, Bröker, ich muss auflegen. Vielleicht kannst du bei Gelegenheit mal über diese Jagdgegner nachdenken und darüber, was du von meinen Gedanken hältst."

„Das werde ich bestimmt", brummte Bröker. Doch da hatte Charly das Gespräch schon beendet. Bröker aber behielt nachdenklich das Mobilteil seines Telefons in der Hand. Hatte seine Freundin den Fall etwa innerhalb eines Tages gelöst?

Kapitel 10
Kriegsrat

Erst Pagelsdorf brachte Bröker von seinen Grübeleien ab. Der Hund lief immer wieder zur Haustür, stellte sich davor und bellte, bis Bröker endlich ein Einsehen hatte. „Ja, ja, ich verstehe schon. Du möchtest ausgehen – vielleicht musst du es auch", sagte der, zog sich eine Jacke über und schnappte sich die Hundeleine.

Manchmal wunderte er sich über sich selbst. Es stimmte: Es gab diese Phasen, in denen er nahezu verdrängte, dass Pagelsdorf keine Katze war und damit auch ganz andere Bedürfnisse hatte als Uli, sein vor drei Jahren verstorbener Kater. Dennoch hatte er sich in den vergangenen zwei Jahren sehr an Pagelsdorf gewöhnt. Sein Tagesablauf hatte einen ganz anderen Rhythmus bekommen, ja, überhaupt vielleicht zum ersten Mal seit dem Tod seiner Mutter eine Struktur. Viel seltener als zuvor erlaubte er es sich, bis in die Mittagszeit zu schlafen und auch wenn er für den Vierbeiner sogar gelegentlich schon auf den Besuch des Almstadions, wie das Stadion von Arminia Bielefeld unter eingefleischten Fans noch immer hieß, verzichtet hatte, musste er zugeben, der Hund tat ihm gut. So viel frische Luft und so viel Bewegung hatte er vielleicht in seinem ganzen Leben noch nicht gehabt, auch wenn sich Letzteres kaum in seinem Körpergewicht bemerkbar machte. Wenn er nicht allzu genau in den Spiegel schaute, konnte er sich einreden, dass er Fettgewebe in Muskelmasse umgewandelt hatte.

Außerdem waren die Spaziergänge eine hervorragende Möglichkeit nachzudenken – sei es über die Gedanken des Philosophen Camus, den Bröker in den letzten Monaten zu lesen begonnen hatte, oder über einen aktuellen Fall. Und manchmal kam ihm dabei auch eine gute Idee – nur heute nicht, stellte er fest, als er eine gute Stunde nach seinem Aufbruch wieder vor seiner Haustür angekommen war. Ob an Charlys Vermutung, dass diese Jagdgegner etwas mit dem Todesfall an der Hünenburg zu tun hatten, etwas dran war, konnte er nur sagen, wenn er mit den Wortführern dieser Bewegung gesprochen hatte – wenn überhaupt.

Als er die Haustür aufschloss, kamen ihm aus der Küche Stimmen entgegen. Gregor und Sara waren schon zu Hause und hantierten überraschenderweise mit den Küchengeräten, stellte er fest, als er ein paar Augenblicke später die Küche betrat.

„Hey, Bröker, alter Vermieter", grinste Gregor. „Schön, dass du wieder hier bist, wir haben dich schon vermisst. Du hast eine Runde mit Pagelsdorf, gedreht, oder?"

„Genau", bestätigte Bröker.

„Das ist bestimmt jeden Tag eine Menge Arbeit", mischte sich auch Sara in die Unterhaltung ein.

„Ach, gerade noch habe ich gedacht, dass ich das inzwischen ganz gerne mache", wiegelte Bröker ab.

„… so oder so. Wir haben heute beschlossen, dass wir das Kochen übernehmen", fuhr Gregors Freundin unbeirrt fort. „Zum einen, damit du ein bisschen mehr Zeit für dich hast, zum anderen, um noch einmal danke dafür zu sagen, dass du mich so großzügig zu dir eingeladen hast."

„Wir haben auch schon eingekauft", ergänzte Gregor und schwenkte drei Stoffbeutel, die die beiden jungen Leute offenbar im Begriff waren auszupacken.

„Oh, was gibt es denn?", erkundigte sich Bröker, dem beim Anblick guter Lebensmittel das Herz immer höherschlug.

„Hier haben wir: leckeren Pak Choi", begann Gregor aufzuzählen und zog das Gemüse aus dem ersten Stoffbeutel. „Mini-Auberginen, kleine Tomaten, Kichererbsen, rote Linsen …" Inzwischen war er beim zweiten der drei Beutel angelangt. „Einen Blumenkohl", fuhr er fort, „drei Süßkartoffeln, Karotten und dazu Basmatireis, eine Dose Kokosmilch und einen Becher Currypaste. Ach, und Zwiebeln und Knoblauch habe ich sicherheitshalber auch noch gekauft." Er breitete seine Einkäufe vor Bröker aus und strahle. „Ich glaube, alles, was wir sonst noch so brauchen, haben wir auch hier zu Hause."

Bröker nickte beifällig. Er schaute noch einmal auf Gregors Einkäufe – und ihm wurde ganz elend. Fleisch, dachte er. Gregor und Sara hatten vergessen, Fleisch einzukaufen. Sicher, aus den von ihnen erstandenen Lebensmitteln würde sich ein sehr brauchbares Curry zaubern lassen. Aber was war so ein Curry ohne ein Hühnerfilet oder ein Stückchen Lamm? Er beschloss, sich nichts anmerken zu lassen. Schließlich hatten Sara und Gregor es wirklich gut gemeint und an sein leibliches Wohl gedacht. Da konnte er es ihnen ausnahmsweise durchgehen lassen, dass sie das Fleisch vergessen hatten. Wahrscheinlich würde es ihnen irgendwann auffallen und dann konnten sie gucken, ob er nicht in der Tiefkühltruhe noch einen Vorrat hatte, der gut zu dem von ihnen gekochten Gericht passen würde.

Auf diese Erkenntnis aber konnte Bröker lange warten. Munter und zufrieden mit der Welt und vor allem, mit den von ihnen erstandenen Zutaten, machten sich Gregor und seine Freundin an die Zubereitung der Mahlzeit.

Als sie eine Dreiviertelstunde dampfend vor ihm stand, roch sie zwar köstlich, aber Fleisch hatten seine beiden jüngeren Mitbewohner trotzdem nicht hinzugefügt. Immerhin hatte Bröker aus einer Ecke seines Weinkellers einen südafrikanischen Cabernet Sauvignon hervorgeholt. Wenn er schon vegetarisch aß, wollte er doch zumindest nicht auch ohne Alkohol auskommen müssen.

Er stocherte mit seiner Gabel in dem Essen herum, schob sich dann aber einen Bissen des indischen Nationalgerichts in den Mund.

„Lecker", lobte er. Natürlich hätte er immer so reagiert, aber es war nicht gelogen, musste er zu seinem eigenen Erstaunen feststellen.

„Danke", erwiderten Gregor und Sara wie aus einem Mund.

„Es ist ja vor allem dein Verdienst, dass ich weiß, wie man was würzt und welche Kombinationen gut zusammen schmecken", ergänzte der Junge.

„Kann sein", gab Bröker zurück. Solch lobende Worte war er von seinem jahrelangen Mitbewohner nur in Ausnahmefällen gewohnt und er merkte, wie er verlegen lächelte. Hoffentlich wurde er nicht auch noch rot.

„Ach, Brökerchen, das ist ja niedlich, deine Gesichtsfarbe ähnelt einer Vierzehnjährigen, wenn man ihr sagt, sie habe eine süße, kleine Stupsnase." Gregors Lachen nahm Bröker jegliche Illusion bezüglich seiner letzten Befürchtung.

„Ich habe nur gerade auf eine scharfe Chilischote gebissen", versuchte Bröker eine Ausrede.

„Komisch, es ist nur gemahlener Chili drin", grinste der Junge.

„Wie dem auch sei – ich wundere mich, dass du auch so gut vegetarisch kochen kannst", lenkte Bröker das Gespräch auf das erste Thema, das ihm in den Sinn kam. „Das kannst du ja kaum von mir haben."

„Aber von mir", schaltete sich Sara ein. Sie lächelte stolz.

„Stimmt, Sara kennt echt coole vegetarische Gerichte", bestätigte Gregor.

„Aber du isst doch Fleisch, oder hat sich da etwas geändert?" Mit einem Mal bekam Bröker Angst, dass er mit dem Einverständnis zu Saras Einzug auch die Einwilligung auf fleischlose Mahlzeiten auf unbestimmte Zeit abgegeben hatte.

„Nein, nein, alles gut. Ich habe dir ja gesagt, dass mein Vater Jäger ist und entsprechend bin ich auch von meinen Eltern an Fleisch gewöhnt worden", nahm ihm Sara diese Sorge. „Irgendwie kann ich nach beinahe zwei Jahrzehnten bei meinen Eltern nicht mehr ganz auf Fleisch verzichten. Aber es ist mir halt wichtig, dass es gutes Fleisch ist."

„Mir auch", pflichtete ihr Bröker bei. „Also leicht rosa und mit einer guten Soße, zum Beispiel auf Rotweinbasis", war er sogleich mit einem Rezept zur Hand.

„Das meint Sara sicher nicht", kicherte Gregor. „Ich denke, es kommt ihr mehr auf die Haltungsform an."

„Ja, ganz genau", bestätigte Sara. „Wenn ich schon ein Tier esse, dann will ich, dass es davor ein möglichst gutes Leben gehabt hat. Ein Rind soll eine Weide gesehen haben, ein Schwein sich in einer Suhle gewälzt haben und auch Hühner sollten mehr als nur ein DinA-4-Blatt an Fläche bekommen."

„Ja, dann schmecken sie ja auch besser." Bröker Wissen um den Tierschutz war mit rudimentär mehr als großzügig beschrieben, aber von seinem bevorzugten Delikatessenhändler wusste er, dass die leckersten Fleischsorten, die er bei ihm kaufte, ein Leben mit viel Platz und Freiheit genossen hatten. „Dann darf ich demnächst weiterhin Fleisch für uns kochen oder braten, wenn die Tiere zuvor ein gutes Leben hatten?", ging er auf Nummer sicher.

„Aber klar doch, vielleicht nicht unbedingt jeden Tag, aber ich esse immer noch gerne Fleisch", nickte Sara. „Außerdem kann ich dir ja nicht vorschreiben, wie du zu leben hast. Wenn ich eins von meinen Eltern gelernt habe, dann das: Jeder muss so leben, wie er es für richtig hält – oder sie. Und schließlich bin ja ich bei dir eingezogen und nicht umgekehrt."

„Ein Glück", atmete Bröker erleichtert auf. An den Tagen, an denen vegetarische Gerichte angesagt waren, konnte er sich ja immer noch heimlich zwei, drei Bratwürstchen oder ein halbes Hähnchen an einem Imbiss genehmigen, auch wenn er damit gegen das gerade abgelegte Bekenntnis zu gutem Fleisch verstieß.

„Sag mal, so wie ich dich kenne, hast du doch heute weiter über den toten Jäger von gestern nachgedacht", wechselte Gregor abrupt das Thema.

„Stimmt", erwiderte Bröker undeutlich. Er hatte gerade eine große Gabel des Currys in den Mund geschoben.

„Und was ist dabei herausgekommen?", wollte der Junge wissen.

„Oh, es hat sich so einiges ergeben", erwiderte Bröker, nachdem er fertig gekaut und alles mit einem großen Schluck Rotwein hinuntergespült hatte. „Ich habe mich heute Mittag mit Mütze getroffen – und leider anschließend auch mit Ravenstijn." Er fasste zusammen, was er aus den Gesprächen mit den Mitarbeitern der Polizei erfahren hatte. „Und stellt euch vor, auch Charly hat sich Gedanken über den Fall gemacht", informierte er seine Mitbewohner weiter.

„Charly, glaubt die denn nicht weiterhin an einen Jagdunfall?", wunderte sich Gregor.

„Das hielt zumindest so lange für richtig, bis sie eben mit mir gesprochen hat", antwortete Bröker. „Da habe ich ihr natürlich gesagt, dass wir inzwischen von einem Anschlag auf diesen Osthuesenhenrich ausgehen. Aber sie hat sich anscheinend gefragt, wen sie denn verdächtigen würde, wenn es sich bei dem Tod dieses Doktors nicht um einen Unfall handelt."

„Und wen hat sie auf dem Kieker?", hakte Sara nach. Sie kannte Charly bei weitem nicht so lange wie Bröker oder Gregor, aber auch sie hatte schon gelernt, dass die Journalistin einen Spürsinn und vor allem einen Eifer an den Tag legen konnte, der dem Brökers kaum nachstand.

„Ich weiß nicht, ob ihr das mitbekommen habt", begann der, „aber vor ein paar Wochen hat es von einer Gruppe junger Leute ein paar heftige Aktionen gegen das Jagen gegeben."

„Junge Leute – das heißt, die waren alle noch keine fünfzig?", spottete Gregor.

„Ne, das heißt, die waren noch jünger als du", gab Bröker zurück. Je eher er sich daran gewöhnte, dass auch sein Mitbewohner kein Teenie mehr war, desto besser konnte er mit dessen flapsigen Sprüchen umgehen.

„Ich kenne zwei oder drei von denen, die an diesen Aktionen beteiligt waren", meldete sich Sara zu Wort. „Ich weiß nicht, ob ihr euch das vorstellen könnt: Wenn man das Kind eines Jägers ist, dann findet man die Jagd entweder so cool, dass man selbst irgendwann zum Jäger oder zur Jägerin wird, oder man findet es grausam, ein Tier hinterrücks zu erschießen, und wendet sich gegen die Jagd. Pro oder contra. Dazwischen gibt es selten etwas."

„Das heißt, die Leute, die du bei diesen Jagdgegnern kennst, sind die Kinder von Mitgliedern der Jagdgemeinschaft deines Vaters?", fragte Bröker.

„Genau", nickte Sara.

„Warte mal, warte mal", hatte ihr Freund inzwischen weitergedacht. „Charly stellt sich vor, dass einer von diesen Leuten, die die coolen Aktionen gegen das Jagen geplant haben, auch hinter dem Mord an Osthuesenhenrich steckt?"

„Ich glaube, wenn du das explizit formulierst, würde sie es verneinen", erwiderte Bröker zögerlich. „Bei ihr klang es eher wie ein Gedankenexperiment, à la: Angenommen, der Todesfall gestern war kein Unfall, sondern geplant, wem würde man einen solchen Anschlag zutrauen? – Ich denke nicht, dass Charly jemanden leichtfertig des Mordes verdächtigen würde, aber diese Gedankenspielchen gehören zu jeder Ermittlung. Wenn du dir die verbietest, kommst du nie auf eine Idee."

„Ich glaube, das verstehe ich ganz gut." Sara schien es wenig auszumachen, dass Charly auch Leute, die sie kannte, nicht als potenzielle Täter ausschloss. Allerdings hatte die Journalistin auch nicht gewusst, dass Sara Freunde oder zumindest Bekannte in den Reihen der Jagdgegner hatte. „Aber ich kann kaum glauben, dass Charly sich mit diesen Überlegungen auf der richtigen Spur befindet."

„Ich auch nicht", sprang ihr Gregor entschieden bei.

„Wieso denn nicht?", wollte Bröker wissen.

„Ich weiß nicht, wer alles bei diesen Aktionen mitgemacht hat", erklärte Sara. „Aber die Leute, die ich kenne, sind eher zu gut für diese Welt. Die glauben, dass sie den Planeten retten können, wenn sie Fröschen über die Straße helfen, im Winter einen Igel beherbergen oder nur noch Eier von freilaufenden Hühnern essen – oder eben gar keine. Versteht mich nicht falsch: All das finde ich gut und vieles davon würde ich auch selbst machen, aber ich gebe mich nicht der Illusion hin, dass das schon die Lösung für all unsere Probleme ist. Dafür müssen es viel mehr Menschen wichtig finden, dass dieser Planet auch in hundert Jahren noch von Menschen bewohnt werden kann."

„Und schon wieder richtig!", pflichtete ihr Gregor bei.

„Aus dem Grund fällt es mir schwer zu glauben, dass einer dieser Leute hinter dem Anschlag auf Doktor Osthuesenhenrich steckt", beendete seine Freundin ihr Plädoyer.

„Obwohl ich von diesen Jagdgegnern niemanden kenne, bezweifle ich aus ähnlichen Gründen, dass Charly recht hat", ergriff Gregor das Wort. „Wie du weißt, bin ich in einigen Gruppen tätig, in denen wir uns für eine bessere Zukunft oder eine gerechtere Welt einsetzen. Die wenigsten, die da mitarbeiten, sind gewaltbereit. Aber in diesem Zusammenhang, wo es darum geht, dass Tiere nicht einfach erschossen werden dürfen, kommt es mir besonders widersinnig vor. Ich meine, du setzt dich doch nicht dafür ein, dass niemand auf ein Tier schießen darf und dann erschießt du selbst einen Menschen. – Das ist doch absurd!"

„Vielleicht habt ihr recht", erwiderte Bröker zögernd. „Aber könnt ihr wirklich ausschließen, dass es in der ganzen Gruppe, die da demonstriert und protestiert hat, jemanden gibt, der bereit wäre, weiterzugehen? Es braucht ja nur einen, um einen Mord zu begehen. Dahinter muss ja nicht die ganze Gruppe stecken?"

Sara und Gregor sahen sich lange an.

„So weit würde ich nicht gehen", räumte Sara schließlich ein. „Ich kann kaum meine Hand für Leute ins Feuer legen, die ich noch nie gesehen habe."

„Geht mir genauso", gestand auch Gregor. „Trotzdem glaube ich nicht an Charlys Theorie."

„Das Problem ist nur, dass sie mir gewissermaßen einen Auftrag erteilt hat, diese Theorie zu überprüfen", erwiderte Bröker nachdenklich.

„Seit wann nimmst du denn Aufträge an?", lachte Gregor. „Normalerweise machst du immer genau das Gegenteil dessen, was man von dir erwartet."

„Du weißt, wie ich das meine", erwiderte sein älterer Freund. „Sie hat mir ihre Gedanken geschildert und mir gesagt, dass sie sie nicht selbst überprüfen könne. Dafür fehlte ihr die Zeit. – Eigentlich sind wir ja auch in einer sehr komfortablen Situation."

„Wie meinst du das?", erkundigte sich Sara mit gekrauster Stirn.

„Na, du kennst diese Gruppe der Jagdgegner", klärte Bröker sie auf.

„Kennen ist zu viel gesagt", kam prompt die Antwort. „Wie gesagt – mit einigen von ihnen habe ich gespielt, als ich ein Kind war. Danach habe ich sie nur noch selten gesehen."

„Aber könnte das nicht eine Eintrittskarte sein?", war Bröker noch immer hoffnungsfroh. „Du stellst mich ihnen vor und von da aus versuche ich, mich weiter nach vorne zu arbeiten. – Du hast nicht in den nächsten Tagen ein bisschen Zeit für mich? Am besten wäre natürlich morgen."

Sara zögerte.

„Nein, Bröker, das kannst du dir von der Backe putzen", sprang Gregor stattdessen ein.

„Wieso denn?"

„Morgen haben Sara und ich uns freigenommen. Du weißt, dass es ihr nicht so gut geht und wir wollen gemeinsam etwas unternehmen, damit sie wieder etwas mehr Spaß am Leben hat", klärte Gregor Bröker auf.

Eigentlich konnte es dabei nur um gutes Essen oder ein Glas hervorragenden Wein gehen, dachte der. Schließlich war morgen kein Spiel der Arminia und Sara würde da sowieso nicht hingehen. „Was wollt ihr denn machen?", fragte er trotzdem.

„Wir gehen bouldern", gab Gregor zurück.

„Bouldern, aha", erwiderte Bröker. Das hatte er schon einmal gehört. War das nicht dieses Spiel, bei dem man mit großen schweren Kugeln möglichst nah an eine kleine kommen musste? Auf Italienisch hieß das Boccia und auf Französisch Boule. Bouldern war wahrscheinlich der englische Ausdruck. Das hatte er als Jugendlicher sogar ganz gerne gespielt. „Da komme ich doch mit", entschied er spontan. „Und anschließend suchen wir die Leute auf, die Sara bei diesen Jagdgegnern kennt."

„Du und bouldern?", prustete Gregor. „Bröker, wann hast du dich denn zuletzt im Spiegel gesehen?"

„Doch, doch, das mag ich. Als Jugendlicher war ich sogar ganz gut darin", beharrte der Angesprochene. „Und schließlich kann man das auch machen, wenn man ein oder zwei Kilos zu viel auf den Rippen hat."

„Na, wenn er doch mitkommen will, nehmen wir ihn mit – bei all dem, was er für uns tut", sprang ihm Sara zur Seite.

„Abgemacht", freute sich Bröker.

„Also gut, dann geht es morgen um 11 Uhr los", willigte auch Gregor ein. „Sei pünktlich, wir sind schließlich nicht bei Schewes Morgensitzungen, wo man jeden zweiten Morgen zu spät kommen kann", erinnerte er seinen Freund an sein Praktikum bei der Polizei.

„Quatsch, bei dir bin ich doch auf jeden Fall pünktlich", grinste Bröker.

Ihm würde das Grinsen bald vergehen.

Kapitel 11
Wie ein nasser Sack

„Einen Vorteil hat es, dass du jetzt bei uns wohnst", sagte Gregor, nachdem er in Saras kleinen, quietschgelben Wagen auf den Beifahrersitz geklettert war. Bröker hatte es sich derweil auf der Rückbank gemütlich gemacht. Zum Glück war das Auto nicht ganz so eng, wie es auf den ersten Blick schien.

„Ja, wir sehen uns viel mehr als sonst", bestätigte seine Freundin.

„Das auch, aber das meinte ich", erwiderte Gregor.

„Sondern?"

„Wir haben jetzt ein Auto", erklärte ihr Freund. „Ohne deine kleine gelbe Knutschkugel würden wir mit den Öffis fahren müssen. Ich hätte ja kaum euch beide, also Bröker und dich, auf dem Sozius meines Rollers mitnehmen können."

„Das stimmt zwar, ist aber auch ganz schön materialistisch gedacht", gab Sara spitz zurück.

„Kinder, jetzt streitet euch nicht", schaltete sich Bröker ein, der in diesem Moment wirklich beinahe so etwas wie Vatergefühle entwickelte. „Schließlich hat unser Zusammenleben zu dritt bisher doch so gut geklappt. Außerdem haben wir jetzt etwas Schönes vor – bevor wir uns dann um den Fall kümmern."

„Bisher wohnen wir ja auch gerade mal zwei Tage zusammen", grinste Gregor. „Aber es stimmt, die haben mir auch gefallen, alle beide. – Wieso du dich jetzt aber gerade aufs Bouldern freust, weiß ich nicht. Du magst ja als junger Kerl ein Ass gewesen sein, aber dass das heute noch so ist, kann ich mir nur schwer vorstellen."

„Gab es das denn damals überhaupt schon?", wollte Sara wissen.

„Doch, doch, das kam doch damals aus Frankreich oder Italien nach Deutschland", bestätigte Bröker, merkte aber, wie ihn ein Gefühl der Unsicherheit überkam. Hatte er sich getäuscht? Er durfte sich seine Verunsicherung nicht anmerken lassen, sonst würde er wieder einmal zur Zielscheibe von Gregors Spott werden. Was konnte schließlich schon schlimmstenfalls passieren?

Vielleicht würde er nicht nur ein paar Kugeln werfen, bei denen er im schlimmsten Fall sein Ziel nicht treffen würde, aber selbst, wenn es etwas anderes war, würde es ja kaum lebensgefährlich werden.

„Frankreich oder Italien, also", wiederholte der Junge.

Sein spöttisches Lächeln bei diesen Worten machte Bröker nicht eben optimistischer. Ohne sich auf weitere Diskussionen einzulassen, saß er auf der Rückbank und guckte aus dem Fenster. Die Häuser einer Vorstadt zogen an ihm vorbei. Wo mochten sie sein? Ob sie noch in Bielefeld waren? Er hatte nicht darauf geachtet, aber es schien ihm wahrscheinlich. Er seufzte. Wohin die beiden wohl mit ihm wollten? Vielleicht war irgendwo in den ländlichen Gebieten der Außenbezirke ein Gelände, das sich zum Bouldern eignete.

Doch gerade als er sich ein solches als Ziel für ihren Ausflug ausgemalt hatte, bog Sara in eine Seitenstraße ab. Bröker sah ein Schild mit der Aufschrift „Waldbad". Sie würden doch wohl nicht schwimmen gehen? Eine Badehose hatte er jedenfalls nicht mit dabei und außerdem schämte er sich immer, seinen Körper nackt zu zeigen, und das wurde mit jedem Kilo, das er zu viel hatte, schlimmer. Zudem war es doch wohl inzwischen zu kalt, um im Freien zu baden. Zu seiner Erleichterung lenkte Sara das Gefährt am Waldbad vorbei, bog bei der nächsten Möglichkeit erneut ab und blieb vor einem Gebäudekomplex stehen. An etwas, das wie ein Wohnhaus aussah, grenzte eine Halle, die ein LKW-Tor hatte. Daneben war ein weiteres, etwas niedrigeres Gebäude mit hohen Fenstern. Auf das steuerte Gregor zu.

„Da sind wir", rief er voller Tatendrang. „Alle Mann aussteigen!"

Während Sara schon aus dem Wagen gesprungen war, kletterte Bröker zögerlich hinaus und stierte dabei das Gebäude vor ihnen an. „Boulderhalle Bielefeld", las er halblaut das Schild neben dem Eingang.

„Ja, eine Boulderhalle halt, was hast du denn gedacht?", grinste Gregor.

„Hm, keine Ahnung", brummte Bröker. Es wurde immer schwieriger, sich keine Blöße zu geben. „Ich wusste ja nicht, dass wir in der Halle bouldern." Das schien ihm eine halbwegs unverfängliche Antwort.

Zu seiner Überraschung antwortete Gregor mit einem lauten Lachen.

„Was ist daran so lustig?", fragte Bröker leicht genervt.

„Och, gar nichts", gab sein Mitbewohner zurück. „Nur kenne ich nur einen Ort im Umkreis, wo man outdoor bouldern kann, den Halleluja Steinbruch. Das macht man heute meistens indoor, besonders in so feuchten Gebieten wie Bielefeld. Oder kennst du noch eine andere gute Möglichkeit draußen?"

Bröker zuckte mit den Schultern. Ihm schwirrte von dem ganzen „Indoor" und „Outdoor" der Kopf. Und was war das mit dem „Halleluja"? Warum konnte der Junge nicht einfach Deutsch reden?

„Wo hast du denn in deiner Jugend gebouldert?", versuchte Sara ihm beizuspringen. „Vielleicht gibt es die Möglichkeit ja immer noch?"

Bröker wollte ich noch immer nicht von der Vorstellung lösen, dass es bei Bouldern um dieses Spiel mit den vielen großen und der einen kleinen Kugel ging, obwohl ihm langsam Übles schwante. „Na schon ausschließlich draußen", antwortete er. „Am Strand zum Beispiel oder auf der Wiese in unserem Garten!"

„Am Strand oder im Garten?", prustete Gregor los. „Das erklärt, warum du darin ganz gut warst."

„Wieso?" Bröker fühlte, dass etwas ganz und gar nicht richtig war, nur wusste er nicht, was.

„Bröker, ich glaube, du hast irgendetwas missverstanden", schaltete sich Sara ein. Sie klang behutsam, als wenn sie einem Kind erklärte, dass es für seinen heißersehnten Wunsch noch zu klein sei. „Boulder ist das englische Wort für Felsblock. Bouldern heißt nicht viel mehr, als einen solchen Felsen hochzukraxeln. Bouldern ist eine Teildisziplin des Kletterns."

„Und zwar eine, bei der dir nicht viel passieren kann, weil man nicht höher als ein paar Meter klettert. Außerdem sind in diesen Kletterhallen überall dicke Matten, damit du dir nicht weh tust, wenn du mal runterfällst", ergänzte Gregor.

„Klettern?", stotterte Bröker. Bei allem, was er sich an Verhängnissen vorgestellt hatte, die ihm den Vormittag verhageln konnten, eine Kletterpartie war nicht dabei gewesen. „Ich kann doch nicht klettern", flüsterte er.

„Ach komm, jetzt, wo wir schon einmal hier sind, solltest du es versuchen", sprach ihm Sara Mut zu. „Du wirst sehen: Es macht Spaß. Und darüber hinaus haben die hier Touren, die selbst kleine Kinder bewältigen können. Die schaffst du bestimmt auch."

„Nein", hauchte Bröker.

„Doch", widersprach ihm Gregor, nahm ihn an die Hand und führte ihn Richtung Eingangstür. „Ich lade dich auch ein, dann hast du keine Ausrede mehr, nicht mitzukommen."

„Es geht doch nicht um das bisschen Geld, ich kann einfach nicht klettern", wehrte sich Bröker, als sie schon den Innenräumen der Kletterhalle waren. So hatte er sich noch nicht einmal gesträubt, als er das letzte Mal zum Zahnarzt gefahren werden musste, weil ihm eine Plombe abgebrochen war. „Ich habe auch gar keine Ausrüstung dabei."

„Man braucht nicht mehr als ein T-Shirt und Kletterschuhe", beruhigte ihn Sara. „Und die kann man hier leihen."

„Aber ich bin viel zu alt", protestierte Bröker weiter. „In meinem Alter kraxelt keiner mehr einen Felsen hoch!"

„Ich habe hier schon deutlich ältere gesehen", konterte Gregor.

Dann standen sie vor dem Tresen im Eingangsbereich. „Drei Erwachsene gerne, Tagesticket", wandte sich Gregor an den Mann, der dahinterstand. „Und wir brauchen alle ein Paar Kletterschuhe."

„Geht in Ordnung", sagte der, nannte den Preis und kassierte. „Dann brauche ich nur noch eure Schuhgröße, damit sich nachher keiner beschweren kann, es läge am Schuhwerk, wenn ihr nicht koch kommt." Diesen Scherz hatte er sicher schon hundertmal gemacht. „Also, was braucht ihr?"

Sara und Gregor nannten ihre Größen und bekamen jeder ein Paar Kletterschuhe über den Tresen geschoben.

„Und du?", wandte sich der Angestellte der Kletterhalle an Bröker.

Der war noch immer in seinen Gedanken gefangen: Er war einfach zu alt, um zu klettern. Das musste man ihm doch als Ausrede durchgehen lassen. Schließlich hatte er erst am Sonntag seinen Geburtstag gefeiert. „Was?", fragte er verdattert, als er sah, dass die Blicke des Angestellten auf ihm hafteten.

„Zweiundvierzig, Dreiundvierzig?", versuchte der Angestellte, Brökers Schuhgröße zu schätzen.

„Ich? Zweiundfünfzig!", erwiderte der.

„Zweiundfünfzig?" Dem Mitarbeiter der Boulderhalle stand vor Überraschung der Mund offen.

„Ja, bis Samstag wäre noch einundfünfzig die richtige Antwort gewesen, aber Sie wissen ja, wie das ist", lächelte er entschuldigend. Was konnte er dafür, dass er immer älter wurde. Dabei hatte er offenkundig weder die Frage mitbekommen noch, dass ihn der Angestellte wie alle anderen geduzt hatte.

„Bei uns ist fünfzig die Grenze", erwiderte er.

„Na dann, da kann man nichts machen", gab Bröker zurück. Seine Stimme troff vor Erleichterung. Er hatte ja gewusst, dass er für derartige Späße zu alt war.

„Vielleicht versuchst du es trotzdem erst einmal damit, das ist fünfzig, mehr haben wir nicht."

Der Verkäufer stellte Bröker ein Paar Schuhe gewaltigen Ausmaßes auf den Tresen. Damit hätte er notfalls auch eine Überquerung des Ärmelkanals, mindestens aber des Obersees, in Angriff genommen. Zusätzlich hätte er natürlich ein Paddel gebraucht, aber vielleicht gab es die ja hier auch zu leihen.

Bröker ergriff das Schuhwerk und guckte es verdattert an. Wieso sollte es gegen sein Alter helfen, wenn er diese Kindersärge an den Füßen hatte?

„Gib ihm ruhig auch ein Paar in zweiundvierzig", meldete sich Gregor zu Wort. „Er gibt gerne ein bisschen mit seiner Größe an, aber von der Sorte gibt es ja viele", sagte er, zwinkerte dabei und machte eine Geste, als wolle er ungefähr eine Elle umspannen.

Nun selbst kaum weniger konfus als Bröker stellte der Mitarbeiter noch ein Paar der gewünschten Größe auf den Tisch. „Das kostet aber drei Euro extra", sagte er.

Gregor legte zwei Münzen auf die Theke. „Jetzt komm!", forderte er Bröker auf.

Widerwillig trabte der hinter seinem Freund her. Was hatte er sich da nur eingebrockt? Hätte er doch nur vorher im Internet nachgeschaut, was sich hinter dem Begriff Bouldern verbarg, er hätte sich all das ersparen können.

Als er den Blick wieder hob, stand er vor einem – ja, was eigentlich? Vor seinen Augen wuchs aus dem Hallenboden ein unförmiger, dunkler Block, der wohl einen in Plastik nachempfundenen Felsen darstellen sollte. Dieser war über und über mit kleinen bunten Plastikstückchen übersät, die alle Farben von Weiß, über Gelb, Orange, Blau, Rot bis Schwarz trugen. An diesem Kunstfelsen baumelten überall junge, durchtrainierte Körper und arbeiteten sich mit waghalsigen Klimmzügen nach oben, bei denen sie die bunten Vorsprünge ausnutzen. Einige versuchten sich sogar an den Stellen, an denen der künstliche Fels einen Überhang hatte.

„Oh Gott", entfuhr es Bröker. Nie im Leben würde er auf diesem Teufelsberg auch nur einen einzigen Schritt nach oben gelangen. „Gibt es denn keinen Aufzug?"

Dann fiel ihm eine schwarze Hütte mit großen Fenstern an der gegenüberliegenden Seite der Halle ins Auge. Hatte er schon Halluzinationen oder saßen darin wirklich Leute und tranken Kaffee? „Was ist das denn da?", fragte er scheinheilig.

„Das ist die Lounge", erklärte Gregor. „Da kannst du chillen …"

„Chillen klingt gut, das liegt mir irgendwie. Außerdem habe ich darin auch deutlich mehr Erfahrung als im Klettern", unterbrach ihn Bröker eifrig.

„... nachdem du geklettert bist", vollendete der Junge seinen Satz. „Ich habe doch nicht den Eintritt bezahlt, damit du dich hier gemütlich zum Kaffeetrinken niederlässt."

„Ich gebe dir das Geld zurück", erwiderte Bröker blitzschnell. Vielleicht gab es ja doch eine Möglichkeit, dem Gekraxel zu entgehen.

„Nichts da!", entschied sein Mitbewohner kategorisch. „Vorhin warst du doch noch ganz heiß aufs Bouldern, warst in deiner Jugend angeblich sogar ganz gut darin."

„Komm, probiere es doch wenigstens einmal, vielleicht findest du ja Freude daran, man kann es ja nicht wissen, wenn man es nie versucht hat", ermunterte ihn Sara.

„Na klar, ebenso wie ich vielleicht Freude an Wurzelbehandlungen ohne Betäubung finde. Auch die habe ich noch nie versucht", gab Bröker zurück. Trotzdem folgte er Gregor weiter in Richtung des Kletterfelsens. Er hätte kaum sagen können, was ihn dabei antrieb: Vielleicht wollte er sich vor Sara keine Blöße geben, vielleicht auch vor Gregor, eventuell war es auch die Sorge, dass die anderen Kletterer seine Angst, sich zu blamieren, bemerkt hatten. Jedenfalls entschied er in diesem Augenblick, sich nicht einfach in dieses Café zu setzen und seinen Mitbewohnern bei ihrem Spaß zuzusehen.

Gregor wunderte sich nicht weiter. Er schien das Verhalten seines älteren Freundes für ganz normal zu halten. „Du musst dir erst noch die Kletterschuhe anziehen. Mit deinen Tretern darfst du nicht auf den Felsen – und du hättest auch keine Chance hochzukommen", erklärte er.

„Ich bezweifele, ob es mit den Schuhen anders ist", konterte Bröker, erinnerte sich dann aber wieder an seinen Vorsatz und wechselte brav das Schuhwerk. „Sie sind zu klein", stellte er fest, als er in die Sportschuhe geschlüpft war und festgestellt hatte, dass diese empfindlich drückten.

„Natürlich, du willst deine Größe 52 zurück", erwiderte Gregor. „Kletterschuhe müssen eng sitzen, damit du ein Gefühl für den Felsen bekommst.

Bröker seufzte vernehmlich.

„Außerdem würde ich dir raten, nicht in deinem dicken Pulli zu klettern", fuhr der Junge fort, als Bröker fertig war. „Ich schwöre dir, du wirst auch so ins Schwitzen kommen und außerdem behindert dich das Teil beim Klettern."

„Ich habe aber nichts Anderes dabei", erwiderte Bröker.

„Aber du hast doch bestimmt ein T-Shirt unter dem Pulli", lächelte Sara. Wieder war sie es, die versuchte, eine Brücke für ihren neuen Hausherren zu bauen.

Bröker zögerte. „Nicht direkt", gab er zurück. „Aber wenn ihr meint." Er zog sich den Pulli über den Kopf und legte ihn zu seinen Schuhen.

„Was ist das denn?", lachte Gregor laut, als er Bröker ansah. „Du trägst ja noch Unterhemden! Und nicht nur das: allerfeinstes Feinripp! Edles Stöffchen, Herr Vermieter." Er nahm den Träger des Unterhemds in zwei Finger und rieb die Baumwolle mit Kennermiene dazwischen.

Bröker merkte, wie er rot anlief. Wenn er sich umguckte, sah er tatsächlich niemanden, der ein Unterhemd wie er trug. Gut, dass er nicht auch noch seine Hose ausgezogen hatte. Obwohl fast alle in kurzen Sporthosen herumturnten, nahm er sich fest vor, seine Hose auf jeden Fall anzubehalten. Aber sein merkwürdiges Outfit war nicht das Schlimmste. Nun wurde auch sichtbar, was der Pullover notdürftig kaschiert hatte. Sein Bauch, den er hegte und pflegte wie andere ein lieb gewonnenes Haustier, hatte ihm die Zuwendung über die letzten Jahre durch stetes Wachstum gedankt. Er wölbte sich inzwischen imposant über den Bund seiner braunen Cordhose. Er passte so gut in die Umgebung, der teils drahtigen, teils muskelbepackten Athleten wie ein Goldfisch in eine Delfinshow. Er merkte, wie ihn der eben gefasste Vorsatz, sich zumindest einmal an dem künstlichen Felsen zu versuchen, wieder verließ.

„Los geht's", forderte ihn Gregor in diesem Moment auf und setzte seinen Fuß auf einen blauen Klettergriff, der Bröker viel zu klein vorkam. In Windeseile hatte er den nächsten blauen Vorsprung erreicht, an dem er sich mit beiden Armen hochzog. Bröker staunte. Sicher: Gregor wog vielleicht die Hälfte von ihm und war mehr als zwanzig Jahre jünger als er. Trotzdem hatte er dem Jungen eine solche Behändigkeit nicht zugetraut. Auch Sara hatte sich inzwischen in den Kunstfelsen begeben. Sie schien sich auf die orangenen Klettergriffe zu spezialisieren. Nur er, Bröker, wusste nicht, wie er beginnen sollte. Unentschlossen setzte er seinen Fuß auf einen großen gelben Vorsprung. Aber wie sollte es von hier nun weitergehen? Zögerlich suchte er die Wand ab. Ob es irgendwelche Regeln gab, wie man noch oben gelangen sollte?

„Hey, ein bisschen schneller musst du schon klettern, Bröker", rief ihm Gregor zu, der ihn offenbar aus anderthalb Metern Höhe beobachtet hatte. „Ich habe eine Tageskarte für dich gekauft, keine Monatskarte." Er lachte, verlor dadurch aber an Konzentration und in der Folge an Halt und stürzte ab. Allerdings fingen ihn die dicken Matten, die den Plastikfelsen umgaben, weich auf.

„Zu viel gelästert", sagte er, zwinkerte Bröker zu und begab sich sofort wieder auf den Weg nach oben, wobei er sich abermals an den blauen Kletterhilfen orientierte.

Wenig später landete auch Sara auf der Matte.

„Mist, den Move habe ich eigentlich drauf", sagte sie. Als sie Bröker sah, der noch immer seinen rechten Fuß auf eine gelbe Stufe gestellt hatte, aber von da nicht weiterwusste, ging sie zu ihm. „Pass auf", erklärte sie. „Die verschiedenen Farben haben einen Sinn. Sie kennzeichnen die verschiedenen Schwierigkeitsgrade. Weiß ist das Einfachste, dann kommt gelb, orange, blau, rot und schwarz. Du hast das noch nie gemacht, oder?"

„Nein", gab Bröker zu. „Ich habe Bouldern mit Boule verwechselt."

„Ach, Bröker, du bist wirklich manchmal niedlich", kicherte Sara. „Aber in dem Fall versuch doch einfach mal eine weiße Route. Die ist für Anfänger und für Kinder."

Bröker fühlte sich zwar nicht gerade geschmeichelt durch diesen Vergleich, gestand sich aber ein, dass dies wahrscheinlich der beste Versuch war, wenn er den Vormittag nicht als kompletter Verlierer beenden wollte. Mochte die weiße Route auch einfacher sein als andere, so konnte er vielleicht als erster auf den Kletterfelsen gelangen. Er stellte sich vor, wie er triumphierend auf den noch immer in der Wand befindlichen Gregor herabsehen würde. Entschlossen stieg er von dem gelben Tritt herunter und suchte sich einen weißen Einstieg in die Wand. Doch außer, dass sein rechter Fuß nun auf einem weißen, etwas breiteren Kletterstein stand, hatte sich wenig geändert. Noch immer hatte er keine Ahnung, wie es jetzt weitergehen sollte. Wenn er Sara richtig verstanden hatte, sollte der einfachste Aufstieg nach oben nur aus den weißen Kletterhilfen bestehen. Er sah sich um. Links über seinem rechten Schuh war ein weiterer weißer Stein. Auf den würde er den linken Fuß setzen müssen, wenn an Saras Plan irgendetwas dran war. Allerdings ging der künstliche Felsen senkrecht nach oben. Er versuchte mit seinem linken Fuß auf der anvisierten Stufe Tritt zu fassen, rutschte dabei aber mit dem rechten Fuß ab, stolperte und landete auf seinem Hinterteil. Mühsam rappelte er sich wieder hoch. Hatte er ein Lachen gehört? Er sah sich um und bemerkte eine Gruppe von Kindern, die auf ihn zeigten. Beschämt drehte er sich um, und fand gleichzeitig, dass es die Kinder waren, die sich eigentlich hätten schämen müssen. Man machte sich nicht über jemanden lustig, der im Alter von über fünfzig zum ersten Mal versuchte einen Kletterfelsen emporzukraxeln.

Die Gewissheit, dass ihn die Blagen weiter beobachten würden, spornte ihn an. Er würde es den Kleinen schon zeigen, dass man auch in seinem Alter noch lernfähig war. Allerdings war es natürlich einfacher, wenn man früher damit begann. Das machte Sara ihm gerade vor, die in mehr als drei Metern Höhe beinahe mühelos eine orange Kletterhilfe nach der anderen ergriff.

Nun gut, sagte Bröker sich, der erste weiße Tritt war ja nicht verkehrt gewesen, und setzte seinen rechten Fuß erneut auf diese Stufe. Auch der nächste künstliche weiße Vorsprung schien ihm nicht falsch gewesen zu sein. Nur war das Problem, dass er automatisch das Gleichgewicht verlor, wenn er seinen linken Fuß daraufsetzte und mit seinem rechten Fuß dort stehenblieb, wo er gerade war. Er würde sich irgendwo festhalten müssen. Nur wo? Himmel, warum hatten die Erbauer dieses Parcours für Anfänger wie ihn nicht einfach eine Treppe nach oben bauen können, am besten eine mit breiten Stufen und einem soliden Geländer? Aber nein, diese Kletterfetischisten hatten es ja geradezu darauf angelegt, dass er sich lächerlich machte.

Trotzdem guckte Bröker an dem Kunststofffelsen nach oben. Etwas oberhalb seiner Augen sah er einen weiteren weißen Kletterhaken, der im Vergleich mit den roten oder schwarzen Kletterhilfen großzügig weit aus der Wand hervorlugte. Bröker ergriff den Haken mit beiden Händen. Nun hatte er Halt, hoffentlich genug, um den linken Fuß gefahrlos auf die nächste Stufe zu stellen. In dem Moment sah er Gregor direkt über sich. Der Junge schwang sich von einem blauen Kletterhaken zum nächsten, dabei hing sein Gewicht nur an seinem rechten Arm.

Bröker lachte heiser. Seine eigene Körperfülle würde er unmöglich nur mit einem Arm halten können, noch nicht einmal mit beiden. Schließlich gab es einen guten Grund, warum ihn die Natur nicht nur mit zwei Füßen ausgestattet hatte, sondern auch mit zwei sehr soliden Beinen. Konzentriert arbeitete er weiter an seinem geplanten Weg nach oben. Vorsichtig und unter Aufbietung seiner gesamten Armmuskulatur setzte er den linken Fuß auf den geplanten Vorsprung. Er atmete auf. Das war geschafft. Allerdings hatte er nicht die geringste Ahnung, wie er sich aus der Position, bei der seine beiden Hände einen Kletterhaken umgriffen und seine beiden Füße auf den jeweils niedrigsten Stufen standen, weiterkommen sollte. Wenn er die Hände löste, würde er unweigerlich wieder auf die Matte fallen. Wohin er aber die Füße setzen sollte, konnte er nicht sehen. Sein Bauch war im Weg. Der drückte ohnehin unangenehm gegen den Kletterfelsen. Einer der Haken bohrte sich schmerzhaft in seine Leber. Um den Druck zu lindern, schob Bröker seinen Bauch Zentimeter um Zentimeter von der Wand weg. Damit drückte er aber auch gleichzeitig sein Hinterteil immer weiter nach hinten. Zu spät merkte er, dass ihn das merklich aus dem Gleichgewicht brachte. Mit einem Mal hatten seine Arme mehr und mehr Gewicht zu halten. Ihm fiel auf, dass er rutschte. Verzweifelt klammerte er sich an den Kletterhaken, aber es war zu spät. Mit einem Aufschrei fiel er nach hinten: aus fünfundzwanzig Zentimetern Höhe in die dicke Matte.

Diesmal hatten nicht nur die Kinder seinen Absturz bemerkt. Die halbe Halle drehte sich nach ihm um. Gregor, der gerade ebenfalls in die Matten gesprungen war, zeigte ihm einen Vogel. Bröker hätte in dem weichten Hallenboden versinken mögen. Nein, dieses Bouldern war wirklich nichts für ihn. Sein Körperbau war nicht dafür geeignet, das hatte er jetzt bewiesen. Das war ja auch nicht schlimm, niemand war für alles geschaffen. Schließlich würde er einen Veganer auch nicht zum Hotdog-Wettessen herausfordern. Nein, er würde sich jetzt in die Lounge zurückziehen und bei einem Kaffee warten, bis sich auch Sara und Gregor ausgetobt hatten.

Gerade als er das beschlossen hatte, bemerkte Bröker, wie ihn etwas anstupste. Er guckte nach unten. Ein kleines, blondes Mädchen mit Pippi-Langstrumpf-Zöpfen stand vor ihm. Er hatte keine Ahnung, wie alt jemand in der Größe war, vielleicht acht Jahre oder zehn.

„Komm, Opa", sagte das Mädchen. „Ich helfe dir." Sie nahm ihn an der Hand und führte ihn zu dem Kunstfelsen.

Bröker zuckte zusammen. Er hatte gewusst, dass der Tag irgendwann kommen würde, aber Opa hatte ihn bisher niemand genannt. Er fühlte sich alt, noch älter als vorgestern an seinem Geburtstag. Gleichzeitig merkte er, dass er in eine Falle geraten war. Einerseits stand er zu seinem Entschluss, dass Klettern nichts für ihn war. Andererseits wollte er dem kleinen Mädchen gegenüber nicht feige erscheinen. Mit einem gequälten Lächeln folgte er ihm.

„So musst du es machen", erklärte sie und benutzte den gleichen Einstieg in die Wand wie Bröker wenige Minuten zuvor. „Und dann hältst du dich hier fest." Sie deutete auf einen viel niedrigeren Haken als den, den Bröker benutzt hatte. An Letzteren wäre sie auch gar nicht herangekommen. „Und dann setzt du den Fuß hier hin", zeigte sie auf einen weiteren Tritt. „Dann mit dem rechten Fuß hierhin", fuhr sie fort. „Und nun kannst du mit der rechten Hand ganz leicht hierhin fassen."

Sie hatte nun den Griff erreicht, den Bröker zuvor so fest mit beiden Händen umklammert hatte. „Und jetzt komm mir nach", forderte ihn das Mädchen auf und zog sich weiter nach oben.

Bröker musste zugeben, dass das, was das Mädchen vormachte, ganz einfach aussah. Er probierte es selbst, nahm genau den gleichen Weg, den sie gegangen war. Natürlich wog er sicherlich vier- oder fünfmal so viel wie sie, dennoch gelang es ihm, sich Schritt um Schritt nach oben zu schrauben. Er fühlte einen Stolz, der mit jedem Zentimeter anwuchs, den er an Höhe gewann. Vielleicht hatte er das eben falsch eingeschätzt und er war doch der geborene Kletterer. Er meinte auch zu verspüren, wie allmählich die Luft dünner wurde.

Als das Mädchen ungefähr die halbe Höhe des Felsens erreicht hatte, sagte es plötzlich: „Und von nun ist es nicht mehr schwierig." Wie ein kleines Äffchen raste es die restliche Wand hinauf und sprang dann mit einem Jubelschrei ab.

So schnell wie die Kleine geklettert war, hatte er nicht sehen können, welche Griffe sie gewählt hatte, und selbst hatte er keine Idee, wie es von hier weitergehen sollte. Er guckte links, er guckte rechts, aber keiner der Griffe oder Tritte bot sich an.

„Na los, oben links geht es weiter", feuerte ihn das Mädchen an, das unten vor der Wand eine Beobachterposition eingenommen hatte.

Aber Bröker konnte nicht sehen, welchen Griff sie meinte. Vielleicht diesen da drüben? Langsam löste er seine linke Hand von dem Halt, den sie gerade gefasst hatte, merkte aber, wie er ins Schwanken geriet, und schob sie blitzschnell wieder zurück. Oder hatte das Mädchen einen Tritt gemeint, den er schräg links über seinem linken Fuß sah. Doch als er diesen anhob, merkte er, wie er abermals das Gleichgewicht zu verlieren drohte, und schob ihn zurück.

„Doch, das war genau richtig", feuerte ihn das Mädchen weiter an.

Bröker guckte nach unten – und ihm wurde schlecht. Er befand sich bestimmt in anderthalb Metern Höhe, vielleicht waren es sogar zwei. Von hier konnte er sich nicht einfach fallenlassen. Bestimmt würde er sich bei einem Sturz den Hals brechen, mindestens aber einen Arm. Außerdem sah er, dass sich unter ihm eine kleine Menschengruppe eingefunden hatte, vielleicht nicht ganz so viele, wie bei den Heimspielen der Arminia auf der Südtribüne standen, aber zwei Dutzend mochten es sein. Was sollte er denn jetzt tun?

Aus einem Augenwinkel sah er Gregor, der sich inzwischen an einem roten Parcours versuchte. Das war die Rettung.

„Gregor!" Bröker versuchte gleichzeitig so leise zu sein, dass es von unten niemand mitbekam, aber gleichzeitig so laut, dass der Junge ihn hörte. „Gregor", zischte er noch einmal.

Endlich sah sein Mitbewohner herüber. „Bröker, Donnerwetter, du hast es ja tatsächlich geschafft, dich vom Boden zu erheben, meinen Glückwunsch!" Dabei stand er auf extrem schmalen Tritten. Bröker wunderte sich, dass der Junge nicht augenblicklich in die Tiefe stürzte.

„Aber ich komme nicht weiter", erwiderte Bröker. Dabei sprach er ungewollt so laut, dass ihn nun doch die ganze Halle hören konnte. Augenblicklich höre er erneut ein Kichern von unten.

„Dann spring doch", riet ihm der Junge.

Bröker guckte in die Tiefe. War sein Mitbewohner verrückt geworden? War ihm die Höhenluft nicht bekommen? Aus der Höhe konnte man unmöglich springen! „Ich traue mich nicht", murmelte er kleinlaut.

„Wieso traust du dich nicht, die Matten sind ganz weich, das hast du doch auch gemerkt." Gregors Antwort klang, als habe er sie durch ein Megafon gebrüllt.

„Ich traue mich trotzdem nicht", gestand Bröker.

„Oh Mann!" Der Junge hatte einfach kein Einsehen.

Es half alles nichts, Bröker musste war auf sich allein gestellt. War es wohl einfacher, nach oben zu klettern, oder sollte er versuchen, sich langsam wieder auf den Boden zu begeben? Er wusste es nicht. Ein Blick in alle Richtungen überzeugte ihn, dass der Gipfel des künstlichen Felsblocks ein wenig näher schien als sein Ausgangspunkt. Vielleicht täuschte er sich aber auch. Dennoch versuchte er sich an den Weg zu erinnern, den ihm das kleine Mädchen vorgeschlagen hatte. Der nächste Tritt musste der schräg links über ihm sein. Er zählte langsam bis drei und bewegte seinen Fuß dann so schnell wie möglich in Richtung des anvisierten Ziels. Vor lauter Konzentration schloss er dabei aber die Augen, er merkte noch, dass sein Fuß den Tritt verfehlte, dann fühlte er ein Ziehen in seiner Magengegend, er fiel. Seine Befürchtung, zu Tode zu stürzen, war unbegründet: Die Matten fingen ihn weich auf. Von seinen unteren Körperregionen, dort, wo die Cordhose über seinen Po spannte, hörte er aber ein verräterisches Geräusch. Er ahnte, dass seine Beinkleider an einer wenig vorteilhaften Stelle gerissen waren.

Kapitel 12
Wer den Schaden hat

So hatte Bröker seinen Aufenthalt in der sogenannten Lounge nicht geplant, als er wenige Minuten zuvor in Erwägung gezogen hatte, sich hier niederzulassen, statt sich dem anstrengenden Gekraxel auszusetzen. Er hatte gedacht, mit einem leckeren Getränk in der Hand die Kletternden zu beobachten – vielleicht Sara oder Gregor zu winken – und ansonsten auf seinem Smartphone Musik zu hören, wenn er das hinbekäme und zudem nicht vergessen hatte, das Ding aufzuladen.

Nun saß er zwar in dem Entspannungsbereich der Kletterhalle, aber an „Chillen", wie der Junge es bei seiner Beschreibung der Lounge genannt hatte, war nicht zu denken. Der spöttische Applaus, den ihm die anderen Kletterer geschenkt hatten, klang Bröker noch immer in den Ohren. Und die Blicke, die sie auf seine Hose geworfen hatten, aus der aus einem Riss direkt am Allerwertesten die Unterhose weiß hervorlugte, waren ihm so peinlich, dass er es kaum gewagt hatte, einen Kaffee zu bestellen, aus Sorge, die Frau an der Theke würde bei seinem Anblick in lautes Lachen ausbrechen. Aus dem gleichen Grund saß er zwar dem großen Fenster Richtung Kletterfelsen zugewandt, traute sich aber nicht, den Blick zu heben. Was, wenn die Kindergruppe vor der Lounge stand und mit dem Finger auf ihn zeigte? Und Sara oder gar Gregor wollte er erst recht nicht sehen. Er fürchtete sich schon vor der Heimfahrt. Was sie wohl sagen würden? Zu allem Überfluss nahmen ihm diese Gedanken auch die Möglichkeit, weiter über den Fall des toten Jägers nachzudenken. Er merkte, wie ihm in Situationen wie dieser irgendwelche Kriminalfälle herzlich egal wurden: Er war jemand, der vor allem ein ruhiges und zufriedenes Leben führen wollte. Wenn man ihm das nahm, mochte er auch keine kriminalistischen Rätsel lösen.

Und so war er trotz aller Sorge, was als Nächstes geschehen würde, beinahe erleichtert, als Gregor eine halbe Stunde später seinen Kopf durch die Tür zu dem kleinen Café schob: „Kommst du, Bröker?", fragte er. „Sara und ich würden gerne fahren."

Wie distanziert er klang, dachte Bröker. Je mehr er darüber nachsann, desto mehr graute ihm vor der Rückfahrt.

Diese verlief aber zunächst ohne Vorwürfe an ihn, ja, es sprach überhaupt niemand. Seine Mitbewohner wollten ihn offenkundig durch ihr Schweigen strafen. Umgekehrt wusste Bröker auch nicht, welches Thema er unverfänglich anschneiden konnte: Den Besuch in der Boulderhalle anzusprechen, kam ihm gewagt, ja geradezu dumm vor. Den Fall oder irgendetwas anderes ins Gespräch zu bringen, schien ihm andererseits ein zu offenkundiger Ablenkungsversuch, den Gregor mit Sicherheit sofort durchschauen würde.

„So, so, du warst als Jugendlicher ganz gut im Bouldern", richtete der endlich doch sein Wort an seinen älteren Freund. Dabei lachte er trocken. „Es ist erstaunlich, wie viel man seit seiner Jugend verlernen kann, selbst wenn die schon so lange her ist wie deine."

„Ich habe doch gesagt, dass ich da was verwechselt habe", antwortete Bröker mit gedämpfter Stimme. „Hätte ich gewusst, dass Bouldern ein anderer Ausdruck für Klettern ist, hätte ihr mich im Leben nicht dazu gebracht, euch zu begleiten."

„Hätte ich gewusst, dass du einen Parcours, den selbst kleine Kinder mit Leichtigkeit bewältigen, nicht schaffst und dann noch zu viel Schiss hast, aus anderthalb Metern Höhe auf weiche Matten zu springen und beim Weiterklettern abstürzt und deine Feinripp-Dessous zeigst, hätten wir dich auch gar nicht mitgenommen", gab Gregor zurück. Nun konnte man hören, wie aufgebracht er war.

„Es tut mir leid", erwiderte Bröker, wobei er sich fragte, wieso er sich bei dem Jungen entschuldigte. Es kam ihm vor, als sei er der einzige Leidtragende der ganzen unüberlegten Aktion.

„Das sollte es auch", bestätigte der sofort. „Weißt du, du hast ja nicht nur dich unmöglich gemacht. Alle haben doch gesehen, dass wir dich kennen, spätestens, seitdem ich dich nach unten begleitet habe."

„Ja, das kann ich mir vorstellen", räumte Bröker ein.

„Da bin ich mir nicht so sicher: Mich haben mehrere Leute darauf angesprochen – nur damit du mal eine Idee davon bekommst, wie peinlich so etwas sein kann", steigerte Gregor seine Vorwürfe.

„Ach komm", mischte sich Sara ein. „Einige haben doch auch gesagt, dass es total lieb von dir ist, dass du mit dem alten Mann in eine Kletterhalle gehst, damit er mal was anderes sieht. Und dass du ihn dann noch nach unten begleitest, wenn das alles zu viel für ihn ist. Das ist doch ein Kompliment für dich." Obwohl sie sich damit auf Brökers Seite schlug, fand der, dass es die ganze Situation kaum besser machte.

„Jedenfalls glaube ich, dass wir ohne diesen Vorfall noch entspannt klettern würden", schloss Gregor seine Litanei ab. „Dafür würde ich auch diese fragwürdigen Komplimente unserer Boulderkollegen verzichten."

„Ohne das Klettern säße ich auch noch ganz entspannt zu Hause und würde einen Kaffee trinken", führte auch Bröker Gründe dafür an, warum er besser gewesen wäre, nicht Gregor und Sara mitzufahren. Vielleicht würde das den Jungen beruhigen. Er hasste es, Streit mit ihm zu haben, und wenn es mal dazu kam, fühlte er sich so lange schlecht, bis wieder Frieden herrschte.

„Dahin bringen wir dich jetzt auch wieder zurück. Das scheint ja dein natürliches Habitat zu sein", erwiderte sein Mitbewohner entschlossen. „Beim Kaffeetrinken oder beim Lesen der Spielberichte von Arminia kommst du hoffentlich nicht in Situationen, aus denen wir dich dann wieder befreien müssen! Wir sind nämlich in den nächsten Stunden nicht da."

„Aber …", protestierte Bröker schwach. „Ihr wolltet doch …", versuchte er Gregor an das Versprechen zu erinnern, mit ihm ein paar der Jagdgegner aufzusuchen, die Sara von früher kannte.

„Wir wollten klettern gehen. Damit Sara mal auf andere Gedanken kommt und sich nicht nur mit ihren Eltern beschäftigt", unterbrach ihn sein Mitbewohner barsch. „Leider ist daraus ja gerade nichts geworden, da du dich und uns vor allen Leuten zum Clown gemacht hast."

„Na, der Spott hat sich doch vor allem gegen mich gerichtet." Inzwischen merkte Bröker, dass auch in ihm ein Zorn darüber aufstieg, ungerecht behandelt zu werden.

„Na, wir konnten auch nicht klettern, weil alle gemerkt haben, dass wir dich kennen und gefragt haben, was mit dir nicht stimmt. Angenehm war das nicht", erklärte Gregor.

„Ach, Gregor, komm mal ein bisschen runter", versuchte Sara Frieden zu stiften. „Es ist ja nicht so, als wäre uns irgendetwas geschehen. Wir sind geklettert, das war toll – vielleicht ein bisschen weniger als geplant, aber: So what?"

„Ja, stimmt schon, aber manchmal bringt mich Bröker einfach an den Rand des Wahnsinns." Offenbar war der Junge viel eher bereit, auf die Einwände seiner Freundin zu reagieren als auf Brökers.

„Ich glaube nicht, dass Bröker dabei besonders gut gegangen ist", fuhr die fort.

Bröker brummte zustimmend.

„Darüber hinaus haben wir ihm gestern versprochen, dass wir ihm nach dem Klettern bei der Recherche um den Tod von Doktor Osthuesenhenrich helfen", schloss sie ihr Plädoyer ab.

„Das weiß ich doch", stimmte ihr Gregor zu. „Aber dafür wäre ja immer noch Zeit, nachdem wir Bröker zu Hause abgeliefert haben und noch eine Runde in einem anderen Kletterpark absolviert haben."

„Wir klettern doch vor allem, weil mir das guttut?", hakte seine Freundin nach. „Jedenfalls hast du das eben gesagt."

„Stimmt doch auch", bestätigte der Junge.

„Dann würde ich entscheiden, dass wir heute fürs Erste genug geklettert sind und dass wir uns nun um Bröker kümmern", entschied Sara. „Zum einen hat er das nach seinen traumatischen Erlebnissen heute verdient, zum zweiten finde ich eine Mörderjagd mindestens genauso spannend oder entspannend wie in einer Kletterhalle herumzukraxeln und zum dritten sollten wir Bröker auch ein bisschen dankbar dafür sein, dass ich bei euch wohnen darf."

Es entstand eine Pause.

„Du hast recht", entschied Gregor. „Tut mir leid, Bröker, ich glaube, ich war gerade ein bisschen ungerecht", entschuldigte er sich.

„Schwamm drüber", war Bröker sofort bereit, Frieden zu schließen.

„Ich würde eher sagen, Pulli drüber", erwiderte Gregor kryptisch.

„Pulli drüber?" wunderte sich Bröker.

„Ich meine, den Riss in deiner Hose", grinste der Junge, der unterdessen auch wieder versöhnlicher wirkte. „Wenn deine Unterhose bei jedem Schritt wie eine Friedensfahne hinaus winkt, wirst du Probleme haben, seriös zu wirken. Neben dir auf der Rückbank müsste noch ein Pullover von mir liegen, den kannst du dir umbinden."

„Danke", nickte Bröker und wechselte dann das Thema. „Würdet ihr mir wirklich helfen, mit diesen Leuten in Kontakt zu kommen, die gegen das Jagen demonstriert haben?"

„Wenn ich das kann, helfe ich dir da gerne", gab Sara zurück. „Wann willst du die Leute denn treffen?"

„Am liebsten sofort!" Mit einem Mal war der Tatendrang in Bröker erwacht.

„Na gut, ich kann mal versuchen, die zu erreichen, die ich genügend gut kenne", erklärte sich Sara bereit. „Wie gesagt, sind es vor allem drei, die ich dabei im Hinterkopf habe."

„Wenn du das versuchen könntest, wäre es super."

„Okay, Gregor, kannst du mal in meinen Kontakten nachsehen?", gab Sara ihrem Freund Anweisungen. „Ich kann ja schlecht gleichzeitig mein Smartphone durchsuchen und fahren – sagt man." Sie setzte ein schiefes Grinsen auf und steckte sich gleichzeitig ein Headset in die Ohren.

„Ja, mit wem willst du denn sprechen?", erwiderte der.

„Versuch es doch erst einmal bei Mike, Michael Schürmeyer", schlug sie vor. „Den kenne ich von den dreien am besten."

Drei Minuten später hatte sie ihr Telefonat beendet. „Mike können wir, wenn überhaupt, erst am Abend sprechen", erklärte sie. „Seine Mutter sagte, er sei dienstags immer den ganzen Tag in der Uni. – Ich habe vergessen, was er studiert, aber es scheint ziemlich arbeitsintensiv zu sein. Ich hoffe, er studiert nicht Jura oder so etwas."

„Schade", erwiderte Bröker. Da er aber Mike nicht kannte, war der ihm als Gesprächspartner ebenso recht wie einer der beiden anderen Bekannten, die Sara erwähnt hatte. Hauptsache, es würde überhaupt jemand von diesen Jagdgegnern mit ihm sprechen wollen.

„Als Nächstes versuche ich es bei Ann-Christin", war die schon einen Schritt weiter. „Mit der habe ich zwar schon im Sandkasten gespielt, aber wir haben uns nach und nach aus den Augen verloren. Wäre ein Wunder, wenn ich überhaupt ihre Nummer habe und die auch noch aktuell wäre. Kannst du mal nachgucken, Gregor."

„Hier ist eine Ann-Christin", sagte der Junge nach einem kurzen Blick ins Adressbuch. „Soll ich es mal probieren?"

„Hi Ann-Christin", hörte Bröker Sara kurz darauf sagen. „Sag mal, bist du zu Hause? Kann ich dich gerade mal überfallen …"

Die Pause, die nun entstand, verhieß nichts Gutes.

„Na, dann erst einmal viel Freude für euch", beschloss Sara auch kurz darauf das Gespräch. „Vielleicht können wir uns danach ja mal auf einen Kaffee treffen. Wäre supi." Gregor drückte auf ihr Nicken hin den roten Button ihres Smartphones. „Ann-Christin ist mit ihrem Freund im Urlaub. Noch ein paar Tage Tauchen auf Teneriffa, bevor der Winter beginnt – man gönnt sich ja sonst nichts." Sie kicherte. „Jedenfalls können wir jetzt nur dann zu ihr fahren, wenn du uns einen Flug spendierst, Bröker."

„Vielleicht versuchen wir vorher erst noch einmal bei dem dritten von denen, die du kennst und die bei diesen Aktionen mitgemacht haben", gab der Angesprochene zurück.

„Joschka", hatte Sara auch gleich einen Namen bereit. „Joschka kenne ich von den dreien am schlechtesten, aber wenn du wirklich etwas über die Aktionen, die Gruppe und was dahintersteht, herausfinden willst, ist er sogar der beste der drei. Ich würde sagen, er ist einer der treibenden Kräfte hinter den ganzen Demos und so weiter. Er hängt sich da richtig rein. Einer meiner Lehrer hätte so jemanden früher als Rädelsführer bezeichnet."

„Dann probieren wir es doch bei ihm", meldete sich nun endlich auch Gregor. Er schien sich mit der Tatsache ausgesöhnt zu haben, dass sie den restlichen Tag eher für Brökers Recherchen als für das Klettern verwenden würden.

„Ja, kannst du ihn mal anwählen?", bat ihn seine Freundin.

Sara telefonierte. „Er ist bereit, sich mit uns zu treffen", flüsterte sie wenig später in das Wageninnere. „Er will wissen, wo es uns passen würde?"

„Wo wohnt er denn?", versuchte Bröker ebenso leise zu flüstern.

„Irgendwo im Westen, nähe Siegfriedplatz", zischte Sara.

„Dann schlag doch die Wunderbar vor." Der Gedanken daran, dass er dort neben seiner Recherchetätigkeit auch ein Lachsbrötchen und eines mit Camembert bekommen würde, ließ Bröker das Wasser im Mund zusammenlaufen. Seine Vorliebe für alten Gouda hatte bedauerlicherweise unter seiner Bekanntschaft mit van Ravenstijn gelitten.

Sara gab Brökers Vorschlag weiter. „Joschka sagt, das sei ihm zu gefährlich. Wenn man sich öffentlich trifft, vor allem innen, gibt es immer die Möglichkeit, dass jemand mithört, der das nicht sollte, sagt er."

Bröker fragte sich, ob er richtig verstanden hatte. Dann verdrehte er die Augen. „Könnte es sein, dass dieser Joschka ein wenig paranoid ist?", fragte er und hatte Mühe, seine Stimme so zu dämpfen, dass Saras Gesprächspartner nichts von seiner Reaktion mitbekam. „Die Wunderbar ist Kult. Da wird doch keiner abgehört! Und überhaupt: Wie brisant ist das denn, was er uns erzählen will? Das klingt ja fast so, als würde er planen, eine Atombombe auf die nächste Jagdgesellschaft zu werfen."

„Ich weiß, dass das schräg klingt", stimmte Sara leise zu.

„So schräg nun auch wieder nicht", mischte sich auch Gregor wieder ein. Auch bei ihm hatte Bröker Sorge, dass er zu laut redete. „Als ich noch deutlich näher am Rande der Illegalität unterwegs war, hatte ich ähnliche Bedenken – man will halt nicht, dass man leichtfertig Informationen herausgibt, die einen später einmal belasten können."

„Ist doch egal, was sage ich Joschka denn jetzt?", erinnerte Sara flüsternd daran, dass ihr Gesprächspartner noch immer auf eine Antwort wartete.

„Schlag ihm doch den Bürgerpark vor", kam Bröker eine Idee. „Das ist zwar auch öffentlicher Raum, aber im Freien und da sehen wir jeden, der uns beschatten will, von weitem."

Gregor nickte zustimmend und seine Freundin gab Brökers Idee an Joschka weiter. „Gut", sagte sie kurz darauf. „Er will wissen, ob du alleine kommst, Bröker."

Bröker schüttelte energisch den Kopf: „Wenn ihr wollt, seid ihr natürlich mit dabei. Das wäre mir sogar deutlich lieber", murmelte er gedämpft.

Sara gab das weiter. „Gut, so machen wir es. – Ja, mich erkennst du ja", sagte sie kurz darauf. – „Joschka will uns bei der Elchstatue treffen", erklärte sie, nachdem Gregor die Verbindung gekappt hatte. „In einer halben Stunde."

Bröker merkte, wie ihm das Adrenalin ins Blut schoss. Endlich nahm seine nächste Ermittlung Formen an.

Kapitel 13
Der Elchtest

Als Bröker, Sara und Gregor sich der Elchstatue im Bürgerpark näherten, sahen sie davor schon die Gestalt eines jungen Mannes, der unruhig auf- und ab-trappelte. Bröker war ohnehin nicht gut darin, das Alter ihm fremder Leute zu schätzen, vielleicht deshalb, weil die meisten ihn auch für deutlich älter hielten, als er eigentlich war. Auf die Entfernung fiel es ihm noch schwerer. Hätte er sagen sollen, wie alt das nervöse Bündel bei der Elchplastik war, hätte er den Mann wohl auf Anfang bis Mitte zwanzig geschätzt.

„Das ist Joschka", erklärte Sara das, was Bröker ohnehin geahnt hatte. „Nach dem, wie er eben am Telefon klang, ist es wahrscheinlich besser, ich spreche erst einmal unter vier Augen mit ihm." Ohne eine Antwort abzuwarten, entfernte sie sich von ihren Freunden.

Die konnten kurz darauf eine knappe Begrüßung beobachten und dann etwas, was zumindest aus der Entfernung wie eine intensive Diskussion aussah. Nach ein paar Minuten bedeutete Sara ihren Freunden endlich, sich zu nähern.

„Das ist Joschka", stellte sie den Jungen nun schon zum zweiten Mal vor. „Und das sind Bröker und mein Freund Gregor. Sie sind in Ordnung."

„Hi", sagte Joschka.

Bröker wollte ihm die Hand geben, aber sein Gegenüber hatte die seine zur Ghettofaust geballt. Also antwortete er ebenso: „Hi", und machte eine unbeholfene Geste, die halb an eine erhobene Faust, halb an ein Winken zum Abschied erinnerte.

„Sara hat mich gerade schon darüber ins Bild gesetzt, worum es euch, also vor allem dir geht", er deutete auf Bröker. „Ich weiß nicht, ob ich das richtig verstanden habe: Sie sagt, du bist so etwas wie ein Detektiv und ermittelst in einem Mordfall?"

Immerhin duzte ihn der Aktivist, obwohl er nur etwa halb so alt wie Bröker wirkte. Das konnte das Gespräch auflockern und Bröker hatte den Eindruck, dass das auch dringend notwendig sein konnte. „Detektiv, das klingt nach mehr als es ist", beschwichtigte er. „Ich mache mir nur ein paar Gedanken um Kriminalfälle."

„Bröker hat zwar tatsächlich schon so manchen Todesfall aufgeklärt, aber er weigert sich beharrlich, sich als Detektiv zu bezeichnen", ging Gregor dazwischen. „Ich glaube, er ist manchmal schlauer, als er es selbst weiß."

„Vor allem habe ich aber immer eine ganze Menge Glück", versuchte Bröker zu vermeiden, dass Joschka ein völlig falsches Bild von ihm bekam.

„Kann sein, dass ich schon einmal was von dir in der Zeitung gelesen habe", nickte dieser. „Und wie kommst du nun darauf, dass ausgerechnet ich dir helfen kann?" Damit hatte der junge Aktivist ein heikles Thema angesprochen. Nachdem sich herausgestellt hatte, dass er tatsächlich bereit war, mit Bröker zu sprechen, hatte dieser sich schon Gedanken gemacht, wie er sein Anliegen so darstellen konnte, dass sein Gegenüber den Gesprächswunsch nicht gleich als Anklage missverstand.

„Es geht um den Todesfall vorgestern an der Hünenburg. Ein Jäger ist dabei auf einer Jagdgesellschaft ums Leben gekommen", begann er. „Ich weiß nicht, ob du davon gehört hast."

„Gestern stand so etwas in der Zeitung", nickt Joschka. „Es hieß, es war ein Jagdunfall. Ich kann nicht gerade sagen, dass es mir besonders leidtut. Diese Jäger sind ja selbst Mörder." Er lachte kehlig.

„Kann ich mir vorstellen", versuchte sich Bröker auf die Seite seines Gesprächspartners zu schlagen. „Wobei es nicht so klar ist, ob es sich bei dem Toten wirklich um das Opfer eines Jagdunfalls handelt."

„Ist eine lange Geschichte", versuchte Sara abzukürzen. „Im Wesentlichen läuft es darauf hinaus, dass keiner der Jäger da oben an der Hünenburg eine Waffe dabeihatte, die zu der abgegebenen Kugel gehören könnte – sagen sie jedenfalls."

„Donnerwetter." Saras Bekannter pfiff anerkennend durch die Zähne. „Klingt wirklich, als wäre das ein Kriminalfall. Und was hat das mit mir zu tun?"

„Charly, eine befreundete Journalistin, hatte da so eine Idee", beschloss Bröker, einen möglichen Konflikt einer gerade nicht anwesenden Person in die Schuhe zu schieben. Dann würde der junge Mann hoffentlich nicht gleich wegrennen.

„Du weißt ja, wie Journalisten sind", sprang Gregor ein. Er war dem jungen Aktivisten sowohl vom Alter als auch von der Einstellung her näher als Bröker, das würde wahrscheinlich helfen.

„Ja, in letzter Zeit ist viel Mist über mich und Freunde von mir geschrieben worden", bestätigte der sofort.

„Genau um diesen Mist geht es", fuhr Gregor fort. „Charly sind bei dem Bericht über den Jagdunfall sofort die Aktionen eingefallen, die du und deine Freunde gegen das Jagen initiiert habt. Und sie hat sich gefragt, ob es Verbindungen zwischen dem vermeintlichen Jagdunfall und euren Protesten …"

„Klar, das hätte man sich ja denken können." Aufgeregt lief Joschka vor der Elchbronze auf und ab. „Wenn ihr mich und meine Freunde da in was reinziehen wollt, seid ihr schief gewickelt", stieß er hervor.

„Wir wollen euch in gar nichts reinziehen – das habe ich dir eben schon klarzumachen versucht", erwiderte Sara.

„Da habe ich nicht so richtig verstanden, worum es eigentlich geht", gab ihr Bekannter zurück. „Aber so, wie ich es jetzt sehe, war es blöd von mir, mich überhaupt mit euch zu treffen." Er war ungewollt laut geworden.

„War es nicht", widersprach Gregor. „Glaub mir: Ich weiß, wie das ist, wenn man zu Unrecht verdächtigt wird. Ich arbeite selbst in verschiedenen Gruppen mit: für eine bürokratiefreie Welt, für mehr Gerechtigkeit, für die Umwelt und gegen Lebensmittelvernichtung. Da stehen wir oftmals zu Unrecht am Pranger."

„Verstehe", wurde Joschka wieder ruhiger. „Übrigens, lasst uns doch ein paar Meter gehen. Der Mann da drüben guckt schon die ganze Zeit zu uns rüber." Er deute vage in Richtung eines Mannes im mittleren Alter, der in der Nähe der Oetkerhalle auf einer Bank saß.

Bröker wollte erwidern, dass das kein Wunder war, wenn Joschka so schrie wie vor wenigen Minuten, da sich die anderen aber schon auf den Weg gemacht hatten, lief er ihnen nach.

„Und ich habe dir ja gerade gesagt: Bröker wird zwar nicht gerne Detektiv genannt, aber er ist eine echte Spürnase", hörte er Gregor sagen, als er die drei wieder eingeholt hatte.

„Und das heißt?", wollte Joschka wissen.

„Das heißt, wenn ihr zu Unrecht verdächtigt werdet, egal, ob von der Polizei oder der Presse, dann ist es gut für euch, wenn sich jemand wie Bröker um die Vorwürfe kümmert", führte Sara die Gedanken ihres Freundes aus.

„Ganz genau", ergänzte der. „Denn Bröker braucht keine schnellen Ermittlungserfolge wie die Bullen und er ist auch nicht auf Schlagzeilen aus, sondern er sucht nach der Wahrheit. Ist doch so, Mister Marple, oder?", nannte er Bröker bei seinem Spitznamen.

„So sehr ich mich freue, dass du so positiv über mich denkst, so sehr muss ich aber auch warnen: Ich kann nicht hellsehen", erwiderte Bröker. „Trotzdem, wenn ihr nicht schuldig seid und ich irgendetwas für euch tun kann, dann mache ich das auch."

„Gut, das will ich dir glauben", nickte Joschka. „Und es ist gut, das zu wissen." Für seine Verhältnisse war das schon ein riesiges Vertrauen, das er Sara, Gregor und vor allem Bröker entgegenbrachte.

„Ihr habt doch nichts mit dem Anschlag auf diesen Doktor Osthuesenhenrich zu tun?", erkundigte sich Gregor. Bröker dachte, dass ihm diese Frage vor jedem Gericht als Suggestivfrage verwehrt worden wäre.

„Osthuesenhenrich? Das ist der Tote?", fragte Joschka zurück.

Sara nickte: „Ja, genau. Ich kannte ihn sogar flüchtig über meinen Vater."

„Ich glaube, ich auch – jedenfalls sagt mir der Name etwas, mein Alter war ja auch bei dieser Jagdgesellschaft und hat mich als Kind ein paar Mal mitgeschleppt", gab Joschka zurück. „Natürlich wäre mir am liebsten, wenn ich euch versprechen könnte, dass ‚wir' nichts mit der Sache zu tun haben."

„Aber du kannst es nicht?", fragte Bröker. Mit einem Mal wurde hellhörig. Wenn selbst Saras Bekannter, der nach ihrer Auskunft einer der Köpfe der Gruppe war, sich nicht für die Jagdgegner verbürgen wollte, war es dann möglich, dass sich der Attentäter wirklich in dieser eingeschworenen Bande fand?

„Nein, das kann ich nicht", gab Joschka nach einem kurzen Zögern zu.

„Wieso denn nicht?" Auch Gregor schien sich zu wundern. „Ich meine, bei den Gruppen, bei denen ich mitmache, weiß ich, wie weit wir gehen würden. Wir sind vielleicht nicht immer ganz gesetzestreu, durchschneiden zum Beispiel schon mal einen Maschendrahtzaun, wenn wir containern gehen, oder blockieren eine Straße, wenn das nötig ist. Aber ich weiß auch, dass niemand von uns fähig wäre, einen Mord zu begehen."

„Für die Leute, mit denen ich zusammenarbeite, gilt das natürlich auch", erklärte Joschka. „Ich bin ja nicht wahnsinnig."

„Aber?" Bröker wusste nicht, worauf der Aktivist hinauswollte. „Wieso kannst du dann nicht ausschließen, dass einer von euch an dem Anschlag auf diesen Doktor beteiligt war?"

„Weil es so etwas wie ein ‚wir' dabei nicht gibt", ließ Joschka die Katze aus dem Sack. „Gregor kennt das von seinen Aktionen wahrscheinlich auch, aber du, Bröker, scheinst zu denken, wir sind so etwas wie ein eingetragener Verein, so etwas wie Die Feinde der Jagd, e.V.". Er lachte ein krächzendes Lachen.

„Ganz so naiv bin ich auch nicht", protestierte Bröker, musste aber zugeben, dass er keine Ahnung hatte, in welchen Strukturen sich diese Jagdgegner organisiert hatten.

„Lass es mich mal so erklären", holte der Aktivist aus, als spürte er Brökers Unwissen. „Je nachdem, was wir so auf die Beine stellen, kommen sehr verschiedene Leute zu unseren Kampagnen."

„Das kenne ich auch gut", bestätigte Gregor.

„Wenn wir zum Beispiel eine Demo gegen die Jagd veranstalten, dann kommen Hunderte", fuhr Joschka fort. „Noch mehr, wenn wir nicht gegen das Jagen von Tieren protestieren, sondern gegen so etwas wie Käfighaltung in zu kleinen Ställen geht oder gegen das Tragen von Pelzen. Das ist sozusagen unser niederschwelliges Angebot. Da haben wir auch ganz viel Rückhalt bei Leuten, die sonst nicht unbedingt unserer Meinung sind – vielleicht nur in dem, was die Wahl unserer Mittel angeht."

„Ja, bei zwei eurer Demos war ich auch schon", ergänzte Sara.

„Stimmt, einmal habe ich dich ja gesehen", nickte der Aktivist. „Aber es gibt natürlich auch Aktionen, bei denen nicht mehr jeder mitmachen will, die auch Leute zu krass finden, die mit uns prinzipiell übereinstimmen."

„Du meinst eure Aktion auf dem Jahnplatz?", fragte Bröker. „Als ihr da nur mit Tierfellen bekleidet den Verkehr lahmgelegt habt?"

„Davon hast du gehört?", wunderte sich Joschka.

„Ich denke, viele haben davon gehört", schaltete sich Gregor ein. „Ich fand das wirklich einen coolen Move."

Bröker wusste nicht genau, was ein cooler Move war und ob Pelze gegen die Kühle halfen, war aber gleichzeitig froh, nicht zugeben zu müssen, dass er ohne Charly nicht von der Aktion gehört hätte, beziehungsweise diese schon wieder vergessen hatte.

„Aber ja, das sind Aktionen, bei denen nur noch wenige mitmachen", erläuterte Joschka.

„Verständlich", nickte Sara. „Nicht jeder möchte halbnackt durch die Stadt laufen."

Das war ein Argument, das auch Bröker sehr gut nachvollziehen konnte.

„Ja, aber nicht nur das", gab der Aktivist zurück. „Diese Aktion war in den Augen der Polizei auch nicht ganz legal: Wir hatten keine Demo angemeldet, haben die Autos gestoppt, die Bahnen hatten alle Verspätung. Das hat denen, die die Polizei erwischt hat, eine saftige Geldstrafe eingebracht."

„Das zahlt natürlich nicht jeder gerne", bekräftigte Gregor.

„Genau, aber es geht natürlich noch weiter", fügte Joschka hinzu. „Viele fühlen sich generell unwohl, wenn sie es mit der Polizei zu tun bekommen. Das ist für sie eine Grenze, die sie nicht überschreiten wollen."

„Hm, das verstehe ich", brummte Bröker. „Du meinst also, dass die Frage, wer zu eurer Gruppe gehört, von der Aktion abhängt, die ihr gerade plant."

„Ganz genau", erwiderte Joschka. „Einige von den Leuten, die zu unseren Demos kommen, kenne ich noch nicht einmal. Darum kann ich auch nicht versprechen, dass die nicht auch noch andere Sachen organisieren – auch solche, bei denen auch ich finde, dass sie zu weit gehen."

„Solche, wie den Anschlag auf das Mitglied einer Jagdgesellschaft", ergänzte Bröker.

„Ja, mit Aktionen, die unseren politischen Gegnern nach dem Leben trachten, will ich natürlich nichts zu tun haben", erklärte der Aktivist rigoros. „Und selbst wenn ich euch nicht versprechen kann, dass niemand, der mal bei uns auf einer Demo war, an dem Anschlag auf Doktor Osthuesenhenrich beteiligt war, so würde ich doch denken, dass es eher unwahrscheinlich ist, dass ihr den Mörder in den Reihen derer findet, die an unseren Aktionen beteiligt waren."

„Hm, ist das nicht ein Widerspruch?", versuchte Sara ihren Bekannten zu verstehen.

„Nur auf den ersten Blick", erwiderte der. „Aber denk mal nach: Wie ich gerade gesagt habe, kommen umso mehr Leute, umso legaler und harmloser das ist, was wir geplant haben: Zu den Demos kommen viele Dutzend, bei der Aktion mit den Tierfellen, waren noch zwei Handvoll beteiligt und bei der Blockade des Gebäudes der Kreisjägerschaft und bei der Aktion, als wir uns in Ummeln an die Bäume gekettet haben, waren wir gerade mal zu siebt."

„Und was bedeutet das?", fragte Bröker, der nicht wusste, worauf Joschka hinauswollte.

„Das heißt: Je mehr Mumm ein Protest erfordert, desto kleiner ist die Gruppe der Beteiligten", erläuterte dieser. „Und glaub mir, von denen auf dem Jahnplatz oder denen, die den Zugang zu diesen Kreisjägern blockiert haben, kenne ich jeden."

„Und du meinst, so ein Mordanschlag erfordert natürlich jede Menge Mut", fiel bei Gregor der Groschen.

„Natürlich, für nichts kommt man so wahrscheinlich und so lange ins Gefängnis wie für Mord – wenn man erwischt wird", antwortete Sara anstelle ihres Bekannten.

„Ganz genau", bestätigte Joschka. „Und aus diesem Grund würde es mich wundern, wenn ich denjenigen, der auf Osthuesenhenrich geschossen hat, von unseren Aktionen her kennen würde."

„Und ansonsten nicht?", hakte Bröker nach. Am liebsten hätte er die Frage sofort wieder zurückgezogen, aber es war zu spät.

„Wie meinst du das?", schoss der Aktivist sofort zurück. „Meinst du, weil ich hier ein paar Kampagnen organisiert habe, die in den Augen der Bullen nicht ganz astrein waren, kenne ich sämtliche Kriminellen Bielefelds?"

Bröker schlug beschämt seinen Blick nieder. „Tut mir leid, war eine blöde Frage", murmelte er.

„Ganz genau", erwiderte Joschka scharf. „Ich habe es so satt, den Sündenbock für alles und jeden geben zu müssen, nur weil ich mich für eine gerechte Sache einsetze. Vielleicht solltet ihr mal darüber nachdenken, welche Feinde dieser Doktor noch so hatte. Nur weil er auf der Jagd umgekommen ist, muss sein Tod ja nicht unbedingt etwas mit der Jagd zu tun haben, oder?"

Bröker musste zugeben, dass die Argumentation des jungen Mannes einiges für sich hatte. „Wofür musstest du denn sonst noch als Sündenbock herhalten?", fragte er trotzdem nach.

„So genau kann ich das gar nicht sagen", musste Joschka bekennen. „Aber seitdem ich diese Sachen gegen die Jäger auf die Beine stelle, kommt es mir vor, als würde ich verfolgt. Wenn die Bullen wüssten, dass ich Leuten wie diesem Osthuesenhenrich die Krätze oder den Tod an den Hals wünsche, hätten die mich wahrscheinlich schon längst auf dem Kieker. So wie deine Pressetante", wandte er sich wieder an Bröker. „Aber auch so habe ich bei allen, die ich nicht genau kenne, Angst, dass sie mich bei den kleinen grünen Männchen anschwärzen – für das, was ich getan habe und vor allem auch für das, was ich nicht getan habe."

„Würden wir nie tun", versuchte Sara ihren Bekannten zu beruhigen.

„Das will ich euch auch geraten haben", gab der Aktivist zurück. Es kam Bröker so vor, als sei dieser einem Verfolgungswahn nahe. „Bislang wissen die Bullen nicht, hinter welchen Aktionen ich stecke und hinter welchen nicht und wer da sonst noch so mitmacht", führte Saras Bekannter weiter aus. Dabei guckte er sich hektisch um und zog sich die Kapuze seines Hoodies über den Kopf. „Und ich will, dass das auch so bleibt. – Deshalb tut mir den Gefallen: Haltet den Bullen und der Presse gegenüber die Schnauze. Wenn nicht, dann …"

Bröker fragte sich, womit der junge Mann denn drohen wollte, doch darauf würde er wohl nie eine Antwort bekommen. Anstatt den Satz zu vollenden, drehte er sich um und verließ schnellen Schrittes den Bürgerpark in Richtung Oetkerhalle. Bröker guckte ihm verdutzt hinterher.

Kapitel 14
Ich weiß nicht, was soll es bedeuten

„Abgang Joschka", kommentierte Gregor trocken.

„Ja, entschuldigt", erwiderte Sara, als sei das seltsame Verhalten des Aktivisten ihre Schuld. „Joschka war schon immer ein bisschen merkwürdig. Nicht zuletzt deshalb war er der letzte auf der Liste der Leute bei den Jagdgegnern, den ich euch vorstellen wollte. Ich wusste allerdings nicht, wie strange er inzwischen drauf ist. Das war schon ein wenig wie eine Begegnung der dritten Art, oder?"

„Definitiv", bestätigte Gregor. „Ich bin ja selbst auch manchmal im Fokus der Bullen gewesen und ich weiß, dass das nicht angenehm ist. Aber so merkwürdig habe ich mich deshalb nie verhalten. Hoffe ich jedenfalls, oder?" Bei diesem Satz guckte er Bröker an.

„Na, ich weiß ja nicht immer genau, wieso du dich seltsam verhältst", erwiderte der.

Gregor stutzte.

Dann grinste Bröker: „Nein, hast du nicht", ergänzte er. „Ich wüsste gerne, was wir aus diesem Gespräch lernen können und was nicht. Aber ich muss auch zugeben, dass ich Hunger habe. – Ich meine, ich habe seit dem Frühstück nichts mehr zu mir genommen, wenn wir den Kaffee in der Kletterhalle mal nicht mitzählen."

„Mir knurrt der Magen auch", erwiderte der Junge. Wenn er das zugab, musste er ganz schön Kohldampf schieben, wie Bröker wusste. „Sollten wir vielleicht einen kleinen Happen essen? Zu Hause haben wir noch etwas Salat."

Bröker ahnte, warum sein Blick bei diesem Satz auf seine Freundin fiel. „Ach, Salat bekommen wir doch überall", antwortete er spontan. „An der Stapenhorststraße sind doch ein paar Bistros, am Siggi auch und natürlich hat das Café hier im Bürgerpark bestimmt auch einen Salat für uns."

„Mir soll alles recht sein, wenn es nicht zu weit weg ist", gab Gregor mit ausgebreiteten Armen zurück. „Sara soll entscheiden, was wir machen. Schließlich habe ich mir heute freigenommen, um ihr einen schönen Tag zu bereiten."

„Etwas essen zu gehen, ist auf jeden Fall eine gute Idee", stimmte seine Freundin zu. „Und wenn wir schon einmal hier sind, wieso gehen wir nicht einfach ins Café im Bürgerpark?"

Als sie zehn Minuten später an einem der gemütlichen Tische mit Blick auf eine Wiese und den dahinterliegenden See Platz genommen und ihre Bestellung aufgegeben hatten, hatte sich Brökers Plan, heute ähnlich wie Gregor und Sara einen großen Salat zu probieren, schon wieder verflüchtigt. Das Lachssteak, das die Speisekarte anpries, hatte einfach zu verführerisch ausgesehen und wenn der Körper nach etwas so sehr verlangte, dann musste man es ihm auch geben, so Brökers Credo. Außerdem hatte er ja heute schon Sport betrieben, war geklettert, wie er sich in einem Moment, in dem er großzügig zu sich selbst war, einredete.

„Ich bin ganz beruhigt, dass ihr das Treffen eben auch skurril fandet", kam er wieder auf das Thema ihres Gesprächs zurück.

„Skurril beschreibt es gut", stimmte ihm Gregor zu. „In den Gruppen, in denen wir, also Sara und ich, unterwegs sind, gibt es natürlich auch immer Leute, die es bevorzugen, wenn man nicht allzu genau weiß, was sie eigentlich tun. Leute, die Angst vor der Polizei oder gar dem Verfassungsschutz haben, die deshalb manche Orte meiden oder auch die Kameras ihrer Laptops zukleben."

„Wieso das denn?", wunderte sich Bröker. Das war eine Marotte, von der er noch nie gehört hatte. Tatsächlich wusste er noch nicht einmal, ob der alte Rechner seiner Mutter auch über eine Kamera verfügte.

„Wenn sich ein Hacker – oder eben ein staatliches Organ – mit einer Spionagesoftware Zugang auf deinem Rechner verschafft, kann er auf die Kamera zugreifen und sehen, was du so treibst", erläuterte der Junge. „Das Zukleben ist also an sich nicht so eine dumme Idee."

„Aber du machst das doch nicht", erinnerte sich Bröker.

„Man kann auch alternativ dafür sorgen, dass kein Hacker auf den eigenen Rechner kommt – oder am Rechner nichts tun, was man nicht auch bereit wäre, öffentlich auf dem Jahnplatz zu machen. Dreimal darfst du raten, was bei mir der Fall ist", grinste sein Mitbewohner. „Jedenfalls ist Joschkas Verhalten auch für diese Maßstäbe merkwürdig", schob er nach einer kurzen Pause nach.

„Er war schon immer ein wenig abgedreht", bestätigte Sara. „Jemand, der immer in der Opposition gegen alles und jeden war, der es schick fand, eine andere Meinung zu haben als andere. Natürlich war es daher auch naheliegend, dass er sich gegen die Jagd engagiert hat, gerade weil sein Vater so ein begeisterter Jäger ist. – Inzwischen muss er sich sehr in die Rolle des Sonderlings hineingesteigert haben, anders kann ich mir sein Verhalten nicht erklären."

„Und hattet ihr auch den Eindruck, dass er uns zum Schluss drohen wollte?", hakte Bröker nach.

„Es klang jedenfalls so", bekannte Gregor.

„Aber womit wollte er uns denn einschüchtern?", fragte Bröker konsterniert.

„Ich glaube, das wusste er auch nicht so genau", erwiderte Sara. „Darum hat er den Satz ja abgebrochen."

Ihr Essen kam. Der Salat, den Brökers Mitbewohner geordert hatten, sah lecker und bunt aus, dennoch hätte er seinen Lachs nie gegen eines der gesunden Gerichte getauscht. Lächelnd bestellte er noch ein Glas Weißwein zu seinem verspäteten Mittagessen. Der Tag war gerettet.

„Haben wir denn trotzdem irgendwelche Erkenntnisse aus dem Gespräch gewonnen?", fragte er, nachdem er den ersten Bissen heruntergeschluckt hatte.

„Du bist der Ermittler", spielte Gregor den Ball in Brökers Feld zurück. „Aber wenn ich darüber nachdenke, würde ich sagen, dass Joschka nicht in den Schuss auf Osthuesenhenrich verwickelt ist."

„Ja, ich fand auch, dass er in dieser Hinsicht überzeugend klang", pflichtete Sara ihrem Freund bei. „Und ich würde ihm auch glauben, dass er den oder die Attentäter nicht kennt. Was er bezüglich dessen sagte, dass die Gruppe immer kleiner wird, je radikaler die Aktionen sind, die sie planen, war in meinen Augen stichhaltig."

„Dass er den Schuss nicht abgegeben hat, glaube ich ihm auch", sagte Bröker nach einer kurzen Pause. „In dem Fall hätte er sich bestimmt nicht mit uns getroffen, so paranoid wie er ist. Es wäre ja leicht für ihn gewesen, eine Ausrede zu erfinden, warum er uns nicht treffen kann. Wenn er zum Beispiel gesagt hätte, er hat gerade Corona, hätten wir es ihm geglaubt."

„Stimmt", nickte Gregor.

„Es könnte aber auch sein, dass Joschka die Attentäter kennt und sie schützen möchte", gab Bröker zu bedenken. „Die Argumente, die er vorgebracht hat, wären in dem Fall ja eine gute Möglichkeit, uns von der richtigen Fährte abzubringen."

„Das glaube ich nicht", entgegnete Sara spontan. „Ich habe euch ja gesagt, dass ich ein paar der Leute kenne, die an den Aktionen gegen die Jäger beteiligt waren. Einen hinterhältigen Mord würde ich keinem von denen zutrauen. Man kann doch nicht glaubwürdig dagegen protestieren, dass jemand eine Waffe auf Tiere richtet und dann selbst auf einen Menschen schießen."

„Aber du hast auch gehört, was Joschka zum Schluss gesagt hat – bevor er uns drohen wollte: Er wünscht so Leuten wie Doktor Osthuesenhenrich den Tod an den Hals", konterte Bröker.

„Aber das heißt ja nicht, dass er auch auf ihn geschossen hat", schlug sich Gregor auf die Seite seiner Freundin. „Wenn du wüsstest, wie vielen Leuten ich schon das Allerschlimmste gewünscht habe."

„Ich habe ja gesagt, dass ich ihn auch nicht für den Mörder halte", wandte Bröker ein. „Aber wenn es im Kern der Gruppe mehrere Leute gibt, die so viel Wut in sich tragen, dann gibt es in meinen Augen dort auch gleich mehrere Verdächtige."

„Kann sein", Gregor wiegte den Kopf. „Dennoch finde ich, dass Joschka in einem Punkt recht hatte."

„Und zwar?"

„Dass die Tatsache, dass dieser Mensch Jäger war und auf der Jagd erschossen wurde, nicht bedeuten muss, dass die Jagd auch das Motiv für den Mord gewesen sein muss", führte Brökers Mitbewohner aus. „Vielleicht war es sogar für den Mörder ganz praktisch, dass jeder erst einmal in diese Richtung denkt – damit konnte er von sich selbst ablenken."

„Noch sind Charly und wir ja die einzigen, die sich mit dieser Spur befassen", entgegnete Bröker.

In dem Moment erscholl eine dämonische Musik in dem Café. Eine weibliche Stimme fragte mit gruseligem Unterton: „Anybody there?"

Kapitel 15
Der Wettlauf hat begonnen

Bröker gucke sich erschrocken um. Was war das? Wollte jemand die Besucher des Cafés erschrecken oder hatte sein Besitzer nur einen seltsamen Musikgeschmack?

Sara hingegen schien weniger entsetzt. Entspannt griff sie in die hintere Tasche ihrer Jeans und zog ihr Smartphone hervor.

„Ja?", meldete sie sich.

Von der anderen Seite der Leitung folgte ein Wortschwall.

„Hey, halt mal", versuchte Sara diesen zu unterbrechen, aber ihr Gegenüber war so schnell nicht zu stoppen.

Eine weitere Tirade, deren Bedeutung Bröker nicht verstehen konnte, ergoss sich in das Café.

„Nun kommt doch mal runter!", erwiderte Sara. Auch sie wurde zunehmend lauter und aufgebrachter. Sie lauschte auf die Antwort. „Dir mögen deine Argumente logisch erscheinen, aber ich schwöre dir, sie sind trotzdem falsch", konterte sie dann.

Wieder entstand eine Pause, in der nur Sprechgeräusche auf der anderen Seite der Leitung zu hören waren.

„Nein, das kann ich nicht beweisen, wie sollte ich?", rief Sara dann. „Das ist wie bei jeder Verschwörungstheorie. Es gibt eben Dinge, bei denen man dem anderen vertrauen muss, sonst wird man paranoid."

Der nächste Satz ihres Gesprächspartners brachte sie richtig in Rage. „Was soll das heißen? Natürlich kann man mir vertrauen", bellte sie so laut, dass sie ihr Telefonat mit allen anderen Cafébesuchern und dem Personal teilte. „Die Frage ist nur, ob du mir vertrauen kannst, ja, ob du überhaupt irgendjemandem vertraust. Denk mal drüber nach – und wenn du die Antwort gefunden hast, kannst du wieder anrufen!" Erbost drückte sie auf ihr Smartphone und beendete das Gespräch. Als sie zu Bröker und Gregor hinüberguckte, hatte ihr Gesicht eine intensiv rote Färbung angenommen, die Bröker an ihr noch nie wahrgenommen hatte.

„Joschka?", gab Gregor einen Tipp bezüglich ihres Gesprächspartners ab.

„Natürlich", entgegnete seine Freundin. „Mann, der Typ ist ja so was von schizo."

„Das hatten wir ja schon festgestellt", antwortete Gregor. Er verzog sein Gesicht zu einem schiefen Lächeln, vor allem wohl auch, um die Stimmung seiner Freundin wieder ein wenig zu heben.

„Was hat er denn gesagt?", fragte Bröker, der aus dem halben Gespräch weniger schließen konnte als sein Mitbewohner.

„Er hat angerufen, weil die Bullen bei ihm und seiner Freundin Michi waren", erklärte Sara.

„Und?", versuchte Bröker die Geschichte zu rekonstruieren.

„Na, für jemanden, der so misstrauisch ist wie er, gibt es wohl nur eine Erklärung: Wir haben ihn der Polizei gemeldet, oder?", riet Gregor.

„Ganz genau", bestätigte Sara. „Er hat mir vorgeworfen, wir hätten sofort, nachdem er bei uns verschwunden ist, bei der Polizei angerufen und denen gesagt, dass er ein Hauptverdächtiger für den Anschlag auf Doktor Osthuesenhenrich ist. Und die sind dann sofort zu ihm gefahren. Michi bestätigt ihn auch noch in diesem Wahn! Die beiden ergänzen sich wirklich perfekt. Mann, ich wüsste noch nicht einmal, wo er wohnt. Selbst wenn ich ihn verdächtigen würde, könnte ich den Bullen nur sehr spärliche Informationen anbieten. Und als ob ich den Bullen überhaupt Informationen anbieten würde!"

„Uns brauchst du das ja nicht zu erklären", versuchte Bröker sie zu beruhigen. „Wir wissen doch, dass keiner von uns bei der Polizei Bescheid gesagt hat. Die Frage ist allerdings, wie Schewe und Konsorten sonst an ihre Informationen gelangt sind." Sein Blick wanderte durch das Café. Inzwischen hatten alle Anwesenden sich wieder ihren eigenen Geschäften zugewandt. Dass Sara vor kurzem noch mit erhobener Stimme für Aufmerksamkeit gesorgt hatte, schien vergessen.

Ein Rentner zwei Tische weiter fiel ihm ins Auge. Er schien vollständig in die Lektüre der Neuen Westfälischen vertieft. Gerade las er den Lokalteil. Eine Überschrift in großen Lettern fiel Bröker ins Auge: „Nach Demos und Blockade der Kreisjägerschaft nun Mord? Erreicht der Streit um die Jagd in Bielefeld die nächste Eskalationsstufe?", las er.

War das Charlys Artikel? Vielleicht hatte auch ein Kollege sich mit ähnlichen Ergebnissen mit dem Fall befasst. Und natürlich war durch die Fragen alles im Ungewissen gehalten. Dennoch suggerierte die Überschrift ja, dass Joschka und seine Kollegen hinter dem Mordanschlag standen. Jetzt wurde Bröker einiges klar. Wenn auch nur ein Mitarbeiter der Polizei die Bielefelder Presse im Auge hatte, dann brauchte es keinen Hinweis von Sara, Gregor oder Bröker, um die Gruppe der Jagdgegner mit dem Attentat in Verbindung zu bringen.

„Guckt mal da drüben: Spätestens seitdem heute Morgen die neueste Ausgabe von Charlys Zeitung erschienen ist, sind sie und wir nicht mehr die Einzigen, die sich mit diesen Jagdgegnern beschäftigen", sagte er mit einem Fingerzeig auf den Rentner mit der Zeitung.

„Hätten wir uns eigentlich denken sollen", nickte Gregor. „Hätten wir das eher gewusst, dann hätten wir die richtige Antwort für Joschka parat gehabt."

„Ja, schade." Inzwischen hatte sich auch Sara wieder halbwegs beruhigt. „Ich hätte ihn gern von seinem Irrglauben abgebracht."

„Ich bezweifle, dass dir das gelungen wäre. Trotzdem bleibt natürlich eine Frage", überlegte Gregor.

„Welche?", wollte Bröker wissen.

„Wenn die Bullen den Artikel von Charly gelesen haben, wie sind sie dann so schnell auf Joschka und seine Freundin gekommen?", führte Gregor seinen Gedanken aus.

„Ich glaube, das ist nicht so geheimnisvoll", erwiderte Bröker. „Wenn jemand so wie Joschka immer auf Krawall gebürstet ist, dann erregt er früher oder später die Aufmerksamkeit der Polizei.

– Und du kannst viel über deren Apparat sagen, dass er langsam ist und bürokratisch, aber sie merken sich sehr gut, wer auf ihrer Seite steht und wer nicht. Das habt ihr doch damals auch erlebt, als sie hinter den Raspirittern her waren." Wenn Bröker eins bei seinem Praktikum gelernt hatte, dann das.

„Mag sein, dass du recht hast", sinnierte Gregor. „Ich frage mich, ob wir dann irgendetwas aus Joschkas Anruf lernen können oder ob wir ihn nur unter unerfreuliche Begebenheiten abhaken müssen."

Bröker beschloss, diese Frage nicht aus den Augen zu verlieren.

Kapitel 16
Beinahe wie zu Hause

„Du weißt ja, wie unsere weiteren Pläne für den Tag aussehen", sagte Gregor, als sie wenig später wieder vor Saras Wagen standen.

„Ja, ihr versucht euch noch einmal an einem Kletterfelsen", gab Bröker zur Antwort.

„Du kannst mitkommen und es auch noch einmal probieren, wir gehen auch in eine andere Halle", bot Sara mit werbendem Unterton an. „Wie wär's?"

Aus dem Augenwinkel sah Bröker, wie Gregor in gespielter Verzweiflung die Hände vors Gesicht schlug. „Keine Sorge. Ich komme nicht mit", entgegnete er, bevor der Junge eine Bemerkung machen konnte. „Mit dem Klettern ist es wie mit dem Essen, man soll aufhören, solange es einem noch gut geht – und beim Klettern ist das bei mir, bevor ich den ersten Fuß in den Felsen gesetzt habe."

Gregor musste grinsen. „Nun, die Entscheidung kommt für mich nicht unerwartet", lachte er. „Aber du weißt, dass du dann den restlichen Nachmittag ohne uns verbringen musst. Ich hoffe, du überlebst das."

„Ich weiß", erwiderte Bröker. „Aber nach Abwägung aller Umstände ist mir es lieber, vor Einsamkeit dahinzuschmachten, als wieder von dir aus schwindelerregender Höhe gerettet zu werden."

Als seine beiden Mitbewohner aufgebrochen waren, musste Bröker zugeben, dass er allerdings nicht so genau wusste, was er mit dem Nachmittag anfangen sollte. Eigentlich hatte er für heute schon eine ganze Menge erlebt und dabei auch ein paar Ergebnisse erhalten. Und die atemberaubende Klettertour durfte man auch nicht außer Acht lassen – so etwas ging an die Substanz, besonders in seinem Alter. Es wäre also zu rechtfertigen, wenn er jetzt mit der Stadtbahn nach Hause fuhr, sich einen kleinen Teller mit

Schinken, Käse, Oliven und Brot machte, dazu einen leichten Weißwein öffnete und den Abend mit einem kleinen Aperitif begänne. Immerhin war es schon halb vier, vor halb fünf würde er also keinen Alkohol trinken und das war zwar nicht besonders spät, aber auch nicht so früh, dass er sich dafür entschuldigen müsste. Zufrieden lenkte er seine Schritte in Richtung der Stadtbahnhaltestelle.

Als er auf dem Bahnsteig unten am U-Bahn-Schacht angekommen war, wurde er ein bisschen missmutig. Aus den Augenwinkeln konnte er die roten Rücklichter sehen, er hatte die Bahn Richtung Jahnplatz gerade verpasst. Nun gut, dann würde er eben warten müssen. Betulich ließ er sich auf einen der metallenen Sitze fallen und sah auf die Anzeigentafel. Neun Minuten. Eine halbe Ewigkeit. In solchen Augenblicken bedauerte er es, dass er auf seinem Smartphone kein Spiel geladen hatte. Er konnte ja hier unten schlecht mit Geo-Caching beginnen und das war so ziemlich die einzige App, die nicht Standard war, über die er verfügte. Natürlich könnte er versuchen, ein wenig Musik zu hören, aber ungeduldig, wie er gerade war, stand ihm danach nicht der Sinne. Genervt schaute er noch einmal auf die elektronische Anzeige, dann auf die Uhr daneben. Noch acht Minuten – die Zeit schien zu kriechen. So gemütlich Bröker auch im alltäglichen Leben war: Zu warten hatte er nie gelernt. Wahrscheinlich waren das die Gene seiner Großmutter, die ungeduldiger gewesen war als ein Sack Kleingeld.

Oder Halt, vielleicht konnte er ja die Zeit nutzen, fiel ihm ein. Das Polizeipräsidium war doch ganz in der Nähe. Da würde er Mütze einen Besuch abstatten können – sicher würde ein Schnack mit seinem Freund länger dauern als die acht Minuten, die ihm noch bis zur nächsten Bahn blieben, dafür aber wäre eine solche Unterhaltung um vieles interessanter und außerdem war es nicht undenkbar, dass er auch wichtige Neuigkeiten für den Fall abstauben konnte, in den er begonnen hatte sich zu vertiefen. Mit frischer

Energie erhob er sich wieder und lenkte seine Schritte in Richtung von Mützes Arbeitsstätte.

Als er wenig später auf die Eingangstür des Präsidiums zusteuerte, umwehte seine Gedanken ein Hauch von Nostalgie. Hier war er in den sieben Tagen, in denen er sein Praktikum absolviert hatte, an mehr als der Hälfte der Tage zu spät gewesen, aber wenn er denn einmal angekommen war, hatte er sich hier stets ein wenig heimisch gefühlt. Diese Empfindung war aber stets spätestens dann vergangen, wenn er van Ravenstijn auf dem Flur begegnet war. Der Holländer hatte nichts unversucht gelassen, um Bröker seine Praktikumszeit zur Hölle zu machen. Noch immer durchzuckte Bröker eine Wut, wenn er an das Verhalten des selbsternannten Profilers dachte.

Ganz in Gedanken wollte Bröker die Eingangstür öffnen, als ihm aus der Pförtnerloge daneben eine Stimme entgegenrief: „Hallo? So geht das aber nicht! Hier kann nicht jeder ein und ausgehen, wie es ihm gerade beliebt. Würden Sie sich bitte anmelden?"

Als Bröker sich zu dem Wachmann umdrehte, der Dienst an der Pforte hatte, kam ihm das Gesicht bekannt vor. Ja, er hatte diesen Mann schon einmal gesehen, der gerade mit tief gefurchter Stirn über einem Kreuzworträtsel brütete. Auch über das Gesicht seines Gegenübers huschte der Schein eines Wiedererkennens: „Na, Sie brauchen sich natürlich nicht anzumelden", sagte der Pförtner mit einem breiten Lächeln. „Sie sind doch der, der ... wie war das noch gleich? Der Sherlock Holmes von Bielefeld!"

„Fast", lächelte Bröker zurück. „Und außerdem hatten Sie natürlich recht: Solange ich hier kein Praktikum mache, kann ich hier natürlich nicht auch nach Belieben herumspazieren. Es tut mir leid."

„Keine Ursache", entgegnete der Wachmann konziliant. „Zu wem wollen Sie denn?"

„Zu Herrn Schikowski, Hauptkommissar Schikowski", korrigierte sich Bröker schnell. Immerhin hatte er nicht Mütze gesagt.

„Ja, dann kommen Sie rein, Sie kennen sich ja aus und wissen bestimmt auch den Weg", bot der Pförtner an und öffnete die Tür.

Bröker trat ein. Damit, dass er nach seinem Praktikum in dem Gebäude des Polizeipräsidiums wusste, wohin er seine Schritte lenken musste, hatte der Mann an der Pforte sich allerdings getäuscht: Schon immer war ihm der verwinkelte Bau wie das Labyrinth des Minotaurus vorgekommen und er hatte sich gefragt, ob wohl regelmäßig Putztrupps durch die Gänge fuhren, um die Leichen der Besucher zu entsorgen, die hier in großer Häufigkeit aus Hunger oder aus Durst verendet waren. Während seines Praktikums war es ihm zumindest eine kurze Zeit lang gelungen, Schewes Arbeitsbereich und damit auch seinen eigenen zu finden, ja, sogar Mützes Büro hatte er in dieser Zeit orten können. Diese Kenntnisse aber waren schneller wieder verflogen als die rudimentären Fahrkenntnisse, die er in einer einzigen Fahrstunde während dieser Zeit erworben hatte.

Sollte er nun die Abzweigung nach links oder nach rechts wählen? Er wusste es einfach nicht. Andererseits: Wenn er nach rechts ging, so folgte ein Dutzend Meter weiter schon die nächste Abzweigung, bei der er sich entscheiden musste. Also ging er nach links. Bei der nächsten Gabelung wieder. Der Weg kam ihm vertraut vor, er hatte ein gutes Gefühl. Auch die Türen, die er passierte, kamen ihm bekannt vor. Er las eines der Türschilder: „Martin Schewe, Erster Hauptkommissar." – Oh nein, Bröker war unbewusst in seine alte Abteilung geraten. Wenn ihn hier jemand entdeckte, wäre wahrscheinlich sofort das Gerücht im Umlauf, dass er auch in dem jüngsten Todesfall ermittelte und seinen ehemaligen Kollegen Informationen über den Fall entlocken wollte. Nun, der erste der beiden Punkte war ja auch gar nicht so verkehrt, musste er sich eingestehen. Eventuell war sogar am zweiten etwas dran.

In diesem Moment bewegte sich die Klinke von Schewes Tür. Bröker legte einen Spurt ein und erreichte gerade noch die Herrentoilette, bevor ihn jemand sehen konnte. Schnell schloss er sich in einer Kabine ein – nicht die schlechteste Idee, wie er anschließend feststellte: Große Nervosität erhöhte bei ihm jedes Mal den Druck auf die Blase. Hauptsache, Schewe verspürte nicht ähnliche Bedürfnisse! Aber nein, er blieb der Einzige auf dieser Toilette.

Als sich fünf weitere Minuten niemand Weiteres auf dem Herrenklo eingefunden hatte, wagte es Bröker langsam wieder die Tür zu öffnen und auf den Flur zu treten. Ein Glück, die Luft war rein. Immerhin, einen Vorteil hatte sein Irrweg. Auf wundersame Art und Weise hatte er sich den Weg von Schewes Abteilung zu Mützes Büro eingeprägt. Schnellen Schrittes eilte er dem eigentlichen Ziel seines Besuchs entgegen.

Wenige Augenblicke später war er bei den Räumen angelangt, die Mützes Einheit beherbergten. Noch zwei Türen, ja, da war sein Büro. Bröker hob die Hand und klopfte. Keine Reaktion. Er klopfte noch einmal. Niemand antwortete. Bröker drückte die Klinke herunter. Die Tür war verschlossen.

„Kann ich Ihnen helfen?"

Bröker fuhr herum. Eine junge, dunkelhaarige Frau mit prägnanter Nase stand vor ihm und sah ihn fragend an. Dann erkannte er sie: Das war Mützes Sekretärin. Wie sie hieß, hätte er beim besten Willen nicht zu sagen gewusst, noch nicht einmal, ob er ihren Namen jemals gekannt hatte.

In diesem Moment erkannte die Sekretärin ihn auch: „Herr Bröker!", lächelte sie. „Wie schön, Sie zu sehen! Mit dem modischen Pullover um die Hüften hätte ich Sie beinahe nicht erkannt. Sie wollen sicher zu Herrn Schikowski, oder?"

„Genau zu dem", erwiderte Bröker.

„Er hätte sich auch bestimmt gefreut, Sie hier zu treffen. Leider ist er zu einem Termin außer Haus", erklärte die junge Frau.

„Ach, das ist aber schade", entfuhr es Bröker.

„Ja, sicherlich. Kann ich Ihnen weiterhelfen?"

„Hm, eigentlich nicht." Bröker konnte die Sekretärin ja schlecht nach Insiderinformationen in einem Fall fragen, der noch nicht einmal mehr in den Händen ihres Chefs lag. „Ich bin eigentlich auch nur hier, weil ich zufällig gerade in der Nähe war. – Vielleicht richten Sie Mütze, also Herrn Schikowski, einfach liebe Grüße von mir aus."

„Das mache ich gerne. Dann also bis bald einmal, hoffe ich", verabschiedete sein Gegenüber sich.

Enttäuscht drehte Bröker sich um. Den Weg hätte er sich sparen können. Hätte er die Geduld besessen, auf die Stadtbahn zu warten, wäre er jetzt wahrscheinlich schon zu Hause.

„Bröker! Bröker, sind Sie das?", schallte in diesem Moment eine Stimme mit unverkennbar niederländischem Akzent über den Flur.

Van Ravenstijn, schoss es Bröker durch den Kopf – der eröffnete ihre Konversation regelmäßig auf diese Art und Weise. Wann immer man dachte, der Tag habe schon genügend schmerzvolle Augenblicke geboten, tauchte von irgendwoher der holländische Psychologe auf und war bereit, noch ein paar quälende Momente hinzuzufügen. Ungewollt duckte er sich. Vielleicht konnte er ja behaupten, er sei jemand anderes.

„Bröker, natürlich sind Sie das! Versuchen Sie sich etwa zu verstellen? Versuchen Sie etwa eine Zwerg zu sein?" Van Ravenstijn gab ein meckerndes Lachen von sich. „Wenn, dann sind Sie eine sehr dicke Zwerg."

„Ravenstijn, wenn Sie ein Mensch sind, dann sind Sie ein besonders dämlicher Mensch", reagierte Bröker blitzschnell. Der Ärger darüber, dass er für einen Moment unbewusst geglaubt hatte, der Holländern ließe sich durch eine andere Körperhaltung in die Irre führen und der Psychologe ihn tatsächlich dabei ertappt hatte, ließen seine Replik noch schärfer ausfallen als gewöhnlich.

„Ach, kommen Sie Bröker, wir sind doch beinahe so etwas wie ehemalige Kollegen, da können Sie auch einen etwas freundlicheren Ton anschlagen", erwiderte der. Sein Tonfall klang beinahe bittend.

Bröker schluckte. Eigentlich war er sich während seines Praktikums sicher gewesen, dass van Ravenstijn ihn mit voller Absicht schikaniert hatte. Dann aber konnte er wieder Sätze von sich geben, die schienen, als habe er gedacht, das sei die angemessene Behandlung eines Praktikanten. Vielleicht hatte der Holländer auch einfach alles wieder verdrängt. Jedenfalls hatte sich Brökers Abneigung gegenüber dem selbsternannten Profiler seit diesen Tagen deutlich vergrößert.

„Was machen Sie denn nun in diesem Teil des Gebäudes", fuhr dieser ungerührt fort. „Ihre ehemaligen Kollegen befinden sich doch drüben in Schewes Abteilung. Er guckte sich rasch um und gab sich dann die Antwort selbst: „Ah, Sie wollen Herrn Schikowski besuchen, stimmt's?"

„Ja, nur leider ist er nicht da", bestätigte Bröker und sehnte sich in diesem Moment danach, die gemütliche Gestalt seines Freundes um die Ecke biegen zu sehen – und sei es nur, um dem Gespräch mit dem Psychologen zu entfliehen.

„Tja, anders als Sie sind die meisten hier Beschäftigten keine Privatiers", konnte sich der Holländer eine Spitze nicht verkneifen. „Darum müssen Sie arbeiten und bei Polizisten kann das auch leicht dazu führen, dass Sie mal nicht hier im Gebäude sind." Er lächelte süffisant.

Bröker wusste nicht, was er im Augenblick am meisten hasste: den überheblichen Tonfall seines Gesprächspartners oder die Tatsache, dass er mit seinen Worten zumindest teilweise recht hatte: Er hatte einfach nicht auf dem Schirm gehabt, dass Mütze einen Auswärtstermin haben konnte. Er fühlte, dass er dem selbsternannten Profiler an die Gurgel gehen würde, wenn der nicht bald seinen Unterton änderte. „Nur keinen Neid – ich habe mir mein Vermögen im Schweiße meines Angesichts ererbt", gab er zurück und fand sich dabei sehr diplomatisch.

„Und deshalb haben Sie zu viel Zeit in unseren Fällen herumzustümpern", zeigte sich van Ravenstijn mal wieder von seiner gewohnt hochnäsigen Seite. „Aber während Sie noch im Dunkeln tappen, habe ich schon eine ganz heiße Spur: Ich sage nur, diese Aktivisten, die etwas gegen die Jagd haben …"

Bröker wollte eben einwenden, dass der Holländer seine heiße Spur aus der Tagespresse hatte, da hörte er eine Stimme hinter sich.

„Bröker, Sie hier? Und in vertrauter Eintracht mit Ihrem ehemaligen Praktikumsleiter? – Das hätte ich fast nicht zu hoffen gewagt."

Er wirbelte herum. Ohne dass er es bemerkt hatte, hatte sich Schewe in seinem Rücken genähert. Zunächst erschrak er. Schewe war nicht nur in all seinen Fällen sein wichtigster Gegenspieler gewesen, sondern er hatte ihn stets als eine Respektsperson wahrgenommen. Als er die Situation genauer betrachtete, wurde er gewahr, dass Schewe in diesem Augenblick wie gerufen kam. Wenn schon Mütze ihn nicht aus der fruchtlosen Diskussion mit van Ravenstijn reißen konnte, dann vielleicht der Erste Hauptkommissar der Bielefelder Kriminalpolizei.

„Ich habe gehört, dass Sie mal wieder dabei waren, als man eine Leiche gefunden hat. Die von Doktor Osthuesenhenrich, meine ich", eröffnete der das Gespräch, als habe er Brökers Gedanken geahnt.

„Ja, das stimmt", erwiderte Bröker. „Aber ich schwöre Ihnen, dass ich nichts dafür kam. Irgendwie sterben die Leute in meiner Nähe wie die Fliegen." Dabei setzte er ein schiefes Lächeln auf.

„Vielleicht sollten Sie mal über ein anderes Deodorant nachdenke", erwiderte Schewe. Er hatte dabei seinen leichten Kölner Akzent, der nur manchmal in seinen Worten mitschwang. Es war einer der wenigen Witze aus seinem Mund, an die sich Bröker erinnern konnte.

„Ja, leider ist in den Drogeriemärkten selten ausgezeichnet, welche dieser Sprays besonders wenig Tote nach sich ziehen", versuchte er auf die Tonart des Hauptkommissars einzugehen.

„Mal sollte das veranlassen", gab der zurück und grinste immer noch. „Was mich interessieren würde: Ermitteln Sie in dem Fall denn auch?", wurde er schlagartig wieder ernst.

„Ermitteln ist ein großes Wort", versuchte Bröker vage zu bleiben.

„Aber?"

„Nun ja, natürlich macht man sich so seine Gedanken, wenn jemand beinahe vor den eigenen Augen erschossen wird", räumte Bröker ein.

„Und haben Sie auch schon Anhaltspunkte?"

„Auch das wäre zu viel gesagt …"

Während van Ravenstijn dem Wortwechsel zwischen Schewe und seinem ehemaligen Praktikanten folgte, ohne selbst ein einziges Wort zu sagen – eine Situation, wie sie bei dem Holländer nur alle Jubeljahre einmal vorkam – machte der Hauptkommissar einen überraschenden Vorschlag. „Hören Sie, Bröker, ich habe da eine Idee", sagte er. „Wie wäre es, wenn ich Ihnen vom Stand unserer Ermittlungen berichte."

„Gerne, aber wie komme ich zu der Ehre?", entgegnete der Angesprochene überrascht. Wenn Schewe Wort hielt, dann war sein Besuch im Polizeipräsidium wesentlich fruchtbarer als erwartet, selbst wenn er Mütze nicht hatte sprechen können.

„Ich würde Ihnen einen Deal vorschlagen", bekannte Schewe freimütig.

„Und der wäre?"

„Sollten Sie mal wieder schneller sein als wir – ich betone ‚sollten', dann sagen Sie doch bitte den Medien, also besonders Frau Lindhorst", damit spielte der Hauptkommissar auf Charly an, „dass Sie Ihre Informationen auch der Bielefelder Kriminalpolizei verdanken."

Daher wehte also der Wind. Schewe hatte Sorge, nicht gut in der Presse wegzukommen, wenn er auch bei diesem Fall als Zweiter über die Ziellinie ging. Bröker überlegte kurz: „Gut", sagte er. „Das klingt mir nach einer fairen Vereinbarung. Ich finde es ja sowieso am wichtigsten herauszufinden, wie es denn wirklich war, wer das Opfer, also in diesem Fall Herrn Osthuesenhenrich, umgebracht hat. Ob ich damit in die Presse komme, ist mir eigentlich egal, ja, manchmal ist es mir sogar ein bisschen lästig." Damit sagte Bröker die Wahrheit, auch wenn van Ravenstijn an seiner Seite den Kopf schüttelte.

Fünf Minuten später saß Bröker mit Schewe in dessen Büro. Auch wenn der holländische Polizeipsychologe seinen ganzen Charme aufgeboten hatte, um auch mit in das Allerheiligste seines Chefs vorgelassen zu werden, hatte der keine dahingehende Einladung ausgesprochen.

„Setzen Sie sich doch", bot der Erste Hauptkommissar einen Platz auf einem Ledersessel in einer gemütlichen Besprechungsecke an. „Möchten Sie etwas trinken?"

Bröker schüttelte den Kopf. „Gerade nicht, danke. Ehrlicherweise bin ich viel zu neugierig darauf, auf welchen Spuren die Bielefelder Kripo wandelt", bekannte er freimütig.

„Allzu viele Spuren haben wir noch nicht, die wir verfolgen können", gab Schewe die Offenheit zurück. „Aber Sie haben doch bestimmt auch Frau Lindhorsts Artikel heute in der Lokalpresse gelesen?"

„Habe ich nicht", erwiderte Bröker unumwunden. „Allerdings gestehe ich, dass ich vorab von den wesentlichen Fakten, die sich in diesem Artikel vermutlich finden, wusste." Schewe spielte mit offenen Karten, dann konnte Bröker das auch tun. „Ich denke also, ich weiß, um was es geht."

„Gut, dann würden Sie vielleicht auch zugeben, dass es sich bei Frau Lindhorsts These um einen vielversprechenden Ansatz zu handeln scheint?" Schewe hatte diesen Satz als Frage formuliert.

„Wenn man davon ausgeht, dass es sich bei Doktor Osthuesenhenrichs Tod nicht um einen Jagdunfall handelt?" Auch Bröker ließ den Satz wie eine Frage enden. Er wusste nicht, inwieweit die Hypothese, dass der Arzt nur Opfer eines bedauerlichen Unfalls geworden war, noch von der Polizei verfolgt wurde. Auf van Ravenstijns Geschwurbel bei ihrer gestrigen Zusammenkunft gab er nichts.

„Ich denke, einen Unfall können wir tatsächlich ausschließen", klärte Schewe ihn auf. „Natürlich ist es denkbar, dass ein Jagdkollege das Opfer aus Versehen erwischt hat und ich kann mir auch noch vorstellen, dass er oder sie das vorerst verschweigt. Es ist ja schließlich kein Ruhmesblatt, wenn man einen Jagdfreund erlegt statt eines Fuchses. Aber wenn man dann merkt, dass wir anfangen zu ermitteln, dann muss man schon ausgesprochen naiv sein, um sein Leugnen aufrecht zu erhalten."

„Warum?" Bröker konnte dem Hauptkommissar nicht folgen.

„Wenn wir dahinterkommen, dass einer der Mitglieder der Jagdgesellschaft den tödlichen Schuss abgegeben hat, und er hat uns vorher geschworen, dass er es nicht war, liegt es nahe, dahinter einen Totschlag oder Mord zu vermuten", erläuterte der. „Auf die Idee kämen wir kaum, wenn jemand sofort gesteht, er habe Doktor Osthuesenhenrich versehentlich erschossen."

„Das verstehe ich", nickte Bröker.

„Gut, wenn das geklärt ist, was halten Sie denn nun von Frau Lindhorsts Ansatz?"

„Ich muss zugeben, als sie mir gestern Abend davon erzählt hat, dachte ich zuerst, sie hätte den Fall gelöst, beziehungsweise, sie hätte zumindest einen wichtigen Hinweis gegeben."

„Das ging mir genauso", gab Schewe zurück. „Ich meine, von so einer in den Raum geworfenen Vermutung bis zur Überführung eines Täters ist es ja noch ein weiter Weg …"

„… besonders, wenn es gleich mehrere mögliche Täter gibt", warf Bröker ein.

„Genau, Frau Lindhorst hat ja niemand Konkretes genannt, der den Anschlag verübt haben könnte. Und selbst wenn wir jemand Bestimmtes auf dem Kieker hätten, müssten wir ihm den Mord natürlich erst nachweisen. Trotzdem schien mir der Gedanke so interessant, dass ich ein paar Kollegen gebeten habe, in diese Richtung zu ermitteln."

„Und haben die auch etwas herausgefunden?"

„Das wäre ein bisschen viel verlangt", lachte Schewe. „Ich habe ihnen den Auftrag heute Mittag gegeben. Wir müssen ja erst einmal herausfinden, wer denn an den Aktionen gegen die Jäger beteiligt war. Und damals, als diese Protestkampagnen stattgefunden haben, waren wir ja schon nicht sonderlich erfolgreich. Außer ein paar wenigen haben wir damals niemanden für die Verkehrsbehinderungen und was es sonst noch alles war, zur Rechenschaft ziehen können, sagen die Kollegen."

„Es werden wohl auch nicht immer die gleichen Leute mitgemacht haben", griff Bröker Joschkas Gedanken auf. Es kam ihm ein wenig unfair vor, Schewe zu verschweigen, dass er sich mit Saras Bekannten getroffen hatte, da der Polizist ihm gegenüber ungewohnt offen war. Auf der anderen Seite wäre es noch unfairer gewesen, den Namen und die Ansichten des leicht paranoiden Aktivisten an die Polizei weiterzuleiten, auch wenn die schon von sich aus mit diesem Kontakt aufgenommen hatte.

„Stimmt", bestätigte Schewe. „Es geht vor allem darum herauszufinden, wer zu dem harten Kern dieser Gruppe von Aktivisten zählt."

„Genau da habe ich Probleme mit Charlys, also Frau Lindhorsts, Idee", folgte Bröker weiter Joschkas Gedanken. „Wer zählt denn zum harten Kern dieser Leute, die sie verdächtigt?"

„Genau das wissen wir ja nicht", erinnerte ihn Schewe. „Wir haben bislang erst ein Paar gefunden, von dem wir ahnen, dass sie damals an den Aktionen beteiligt waren." Das mussten Joschka und Michi sein. Bröker wusste nicht, über welche Quellen Schewe und sein Team auf die zwei gestoßen waren.

„Ja klar, aber was sind das für Menschen, die sich da besonders engagieren?", führte er seine Idee weiter aus. „Das sind Leute, die sich dagegen einsetzen, dass Menschen nicht auf unschuldige Tiere schießen. Im weitesten Sinne Pazifisten also. Umso weniger sollten diese Leute dann bereit sein, selbst auf Menschen zu schießen."

„Ich denke, Sie haben das entscheidende Wort selbst genannt: unschuldig", konterte der Hauptkommissar. „In den Augen dieser Aktivisten sind die Tiere die unschuldigen Opfer, während die Menschen die schuldigen Täter sind. Und es ist für mich durchaus denkbar, dass jemand, der entsprechend fanatisiert ist, zwar die Jagd auf Tiere ablehnt, aber andererseits selbst auf Menschen schießt."

„Sie kennen sich da bestimmt besser aus", gab sich Bröker einsichtig. Wenn er in sich ging, wusste er nicht, was er denken sollte. Joschka war ein Wirrkopf, kein Zweifel, auch jemand, der zu radikaleren Maßnahmen griff, wenn er es für angebracht hielt. Aber es fiel Bröker schwer, sich ihn als jemanden vorzustellen, der langer Hand einen Mord plante und der sich an der Hünenburg versteckte, um auf ein Mitglied einer Jagdgesellschaft zu schießen. Er wusste auch, dass nichts davon gerichtsfest war und dass er sich sehr wohl irren konnte. Andererseits war sein Sinn dafür, was er für plausibel hielt und was nicht, in allen Fällen bisher seine größte Trumpfkarte gewesen. Hier jemanden auszuschließen, bevor er sich gefühlsmäßig sicher war, hielt er für einen Fehler.

„Leider eben auch noch nicht", sagte Schewe bedauernd. „Ich sehe aber, dass wir ungefähr gleich weit sind. Ich würde mich freuen, wenn wir weiterhin in Kontakt über unsere Fortschritte bleiben könnten. Das scheint mir die effektivste Methode, wenn wir den Schuldigen so schnell wie möglich fassen wollen."

„Das machen wir", entgegnete Bröker, der die Antwort des Hauptkommissars für ein Signal hielt, ihr Gespräch zu beenden.

Der stand auch prompt auf: „Es freut mich, dass wir an einem Strang ziehen", sagte er und gab Bröker die Hand.

Der erwiderte den Händedruck. Ob eine Zusammenarbeit mit der Polizei der richtige Weg war, wusste er hingegen nicht.

Kapitel 17
Eine neue Spur?

Bröker war gerade im Begriff, die Türklinke von Schewes Bürotür hinunterzudrücken, als jemand von außen das Gleiche tat. Im nächsten Augenblick merkte er, wie ihm diese Tür mit Schwung gegen den Bauch gedrückt wurde. Er gab ein unterdrücktes „Uff" von sich, als hätte er einen überraschenden Leberhaken erhalten. Zum Glück gelang es ihm aber, auf den Beinen zu bleiben, denn als er aufblickte, wer ihn beinahe über den Haufen gerannt hatte, sah er van Ravenstijn.

„Bröker, Sie sind ja noch immer hier. Haben Sie nichts Besseres zu tun, als uns die Zeit zu stehlen?", war der Holländer nicht weniger erstaunt als Bröker. Er schien die Schmach, nicht mit zu dem Gespräch gebeten worden zu sein, noch immer nicht verwunden zu haben.

Bröker wartete einen Moment. Wenn er Glück hatte, würde Schewe seinen Untergebenen zurechtweisen, der aber schien von der Situation ebenso überrascht wie sein Besucher.

„Ich weiß nicht, inwieweit Sie in die Entscheidungen der Führungsebene eingebunden sind", sagte Bröker bemüht, den selbsternannten Profiler in seine Schranken zu weisen, „aber Herr Schewe und ich haben uns gerade unserer gegenseitigen Zusammenarbeit versichert. – Und das ist etwas, was uns vielleicht der Lösung des jüngsten Falles einen Schritt näherbringen kann."

„Ist das wahr?", krächzte van Ravenstijn verblüfft und schaute dabei ausschließlich seinen Chef an.

„Ja, das stimmt. Herr Bröker war uns ja nun schon so manches Mal um eine Nasenlänge voraus – auch Ihnen, van Ravenstijn, wenn ich das bemerken darf. Und ich denke, sein Spürsinn ist etwas, was wir zu unserem Vorteil nutzen sollten", bestätigte Schewe.

Van Ravenstijn versteifte sich ob des impliziten Vorwurfs in Schewes Worten. „Ich glaube nicht, dass das notwendig sein wird", stieß er hervor.

„Wie kommen Sie denn darauf?" Jetzt war die Verwunderung auf der Seite des Ersten Hauptkommissars.

Der Polizeipsychologe reckte das Kinn und schob die Brust heraus: „Ich habe neue Hinweise, die den Fall wohl aufklären werden", sagte er. Dabei leuchteten seine Augen stolz.

„Haben Sie Neuigkeiten über diese Aktionisten, die sich gegen die Jagd wenden?" So wenig Bröker von van Ravenstijn und dessen Erkenntnissen hielt, so neugierig war er doch, was dieser herausgefunden zu haben glaubte.

„Ach, nein. Das ist Schnee von gestern", keckerte der Holländer prompt. „Es war eine Irrweg – kein Wunder, der Tipp, dass diese Leute etwas mit der Ermordung von Osthuesenhenrich zu tun haben könnten, kam ja von dieser Journalistin, Charlotte Lindhorst. Bröker, Sie kenne sie doch gut und wissen wahrscheinlich auch, dass sie gerne einmal eine Ente in die Welt setzt. Na, vielleicht wissen Sie das auch nicht."

Bröker schnappte nach Luft. „Ravenstijn, Sie haben doch erst vor einer knappen halben Stunde behauptet, diese Aktivisten seien Ihre heiße Spur – nun haben Sie sich mal wieder gedreht wie ein Fähnchen im Wind und geben auch noch Charly die Schuld für Ihren Irrtum?" Er war so erzürnt, dass er sich dem Psychologen bis auf Nasenlänge genähert hatte. „Wenn Sie nur ein bisschen Rückgrat hätten …"

„Ach, die Aktivisten waren doch nur ein Testballon", gab der zurück. „Ich wollte gucken, ob an der Geschichte was dran ist. Außerdem ist eine halbe Stunde eine Menge Zeit, wenn man fleißig arbeitet. Jetzt habe ich ganz neue Erkenntnisse."

„Und was für Einsichten haben Sie nun gewonnen?" Schewe interessierte sich viel mehr für die Ergebnisse der jüngsten Nachforschungen van Ravenstijns als für dessen Streit mit seinem ehemaligen Praktikanten.

„Nun, ich habe diese Erkenntnisse nicht allein gewonnen", musste der selbsternannte Profiler zugeben. Jetzt klang er schon deutlich kleinlauter als zuvor.

„Wem verdanken wir sie denn dann?", wollte der Erste Hauptkommissar wissen.

„Hauptkommissarin Großebrummel ist auf die Idee gekommen, noch einmal alle Mitglieder der Jagdgesellschaft zu befragen."

„Das haben wir doch schon gestern gemacht?", wunderte sich Schewe.

„Ja, aber sie hat dabei nur nach einem Jagdgewehr gefragt, durch den das Opfer getötet wurde", erläutere van Ravenstijn.

„Und jetzt?"

„Jetzt hat sie ihre Untersuchungen ausgedehnt."

„Ich verstehe – und inwiefern haben Sie mit der Sache zu tun?", stellte der Leiter der Arbeitsgruppe die offensichtliche Frage.

„Ich, ich – ich hatte die gleiche Idee auch", stotterte der Polizeipsychologe. „Und als ich gehört habe, was bei der Sache herausgekommen ist, wollte ich natürlich, dass Sie es sofort wissen."

„Ich fasse es nicht", murmelte Bröker halblaut. Aber es passte so gut zu van Ravenstijn, sich mit fremden Federn zu schmücken, dass es weder ihn noch Schewe sonderlich aufbrachte.

„Und was hat Frau Großebrummel denn nun bei den Nachforschungen herausgefunden, für die Sie auch die Idee gehabt hätten?". Bröker meinte ein Grinsen zu hören, dass in Schewes Frage mitschwang.

„Es ist mehr ein Gerücht", schränkte van Ravenstijn den Wert seiner Neuigkeiten noch weiter ein. Dann aber platzte es aus ihm heraus: „Einige der Jagdkollegen des Toten meinten, Osthuesenhenrich habe eine Geliebte gehabt."

Es entstand eine Pause, in der Schewe und Bröker diesen neuen Aspekt des Falles erst einmal verdauen mussten.

„Sehr interessant. Das ist in der Tat eine Nachricht, die ein ganz neues Licht auf den Fall werfen könnte", musste der Hauptkommissar dann zugeben. „Hat Frau Großebrummel auch herausgefunden, wer diese Geliebte war?"

„Noch nicht", gestand van Ravenstijn ein. Verglichen mit seinem Auftritt ein paar Minuten zuvor sah er ein bisschen kläglich aus. Ob er es bereute, mit den Neuigkeiten so überstürzt zu seinem Chef gerannt zu sein, ohne mit dem Namen der neuen Person aufwarten zu können?

„Da haben Sie ja gleich eine Frage, der Sie auf den Grund gehen können", erwiderte Schewe. „Wenn Sie die Antwort haben, können Sie gerne wiederkommen." Es sah so aus, als wolle er seinem Polizeipsychologen nun doch ein paar Verhaltensmaßregeln mit an die Hand geben.

„Ich glaube, ich verabschiede mich", warf Bröker ein. „Ich habe noch ein paar Termine." Auch wenn das frei erfunden war und er den Holländer nicht leiden konnte, wollte er nicht dabei sein, wenn dieser einen Einlauf erhielt. Die Zeit, die er im Polizeipräsidium verbracht hatte, war sowieso ereignisreicher gewesen, als er sich das erhofft hatte.

Kapitel 18
Muttertag

„Und war eure zweite Klettertour erfolgreicher als die erste?", fragte Bröker, als sich Sara und Gregor am Abend bei ihm in der Küche eingefunden hatten. Er wusste nicht, ob es eine gute Idee war, die beiden auf das Thema Bouldern anzusprechen, aber andererseits wollte er auch nicht so wirken, als interessiere er sich nicht für das Leben seiner Mitbewohner. Allerdings wäre er selbst schuld, wenn ihn Gregor jetzt wieder mit Hohn und Spott übergösse.

„Ja, es hat Spaß gemacht", sagte Sara zu seiner Erleichterung ohne irgendwelche Anspielungen an ihr vormittägliches Erlebnis.

„Stimmt", pflichtete ihr Gregor bei. „Und entschuldige, Bröker, wenn ich dich in der Kletterhalle etwas hart angefasst habe. Ich hätte mir denken sollen, dass du weder mit dem Begriff noch mit dem Sport Bouldern etwas anfangen kannst."

„Schwamm drüber", erwiderte der Hausherr. So scharfzüngig Gregor auch sein konnte, der Junge hatte das Herz auf dem rechten Fleck und dass es so selten echten Streit in der ungewöhnlichen Wohngemeinschaft gegeben hatte, war nicht zuletzt ihm zu verdanken. „Ich gebe ja zu, dass ich nicht geklettert bin wie eine Bergziege."

„Nein, eher wie ein Fels in der Brandung", grinste Gregor.

„Ich habe es aber auch mit dem Verlust meiner Lieblingscordhose bezahlt", trauerte Bröker dem zerrissenen Kleidungsstück nach.

„Die war doch noch so gut wie neu", lachte Gregor schallend.

„Höchstens fünfzehn, sechzehn Jahre", erklärte Bröker, ohne auf die Ironie in der Bemerkung des Jungen einzugehen.

„Was hast du denn heute Nachmittag gemacht?", wechselte Sara das Gesprächsthema. „Ah, ich sehe schon, du hast dir Gedanken um unser leibliches Wohl gemacht", ergänzte sie, als sie einen

Blick auf einen ganzen Berg an Lebensmitteln geworfen hatte, die Bröker auf dem Küchentisch aufgetürmt hatte.

„Nur ein wenig", gab der zurück. „Heute Abend wollte ich einmal kochen. Und außerdem gab es noch Steinpilze, es könnten beinahe die letzten in diesem Jahr sein." Stolz reckte er zwei randvolle Papiertüten mit den Pilzen in die Höhe.

„Und was ist das hier, sehe ich da etwa Fleisch?", fragte Gregor und deutete mit einem Augenzwinkern auf eine Tüte, die mit dem Logo von Bröker Lieblingsmetzger bedruckt war.

„Ja, ihr habt doch gesagt, dass ihr noch immer Fleisch esst, also auch du, Sara, oder?" Mit einem Mal plagte Bröker die Sorge, dass er mit den leckeren Zutaten, die er besorgt hatte, nur zum Teil bei seinen Mitbewohnern landen könnte.

„Ja, keine Angst, in besonderen Fällen esse ich auch Fleisch", bestätigte Gregors Freundin. „Und das ist ja beinahe so etwas wie ein Versöhnungsessen, da bin ich nicht so wählerisch. Es sei denn du willst mir dieses Zeug hier anbieten", sagte sie und zeigte auf eine zweite Fleischtüte, in der sich deutlich erkennbar die Konturen von drei Wiener Würstchen abzeichneten.

„Nein, die sind für Pagelsdorf", lächelte Bröker. Als sein Name fiel, kam Brökers vierbeiniger Mitbewohner unter dem Küchentisch hervor und wedelte mit dem Schwanz. „Ich dachte, wenn wir schon schlemmen, soll er auch nicht leben wie ein Hund. Aber wählerisch darfst du schon sein", fuhr er fort. Nun, da er wusste, dass er nicht vergeblich eingekauft hatte, war ihm wohler. „Es ist sehr gutes Fleisch. Galloway. Schottisches Hochlandrind. Die sind ihr ganzes Leben auf der Weide gewesen. Noch dazu kommt es hier aus der Region. Ich glaube, zu einem Steinpilz-Risotto könnte das schmecken."

Auch Gregor musste lächeln, als er von Brökers Bemühungen hörte: „Bröker, ich denke, du hast alles richtig gemacht", erklärte er.

Bröker grinste. Selbst wenn der Junge eventuell nur seine Vorwürfe, die er ihm nach der vermasselten Klettertour gemacht hatte, abmildern wollte, tat so ein Lob gut.

In diesem Augenblick kam Pagelsdorf noch näher und schnupperte an der Tüte mit den Wienern. Schwanzwedelnd stand er davor und bellte.

„Ja, für Würstchen würdest du fast alles tun", sagte Bröker und tätschelte dem Tier den Kopf. Ich mache mich mal an die Zubereitung unseres Essens", verkündete er dann und band sich eine Schürze um. „Wenn du dich nützlich machen möchtest, Gregor, kannst du eine der Baroloflaschen öffnen, die ich hier in dem Leinenbeutel habe."

„Ich habe übrigens nicht nur eingekauft heute Nachmittag", berichtete er, als er eine Viertelstunde später vor dem Herd stand und den Risottoreis anbriet. Neben ihm stand ein Glas des italienischen Rotweins und auch Gregor und Sara hatten es sich mit einem eigenen Glas Barolo auf der Küchenbank gemütlich gemacht.

„Was hast du denn sonst noch gemacht?", fragte Sara.

„Ich war auf dem Polizeipräsidium", erklärte Bröker.

„Und hatte Mütze Neuigkeiten zu unserem Fall?", ahnte Gregor, zu wem es seinen Freund gezogen hatte.

„Das hatte ich gehofft, aber Mütze war gar nicht im Hause."

„Na, das war dann wohl weniger erfolgreich", kommentierte der Junge.

„Ganz wie man es nimmt", erläuterte Bröker. „Ich bin nämlich Ravenstijn in die Arme gelaufen und anschließend auch noch Schewe. Und dabei habe ich zwei Dinge erfahren, die durchaus interessant für uns sein könnten."

„Und welche?" Beinahe kam es Bröker so vor, als sei Sara ein wenig ungeduldig, weil er nicht schneller mit den Neuigkeiten herausrückte.

„Zum einen weiß ich jetzt, dass Schewe und sein Team von sich aus gegen diese Jagdgegner ermitteln. Die hat niemand hingehängt, sondern Schewe und seine Leute sind einfach nur in der Lage, Zeitung zu lesen. Charly ja hat heute in ihrer Zeitung lang und breit über ihre Theorie berichtet, wie wir schon im Café im Bürgerpark gesehen haben."

„Aber wie sind sie dabei auf Joschka und Michi gekommen?", wollte Sara wissen.

„Da bin ich ehrlich gesagt überfragt. – Ich weiß nicht, ob sie vielleicht schon mal im Zuge der damaligen Demonstrationen verhört wurden oder was sie sonst verdächtig gemacht hat. Irgendwie scheinen sie jedenfalls in den Datenbanken der Polizei gespeichert gewesen zu sein. So genau weiß ich ja auch nicht, wie so etwas vonstattengeht", musste Bröker zugeben.

„Das ist eigentlich auch nicht so wichtig", meldete sich Gregor zu Wort. „Wir wussten ja, dass wir Joschka nicht verpfiffen haben, und wir können es so oder so auch nicht beweisen."

„Hm, da hast du recht", brummte Bröker. „Als ich die Geschichte von Ravenstijn und Schewe gehört habe, kam sie mir relevanter vor als jetzt."

„Vielleicht ist ja die andere Info, die du aus dem Polizeipräsidium mitgebracht hast, der Impuls, den wir gebraucht haben, um in dem Fall weiterzukommen", versuchte Sara ihn zu ermutigen.

„Zumindest ist es etwas, was wir noch nicht wussten", nickte Bröker.

„Und zwar?" Gregor saß mit einem Mal kerzengerade vor Aufregung. Seiner Freundin erging es kaum anders.

„Stellt euch vor, Hauptkommissarin Großebrummel – ihr wisst schon, die, mit der ich während meines Praktikums auch zusammengearbeitet habe – hat die Jäger noch einmal befragt." Bröker war selbst ganz aufgeregt, obwohl er ja wusste, was folgen würde. „Und dabei ist herausgekommen, dass Osthuesenhenrich eine Geliebte hatte."

„Hammer!", antwortete Gregor spontan.

Sara hingegen sagte nichts.

„Und wer ist diese Geliebte?", hakte Gregor sofort nach. „Ich meine, das kann ja wirklich ein wertvoller Hinweis sein. War dieser Doktor nicht auch verheiratet?"

„War er", bestätigte Bröker. „Und bis jetzt haben die Bullen den Namen der Geliebten wohl noch nicht herausgefunden. Ich kann mir schon denken, wie das ist. Wahrscheinlich ist diese Jagdgesellschaft auch nicht besser als eine durchschnittliche Tupperparty, da wird getratscht, bis die Wände wackeln. Aber wenn gleich mehrere seiner Jagdkollegen von einer Geliebten berichten, dann ist vermutlich etwas an dem Gerücht dran. Und früher oder später werden die Bullen auch einen Namen haben."

„Und dann haben wir vielleicht nur noch wenig zu tun", sinnierte Gregor.

„Das würde ich nicht sagen", konterte Bröker. „Selbst wenn diese Geliebte etwas mit dem Anschlag zu tun hat, ist ja zum Beispiel immer noch die Frage, ob sie die Tat begangen hat, oder ob sie einen Mann hatte, der sich an dem Doktor gerächt hat, oder ob sich vielleicht die Frau des Arztes seine Affäre nicht länger gefallen lassen wollte. Selbst eine frühere Geliebte von Osthuesenhenrich wäre als Täterin nicht völlig auszuschließen …"

„Sag mal, geht es dir nicht gut?", unterbrach Gregor Brökers Überlegungen und wandte sich an seine Freundin.

„Nein, alles okay", erwiderte Sara. Ihr Gesicht war fahl und widersprach ihrer Antwort. „Es ist nur so, dass ich mehr zu wissen scheine als die Polizei."

„Inwiefern?", fragten Bröker und Gregor wie aus einem Mund.

„Ich kenne die Geliebte von Doktor Osthuesenhenrich – es ist meine Mutter."

Kapitel 19
Eltern sind Glückssache

Es entstand eine Pause. Sowohl Gregor als auch Bröker starrten Sara an. Die senkte den Blick. Je länger das Schweigen dauerte, desto mehr hatte Bröker das Gefühl, etwas sagen zu müssen, um den Frieden in seinem Haus zu wahren. Es wollte ihm aber kein Satz einfallen, der der Situation auch nur halbwegs angemessen war und nicht zugleich einen Graben zwischen Sara, Gregor und ihn trieb. Auf wessen Seite der Junge in diesem Fall stünde, wusste er auch nicht. Natürlich würde er sich im Normalfall seiner Freundin besonders verbunden fühlen, andererseits war die erst jetzt, nach zwei Tagen, mit einer so wichtigen Information herausgerückt.

„Nur damit ich es richtig verstehe", meldete sich Gregor nach einer halben Ewigkeit zu Wort. Seine Stimme klang rau. „Du hast von Anfang an gewusst, dass es sich bei dem Toten um den Geliebten deiner Mutter handelt?"

Sara schien nicht fähig, laut zu antworten. Sie nickte nur.

„Und warum in drei Teufels Namen hast du das nicht gesagt?" Der Junge erhob seine Stimme.

„Ich habe es ja gesagt", flüsterte Sara. Sie hatte Tränen in den Augen.

„Ja, jetzt, aber du weißt es schon seit zwei Tagen", echauffierte sich ihr Freund. „Und du beobachtest uns, wie wir versuchen, Licht in den Tod dieses Doktors zu bringen."

„Lasst es mich doch erklären", bat Sara. Dabei schluchzte sie leise.

„Wir hören", erwiderte Gregor und klang dabei wie ein Inquisitor.

„Als wir am Sonntag auf diese Jagdgesellschaft getroffen sind, habe ich ja nicht damit gerechnet, dass wir ausgerechnet auf die Kollegen meines Vaters treffen", holte Sara aus. „Ich hätte nie erwartet, dass ich die Leute kenne, die da oben jagen. Als ich sie dann gesehen habe, wurde mir klar, dass ich einige von den Jägern Onkel nennen sollte, seitdem ich ein Kind war."

„Schon das ist eigentlich Kindesmisshandlung", mischte sich Gregor ein.

„Jedenfalls habe ich mich deshalb zurückgehalten", kam Sara auf das eigentliche Thema zurück. „Ich wusste nicht, ob sie mich erkennen würden, ich wusste auch nicht, wie ich reagieren sollte, wenn ich auf meinen Vater träfe. Das war meine größte Sorge. Dass wir kein unbelastetes Verhältnis haben, habe ich euch ja schon vorgestern geschildert. Ich gebe zu, dass ich ziemlich aufgeregt war. Und als ich schließlich sah, dass mein Vater offenbar an diesem Sonntag keine Zeit gehabt hatte zur Jagd zu gehen, war ich einfach nur erleichtert, versteht ihr?"

„Klar. Das erklärt aber noch immer nicht, wieso du nichts dazu gesagt hast, wer der Tote war", ergriff nun auch Bröker das Wort. Er wollte seine neue Mitbewohnerin nicht in Verlegenheit bringen, aber andererseits drängte es ihn zu erfahren, was genau vor zwei Tagen in ihr vorgegangen war.

„Als ich Doktor Osthuesenhenrich gesehen habe, war das ein Schock für mich", erläuterte das Mädchen. „Ich musste erst einmal verdauen, dass er tot war."

„Hast du ihn denn besonders gut gekannt?", wollte Gregor wissen.

„Nein, das nicht. Als mein Vater mich zu seinen Jagdausflügen mitgenommen hat, war ich ja noch klein und zwischen Osthuesenhenrich und meiner Mutter lief noch nichts", führte Sara aus. „Dennoch wusste ich natürlich um das besondere Verhältnis, das der Doktor und meine Mutter miteinander hatten."

„So natürlich erscheint mir das gar nicht, wenn ich bedenke, was du von der Beziehung zwischen dir und deinen Eltern berichtet hast", warf Bröker ein.

„Ja, das stimmt natürlich", gab Sara zu. „Es stimmt, meine Eltern und ich lebten schon seit vielen Jahren in verschiedenen Welten, besonders, nachdem ich ausgezogen bin, als ich achtzehn war. Ich war da immer sehr zwiegespalten. Auf der einen Seite waren meine Eltern und ich immer anderer Meinung: Wenn ich A gesagt habe, sagten sie Z und umgekehrt. Das hat mich so manches Mal zur Weißglut gebracht. Auf der anderen Seite haben sie mir immer eingetrichtert, wie wichtig Familie ist – und das ist irgendwie hängen geblieben. Also habe ich den Kontakt zu meinen Eltern trotz aller Differenzen nie ganz aufgegeben."

„Und da bist du auch diesem toten Doktor über den Weg gelaufen?", wollte Bröker wissen.

„Nicht direkt", erläuterte Gregors Freundin. „Es war komplizierter. Ich habe meine Eltern ja nicht oft gesehen. Umso deutlicher sind mir aber Veränderungen in ihrem Verhalten aufgefallen. Ihr wisst, das ist so, wie wenn ein Kind groß wird. Wenn man das Kind täglich sieht, merkt man kaum, wie es größer wird, wenn man es aber nur ein- oder zweimal im Jahr trifft, fällt es sofort auf."

„Verstehe", nickte Bröker.

„Also: Ich hatte seit anderthalb oder zwei Jahren das Gefühl, dass sich irgendetwas zwischen meinen Eltern geändert haben musste", fuhr Sara fort. „Die beiden haben nie den Eindruck erweckt, dass es sich bei ihrer Beziehung um eine reine Liebesheirat gehandelt hat. Dazu waren beide auch zu rational. Trotzdem: Während sie sich früher immer mit einer gewissen positiven Grundstimmung, so etwas wie einer Freundschaft, begegnet sind, war das damals plötzlich wie weggewischt. Die beiden waren kalt, ja feindselig. Zuerst habe ich gedacht, das läge an meiner Wahrnehmung. Schließlich lebte ich schon seit Jahren nicht mehr bei meinen Eltern. Vielleicht hatte ich zuvor nie bemerkt, wie sehr sich die beiden bekämpften, vielleicht war ich blind gewesen, sagte ich mir. Irgendwann aber habe ich meinen Instinkten mehr vertraut als meiner Vernunft und ich habe meine Mutter angesprochen."

„Du hast gefragt, was zwischen ihr und deinem Vater los ist?", fragte Gregor.

„Genau", bestätigte Sara. „Mag sein, das ist dieses Mutter-Tochter-Ding. Auf der einen Seite gibt es immer eine Rivalität zwischen einer Mutter und ihrer Tochter, besonders wenn sie das einzige Kind ist. Auf der anderen Seite ist es eine besonders intensive Beziehung, wenn auch bei uns weniger als bei anderen. Jedenfalls habe ich sie irgendwann einmal gefragt, ob zwischen ihr und meinem Vater alles in Ordnung ist."

„Und was hat sie gesagt?", wollte Bröker wissen.

„Zunächst hat sie mir eine heile Welt vorgespielt", erwiderte Sara. „Natürlich sei alles in Ordnung, hat sie gesagt, wie ich denn darauf käme, dass es anders ein könnte. Ich habe erwidert, es käme mir so vor, als behandele sie meinen Vater wie ihren schlimmsten Feind.

Sie hat nur gelacht und gemeint, das bilde ich mir ein. Eine Ehe sei nun einmal ein Marathonlauf und es gäbe eben auch Zeiten, in denen man nicht so zu dem Partner stehen könne, wie das in den romantischen Hollywoodfilmen geschildert würde. Deshalb sei er aber doch kein Feind."

„Damit hast du dich aber nicht zufriedengegeben?", riet Gregor.

„Zuerst schon", musste seine Freundin zugeben. „An jenem Tag habe ich es dabei bewenden lassen. Dafür gab es mehrere Gründe. Zum einen habe ich mich gefragt, ob ich mich nicht doch geirrt hatte. Wie gesagt, das war einige Jahre, nachdem ich ausgezogen war, und es war ja immerhin möglich, dass ich das Klima zu Hause in falscher Erinnerung hatte. Mir war es nie so vorgekommen, als führten meine Eltern eine besonders herzliche Ehe – auch nicht zu der Zeit, als ich noch bei ihnen wohnte. Ich habe nie gesehen, dass sie sich küssten. Schon eine Umarmung war eine Seltenheit. Und vielleicht hatte es schon damals diese unterschwellige Feindseligkeit gegeben und ich hatte sie nur nicht bemerkt."

„Das kenne ich von meinen Eltern auch nicht viel anders", murmelte Bröker.

„Natürlich gab es einen Teil in mir, der sagte: Du täuschst dich nicht, rede dir das nicht ein", fuhr Sara fort. „Aber dieser Teil musste auch eingestehen, dass meine Mutter an jenem Tag offenbar nicht bereit war, mit mir über die Probleme mit meinem Vater zu sprechen – wenn es sie denn gab. Ich sollte vielleicht dazu sagen: Das Verhältnis zu meinen Eltern war nie freundschaftlich, wie bei manchen meiner Klassenkameraden, sondern eher hierarchisch. Ich sollte mit meinen Problemen zu ihnen kommen, umgekehrt wäre das nie geschehen."

„Aber irgendwie hast du doch mehr rausgefunden?", versuchte Bröker den Bericht voranzubringen.

„Ja und wie so oft durch Zufall", nickte Sara. „Ich hatte nach dem Gespräch mit meiner Mutter länger nicht mehr zu Hause angerufen, wahrscheinlich aus Frustration darüber, dass sie nicht offen zu mir war. Irgendwann hatte ich dann ein schlechtes Gewissen und habe mich doch bei meinen Eltern gemeldet. Überraschenderweise war mein Vater am Telefon. Mit ihm hatte ich überhaupt nicht gerechnet. Schon als ich noch zu Hause wohnte, war das Beantworten des Telefons eher die Aufgabe meiner Mutter. Und soweit ich es über sie mitbekommen habe, war mein Vater in letzter Zeit noch häufiger in seiner Kanzlei als früher. Manchmal musste er die halbe Nacht dort zugebracht haben. Nun, da ich ihn plötzlich am Telefon hatte, konnte ich aber auch nicht danach fragen. Unser Verhältnis war noch distanzierter als das zwischen meiner Mutter und mir. Darum habe ich gleich nach meiner Ma gefragt."

„Lass mich raten, sie war nicht zu Hause?", fragte Gregor.

„Genau", bestätigte seine Freundin. „Mein Vater klang ganz niedergeschlagen, als er das sagte. Da habe ich mich an das Gespräch mit meiner Mutter erinnert und auch ihn gefragt, ob zwischen ihnen alles in Ordnung sei."

„Und er hat anders reagiert als deine Mutter?", erkundigte sich Bröker.

„Ja, exakt", gab ihm Sara recht. „Es hat nur ein paar Augenblicke gedauert, bis er mir sagte, dass zwischen meiner Ma und ihm überhaupt nichts in Ordnung sei. ‚Wie meinst du das?', habe ich gefragt. ‚Deine Mutter hat einen Geliebten', hat er geantwortet. Ihr könnt euch vielleicht vorstellen, wie geschockt ich war. Ich meine, man stellt sich ja seine Eltern immer als geschlechtslose Wesen vor, die nie miteinander Sex haben – auch wenn dann fraglich ist, wie man selbst zustande gekommen sein sollte."

Gregor lachte trocken.

„Aber dass sie mit anderen als ihrem Ehepartner Geschlechtsverkehr haben, kommt einem doch völlig undenkbar vor", fuhr Sara fort. „Ich musste diese Nachricht erst einmal verdauen. ‚Seit wann weißt du es?', habe ich das erste gefragt, das mir in den Sinn kam. ‚Schon seit einer ganzen Zeit', hat er erwidert. ‚Weißt du, Beate hat nie ein großes Geheimnis daraus gemacht.' – Beate ist meine Mutter", fügte sie erklärend hinzu.

„Aber wieso war dir denn klar, dass Osthuesenhenrich der Geliebte deiner Mutter war", wollte Gregor wissen.

„Weil das automatisch das Nächste war, was ich wissen wollte", erklärte Sara. „Ich habe ihn gefragt, ob er denn wisse, wer dieser Geliebte sei. – ‚Doktor Osthuesenhenrich', hat er gesagt und es klang, als müsse er gleichzeitig lachen und husten. ‚Du weißt, dieser Arzt, der in der Jagdtruppe ist, mit der ich gelegentlich auf der Pirsch bin. Sie muss ihn bei einem der Abende kennengelernt haben, die wir manchmal veranstalten, die, bei denen alle auch ihre Ehepartner mitbringen.'"

Ich wollte natürlich erfahren, woher er das wusste. Aber meine Mutter scheint mit der ganzen Situation sehr offen umgegangen zu sein. Sie hat meinem Vater nach ein paar Wochen wohl reinen Wein eingeschenkt."

„Und euer Telefonat war ein paar Tage nach dieser Offenbarung?", hakte Gregor nach. Ihm war ein bisschen schwindelig, als er begriff, was seine Freundin alles mit sich selbst ausgemacht hatte, ohne ihn dabei mit hineinzuziehen.

„Nein, ganz und gar nicht", lachte Sara heiser. „Das Ganze ist wohl etliche Monate gelaufen und die Situation ist schlimmer und schlimmer geworden. Während es meiner Mutter mit dem neuen Lover wohl halbwegs gut ging, hat mein Vater gelitten und ihr Vorwürfe gemacht. Das wiederum hat meiner Mutter nicht gefallen. Immer wieder hat sie ihm vorgeschlagen, sich doch scheiden zu lassen, aber das wollte er nicht. Ihr müsst wissen, dass meine Eltern nicht nur diesbezüglich sehr konservativ sind: Man lässt sich einfach nicht scheiden – man übersteht auch die Stürme, die eine Ehe mit sich bringt, auch wenn man sie selbst heraufbeschworen hat. – Aber natürlich hat sich dieser Konflikt und die Affäre meiner Mutter auf die Beziehung zwischen meinen Eltern ausgewirkt: Ich hatte mich also nicht getäuscht, die Feindschaft, die ich zwischen ihnen wahrgenommen hatte, gab es wirklich."

„Manchmal weiß ich, warum ich nicht verheiratet bin", murmelte Bröker.

„Und manchmal nicht?", grinste Gregor. „Wen genau willst du denn heiraten? Pagelsdorf wäre noch frei, aber ich glaube, du musst ihm einen Antrag machen. Genauer gesagt ihr, aber da scheinst du ja auch nicht allzu sehr festgelegt zu sein. Vielleicht aber ist Pagelsdorf wählerischer."

Dann wurde er schlagartig wieder ernst. „Warum hast du mir denn nie etwas davon gesagt?", fragte er seine Freundin. „Ich dachte immer, ein Freund oder eine Freundin sei gerade für die Zeiten wichtig, in denen es einem nicht so gut geht."

„Ich weiß auch nicht so genau", antwortete die. „Ich habe ja gerade schon gesagt, dass ich unter der ganzen Konstellation gelitten habe, also sowohl darunter, dass mich meine Eltern schon seit der Pubertät nicht mehr verstanden haben, ja, dass sie mich gar nicht verstehen wollten. Aber auch darunter, dass ihre Ehe nicht so war, wie man sich eine gute Ehe vorstellt. Ich glaube, ich wollte nicht, dass die Traurigkeit und die schlechte Laune, die mir diese Situation machte, etwas zwischen uns ändert. Du solltest für mich der Gegenpol zu dem Verhältnis zu meinen Eltern sein."

„Aber das wäre ich ja auch gewesen, wenn du mir alles erzählt hättest", wandte Gregor ein. „Vielleicht gerade dann."

„Ja, das mag sein", erwiderte Sara. „Natürlich wärst du mir eine Stütze gewesen – so bist du eben. Ich wollte vielleicht die Beziehung zu meinen Eltern einfach nur verdrängen."

„Das ist dir ja offenbar auch gut gelungen, wenn ich nichts davon gemerkt habe", kommentierte Gregor.

„Dass du nichts gemerkt hast, stimmt ja nicht", entgegnete Sara. „Du hast ja gesagt, dass dir meine Traurigkeit aufgefallen sei. Und du hast Bröker davon überzeugt, dass er mich bei sich wohnen lässt, worüber ich sehr froh bin. – Auch wenn du es so dargestellt hast, als sei das Brökers Idee gewesen." Sie streichelte erst ihrem Freund und dann Bröker dankbar über den Arm, aber Letzterer zog den seinen schnell zurück. Berührungen, noch dazu von Frauen, waren ihm nach wie vor ungewohnt.

„Ich freue mich ja auch, dass wir jetzt zusammenwohnen", gestand Gregor leise.

Es entstand eine kurze Pause.

„Aber dadurch, dass wir jetzt wissen, wer Doktor Osthuesenhenrichs Geliebte war, haben wir auch ein Problem", sagte Bröker dann.

„Und welches?", wollte Gregor wissen. Es klang, als habe er für diesen Abend genug Probleme gehabt.

„Wir haben ein paar neue Verdächtige, was den Mord angeht", erwiderte Bröker. „Beispielsweise kann ich mir vorstellen, dass Osthuesenhenrichs Frau verdächtig ist, zumindest, wenn wir nachweisen können, dass sie von der Affäre wusste."

„So schlimm fände ich das nicht", warf Sara ein. Dann huschte ein Schatten des Verstehens über ihr Gesicht. „Du meinst, meine Eltern sind auch verdächtig?", fragte sie mit einem beklommenen Unterton.

„Vielleicht nicht beide gleichermaßen", entgegnete Bröker. „Ein Motiv für deine Mutter könnte ich nur konstruieren, wenn wir wüssten, dass sich der Doktor von ihr trennen wollte."

„Davon weiß ich nichts", gab Sara schnell zurück.

Bröker nickte: „Aber dein Vater hätte durchaus ein Motiv. – Und er hätte als Jäger sicher auch eine passende Waffe, oder?", schob er nach einer kurzen Pause nach.

Sara war bleich. „Ja, das hätte er", sagte sie. „Aber ich kann und will ihn mir nicht als Mörder vorstellen. Sicher hat er auf Tiere geschossen, aber auf Menschen? Das ist selbst in meinen Augen noch einmal eine ganz andere Qualität. Außerdem hatte ich nie den Eindruck, dass er meine Mutter so sehr geliebt hat, dass er dafür gemordet hätte, selbst wenn er sich nicht scheiden lassen wollte."

„Das verstehe ich gut", sagte Bröker leise. „Vielleicht lassen wir es für heute dabei bewenden. – Es muss sich ja nicht jede Befürchtung, die man hat, bewahrheiten."

„Ich glaube, das ist eine gute Idee", pflichtete ihm Gregor bei. „Komm, Sara, wir haben doch gestern diese Serie über diesen Detektiven mit mentalen Kräften angefangen. Vielleicht kommst du auf andere Gedanken, wenn wir davon noch ein oder zwei Folgen ansehen."

Bereitwillig ließ sich seine Freundin von ihm ins Obergeschoss führen.

Bröker hingegen blieb in der Küche sitzen, goss sich noch ein Glas Whisky ein und dachte nach. Wenn er in dem Fall weiter am Ball bleiben wollte, durfte er Saras Vater als potenziellen Täter nicht ausschließen. Und dann musste er ihn auch befragen. Aber konnte er das machen, ohne seine Freundschaft zu Gregor und Sara zu gefährden?

**Kapitel 20
Der Rechtsverdreher**

Lange hatte Bröker nicht einschlafen können. Saras Beichte hatte ihn mit mindestens zwei neuen Hinweisen versorgt. Für seinen Geschmack waren es damit sogar beinahe zu viele Fährten: Saras Vater musste befragt werden, ebenso die Witwe Osthuesenhenrich. Die Gruppe der Aktivisten um Joschka herum war auch noch nicht völlig aus dem Schneider. Und auch dass jemand anderes aus der Jagdgesellschaft auf den Doktor geschossen hatte, sei es nun absichtlich und mit einem Motiv oder aus Versehen, war nicht auszuschließen. Wenn er nicht aufpasste, dann würde Bröker sich in dem Gewirr der möglichen Spuren verheddern. Er war schließlich nicht Schewe, der das methodische Untersuchen eines Verbrechens nicht nur von der Pike auf gelernt hatte, sondern auch über einen ganzen Mitarbeiterstab verfügte, der ihm die kleinteilige Ermittlungsarbeit abnahm. Als Bröker dieser Gedanke nachts um zwei Uhr bei seinem dritten großen Glas Whisky gekommen war, war er fast bereit gewesen aufzugeben. Es gab eben Fälle, die lagen ihm und für andere war er nicht gemacht.

In diesem Moment war ihm eingefallen, dass ihm Schewe angeboten hatte, mit ihm zusammenzuarbeiten, und dieses Angebot hatte vollständig ehrlich geklungen. Aber das bedeutete ja, dass Schewe seine Arbeit schätzte und dass er nicht glaubte, Brökers Erfolge seien auf pures Glück zurückzuführen. Dann durfte er, Bröker, jetzt auch die Flinte nicht ins Korn werfen, sondern musste sich die Spur heraussuchen, die er am plausibelsten fand, und in diese Richtung weiterermitteln. Mit diesem ermutigenden Gedanken war er zwei weitere Gläser Whisky später schließlich ins Obergeschoss gewankt, hatte sich auf sein Bett gelegt, ohne sich eines seiner Arminiatrikots anzuziehen, die er für gewöhnlich zum Schlafen trug, und war sofort weggedämmert. Saras Mutter war ihm im Traum erschienen, wobei er nicht hätte sagen können, woher er so genau wusste, dass es Frau Klönne war, schließlich hatte er sie ja nie zuvor gesehen. Er, Bröker, war zusammen mit Gregor auf der Jagd gewesen.

„Was jagen wir eigentlich?", hatte er wissen wollen.

„Kopfsalat", hatte der Junge geantwortet. „Sara und ich sind jetzt Veganer."

„Verstehe, ich hoffe, er ist nicht so scheu", hatte Bröker geantwortet.

„Aber du scheinst mir auf Büffeljagd zu sein", hatte Gregor mit einem Blick auf Brökers Waffe kommentiert.

Der hatte erst dann einen Blick auf sein eigenes Jagdinstrument geworfen: eine überdimensionale und viel zu schwere Mistgabel. Dann war die Hünenburg in einem Augenwinkel aufgetaucht. Und aus einem Fenster hatte eben die Frau geguckt, die er als Saras Mutter ausgemacht hatte. Sie hatte ein Gewehr getragen, ja, bei näherem Hinsehen war es ein Maschinengewehr gewesen und sie hatte auf Bröker angelegt. Mit einem Schrei war er erwacht.

„Gregor?", fragte Bröker halblaut in den Raum.

Der Junge war entweder nicht anwesend oder er schlief.

„Sara?" – Die Reaktion war die gleiche.

Mühsam erhob Bröker sich. Draußen war es schon hell. Wahrscheinlich waren die beiden schon außer Haus. Nun, ihm sollte es recht sein. Die jungen Leute sollten ruhig dafür sorgen, dass ein bisschen Geld in die Haushaltskasse kam, auch wenn die sowieso gut gefüllt war.

Nach einer Katzenwäsche begab er sich in die Küche. Pagelsdorf kam ihm schwanzwedelnd entgegen.

„Guten Morgen, Hund", begrüßte ihn Bröker noch immer verschlafen. Mechanisch schnappte er sich den Hundenapf und füllte ihn mit etwas Dosenfleisch, das er dem Kühlschrank entnahm. „Guten Appetit", gähnte er, als er Pagelsdorf sein Futter vorsetzte.

Dann machte er sich an die Vorbereitung für sein eigenes Frühstück und setzte sich einen Kaffee auf. Während die schwarze Flüssigkeit durch den Filter tropfte, sah er das Whiskyglas auf der

Arbeitsplatte. Es erinnerte ihn an die Sünden des letzten Abends. Jetzt fiel ihm auch ein, welche Gedanken er bei seinen letzten beiden Drinks gehabt hatte: Ja, er wollte weiter ermitteln und wollte sich der Spur widmen, die er für die plausibelste hielt. Er nippte an seinem Kaffee. Keine Frage: Auch wenn er sich wahrscheinlich weder bei Gregor noch bei Sara beliebt machen würde, so wäre es ein Anfängerfehler, wenn er Saras Aussage vom Vorabend ignorierte. Und so leid es Bröker auch tat, Sara belastete damit in erster Linie ihren Vater und Osthuesenhenrichs Frau. Wobei Herr Klönne auf jeden Fall von der Affäre seiner Frau gewusst hatte, ob auch die Frau des Verstorbenen Verdacht geschöpft hatte, konnte er zumindest zu diesem Zeitpunkt nicht sagen.

Also sollte er sich wohl zunächst mit Saras Vater unterhalten. Er guckte auf die Uhr auf der Mikrowelle. Es war zwanzig nach elf. Kein Wunder, dass seine Mitbewohner nicht zu Hause waren.

Saras Vater würde sich an einem Mittwochvormittag, kurz nach elf, jedenfalls höchstwahrscheinlich entweder in seiner Kanzlei oder bei Gericht befinden. Also galt es, die Adresse der Kanzlei ausfindig zu machen. Aber das war nicht schwierig, dabei konnte ihm jede Suchmaschine helfen. Er goss sich eine weitere Tasse Kaffee ein und begab sich in seine Bibliothek – sein Bücherzimmer – in der sich auch ein inzwischen fünfzehn Jahre alter Computer befand, den noch seine Mutter angeschafft hatte. Wie man es von jemandem, der sich in der Pubertät befand, erwarten konnte, zickte der Rechner manchmal herum, aber für eine Internetrecherche war er noch gut genug, wenn man Zeit hatte. Und Bröker hatte Zeit.

Und so lange dauerte es auch gar nicht: Keine fünf Minuten später hatte er die Antwort. Die Kanzlei von Saras Vater befand sich gar nicht weit von seiner Villa in der Rohrteichstraße. Kein schlechter Platz, wenn man bedachte, dass sowohl das Amtsgericht als auch das Landgericht nicht weit davon entfernt war. Bröker lächelte. Selbst wenn man in Rechnung stellte, dass er sich noch umziehen musste, weil er nur ungern in den Kleidern, in denen er geschlafen hatte, in ein Anwaltsbüro spazieren wollte, konnte er um halb zwölf bei Herrn Klönne sein – oder zumindest nur wenig später. Etwas stupste ihn am Bein. Bröker sah hinab und blickte in ein paar bettelnde Hundeaugen.

„Aber Pagelsdorf, was hast du denn? Ich habe dich doch schon gefüttert", rief er.

Doch der Hund hörte nicht auf, sein Herrchen zu bedrängen.

„Ach, du willst sicherlich auch noch ausgeführt werden", fiel es Bröker schließlich ein. „Weißt du was? Dann verbinden wir eben das Schöne mit dem Nützlichen und du kommst zu dem Rechtsverdreher", schob er nach kurzem Nachdenken hinterher.

Mit dieser kleinen Änderung gelang Brökers Plan. Bröker blieb vor einem rot geklinkerten Haus in der Rohrteichstraße stehen und guckte auf seine Uhr. Drei Minuten nach halb zwölf. Hier sollte sich die Kanzlei von Saras Vater befinden.

„Sozietät Dr. Mathias Klönne und Partner, Rechtsanwälte", verkündete ein silbernes Schild.

„Hier sind wir richtig", erklärte Bröker Pagelsdorf, den das wenig zu interessieren schien. Er schnüffelte an der Hauswand und zog an der Leine, weil er weiter links am Haus einen interessanten Geruch in die Nase bekommen hatte. – „Nichts da, jetzt müssen wir erst einmal mit Saras Vater reden", blieb Bröker stur und drückte auf eine Klingel, neben der sich der Name der Kanzlei befand. Er guckte auf den kleinen Lautsprecher, der sich unterhalb der Klingelschilder befand. Er hasste es, sich mit Leuten unterhalten zu müssen, ohne dass er sie sehen konnte.

Zu seiner Erleichterung ertönte ein Summer, er konnte sich also seinen Weg in Klönnes heilige Hallen bahnen, ohne vorher eine längere Diskussion über eine Gegensprechanlage führen zu müssen. Als er sich durch die Haustür geschoben hatte, fiel ihm ein, dass er sich nicht gemerkt hatte, in welchem Stockwerk sich diese befanden. Nun gut, seufzte er, im Erdgeschoss waren sie jedenfalls nicht. Ächzend nahm Bröker die Treppen. Pagelsdorf sprang ihm voran, wobei er jede zweite Stufe ausließ, wie um ihm zu zeigen, wie schnell man auch in die oberen Geschosse gelangen konnte.

„Ja, ja, ich weiß ja, dass ich nicht der Sportlichste bin", keuchte Bröker. „Wenn du weiter so rennst, dann gebe ich dir so viel Futter, dass du auch so lahm wirst wie ich."

Den Hund schien das eher zu motivieren. Er bellte kurz, um seinem Herrchen anzudeuten, dass der nicht reden, sondern rennen sollte, und lief dann weiter nach oben. Im ersten Stock angekommen, machte er Halt. Wenig später stand Bröker keuchend neben ihm. „Ich glaube, noch ein Stockwerk schaffe ich nicht", japste er. Schon jetzt stand ihm der Schweiß auf der Stirn. Wahrscheinlich hatte er auch Schweißflecken auf seinem Hemd. Zum Glück hatte er eine Jacke an, sodass diese niemand würde sehen können.

Er guckte auf das Schild neben der einzigen Tür in dieser Etage. Erleichtert atmete er auf. Auch hier fand sich wieder ein metallenes Schild, das den Namen von Dr. Klönnes Sozietät anzeigte, daneben war noch eine Klingel. Bröker holte Luft und drückte den Klingelknopf. Ein weiterer Summer ertönte, Bröker drückte eine Tür auf, gab Pagelsdorf ein Zeichen und trat ein.

Der Raum, der sich vor ihm öffnete, war mit edel wirkenden, dunkelbraunen Schränken möbliert. Am Kopfende befand sich ein Tresen, hinter dem ihm eine junge Frau entgegenlächelte, die man danach ausgesucht zu haben schien, dass ihre Haarfarbe perfekt zur Inneneinrichtung passte. In ihrem dunklen Hosenanzug sah sie selbst so aus, wie sich Bröker eine Anwältin vorstellte, aber in diesem Fall säße sie wohl kaum am Empfang. Er hatte im Lauf seiner Ermittlungen schon mehrfach Anwaltskanzleien betreten und immer staunte er, wie perfekt sie ausgestattet waren. Die Inhaber schienen sich über nichts mehr Gedanken zu machen als über den ersten Eindruck, den sie erweckten. Und immer gelang es, ihn mit diesem ersten Eindruck einzuschüchtern.

Er trat an den Tresen.

„Haben Sie einen Termin?", sprach ihn die Brünette mit einem professionellen Lächeln an.

„Hm, nicht direkt", druckste Bröker. „Aber ich brauche jemanden, der mir hilft. Dringend!", schob er nach, weil ihn sofort die Sorge befiel, dass hier sonst für ihn Endstation wäre. „Am liebsten Herrn Klönne. Doktor Klönne", versah er Saras Vater flink mit seinem Doktortitel. „Der soll ja sehr gut sein."

„Herr Klönne legt auf einen Doktortitel keinen großen Wert", korrigierte ihn die Empfangsdame, schien aber eine Spur freundlicher und ließ dabei geschickt offen, ob ihr Chef wirklich über den Titel auf seinem Türschild verfügte. „Aber er ist gerade beschäftigt. Darf ich fragen, worum es sich handelt?"

„Ich brauche einen Anwalt", erwiderte Bröker ohne nachzudenken.

„Das dachte ich mir schon", gab die Braunhaarige zurück. „Aber ich wüsste gerne, in welcher Angelegenheit?"

Darüber hatte er sich nicht die geringsten Gedanken gemacht, ging es Bröker siedend heiß durch den Kopf. Er könnte sagen, dass er Probleme mit einem Erbe hatte. Aber was, wenn Klönne gar nicht auf Erbrecht spezialisiert war? Britta hatte doch einen Prozess gekannt, in dem Saras Vater als Anwalt aufgetreten war? Was war das noch gleich gewesen? Irgendetwas mit Kindern, fiel es ihm ein.

„Es geht um Kinder", sagte er, ohne nachzudenken, wie das bei der Anwaltsgehilfin ankommen würde.

„Aha", sagte die nur trocken. „Und was genau?"

Ja, was war es genau gewesen, das Britta gesagt hatte? Irgendetwas mit Missbrauch.

„Es geht um Missbrauch", stieß er hervor.

Nun hatte er die volle Aufmerksamkeit der Frau am Empfang. Die musterte ihn von oben bis unten. Dann traf ihr Blick auch Pagelsdorf. „So, so", sagte sie. „Ich vermute, mehr wollen Sie im Moment nicht sagen?"

„Genau", erwiderte Bröker erleichtert.

„Herr Klönne ist gerade leider sehr beschäftigt", war die prompte Antwort.

„Aber ich brauche einen Anwalt. Sofort", stieß Bröker hervor. „Es ist wirklich extrem wichtig für mich."

Noch immer beäugte ihn die Angestellte skeptisch. Dann besann sie sich offenbar, dass sie Klönnes Mitarbeiterin war und als solches dafür zuständig, dass sich seine Mandanten willkommen fühlten und nicht dafür, dass sie von ihr abgeschreckt wurden. Sie wandte sich einem Computerbildschirm zu und tippte etwas in die Tastatur. Die künstlich verlängerten roten Fingernägel schienen sie dabei erstaunlich wenig zu stören. Dann schüttelte sie den Kopf. „Hm, Herr Klönne hat den ganzen Nachmittag Termine, das tut mir leid", sagte sie mit bedauerndem Unterton. „Ich habe zur Sicherheit noch einmal nachgeschaut."

„Bitte", flehte Bröker. Er ging so sehr in seiner Rolle auf, dass er selbst in diesem Moment glaubte, dass er ohne den Anwalt verloren wäre. Pagelsdorf ließ sich von dieser Stimmung anstecken und gab ein leises Fiepen von sich.

Das schien das Herz der Empfangsdame zu erweichen. „Warten Sie, ich sehe mal, was ich für Sie tun kann", sagte sie, griff nach einem Telefon und drückte eine Taste. „Hallo Mathias", sagte sie kurz darauf. „Ich habe hier jemanden am Empfang, der behauptet, dringend deine Hilfe zu brauchen. Kann ich ihn zu dir reinlassen? Dein Terminkalender sieht ja heute ziemlich voll aus …" Sie schwieg einen Moment. „Gut, danke", sagte sie, lächelte und legte auf.

„Herr Klönne nimmt sich Zeit für Sie", wandte sie sich dann wieder an Bröker. „Ich möchte aber betonen, dass so eine Konsultation ohne Termin eine absolute Ausnahme ist."

Bröker nickte. „Das verstehe ich doch", sagte er.

„Gut, dann nehmen Sie bitte die Tür hinter mir", erwiderte die Angestellte.

Mit Pagelsdorf im Schlepptau begab Bröker sich in die ihm angewiesene Richtung. Er klopfte.

„Herein", forderte ihn eine sonore Stimme auf.

Bröker öffnete die Tür und betrat ein Büro, in dem andere Firmen ihre komplette Einkaufsabteilung untergebracht hätten. Die Fläche solcher Räume wurde für gewöhnlich entweder mit Fußballfeldern oder dem Saarland verglichen, ging es ihm durch den Kopf. Die Einrichtung des Zimmers war ähnlich überdimensioniert. Hinter einem schweren, dunklen Schreibtisch, auf dem man auch hätte Tischtennis oder Minigolf spielen können, befand sich ein Bürostuhl, der Bröker eher an einen Thron erinnerte. Auf diesem Thron saß ein breitschultriger, großer Mann, den er auf etwa sechzig schätzte. Die Wand links von dem Anwalt war mit hohen Aktenregalen bedeckt, davor befand sich eine Besprechungsecke mit tiefen, sehr solide wirkenden Sesseln. Die Wand hinter Klönne war noch bemerkenswerter: Der Rechtsanwalt machte aus seinem Hobby kein Geheimnis. Neben drei ausgestopften Hirschköpfen hingen an dieser Wand auch zwei Flinten.

„Und gefällt Ihnen mein Büro?", fragte der Anwalt. Seine tiefe Stimme, in der eine Spur Belustigung lag, passte zu seiner wuchtigen Statur.

„Entschuldigung, ich war ein wenig erschlagen", murmelte Bröker. Auch wenn er sich dagegen wehrte, schüchterte ihn die Szenerie ein.

„Dann darf ich mich einmal vorstellen. Mein Name ist Klönne", sagte Saras Vater und reichte Bröker die Hand.

Bröker wollte ihm die seine ebenfalls entgegenstrecken, allerdings zog Pagelsdorf in diesem Moment wieder in Richtung Tür.

Der Anwalt bemerkte den Hund erst jetzt und hob erstaunt die Brauen. „Normalerweise sind hier Hunde nicht so gerne gesehen, auch wenn ich selber einen zu Hause habe", sagte er.

„Entschuldigen Sie, das ist eine ganz besondere Situation, ich erkläre sie Ihnen gleich", erwiderte Bröker, ohne zu wissen, was er als Nächstes sagen würde. Hoffentlich fiel ihm eine plausible Erklärung ein. „Ich heiße übrigens Brö …". In diesem Moment kam ihm in den Sinn, dass es eventuell nicht klug war, sich mit seinem wirklichen Namen vorzustellen. Weder wusste er, welch fiktiver Straftaten er sich im nächsten Schritt bezichtigen würde, noch war ihm klar, ob Sara ihren Eltern von Gregors Wohnort und dann vielleicht auch von ihm, Bröker, berichtet hatte. Er täuschte einen Hustenanfall vor. „Mein Name ist Brömer", sagte er dann.

„Na gut, Herr Brömer", gab sich Klönne zufrieden. „Vielleicht erklären Sie mir erst einmal, wie ich Ihnen helfen kann. Der Anruf von Sonja, meiner Assistentin, klang ja ziemlich dramatisch."

„Ja, die Situation ist nicht einfach", bestätigte Bröker. Nun galt es zu improvisieren: „Ich benötige wirklich dringend einen Anwalt. Das hat ihre Assistentin ganz richtig geschildert."

„Da sind Sie bei mir zumindest nicht ganz falsch", gab Klönne zurück. Wieder klang er so, als ob er sich heimlich über Bröker amüsierte. „Darf ich auch fragen, in welcher Angelegenheit Sie einen Rechtsbeistand brauchen?"

„Ja, natürlich." Jetzt musste Bröker schnell schalten. „Meine Frau hat mich vor die Tür gesetzt", sagte er das Erste, was ihm in den Sinn kam. Schließlich waren Sara zufolge ihr Vater und ihre Mutter auch zerstritten. Das würde vielleicht Klönnes Verständnis wecken. „Darum habe ich auch den Hund dabei, ich habe niemanden, der auf ihn aufpassen könnte."

„Oh, das ist bedauerlich." Den Anwalt schien diese Information eher zu langweilen. Er warf einen verstohlenen Blick auf seinen Computerbildschirm, von wo ein Ping den Eingang einer neuen Mail anzeigte. „Ich muss Ihnen aber mitteilen, dass ich nicht auf Familienrecht spezialisiert bin. Ja, eigentlich weiß ich gar nicht, wie Sie auf unsere Kanzlei gekommen sind. Wir machen eher Straf- und Wirtschaftsrecht."

„Es geht auch nicht um eine simple Scheidung", spann Bröker seinen Faden weiter. „Meine Frau wirft mir Missbrauch an unserem Kind vor. Sie sagt, sie will heute noch zur Polizei gehen."

Mit einem Mal war Klönne interessiert. Er wandte sich wieder von seinem Computer ab und unterzog Bröker einer Inspektion.

„So, Missbrauch, sagen Sie?" Seine Stimme hatte einen schneidenden Tonfall angenommen.

Bröker nickte. „Leider", sagte er leise.

„Junge oder Mädchen?", fragte der Anwalt.

„Der Hund?"

„Nein, der Missbrauch", erwiderte Klönne unwirsch.

Bröker wurde es heiß. So im Detail hatte er sich nicht ausgemalt, was er dem Rechtsverdreher auftischen wollte. Immerhin lebte er ja gerade mit Gregor und Sara zusammen. Vielleicht konnte er sich bei der Ausgestaltung der Geschichte einen von beiden vor Augen rufen, damit er nicht zu wild fantasierte.

„Beides", sagte er spontan.

„Beides?" Auf Klönnes Gesicht spiegelte sich Verblüffung wider.

„Ich meine, wir haben einen Jungen und ein Mädchen", erläuterte Bröker schnell. „Aber es handelt sich schon um das Mädchen, Sa …". Nein, er durfte seine fiktive Tochter nicht Sara nennen! Wieder hüstelte er. „Sabine."

„Und ist etwas an den Vorwürfen Ihrer Frau dran?"

„Um Gottes willen, wo denken Sie hin?" Es fehlte Bröker gerade noch, dass der Anwalt ihn für jemanden hielt, der seine eigene Tochter belästigte.

„Wenn ich Ihr Mandat übernehme, dann muss ich wissen, was wirklich vorgefallen ist. Ich denke, Sie sind darüber im Bilde, dass ich an die anwaltliche Schweigepflicht gebunden bin."

„Es ist wirklich nichts vorgefallen", beharrte Bröker. Seine Stimme überschlug sich vor Aufregung. Das würde seine Glaubhaftigkeit wohl kaum unterstreichen. „Meine Frau muss da etwas in den völlig falschen Hals bekommen haben." Wer diese Frau sein sollte und was sie in den falschen Hals bekommen hatte, mochte er sich gerade nicht vorstellen und er hoffte auch, dass ihn Klönne nicht nach Details fragen würde.

„Wie alt ist Ihre Tochter denn?", erkundigte der sich in dem Moment.

Himmel, auch das hatte sich Bröker nicht überlegt. Er fluchte innerlich. Er hätte sich wahrhaftig besser auf seinen Auftritt bei Saras Vater vorbereiten können. „Nicht so alt, dreizehn", murmelte er.

„Dreizehn?" Der Anwalt sah ihn mit hochgezogenen Brauen an.

„Ja, wieso nicht?" Bröker hatte keine Ahnung, was an dem Alter verkehrt war. Dann dämmerte es ihm. Viele schätzen ihn älter als die zweiundfünfzig Jahre, die er war, und selbst mit seinem richtigen Alter wäre er bei der Geburt seiner vorgeblichen Tochter schon ein eher älterer Vater gewesen. „Es hat bei uns erst ewig nicht mit Kindern geklappt", fabulierte er munter weiter. „Und dann, als wir schon nicht mehr damit gerechnet haben, in kurzer Zeit zweimal." Er versuchte so zu lächeln, wie er sich das Lächeln eines glücklichen Familienvaters vorstellte.

Klönne beobachtete ihn, sagte aber nichts.

„Ich habe ja keine Ahnung, ob Sie selbst Kinder haben", spielte Bröker daher weiter seine fiktive Rolle.

„Doch, ich habe eine Tochter", ging der Rechtsverdreher dazwischen.

„Dann werden Sie mich sicher verstehen", erklärte sein vermeintlicher Klient. „Für mich sind Kinder ein großes Glück. Und für Britta auch." Damit war zumindest klar, wen er sich für die Rolle seiner Frau auserkoren hatte. „Wir lieben beide unsere Kinder sehr und beide gleichermaßen: Georg und Sabine. Vielleicht ist es deshalb zu diesem Missverständnis gekommen."

„Na gut, für den Moment will ich Ihren Ausführungen Glauben schenken, das ist ja auch meine Pflicht", sagte der Anwalt endlich. „Ich erinnere Sie aber noch einmal daran, dass ich Sie nur gut verteidigen kann, wenn Sie mir gegenüber schonungslos offen sind."

„Ich verspreche Ihnen, dass ich Ihnen jeden Missbrauch beichten werde, den ich begangen habe", erwiderte Bröker leichten Herzens. Zumindest diesbezüglich musste er nicht lügen.

„Danke", nickte der Anwalt. „Das ist genau das, was wir für eine vertrauensvolle Zusammenarbeit brauchen. – Und was die Anwürfe Ihrer Frau angeht: Solange Sie noch nicht bei der Polizei war, würde ich den Ball flach halten. Vielleicht war es eine Anschuldigung, die sie spontan geäußert hat und die sie der Polizei gegenüber nicht wiederholen würde. Ich halte es für unklug, sie zum jetzigen Zeitpunkt dadurch, dass Sie mich offiziell einschalten, womöglich zu einer Anzeige zu veranlassen, die Sie beide anschließend bereuen könnten."

Bröker nickte heftig. „Ich denke, da haben Sie völlig recht", sagte er. „Ich wollte mich nur der Unterstützung eines Fachmannes versichern, solange dieses Damoklesschwert eines Missbrauchsvorwurfs über mir schwebt." Er fand, er durfte ruhig etwas pathetisch klingen. Nun war es an der Zeit, das Thema auf den eigentlichen Grund seines Besuchs zu bringen. „Darf ich Ihnen eine neugierige Frage stellen?", begann er.

„Kommt auf die Frage an", entgegnete der Anwalt reserviert. Leichtfertige Zugeständnisse machte er offenkundig nicht gerne, dazu war er zu sehr Jurist.

„Sind Sie in einem Schützenverein?", fuhr Bröker mit einer Kopfbewegung in Richtung der gegenüberliegenden Wand fort. Diese wurde von ein paar uralten Gewehren geschmückt, von denen bestimmt keines mehr einsatzfähig war.

Klönne lachte. „Nein, gucken Sie doch mal auf die Tierschädel neben den Gewehren", sagte er. „Ich bin Jäger, und zwar aus Leidenschaft. Ich hoffe, das schreckt Sie nicht ab."

„Ach, nein, auf keinen Fall", Bröker schüttelte entschieden den Kopf. „Ich esse sehr gerne selbst Wild." Auch das war nicht geflunkert. „Aber ein bisschen haben Sie mich gerade schon erschreckt."

„Womit denn?"

„Nun, ich war vor drei Tagen Zeuge eines tragischen Jagdunfalls." Bröker jubelte innerlich, wie leicht es ihm gelungen war, auf den Anschlag auf Osthuesenhenrich zu schwenken. „Ich habe mit Freunden einen Spaziergang an der Hünenburg unternommen. Und plötzlich sind wir auf eine Jagdgesellschaft gestoßen, die im Halbkreis um einen toten Körper stand. Wir dachten, es sei ein Tier, vielleicht ein Reh. Aber als wir näherkamen, stellte sich heraus, dass es ein Mensch war. Wir sind noch immer geschockt."

Klönne sah Bröker nachdenklich an. „Das war meine Jagdgesellschaft", sagte er dann. „Den Toten, Doktor Osthuesenhenrich, habe ich gut gekannt."

„Das tut mir leid. Ich wollte da keine frisch vernarbten Wunden aufreißen", antwortete Bröker scheinheilig. „Waren Sie denn auch oben an der Hünenburg? Ich habe Sie gar nicht gesehen." Mit einem Mal hatten der Anwalt und er die Rollen getauscht: Bröker stellte die Fragen und Saras Vater musste Antworten liefern.

„Nein, ich war am Sonntag verhindert", erwiderte der defensiv. „Ich hatte am Montag einen wichtigen Prozess und habe das komplette Wochenende hier verbracht, um die Akten zu studieren. Sie können sich vielleicht vorstellen, wie schwer mir das gefallen ist. Im Nachhinein war es vielleicht besser. Ich hätte Gerd, also Herrn Osthuesenhenrich, nur sehr ungern tot im Wald gefunden – noch dazu niedergestreckt von einem meiner Jagdkumpanen."

„Das kann ich mir gut vorstellen", gab Bröker zurück.

Natürlich verbarg die Antwort des Anwalts seine wahren Gefühle für Osthuesenhenrich gut. Schließlich hatte Klönnes Frau ein Verhältnis mit dem Toten gehabt. Aber dessen Gesichtszüge drückten die reinste Trauer aus, wahrscheinlich musste man als Jurist ein derartiges Schmierentheater beherrschen. Auch Bröker versuchte, sich nicht anmerken zu lassen, dass er wusste, dass sein Gegenüber in diesem Moment die Wahrheit ein wenig verbog.

„Ach, wo Sie es gerade erwähnen", fuhr der fort. „Wissen Sie zufällig, ob man den Schützen schon identifiziert hat?"

Bröker schüttelte den Kopf. Entweder der Anwalt hatte diesbezüglich wirklich keine Ahnung, oder er spielte auch diese Rolle sehr gut.

„Ich glaube, die Polizei fischt noch im Trüben", sagte Bröker. „Soweit ich weiß, haben Sie noch nicht einmal herausgefunden, ob es sich wirklich um einen Unfall handelt, aber mir sagt ja auch keiner was." Natürlich konnte und wollte er nicht damit herausrücken, dass er ganz gut über den Kenntnisstand der Polizei Bescheid wusste. „Aber den ganzen Sonntag in der Kanzlei zu verbringen, stelle ich mir wie eine Strafe vor", fügte er hinzu. Natürlich konnte es sein, dass Klönne zumindest über seine Wochenendarbeit die Wahrheit sagte. Aber wenn nicht, dann war die Ausrede, er habe sich an diesem Tag in seinem Büro aufgehalten, ziemlich geschickt gewählt.

„Eigentlich mache ich meine Arbeit gerne", erwiderte der. „Aber am letzten Wochenende wäre ich an sich noch lieber mit meinen Kollegen und Freunden auf der Jagd gewesen."

Bröker fand es bemerkenswert, wie sehr der Anwalt das Wort „Freunde" betonte.

„Der Herbst ist ja gerade für einen Jäger die schönste Jahreszeit", fuhr dieser fort. „Nicht nur, dass das meiste Wild Saison hat. Es riecht auch alles so gut und die tollen Farben, wenn das Laub gelb und rot wird."

„Ja, ich mag den Herbst auch sehr gerne", bestätigte Bröker.

„Auf der anderen Seite ist es so, dass man hier am Wochenende viel besser arbeiten kann als an Wochentagen. Das Telefon klingelt nicht, oder wenn, dann wird es auf den Anrufbeantworter weitergeleitet. Es sind keine Klienten da, die man beraten muss, ja noch nicht einmal eine Sekretärin." Er lächelte. Wahrscheinlich war das genau das Lächeln, mit dem er in einem Prozess die Schöffen zu beeinflussen versuchte.

„Mit anderen Worten, Sie haben kein Alibi." Diese Bemerkung war Bröker unbewusst herausgerutscht. Natürlich war es genau das, was er gedacht hatte, aber er hatte es nicht laut aussprechen wollen. Das Problem, dass ihm die Worte über die Lippen kamen, sobald er sie gedacht hatte, war ihm schon so manches Mal zum Verhängnis geworden.

„Wie meinen Sie das?" Klönne guckte ihn irritiert an. Dann lachte er. „Ja natürlich, ich bin Strafverteidiger", nickte er. „Und da denken Sie, dass man in jedem Augenblick ein perfektes Alibi haben sollte. Wenn die Welt so einfach wäre. – Aber leider muss ich zugeben, dass ich tatsächlich kein Alibi hätte, wenn die Polizei auf die Idee käme, dass ich Gerd umgebracht hätte. Zum Glück habe ich aber von der Polizei noch nichts gehört. Und das aus gutem Grund: Schließlich habe ich überhaupt kein Motiv, Gerd zu ermorden." Er lachte noch einmal, als hielte er Brökers Gedanken für einen gelungenen Scherz.

Doch der wusste es besser.

„Glücklicherweise geht es aber hier und jetzt nicht um mein Alibi, sondern darum, wie wir Sie am besten von dem Vorwurf reinwaschen können, Sie hätten Ihre Tochter missbraucht", fuhr der Anwalt fort. „Und diesbezüglich denke ich, dass wir am besten erst einmal abwarten, was denn von Ihrer Frau kommt. So sicher bin ich mir nämlich noch nicht, dass sie tatsächlich zur Polizei geht."

Bröker nickte. Der Rechtsverdreher hatte das Thema geschickt wieder auf seine vermeintlichen Straftaten gelenkt.

„Und nun müsste ich Sie bitten, mich wieder meiner Arbeit zu überlassen", sagte der. „Sie haben vermutlich schon von meiner Assistentin gehört, dass mein Terminkalender derzeit aus allen Nähten platzt. Ich wünsche Ihnen noch einen schönen Tag, Herr Brömer."

Klönne stand auf und ging zur Tür. Das war ein formvollendeter Rauswurf. Die Frage war nur, ob das mit seinem Terminkalender zu tun hatte oder mit der Tatsache, dass ihm Bröker mit seinen Nachfragen zu nahegekommen war.

Kapitel 21
Polizeilicher Rat

Erschöpft ließ sich Bröker auf seine Eckbank sinken. Die Aufmerksamkeit, die er aufgebracht hatte, um seine Rolle gegenüber dem Anwalt glaubhaft zu spielen, hatte ihn mehr Kraft gekostet, als er das im Vorhinein gedacht hätte. Es fiel ihm schon im gewöhnlichen Leben schwer genug, nicht alles zu sagen, was ihm durch den Kopf ging. Wenn er aber eine fiktive Person darstellte, brauchte er seine komplette Konzentration, um nichts Falsches zu äußern. Darüber hinaus hatte er einen mächtigen Hunger entwickelt. Das mochte damit zusammenhängen, dass sich bei ihm geistige Arbeit immer stimulierend auf den Appetit auswirkte – ob es sich mit körperlicher Arbeit ebenso verhielt, hätte er nicht sagen können. Das letzte Mal, bei dem er ernsthaft körperlich gearbeitet hatte, lag einfach schon zu lange zurück, so lange sogar, dass er nicht hätte sagen können, ob er überhaupt schon einmal körperlich gearbeitet hatte.

Bestimmt aber lag sein Hunger auch daran, dass er heute außer einem Kaffee noch nichts zu sich genommen hatte. Um dies zu ändern, hatte er sich zunächst in eines seiner zahlreichen Lieblingslokale begeben wollen, hatte dann aber zu seiner eigenen Überraschung gemerkt, dass ihm nicht der Sinn danach stand, den Rest des Tages essend und Wein trinkend in der Wunderbar oder dem Nichtschwimmer zu verbringen. Er wollte über diesen merkwürdigen Fall nachdenken und dazu brauchte er Ruhe und einen klaren Kopf. Also hatte er sich auf dem Weg nach Hause ein paar gefüllte Weinblätter als Vorspeise und einen doppelten Döner mit einer großen Portion Pommes frites als Hauptgericht geholt, das er nun vor sich auf dem Küchentisch ausbreitete. Bei der Wahl des Getränks zauderte er für einen Moment. Schließlich hatte er sich bewusst dafür entschieden, den Nachmittag nicht mit einer Flasche Wein zu beginnen – das sollte auch für den Fall gelten, dass er diesen Nachmittag bei sich zu Hause verbrachte. Schließlich entschied er, dass Bier ohnehin viel besser zu Döner passte und zudem beinahe alkoholfrei war – zumindest, wenn man es mit Whisky verglich. Er holte sich eine große Flasche Bier aus dem Kühlschrank und setzte sich wieder zu seinem Mittagessen. Pagelsdorf, dem der appetitliche Geruch des Döners in die Nase gestiegen war, beobachtete die Szene mit einer Aufmerksamkeit, die der Hund sonst nur beim Erschnüffeln von Käse oder Wurst oder bei der Jagd auf kleine Nagetiere an den Tag legte.

„Ah", seufzte Bröker wohlig, nachdem er die Weinblätter verspeist und den ersten Bissen von den türkischen Fleischwaren genommen hatte. Manchmal brauchte es keine Haute Cuisine, um ein Essen zu einem echten Genuss werden zu lassen. Dann vertilgte er ein paar der Kartoffelsticks, die er zuvor tief in Mayonnaise getunkt hatte. Nun, da sich sein Magen allmählich füllte, fühlte er sich auch wieder in der Lage, über seinen Besuch bei dem Rechtsanwalt nachzudenken. Natürlich hatte dieser angegeben, am Sonntag nicht an der Hünenburg gewesen zu sein und sich angeblich an einem Ort aufgehalten zu haben, bei dem niemand überprüfen konnte, ob er die Wahrheit sagte oder nicht. Die Aussage konnte wahr sein – es konnte sich aber ebenso gut um eine gut ausgedachte Geschichte handeln. Ein Motiv, um Osthuesenhenrich an den Kragen zu wollen, hatte der Anwalt jedenfalls – auch wenn er es abgestritten hatte. Ob dieses auch einen Mord rechtfertigte, war allerdings schwerer zu sagen. Und darüber hinaus war die Frage der Gelegenheit ebenso wichtig wie die nach einem Motiv.

Das Läuten seines Telefons schreckte Bröker aus seinen Gedanken. Er ging in den Flur, ergriff sich das Mobilteil seines Festnetzapparates und meldete sich.

„Hallo Bröker, habe ich mir doch gedacht, dass ich dich zu Hause erwische, wenn sich über deine Handynummer nur der Anrufbeantworter meldet", hörte er eine bekannte Stimme am anderen Ende der Leitung.

„Mütze", rief er freudig aus. „Entschuldige, du weißt doch, wie das mit meinem Handy ist. Entweder ist es nicht aufgeladen, oder ausgeschaltet, oder ich weiß gerade nicht, wo es sich befindet."

„Schon gut, schon gut", beschwichtigte der Polizist. „Es geht ja auch nicht um Leben um Tod."

„Ausnahmsweise einmal bei dir", grinste Bröker.

„Na, bei mir geht es auch häufiger um den Tod als um das Leben", konterte Mütze. „Ich rufe an, weil ich von meiner Sekretärin gehört habe, dass du gestern im Präsidium warst und nach mir gesucht hast."

„Stimmt. Ich war im Bürgerpark bei der Oetkerhalle und dachte, da könnte ich auch mal bei dir vorbeischauen."

„Einen konkreten Anlass für deinen Besuch gab es nicht?"

„Ach, Mütze, du kennst mich einfach zu gut", lachte Bröker. „Ein bisschen wollte ich dich auch aushorchen, was ihr schon über den toten Jäger wisst."

„Danke für deine Ehrlichkeit." Auch in Mützes Stimme war eine kaum unterdrückte Freude zu hören. „Aber du weißt ja, dass ich aus Prinzip nur ungern dienstliche Geheimnisse mit dir teile. Eigentlich müsste ich da schweigen wie ein Grab."

„Weiß ich doch. Darum benutze ich dich ja auch nur im Notfall als Quelle." Bröker fragte sich, ob Mütze hören konnte, dass er zwinkerte.

„Andererseits hat Schewe neulich angedeutet, dass es eventuell das Beste für uns alle sei, wenn wir dich ganz offiziell an den Ermittlungen beteiligen", fuhr der Hauptkommissar fort.

„Ja, komisch, das hat er mir neulich auch indirekt angedeutet. Es klang ein bisschen nach Arbeitsteilung: Ich löse für euch die Fälle, dafür kassiert ihr einen Teil des Ruhms."

„Nun, ohne unsere Informationen würdest du die Fälle eventuell auch nicht lösen", wandte Mütze ein. „Aber da wir keine Dienstanweisung haben, wie wir mit dir verfahren sollten, war es vielleicht sogar besser, dass du mich gestern nicht getroffen hast", wechselte er abrupt das Thema.

„Keine Sorge, Mütze, ich habe statt deiner euren Dampfplauderer getroffen."

„Dampfplauderer?" Einen Moment schien der Polizist zu überlegen. „Ach, du meinst van Ravenstijn?", fiel dann der Groschen.

„Genau den. Und später kam dann auch Schewe dazu. Das war eine sehr informative Mischung."

„Verstehe. Und was haben die gesagt?"

„Von da habe ich unter anderem die Info, dass Osthuesenhenrich eine Geliebte hatte, eine sehr wichtige Erkenntnis, wenn du mich fragst."

„Zweifelsohne. Beziehungen, egal ob Ehen oder Liebschaften, sind immer ein gutes Mordmotiv. Es wäre allerdings deutlich hilfreicher, wenn man auch wüsste, wer die Geliebte war."

„Och, das ist nicht so schwierig." Bröker konnte nur mit Mühe einen triumphierenden Beiklang in seiner Stimme unterdrücken. „Ich habe heute schon mit dem gehörnten Ehemann gesprochen."

„Wie? Sind Schewe und sein Profiler weiter als ich weiß? Ich dachte, bislang kennt noch niemand die Identität der Geliebten und ihres Mannes."

„Niemand außer mir." Bröker musste offen lachen.

„Bröker, du bist und bleibst eine Wundertüte", kam es mit bewunderndem Unterton von der anderen Seite der Leitung. „Wie hast du das nun wieder angestellt?"

„Mit Glück", musste Bröker eingestehen. „Die Welt ist eben kleiner als du denkst. – Du kennst doch Sara, oder?"

„Gregors Freundin? Klar kenne ich die."

„Sie wohnt seit drei Tagen bei Gregor und mir. Außerdem ist ihr Vater mit Osthuesenhenrich in derselben Jagdgesellschaft. – Und nun halt dich fest: Seine Frau muss den Doktor bei irgendeinem Anlass kennengelernt haben und seitdem waren die beiden ein Paar, wenn auch kein offizielles."

„Nicht möglich", staunte Mütze. „Manchmal machst du einfach genau das Richtige und sei es, dass du Gregors Freundin bei dir als Untermieterin aufnimmst."

„Dafür kann ich wenig – Gregor hat das angeregt, aber du hast recht: Es war in vielerlei Hinsicht eine gute Idee."

„Aber wusste Saras Vater von der Beziehung seiner Frau?", nahm der Hauptkommissar die neue Spur auf.

„Genau das habe ich Sara auch gefragt – und sie sagt, ja, er wusste es."

„Und dann bist du direkt zu dem Vater und hast ihn in die Mangel genommen?"

„Du weißt, dass das nicht genau meine Methoden sind, Mütze. Zum ‚Good-cop-bad-cop' fehlen mir mindestens zwei Cops. – Aber dennoch habe ich Herrn Klönne, so heißt der Vater, aufgesucht."

„Aber wenn du ihn nicht direkt mit dem Vorwurf, er habe den Liebhaber seiner Frau ermordet, konfrontiert hast, was hast du dann gemacht?", erkundigte sich der Kommissar neugierig.

„Klönne ist Rechtsanwalt. Ich habe ihm unter dem Vorwand einen Besuch abgestattet, ich bräuchte dringend anwaltlichen Beistand. Das schien mir sicherer, als ihm so einen Verdacht direkt vor den Latz zu knallen."

„Coole Idee."

„Wie man's nimmt", räumte Bröker ein. „Ich glaube, er hält mich jetzt für jemanden, der seine eigenen Kinder missbraucht."

„Du und Kinder?" Trotz des heiklen Themas musste Mütze lachen. „Bröker, so eine Geschichte kannst auch nur du erfinden. Und dann sollst du sie auch noch missbraucht haben? Komm, das nimmt dir doch keiner ab."

„Klönne schon. Er war am Ende so interessiert an dem Fall, dass ich ihn nur mühsam auf ein Gespräch über die Fragen bringen konnten, wegen derer ich eigentlich bei ihm war."

„Ob er an Osthuesenhenrichs Tod beteiligt war ..."

„Ja. Genau das habe ich ihn natürlich nicht fragen können. Aber ich wollte schon wissen, was er zu der Zeit, in der der Anschlag verübt wurde, eigentlich getan hat."

„Und hat er ein Alibi?"

„Ein eher spärliches, wenn du mich fragst. Er hat angeblich das komplette Wochenende in seiner Kanzlei verbracht, weil er am Montag einen Prozess hatte. Das Letztere habe ich selbstverständlich noch nicht überprüfen können. Das könnt ihr wahrscheinlich sowieso schneller und besser als ich – und ob er in seinem Büro saß, weiß wahrscheinlich niemand."

„Und hältst du es für denkbar, dass er wirklich der Mörder des Doktors ist?"

„Schwer zu sagen", räumte Bröker ein. „Er hätte ein Motiv, klar. Und sein Alibi ist löchrig wie ein Schweizer Käse. Darüber hinaus ist er Jäger und verfügt über entsprechende Waffen. Ein paar hatte er sogar an der Wand hängen, auch wenn das wohl historische Stücke waren, mit denen man niemanden mehr erschießen kann. Ich kenne mich mit der Jagd nicht aus, aber ich halte es für wahrscheinlich, dass ein Jäher nicht nur Schrotflinten besitzt. Trotzdem scheint mir das alles immer noch zu wenig, um Herrn Klönne als Hauptverdächtigen auszumachen. Es kommt ja noch hinzu, dass er als Anwalt sehr gut weiß, welche Strafe auf einen Mörder wartet. Von dem Schaden, den seine Reputation nähme, ganz abgesehen. Ich glaube nicht, dass er das riskiert hätte. Andererseits haben wir aber derzeit auch keinen anderen, dem wir den Mord in die Schuhe schieben können."

„Und dass er Saras Vater ist, spielt bei diesen Betrachtungen keine Rolle?", hakte Mütze nach.

„Gar keine. Außerdem hat Sara ein sehr zwiespältiges Verhältnis zu ihren Eltern. Die scheinen ihre eigenen Pläne mit ihrer Tochter gehabt und alles behindert zu haben, was diesen Ideen entgegenstand. Wenn Sara ihren Vater vor jedem Verdacht hätte bewahren wollen, hätte sie nur nicht mir gegenüber erwähnen müssen, dass ihre Mutter die Geliebte Osthuesenhenrichs war. Aber sie hat es mir gesagt. Und wenn schon Sara ihre Eltern nicht schützen will, dann sehe ich erst recht keinen Grund dafür."

„Verstehe", erwiderte Polizist grüblerisch.

„Trotzdem stimmt es: Ich weiß nicht, ob ich wirklich dem Mörder des Doktors gegenübergesessen habe. Der Grund dafür ist allerdings eher, dass ich nicht weiß, wie ich sein Alibi bewerten soll", fuhr Bröker fort. „Natürlich klingt es an den Haaren herbeigezogen. Er war an einem Ort, an dem ihn niemand gesehen und gehört hat. Auf der anderen Seite gibt es ja wirklich Berufe, an denen man auch sonntags arbeiten muss…"

„… ich hatte keine Ahnung, dass du so etwas weißt", lachte Mütze. „Ich dachte, das sei ein Geheimnis von Polizisten und Krankenschwestern …"

„… und Rechtsanwälten", fuhr Bröker fort. „Ich denke auch, dass Klönne hätte versuchen können, sich ein besseres Alibi zu beschaffen, wenn er der Mörder ist. Darüber hinaus ist es natürlich auch denkbar, dass diese Sonntagsarbeit pure Erfindung ist und Klönne trotzdem nicht der Mörder von Osthuesenhenrich ist."

„Wie meinst du das?"

„Na, guck doch mal. Wir wissen, dass der Doktor mit Saras Mutter ein Verhältnis hatte und dass ihr Mann davon wusste. Ich habe ja wenig Erfahrung damit, wie es ist, wenn die eigene Frau fremd geht …"

„… wem sagst du das?"

„… aber ich könnte mir vorstellen, dass Doktor Osthuesenhenrich der Letzte war, den Klönne hätte sehen wollen. Also musste er vorschützen, dass er zu dem Termin, an dem die Jagd stattfand, keine Zeit hatte. Und selbst wenn er nicht in seinem Büro war, muss das nicht heißen, dass er der Mörder ist."

Stille trat ein. Mütze schien am anderen Ende der Leitung nachzudenken. „Hm, da bist du uns mal wieder mehr als eine Nasenlänge voraus", gab er nach einer kleinen Weile zu. „Jedenfalls, wenn ich auf dem Laufenden bin, was Schewes Ermittlungen angeht – aber dafür, dass ich das bin, bist ja jetzt du zuständig." Bröker musste grinsen.

„Wie gesagt: Ich glaube, unser Erster Hauptkommissar tappt bezüglich der Identität von Osthuesenhenrichs Geliebter noch immer im Dunklen. Und die Überlegungen, die du mir gerade ausgebreitet hast, konnte er daher natürlich auch noch nicht anstellen."

„Ich weiß aber auch nicht, ob uns das irgendwie weiterbringt", erwiderte Bröker. „Ich habe ja bislang nur Zweifel gesammelt, sowohl an der These, dass Klönne der Mörder ist als auch daran, dass er es nicht ist. – Was wir brauchen, sind Fakten, Fakten, Fakten, wie der Chefredakteur eines besonders unsympathischen Nachrichtenmagazins immer gesagt hat."

Nun musste Mütze herzhaft lachen. „Erinnere mich nicht an den", sagte er. „Aber mit ein paar Fakten kann ich in der Tat dienen. Und wenn ich Schewes letzte Worte richtig im Ohr habe, darf ich sie dir auch weitergeben."

„Und welche?", war Bröker ganz Ohr.

„Die Gerichtsmedizinerin hat sich noch einmal bei uns gemeldet."

„Und was wusste sie?"

„Zum einen hat sie bestätigt, dass das Kaliber, mit dem der Doktor erschossen wurde, das typische Kaliber eines Jagdgewehrs ist."

„Womit wir wieder bei der These wären, dass es sich um einen Jagdunfall handeln könnte", seufzte Bröker.

„Oder auch bei der These, dass Saras Vater Selbstjustiz verübt hat", ergänze der Hauptkommissar. „Das ist beides möglich. Die zweite Beobachtung der Gerichtsmedizinerin ist allerdings ausgefallener: Der Doktor sei aus relativ kurzer Distanz erschossen worden und der Schusswinkel sei seltsam, sagt sie. Die Kugel muss Osthuesenhenrich von schräg unten getroffen haben."

„Vielleicht hat einer der Jäger im Gras gelegen?", schlug Bröker vor.

„Das ist bei der Fuchsjagd eine eher ungewöhnliche Position", grinste Mütze. „Aber selbst diese Hypothese stimmt nicht mit den Ergebnissen der Gerichtsmedizin überein. Es sieht so aus, als sei der Schuss etwa in Kniehöhe abgegeben worden, vielleicht etwas höher."

„Ich habe ja noch nie einen Fuchs gejagt und auch nichts anderes, aber ich glaube, diese Stellung ist für die Jagd auch eher bemerkenswert, oder?", gab Bröker zurück.

„Natürlich kann man auch kniend schießen", erläuterte Mütze. „Aber das ist tatsächlich etwas für Profis. Es braucht eine gut ausbalancierte Lage und eine Menge Feingefühl, wenn man kniend ein Ziel treffen will. Das weiß ich von meinem eigenen Schusstraining."

„Ich wüsste nicht, warum man das machen sollte, wenn man es einfacher haben kann", grübelte Bröker. Er fand es schon beschwerlich, sich hinzuknien, wenn er nicht schießen wollte.

„Es gibt noch eine weitere Information, die ich für dich habe", unterbrach Mütze seine Gedankengänge.

„Du sprudelst ja heute geradezu über vor Wissen", erwiderte Bröker.

„Das ist nicht meine Schuld, wir haben eben sehr fleißige Ermittler."

„Und was haben die herausgefunden?"

„Die haben zum einen die Kugel gefunden, mit der Osthuesenhenrich erschossen wurde."

„Da oben im Wald?", staunte Bröker. „Die müssen ja ewig gesucht haben."

„Ja, für mich klingt das auch nach einer Aufgabe für jemanden, der Vater und Mutter erschlagen hat – oder nach einem Job für einen Praktikanten", grinste Mütze.

„Gut, dass ich nicht mehr bei euch bin", erwiderte Bröker und lachte ebenfalls.

„Jedenfalls hat das dazu geführt, dass die Kollegen auch die Gewehre aller Jäger untersucht haben, die am Sonntag anwesend waren. Also auch die Büchsen, nicht nur die Flinten."

„Und?"

„Nichts", musste Mütze zugeben. „Keine der Waffen passt zu der gefundenen Kugel."

„Ich hätte keine Ahnung, wie man das feststellt."

„Jede Waffe hinterlässt eine charakteristische Spur auf ihren Geschossen", erläuterte der Hauptkommissar.

„Damit scheidet ein Jagdunfall aus, oder?"

„Ja, wahrscheinlich schon", pflichtete ihm Mütze. „Es sei denn, jemand verfügt über eine Waffe, die nicht registriert ist und die er uns daher nicht zeigen musste. Das ist natürlich ebenfalls möglich. Es sieht jedenfalls so aus, als hätten wir noch eine Menge Arbeit vor uns."

„Mal den Teufel nicht an die Wand", entgegnete Bröker mit spöttischem Unterton. „Aber ich werde auch ein wenig nachdenken. Vielleicht kommen wir ja dann zu einem Ergebnis. Ich wünsche dir noch einen schönen Tag."

Er legte auf und versank in seinen Gedanken.

Kapitel 22
Bullerbü

Wie sehr Bröker sich auf die neuen Ermittlungen konzentrierte, bemerkten Gregor und Sara, als sie drei Stunden nach Brökers Telefonat nach Hause kamen.

„Bröker?", rief Gregor, kaum, dass er die Haustür aufgeschlossen hatte. Er erhielt jedoch keine Antwort. „Bröker?" Der zweite Ruf des Jungen war beinahe ein Brüllen, doch der Hausherr reagierte noch immer nicht. Dafür bog Pagelsdorf um die Ecke, er sah irgendwie schuldbewusst aus, wie Gregor fand.

„Du kannst Bröker ja hier unten weitersuchen", bot Sara an. „Ich konzentriere mich auf die oberen Stockwerke – irgendwo muss er ja stecken." Schnellen Schrittes ging sie die Treppe hinauf.

„Er könnte ausgegangen sein", gab ihr Freund zurück. „Vielleicht hat er ein neues Restaurant gefunden und ist dort einfach versackt." – „Hm, das wohl eher nicht", murmelte er, als er die Küchentür geöffnet hatte.

„Ich habe ihn", rief Sara in diesem Moment. „Wir sind in der Bibliothek."

„Sag mal, Bröker, wir haben ja beide manchmal ein Problem damit, hier Ordnung zu halten", begann Gregor, als er wenige Augenblicke später ebenfalls in Brökers Arbeitszimmer angekommen war. „Wobei ich schon betonen muss, dass zumeist ich derjenige bin, der den Staubsauger in die Hand nimmt oder mal durchwischt."

„Ja, dafür bin ich dir ja auch sehr dankbar", erwiderte Bröker. Nur langsam tauchte er aus seiner Gedankenwelt auf und guckte den Jungen verstört an. „Ist das denn gerade wichtig?"

„Wenn ich mir ansehe, was für eine Schweinerei du in der Küche veranstaltet hast, schon", gab sein Mitbewohner zurück. „Vielleicht bin ich gerade ein wenig spießig, aber ich möchte, dass wir auf Sara den Eindruck einer wenigstens halbwegs normalen WG machen."

„Was ist denn mit der Küche?" Bröker hatte nicht die geringste Ahnung, worauf der Junge hinauswollte.

„Komm einfach mit und sieh es dir selber an", forderte der ihn auf.

Einen Moment später sah auch Bröker die Bescherung. Der Küchenboden war über und über mit Papierfetzen und Alufolie bedeckt. An der Tischkante klebte noch ein dicker Klecks Mayonnaise, ansonsten war von der Mahlzeit, die er sich nach dem Besuch bei dem Anwalt geholt hatte, nichts mehr übrig. „Das war ich nicht", sagte er das Erste, was ihm in den Sinn kam.

„Das sagen sie alle", gab Gregor zurück, konnte sich aber ein Grinsen nicht verkneifen.

Auch Sara lachte, nur Pagelsdorf schlich sich im Rückwärtsgang und mit eingezogener Rute aus dem Raum.

„Schuld bin ich wohl trotzdem", musste der Hausherr eingestehen. „Eigentlich sollte das mein Mittagessen werden. Beziehungsweise war es darin eingepackt: ein Döner und ein paar Pommes, nur ein kleiner Imbiss. Aber nach den ersten paar Bissen hat Mütze angerufen. Und nach dem Telefonat war ich so geistesabwesend, dass ich in die Bibliothek gegangen bin, um über den Fall nachzudenken. Pagelsdorf hat wohl der Versuchung nicht widerstehen können." Mit betrübtem Gesichtsausdruck begann er das Chaos zu beseitigen. „Wahrscheinlich bin ich wirklich nicht der ideale Hundehalter", murmelte er dabei.

„Ich glaube, wenn du ihm jeden Tag einen Döner spendierst, ist Pagelsdorf da ganz anderer Meinung", zog Gregor seinen Freund weiter auf.

„Ihr", verbesserte Sara ihn.

„Richtig, Pagelsdorf ist ja ein Mädchen", stimmte der Junge ihr zu. „Aber wenn du so zerstreut warst, dass du selbst das Essen vergessen hast, scheint sich in dem Fall ja einiges getan haben", wandte er sich dann wieder an Bröker.

„Wie man es nimmt", erwiderte der. „Ich habe ein bisschen nachgeforscht und die Polizei hat auch neue Erkenntnisse, aber bei all dem weiß ich nicht, wie ich es bewerten soll."

„Was hast du denn recherchiert?", wurde auch Sara neugierig.

„Hm", schlagartig wurde Bröker einsilbig. Das Mädchen hatte immer betont, dass ihr Verhältnis zu ihren Eltern nicht das beste war. Trotzdem wusste er nicht, wie sie es aufnehmen würde, wenn er ihr erzählte, dass er ihren Vater unter die Lupe genommen hatte.

„Was hm?", hakte Gregor nach.

„Ich war bei Saras Vater", beschloss Bröker ehrlich zu sein.

„Und du hast ihn als Verdächtigen verhört?" Sara schien zwar nicht empört, aber Vergnügen bereitete ihr die Vorstellung auch nicht, wenn er ihren Unterton richtig deutete.

„Nein, das trifft es nicht ganz", erwiderte Bröker. „Zu verhören ist ja eher die Sache der Polizei. Ich würde sagen, ich habe ihm ein wenig auf den Zahn gefühlt."

„Und wie hast du das angestellt?", wollte nun auch Gregor wissen.

„Ich habe mich als potenziellen Klienten ausgegeben." Bröker fand dies noch immer eine gute Idee.

„In welcher Sache hast du ihn denn um Hilfe gebeten? Mein Vater ist ja eher auf Strafrecht spezialisiert", krauste Sara die Stirn.

„Ich habe mich daran erinnert, dass er vor einigen Jahren in diesem großen Missbrauchsprozess der Verteidiger war und gesagt, ich hätte einen Missbrauchsvorwurf meiner Ehefrau am Hals", erwiderte der Hausherr.

„Du und eine Ehefrau? Und dann noch Missbrauch?", runzelte Gregor die Stirn. „Und wen hast du missbraucht? Deine Frau?"

„Nein, meine Kinder …"

„Kinder hast du auch noch?" Bröker sah, dass es Gregor schwerfiel, nicht lauthals loszulachen.

„Ja, zwei. Sabine und Georg." Beim Gedanken daran, wie er auf die Namen gekommen war, musste auch Bröker grinsen.

„Bröker, erzähl uns besser nicht mehr davon", erwiderte Gregor, der nur noch mit Mühe ernst blieb. „Ich habe Angst, dass du bei deiner Recherchetechnik eher im Knast landest als der Mörder von Osthuesenhenrich."

„Eins wüsste ich aber schon gern", schaltete sich seine Freundin wieder ein. „Hältst du denn meinen Vater nun für schuldig oder nicht?"

„Wenn ich das so genau sagen könnte", seufzte Bröker. „Wenn alles so eindeutig wäre, wäre ich ja nicht so in Grübeleien versunken, dass ich darüber sogar mein Mittagessen vergessen habe. – Auf der einen Seite hat dein Vater zweifelsohne ein Motiv", wiederholte er die Schlussfolgerung, die er auch Mütze präsentiert hatte. „Außerdem ist sein Alibi eher dürftig. Er war angeblich in seinem Büro und hat sich auf einen Fall vorbereitet, den er am Montag verhandelt hat."

„Dass er am Wochenende arbeitet, kommt tatsächlich häufiger vor", klärte Sara ihn auf. „Ich glaube, seine Abwesenheit hat unter anderem dazu geführt, dass sich meine Eltern auseinandergelebt haben."

„Ja, das glaube ich ja, man kann es nur nicht überprüfen", räumte Bröker ein. „Aber ich bin auch nicht überzeugt, dass dein Vater der Mörder ist. Es gibt ja bislang überhaupt keine Hinweise, dass er überhaupt am Sonntag an der Hünenburg war. – Mütze hatte darüber hinaus noch eine Information, die ich auch nicht richtig einordnen kann."

„Was denn für eine Information?", wurde Gregor hellhörig.

„Der Schuss wurde aus relativ kurzer Distanz und einem ungewöhnlichen Winkel abgegeben, so als habe der Schütze gekniet."

„Hm, das entlastet meinen Vater eher", warf Sara nach einer Pause ein. „Ihr müsst wissen, dass es nicht einfach ist, kniend einen Schuss abzugeben."

„Das hat Mütze auch gesagt."

„Genau – und mein Vater war darin besonders schlecht", ergänzte Gregors Freundin.

„Wenn es so schwierig ist: Wieso sollte sich dann überhaupt jemand hinknien, um zu schießen? Gerade wenn es wichtig ist, dass er sein Ziel trifft. Darüber habe ich die ganze Zeit nachgedacht", schloss Bröker. „Allerdings ohne Erfolg."

„Nun, wir können dir auch gerade nicht helfen", wechselte Gregor das Thema. „Wir wollen nämlich einkaufen. Möbel. Nachdem du uns außer meinem Zimmer auch noch die Kammer daneben zur Verfügung gestellt hast, müssen wir sie auch einrichten."

„Aber da stehen doch Möbel drin", protestierte Bröker.

„Ganz wie man es nimmt", grinste Gregor. „Hast du sie dir in letzter Zeit mal genauer angesehen?"

„So genau nicht", musste Bröker einräumen. „Aber wenn ich mich recht entsinne, sind es die alten Schlafzimmermöbel meiner Eltern."

„Genau", nickte Sara. Sie sah bei dieser Feststellung nicht glücklich aus.

„Die Betonung liegt dabei auf alt", ergänze ihr Freund unbarmherzig. „Bröker, ich will dir ja nicht zu nahetreten, aber deine Mutter ist gestorben, bevor ich hier eingezogen bin. Das ist also mehr als zwölf Jahre her."

„Stimmt", bestätigte Bröker. Der Gedanke an seine Mutter stimmte ihn noch immer ein bisschen traurig.

„Und weißt du, ob sie sich neue Schlafzimmermöbel gekauft hat, nachdem dein Vater gestorben war?", schob Gregor nach.

„Nein, so war sie nicht." Bröker schüttelte den Kopf. „Ich glaube, sie hatten ihr ganzes Leben lang nur dieses eine Schlafzimmer."

„Dann sind die Möbel über fünfzig Jahre alt", staunte Sara, als hätte sie nicht gedacht, dass Holz so lange halten könnte.

„Kann schon sein", stimmt Bröker zu. Allmählich merkte er allerdings, worauf seine jüngeren Mitbewohner hinauswollten.

„Denkst du nicht, sie könnten allmählich aus der Mode sein?", witzelte Gregor. Ohne eine Antwort abzuwarten, fuhr er fort:

„Ganz zu schweigen von dem Kindertischchen und dem zugehörigen Stuhl, die sich auch in diesem Möbellager befinden. Ich weiß nicht, ob du erhofft hast, dass du mal Kinder hast, die sich über solche Sachen freuen könnten. In dem Fall müsste ich dich enttäuschen. Zum einen braucht man für derartige Pläne eine Frau – und natürlich Kinder. Zum anderen würden sich nicht nur die coolen Kids von heute nicht mehr auf solche Stühlchen setzen."

„Wollt ihr die Möbel etwa wegwerfen?" In Brökers Stimme schwang eine leichte Bestürzung mit.

„Ich weiß, dass du auch noch zwei Kellerräume hast, die so gut wie leer stehen", erwiderte der Junge. „Aber wenn du mich fragst, wäre es nicht überhastet, sich von diesen Stücken zu trennen. Du musst sie ja nicht auf den Sperrmüll geben. Es gibt derzeit jede Menge karitative Organisationen, die alte Möbel sammeln, um sie zum Beispiel Geflüchteten zu geben."

„Aber für euch sind sie nicht gut genug?", murmelte Bröker so leise, dass die anderen seine Enttäuschung nicht mitbekamen.

„Jedenfalls wollten wir den Abend nutzen, um ein wenig bei Fine møbler zu stöbern." Saras Gesicht erstrahlte unter einem erwartungsfrohen Lächeln.

„Bei wem?" Bröker hatte den Namen noch nie gehört.

„Ach, das ist so ein neues Möbelgeschäft in Sennestadt, das seine Wurzeln in Norwegen hat", spottete Gregor. „Du kannst es also nicht kennen, es hat erst vor fünfzehn Jahren aufgemacht."

Bröker, der gehofft hatte, den Abend damit verbringen zu können, mit seinen Freunden weiter an der Lösung des Falls zu tüfteln, sah sich nun schon zum zweiten Mal innerhalb weniger Minuten enttäuscht. Dann kam ihm eine Idee. „Meint ihr, ich könnte euch begleiten?", schlug er vor.

„Wenn ich an das letzte Mal denke, bei dem du uns begleitet hast...", zog Gregor seine Stirn in Falten.

„Och komm, nehmen wir ihn mit", schlug sich seine Freundin auf Brökers Seite.

„Na gut, aber nur, wenn du uns keine Tipps gibst, welche Möbel du besonders schick findest", stimmte Gregor zu.

Eine halbe Stunde später lenkte Sara ihren gelben Flitzer auf den Parkplatz eines gewaltigen Gebäudes im Bielefelder Südosten. Bröker hatte schon geahnt, dass es sich um ein größeres Geschäft handelte, aber an solche Größe hatte er nicht gedacht. Jetzt, da er den Namen des norwegischen Möbelhauses wiederholt gehört hatte, dämmerte ihm, dass er von dessen Bau irgendwann in den Nullerjahren auch aus der Zeitung erfahren hatte. Doch ebenso, wie er sich Fußballergebnisse der Arminia aus den Siebzigern oder Achtzigern inklusive der Torschützen einprägen konnte, vergaß er Sachen, die ihn nicht interessierten, oft sofort wieder, nachdem er sie gelesen hatte.

„Komm, lass uns schnell reingehen." Sara war über den Besuch dieses zugegebenermaßen überdimensionierten Einrichtungshauses so aufgeregt, wie Bröker bei einem Aufstiegsspiel der Arminia – wenn er auf die Tabelle der zweiten Liga sah, stand Letzteres allerdings wohl erst wieder in fernerer Zukunft an. Noch schneller als ihr Freund war sie aus dem Wagen gesprungen, hatte den Laden betreten und war die Rolltreppe hinaufgefahren. Gregor versuchte mit ihr mitzuhalten, dann folgte in einiger Entfernung Bröker.

Als auch er im ersten Stock angekommen war, staunte er. Er hatte Möbel erwartet, natürlich, aber doch nicht dermaßen viele und auch nicht, dass er auf fertig eingerichtete Zimmer traf, in denen jedes Stück zum anderen passte. „Das sieht in der Tat ganz anders aus als bei mir zu Hause", gestand er seufzend.

„Richtig", grinste Gregor, der den Satz mitbekommen hatte. „Und genau deshalb wollen wir auch hier einkaufen, statt uns bei deinen zweifelsfrei auch sehr üppigen Möbelvorräten zu bedienen."

„Aber wie findet ihr in diesem ganzen Gewusel denn das, was ihr sucht?", erkundigte sich Bröker.

„Ach, erst einmal gucken wir nur", erwiderte Sara fröhlich.

Bröker wollte gerade erwidern, dass ihm schon allein vom Gucken ganz schummrig wurde, dann blieb er an einer gemütlich eingerichteten Sitzecke stehen. Ein oranges Cordsofa mit zwei dazu passenden Sesseln war auf einen flauschigen Flokati gestellt worden. Davor befand sich ein Glastisch und eine kugelförmige Stehlampe, die an einer gewagten Konstruktion hing. „Schaut mal hier", rief er. „Das sieht mir sehr gemütlich aus."

„Kein Wunder", lachte der Junge. „Wenn wir das wollten, könnten wir uns fast bei dir ins Wohnzimmer setzen. – Ist ja auch typisch: Guck mal, wie es heißt?"

„Gammel stil", entzifferte Bröker. Er runzelte die Stirn und er schnüffelte instinktiv an dem Polster. „Man riecht nichts", beschloss er.

„Was sollte man denn riechen?" Sara schaute ihren Hausherren fragend an.

„Na, ich dachte, es soll gammelig sein", erklärte der.

„Gammel stil ist norwegisch und heißt alter Stil", erläuterte Gregor. „Es ist eben genau das, mit dem du groß geworden bist, darum gefällt es dir auch so gut."

„Ach so", zuckte Bröker die Schultern. Noch einmal fiel sein Blick auf das Markenschild. „Früher hat der Krempel aber nur ein Fünftel gekostet", sagte er und war den Möbeln einen abschätzigen Blick zu.

„Zu der Zeit hat man für einen Liter Benzin auch nur dreißig Pfennig bezahlt." Gregor verdrehte die Augen und ging weiter. „Eine Wohnlandschaft brauchen wir gerade sowieso nicht – dafür sind die beiden Räume vielleicht doch zu klein und außerdem haben wir ja auch dein Wohnzimmer", kommentierte er.

Bröker musste lachen. Wohnlandschaft – er hätte sich keinen passenderen Begriff für die Sitzmöbel ausdenken können, auf denen selbst eine kleine Walfamilie hätte kuscheln können. „Das finde ich gut", gab er zu. „Sonst kämt ihr vielleicht überhaupt nicht mehr zu mir und ich würde euch nicht sehen, obwohl wir in einem Haus wohnen."

„Ach, Bröker, so gut du immer für unser leibliches Wohl sorgst, treffen wir uns auf jeden Fall in der Küche", gab Sara lächelnd zurück.

„Na, das Kochen werde ich schon nicht verlernen", erwiderte Bröker und musste ebenfalls schmunzeln.

„So, diese Abteilung ist schon interessanter", unterbrach Gregor den Dialog der beiden.

„Betten, nichts als Betten", kommentierte Bröker. Er hatte nicht geahnt, dass es so viele verschiedene Betten in allen erdenklichen Größen gab. Dass er selbst noch immer in seinem Jugendbett schlief, das er stets ein wenig zu klein fand, war vermutlich ebenso ein Anachronismus wie die Wohnzimmermöbel. Vor einem Objekt, das auf den Namen Himmelseng hörte, blieb er stehen. Mit „eng" konnte das eigentlich nichts zu tun haben, das Bett war quadratisch und maß damit wahrscheinlich zwei mal zwei Meter.

„Ein Himmelbett, Bröker, ich wusste gar nicht, dass du auf deine alten Tage romantisch geworden bist", interpretierte Gregor Brökers Interesse. Offenbar hatte er sich mit einem Norwegischkurs auf seinen Besuch in dem Möbelhaus vorbereitet. „Jetzt noch eine Prinzessin und das Glück ist perfekt." Dabei zwinkerte er Sara zu.

„Ich brauche keine Prinzessin", brummte Bröker. „Ich könnte in dem Bett auch ganz alleine schlafen. Guckt mal, wie bequem das ist." Ohne weiter darüber nachzudenken, was er tat, legte er sich schwungvoll auf die einladende Matratze. „Au!", rief er kurz darauf. Irgendetwas lag da unter der Bettdecke. Bröker tastete danach und zog eine Holzlatte hervor.

„Jemand hat vergessen, eine der Querstreben des Lattenrosts einzubauen", grinste Gregor.

In dem Moment gab das Bett ein bedrohliches Knacken von sich. Es konnte doch wegen einer fehlenden Latte kaum einstürzen. Aber wer wusste schon, wie viele Latten derjenige, der das Bett aufgestellt hatte, noch ausgelassen hatte. Bröker sprang auf. Noch immer rieb er sich den schmerzenden Rücken.

Dabei wäre ein wenig auszuruhen gar nicht das Schlechteste gewesen. Er merkte, wie ihn die vielen ungewohnten Eindrücke in dem Möbelladen in Stress versetzten. Die Hängematte da drüben entsprach genau dem, nach dem er sich gerade sehnte. Køje de Luxe las er auf dem Schild und es erschien ihm wie eine Verheißung. Er hob sein rechtes Bein. Die Hängematte war ziemlich hoch angebracht, wie er fand. Nicht jeder war ein Turner und konnte sein Bein in beliebige Höhen schwingen. Er versuchte es noch einmal. Diesmal ging es besser.

„Bröker, nein!", hörte er noch Saras Stimme aus dem Hintergrund.

Aber sein rechtes Bein hatte schon in der Hängematte Platz genommen und sein Körper folgte umgehend. Das Leinentuch schaukelte wild zwischen den beiden Ständern, an denen es angebracht worden war, aber Bröker hatte seinen Platz gefunden. Eigentlich hatte er sich eine Hängematte bequemer vorgestellt, dachte er für einen Moment. So zu schlafen, war zumindest nichts für jemanden, der leicht seekrank wurde. Dann merkte er, dass das Leinentuch auf der Seite, auf der sich sein Kopf befand, spürbar nach unten glitt. War die Hängematte nicht richtig befestigt worden? Noch bevor Bröker sich darüber weiter Gedanken machen konnte, gab es einen Knall, und er landete kopfüber auf dem Boden.

„Au!", beschwerte er sich nun schon zum zweiten Mal innerhalb weniger Minuten, als seine Schulter schmerzhaft mit dem harten Beton Kontakt aufnahm.

Einige der Besucher des norwegischen Möbelhauses indessen hielten den Unfall offenbar für eine gelungene Darbietung, um ihre Aufmerksamkeit auf die Hängematte im Programm des Geschäfts zu lenken, und applaudierten.

Gregor trat an Brökers Seite. „Nicht schon wieder", flüsterte er in sein Ohr. „Ich glaube, ich weiß einen Ort, wo die Wahrscheinlichkeit, dass du wieder ungewollt Aufmerksamkeit erregst, geringer ist."

Wenige Minuten darauf stand Bröker in einer Kassenschlange in der Cafeteria, die sich ebenfalls im ersten Stock des Einrichtungshauses befand. Er hatte deren Existenz mit Begeisterung kommentiert. „Das ist mit Abstand das Sinnvollste, was ich bis jetzt in diesem Laden gesehen habe", hatte er gegenüber Gregor verkündet. „Viel mehr Geschäfte sollten einen Ruhebereich mit Speisen und Getränken anbieten, dann würde ich auch viel lieber einkaufen." Es hatte Bröker auch nichts ausgemacht, dass der Junge sich sofort wieder verabschiedet hatte, um weiter mit Sara Möbel auszusuchen. Einzig, was er aus dem reichhaltigen Lebensmittelangebot wählen sollte, hatte ihn vor eine schwierige Aufgabe gestellt. Schließlich hatte er gebeizten Lachs als Vorspeise ausgewählt. Dann war sein Blick auf einen Teller mit Tomatensauce und kleinen Hackbällchen gefallen, die ihn sofort angelacht hatten, und er hatte auch den auf sein Tablett gestellt. Nur Wein schienen sie bei Fine møbler nicht zu verkaufen, wahrscheinlich wollte man nicht Gefahr laufen, dass Kunden im angetrunkenen Zustand die sorgsam aufgebauten Zimmer verwüsteten. Nun, das war Bröker beinahe gelungen, ohne dass er einen Tropfen getrunken hatte. Schließlich entdeckte er in einer Kühltheke eine Dose Birnencidre. Der war zwar mit seinen 4,5 Volumenprozent beinahe alkoholfrei, aber er kam zumindest geschmacklich hinreichend nahe an Wein heran.

Bröker lief das Wasser im Mund zusammen, wann immer er auf die ausgewählten Speisen schielte. Die Schlange an der Kasse bewegte sich nur zäh. Bestimmt würde sein Essen kalt sein, bis er beginnen konnte es zu verzehren. Endlich war die Reihe an ihm.

Eine blonde Kassiererin lächelte ihn an. Dann tippte sie die Speisen in die Registrierkassen. „Dreizehn Euro fünfunddreißig", verkündete sie das Ergebnis der Addition.

Als Bröker ihr einen Zwanzigeuroschein entgegenschob, überreichte sie ihm neben dem Wechselgeld einen grellgelben Lutscher.

„Danke, aber den habe ich ja nicht bestellt", wunderte Bröker sich.

„Den bekommen alle, die den Kinderteller Bullerbü bestellen, gratis dazu", lächelte die Verkäuferin mit einem Blick auf die Fleischbällchen noch breiter. „Die Kinder mögen diese Lutscher so gerne." Suchend sah sie sich nach Brökers Kind um.

„Mein Kind kauft gerade noch ein", versuchte der eine Erklärung.

„Und da sorgen Sie dafür, dass der kleine Enkel nicht verhungert. Das finde ich toll!"

Bröker war dieses unverdiente Lob nicht geheuer. Außerdem war es nun schon das zweite Mal innerhalb kurzer Zeit, dass jemand in ihm einen Großvater vermutete. Ohne sich auf eine weitere Unterhaltung einzulassen, packte er sein Tablett und ging zu einem freien Tisch, der sich möglichst weit von der Kasse entfernt befand.

Als er die ersten Bissen des Lachses gegessen hatte, wurde seine Laune schlagartig besser. Mit steigender Zufriedenheit konnte er auch wieder über den Fall nachdenken. Allerdings wurde er das Gefühl nicht los, dass er alle wichtigen Aspekte schon überdacht hatte. Es gab zwar mit Saras Vater, den Jagdgegnern und der Gesellschaft, mit der Osthuesenhenrich auf der Pirsch gewesen war, etliche Verdächtige, aber für die meisten von ihnen gab es auch Entlastungsgründe: Die Jagdgegner besaßen vermutlich keine Waffen, schon gar kein Jagdgewehr, Saras Vater war zumindest nicht vor Ort gesichtet worden, und da die Waffen der Jäger inzwischen untersucht worden waren, war es zumindest sehr wahrscheinlich, dass von ihnen niemand geschossen hatte. Natürlich hätte sich Klönne verstecken können, oder einer der Jagdbrüder hatte die Waffe, mit der er geschossen hatte, nicht registriert und daher auch bei der Untersuchung nicht vorgezeigt. Auch Osthuesenhenrichs Witwe war eine mögliche Täterin. Über die hatte er noch gar nichts herausgefunden. Und schließlich war auch die Gruppe um Joschka noch nicht völlig frei von jedem Verdacht. Bröker wurde aber das Gefühl nicht los, dass er noch nicht auf der richtigen Spur war. Für den Augenblick aber hatte er Wichtigeres zu tun: Die Hackbällchen durften auf keinen Fall kalt werden.

Kapitel 23
Alles falsch?

Es war schon lange dunkel, als Bröker mit seinen Mitbewohnern wieder zu Hause eintraf. Zwei Stunden hatte er in der Cafeteria des Fine møbler zugebracht und dabei noch eine Kürbiscremesuppe sowie zwei weitere Portionen Lachs und Hackbällchen verdrückt. In der Konsequenz hatte ihn die Kassiererin immer höflicher, ja beinahe hochachtungsvoll begrüßt, wenn er sich wieder der Kasse näherte. Bei seiner letzten Runde hatte sie mit einem breiten Grinsen wie zu einem alten Freund gesagt: „Wie schön, dass Sie wieder hier sind! Leider schließen wir gleich. Ich hoffe daher, dass der Bärenhunger Ihres Enkels vorerst gestillt ist."

Bröker hatte sich durchschaut gefühlt und daher nicht gewusst, was er antworten sollte. Zum Glück hatte ihn Gregor wenig später abgeholt.

Immerhin hatte Brökers Aufenthalt in dem Restaurant des Möbelhauses zur Folge, dass er keinerlei Hungergefühle hatte, als sie wieder an der Sparrenburg angekommen waren.

„Ach, das passt gut", erwiderte Gregor, als er seine Mitbewohner auf ein späteres Abendessen vorbereiten wollte. „Dann können wir schon einmal beginnen, die Möbel aufzubauen."

„Möbel?", fragte Bröker erstaunt. „Welche Möbel willst du denn aufbauen?" In Saras kleinem Wagen befand sich außer einer großen Packung Teelichter nichts, was man bei Fine møbler hätte erwerben können.

„Die kommen gleich", erläuterte Sara. „Das ist einer der Vorteile von Fine møbler. Sie bieten an, die gekauften Möbel noch am selben Tag zu liefern – zumindest innerhalb Bielefelds. Mit uns dreien an Bord hätten wir ja in meiner kleinen gelben Knutschkugel nicht mehr viel transportieren können."

Wie auf Bestellung ertönte in diesem Moment Brökers Türglocke. Pagelsdorf quittierte dies mit einem aufgeregten Bellen.

„Ich habe hier die Möbelbestellung für Klönne", sagte ein vierschrötiger Mann, nachdem Bröker geöffnet hatte.

„Das bin ich", drängte sich Sara nach vorne.

Zu Brökers Verwunderung trug der Spediteur anschließend ein halbes Dutzend voluminöse Pakete an ihm vorbei ins Obergeschoss. „Dann mal viel Spaß beim Aufbauen", verabschiedete er sich anschließend.

„Den werden wir haben", erwiderte Gregor.

Als Bröker eine Viertelstunde später mit Sara und Gregor in einem der Räume saß, die er den beiden überlassen hatte, und zusah, wie der Junge einen Karton nach dem nächsten öffnete, begann er zu zweifeln, ob ihm das Zusammenbauen von Möbeln wirklich Spaß bringen würde. Er fand, dass die vielen Dutzend Einzelteile wie ein riesiges dreidimensionales Puzzle aussahen, bei dem er zumeist die in Piktogrammen gehaltenen Bauanleitungen nicht verstand. In ihm keimte der Verdacht auf, dass Fine møbler nur zwei oder drei Sets von Einzelteilen auf Lager hatte. Dafür gab es aber vielleicht um die fünftausend unterschiedliche Konstruktionsvorschriften, die das Möbelhaus den Kartons beilegten.

„Kann ich euch helfen?", fragte er entmutigt, als Gregor gerade einen weiteren Karton öffnete.

Allein, das erhoffte „Nein" erhielt er nicht als Antwort.

„Ja gerne", erwiderte Sara stattdessen und strahlte ihn an. „Das ist total lieb von dir. Besonders wenn man bedenkt, dass ja einige deiner alten Möbel dafür auf den Sperrmüll kommen."

Bröker wusste nicht, ob ihn die Aussicht, selbst Möbel zusammenbasteln zu müssen, so traurig stimmte oder ob seine spontane Bedrückung von dem Schicksal seiner alten Möbel herrührte.

Dennoch saß er wenig später mit einem Schraubenzieher vor einem der geöffneten Kartons. Angeblich sollten sich die verschiedenen Holz- und Stoffteile zu einem Stuhl zusammenfügen lassen. Das jedenfalls behauptete die Konstruktionsanleitung und auch, dass es nur eine Person brauchte, um diesen Stuhl aufzubauen.

Wenn das stimmte, dann war diese Person jedenfalls nicht Bröker, dachte er. Kurz überlegte er seine Theorie von vorhin zu testen und statt eines Stuhls ein Vogelhäuschen aus den Teilen zu errichten. Dann beschloss er allerdings, dass ihn das erst recht überfordern würde.

Mit gefurchter Stirn studierte er die gezeichneten Erläuterungen. Endlich hellte sich sein Gesicht auf: So schwer war es ja gar nicht. Er musste mit der Rückenlehne beginnen, an der schon zwei der Stuhlbeine befestigt waren. Er kramte das entsprechende Teil aus der Verpackung. Daran musste die Sitzfläche befestigt werden. Die hatte er auch schnell gefunden. Irgendwo mussten auch die zugehörigen Schrauben sein. Als Bröker die beiden Teile zusammenfügte, verspürte er ein ungewohntes Glücksgefühl.

„Bröker, das ist ja niedlich, du hast ja ganz rote Wangen", lächelte Sara.

„Ich hoffe, das ist nicht die Überarbeitung. Er kennt sich ja mit körperlichen Tätigkeiten nicht so aus", lästerte Gregor.

Aber Bröker ließ sich nicht aus der Ruhe bringen. Nun, da er wusste, wie er den Stuhl zusammenbauen musste, würde er seinen Mitbewohnern zeigen, dass er es auch fertigbrachte. Als nächstes waren die Vorderbeine an der Reihe. Die mussten ebenfalls mit der Sitzfläche verschraubt werden. Das war leider praktisch schwieriger, als es in der Theorie erschien. Der halbe Stuhl, den er bislang konstruiert hatte, wollte nicht stehen. Endlich fand er eine Lösung: Er stellte das Stuhlfragment mit der Sitzfläche auf einen Tisch, den Gregor schon zusammengefügt hatte. So war es einfacher, die fehlenden Beine zu befestigen. Es ging seltsam schwer, aber man hatte ja schon oft gehört, dass bei diesen Industriemöbeln die Bohrlöcher für die Schrauben oft nicht exakt gesetzt worden waren. Aber das konnte ihn nicht abhalten. Dann würde er eben ein wenig Kraft aufbringen müssen, um die Stuhlbeine an den richtigen Stellen zu befestigen. Verbissen drehte er die beiden Schrauben für das erste Bein ein. Danach fixierte er das zweite. Jetzt fehlte nur noch das Polster, dann wäre der Stuhl fertig.

„Bröker, du bist ja schon richtig weit", hörte er Gregor sagen. Irgendwie hatte die Stimme des Jungen einen spöttischen Unterton. Aber das war vermutlich nur die Überraschung.

„Ja, klar, so schwierig ist es doch nicht", gab Bröker zurück. „Du tust ja fast so, als könntest du Lepra heilen, nur weil du ein paar Möbel aus einem skandinavischen Einrichtungshaus zusammenbauen kannst."

„Nun, wenn ich mir deinen Stuhl so ansehe, dann würde ich mir vor dir weder Möbel schreinern noch mich von dir im Falle irgendeiner Krankheit behandeln lassen, schon gar nicht Lepra", gab der Junge nun laut prustend zurück.

„Wieso, was ist falsch an meinem Stuhl?", fragte Bröker.

„Schau ihn dir einmal selbst an." Selbst Sara konnte ein Lachen nicht mehr unterdrücken.

Bröker trat zurück. Jetzt sah er es auch. „Oh nein", murmelte er nur. Darum waren die Schrauben so schlecht in die Löcher gegangen: Dort hatten Stuhlbeine nie befestigt werden sollen. Während die Hinterbeine wie vorgesehen von der Lehne abwärts gingen, richteten sich die Vorderbeine stolz wie ein Gockel von der Sitzfläche in die Höhe.

„Immerhin hast du etwas geschaffen, mit dem du in jede Kunstausstellung kommst – und das mit Bauteilen von Fine møbler", grinste Gregor. „Ich mache dir einen Vorschlag: Du kochst uns ein leckeres Essen und wir beschäftigen uns dafür mit den Möbeln."

Beschämt verdrückte sich Bröker in die Küche und folgte dem Vorschlag des Jungen.

Als sie später am Abend alle vor ein paar rasch improvisierten Tapas und einer Flasche Rioja saßen, versuchte Bröker noch einmal die Meinung seiner Mitbewohner zu den Verdächtigen im Fall von Doktor Osthuesenhenrich in Erfahrung zu bringen. Allerdings schien weder Gregor noch Sara zu weiteren Spekulationen aufgelegt.

„Wenn du mich fragst, so haben wir den wahren Täter noch nicht zu Gesicht bekommen", sagte der Junge nur.

„Genau das ist auch mein Gefühl", stimmte Bröker zu. „Wir haben zwar einige gesehen, die ein mehr oder weniger starkes Motiv hätten, Osthuesenhenrich an den Kragen zu wollen, und andere, die die Zeit und Möglichkeit dazu gehabt hätten und wieder andere, die über die passenden Waffen verfügen, aber bei keinem von denen passt alles perfekt zusammen."

„Richtig", nickte Gregor.

„Also ich würde mich an deiner Stelle vielleicht noch einmal bei der Jagdgesellschaft meines Vaters umsehen", regte Sara an.

Bröker fand das eine sehr gute Idee. Er nahm sich vor, sich gleich am nächsten Morgen darum zu kümmern. Gerade aber lachte ihn der Rotwein an und der, das wusste er, würde seine volle Aufmerksamkeit verlangen.

Am nächsten Morgen fuhr Brökers Mutter ihm mit einem nassen Lappen durchs Gesicht. Die Art, auf die sie ihn weckte, wurde auch immer skurriler. Noch einmal klatschte der Lappen ihm über Mund und Augen.

„Lass mich, Mama, ich stehe ja gleich auf. Ich bin nur so müde und mein Kopf dröhnt", beschwerte er sich.

Seine Mutter aber hatte kein Einsehen, sondern setzte sich auf seine Brust.

„Mama!", meuterte Bröker und schlug die Augen auf. Gerade noch rechtzeitig, um einer weiteren Attacke von Pagelsdorfs Zunge zu entgehen. „Uff, Hund, was machst du denn? Es ist doch noch mitten in der Nacht", lamentierte der Hausherr.

Das helle Tageslicht, das in sein Schlafzimmer fiel, widersprach seiner Behauptung allerdings. Die Uhr auf dem Nachttisch zeigte ebenfalls schon viertel nach elf. Und auch der Hund mochte den Worten seines Herrchens nicht glauben. Er bellte zweimal kräftig und lief Richtung Tür.

„Nicht so laut, mein Schädel dröhnt wirklich", jammerte Bröker. Dann wurde ihm aber bewusst, dass es wahrscheinlich wirklich eilig war. Pagelsdorf ließ seinen Halter meist nach dessen eigenem Rhythmus leben, wenn er so drängelte, musste er wohl nach draußen. Mit einem Stöhnen quälte sich Bröker aus dem Bett.

Als Bröker um zwölf Uhr mittags endlich vor seinem Morgenkaffee saß, erinnerte er sich wieder an sein Vorhaben vom Abend zuvor. Es gab zwei weitere Fährten, die er in seinen Ermittlungen verfolgen wollte: Zum einen wollte er die Witwe des Anschlagsopfers genauer unter die Lupe nehmen, zum anderen war Saras Idee, der Jagdgesellschaft noch einmal gründlicher auf den Zahn zu fühlen, es genauso wert, in Betracht gezogen zu werden. Insbesondere, da dies die einzigen Ideen waren, wie er in dem Fall vorankommen sollte.

Eins nach dem anderen, ermahnte er sich. Zunächst würde er sich um die Witwe kümmern, dann um die Jagdgesellschaft.

Bei Frau Osthuesenhenrich stellte sich allerdings die gleiche Frage, die schon beim Besuch von Klönne das Problem gewesen war: Wie konnte er sie befragen, ohne gleich mit der Tür ins Haus zu fallen und sie zu beschuldigen, sie habe Ihren Mann umgebracht. War sie nicht die Täterin, so konnte es ein echter Affront sein, eine frisch gebackene Witwe mit dem Mordvorwurf zu konfrontieren. Noch schlimmer war es, wenn sie nichts von der Geliebten ihres verstorbenen Gatten wusste – er würde kaum umhinkommen, diese in einem Gespräch mit Frau Osthuesenhenrich zu erwähnen.

Erst einmal aber war die Frage, wie er die Witwe überhaupt befragen konnte. Eine Möglichkeit kam ihm nach kurzem Nachdenken sofort in den Sinn. Irgendwann würde doch Osthuesenhenrich begraben werden. Das konnte eventuell dauern, wenn die Polizei den Leichnam noch untersuchte, aber wenn die Beerdigung nicht in allzu ferner Zukunft lag, wäre dies eine Möglichkeit, sich der ehemaligen Arztgattin zu nähern. Natürlich könnte er erneut

Mütze anrufen, um herauszufinden, ob die Polizei Osthuesenhenrichs Leiche schon freigegeben hatte. Das kam Bröker allerdings wenig einfallsreich vor. Mütze sollte schließlich nicht glauben, er hinge an seinem Rockzipfel, auch wenn Schewe etwas von einer Zusammenarbeit zwischen ihm und der Bielefelder Polizei gesagt hatte.

Es musste noch einen anderen Weg geben. – Natürlich, die Lokalzeitungen. Dort waren doch in großer Regelmäßigkeit die Todesanzeigen für die frisch Verstorbenen versammelt und meist fand man dort auch die Beerdigungstermine. Schnell lief Bröker zu dem Stapel, auf dem er sein Altpapier sammelte. Zum Glück hatte er beide Bielefelder Blätter abonniert. Er schlug die Zeitungen vom Montag auf, aber nein, da konnte sich die gesuchte Anzeige nicht befinden, der Doktor war doch erst am Sonntagabend gestorben. Auch in den Ausgaben von Dienstag fand Bröker nichts. Vielleicht hatte die Witwe gar keine Anzeige aufgegeben. Schließlich hatte sich der vermeintliche Jagdunfall sowieso in der Presse befunden. Dennoch öffnete er den Lokalteil der gestrigen Ausgabe von Charlys Zeitung. Die Todesanzeigen befanden sich auf der vorletzten Seite. Und da war die gesuchte Mitteilung. Unübersehbar füllte sie das obere linke Viertel der Seite.

Er überflog den Text nur: „Plötzlich und unerwartet verstarb am Sonntag unser geliebter Mann, Vater und Bruder ..."

Osthuesenhenrich hatte also auch Geschwister und Kinder gehabt. Auch die waren natürlich potenziell verdächtig, auch wenn Bröker derzeit keinen Grund erkennen konnte, warum er seine Ermittlungsbemühungen in diese Richtung lenken sollte. Schnell las er weiter: Da, in der letzten Zeile der Anzeige fand er die gesuchte Information: „Die Trauerfeier findet am Donnerstag um 13 Uhr auf dem Johannesfriedhof statt."

Bröker stutzte. Donnerstag? Er schaute auf das Datum. Ja, das war heute! Wieso hatte die Witwe es denn so eilig, ihren verstorbenen Gatten zu beerdigen? Und 13 Uhr war in zwanzig Minuten. Er musste zu dieser Beerdigung. Er gucke an sich hinab: In seiner braunen Cordhose und in dem fadenscheinigen blauen Pullover konnte er unmöglich dort auflaufen. Fluchend, aber so schnell er konnte, begab er sich ins Obergeschoss, um sich in eine dem Anlass wenigstens halbwegs angemessene Kleidung zu zwängen.

Es war viertel nach eins, als ein Taxi mit überhöhter Geschwindigkeit am Ende einer Sackgasse hielt. Von hier ging nach zwei Seiten der Johannisfriedhof ab. Bröker warf dem Fahrer zwei Geldscheine zu. „Stimmt so!", verkündete er und schälte sich aus dem Wagen. Trotz aller Eile und obwohl er Pagelsdorf nur sehr rasch erklärt hatte, dass er ihn diesmal nicht begleiten konnte, war er zu spät. Nun galt es auch noch, sich auf dem Gelände zurechtzufinden. Planlos bog Bröker nach rechts ab und fand sich auf einem Weg zwischen üppigen Rhododendronbüschen wieder. Rechts ging eine Wiese ab, die groß genug war, um der Arminia als Trainingsgelände zu dienen. Sie wurde von erstaunlich wenigen Gräbern gesäumt. Am Ende der Wiese befand sich ein größeres Gebäude mit einem Pyramidendach, hinter dem sich zu Brökers Zufriedenheit die Sparrenburg erhob. Ohne nachzudenken, überquerte Bröker die Wiese und lenkte seine Schritte in Richtung des Gebäudes. Wenig später stand er vor dem Bau, der eher an ein Einfamilienhaus erinnerte als an die Friedhofskapelle, die er wohl war.

Just in diesem Augenblick öffnete sich das verzierte Tor und sechs Männer in Jägeruniformen traten heraus, zwischen sich trugen sie einen Sarg. Dahinter folgte eine kleine, eingefallen wirkende Frau, die von einem Mann und einer Frau etwa im Alter von Gregor und Sara gestützt wurde. Unter dem Absingen eines Bröker unbekannten Liedes begab sich ein immer länger werdender Trauerzug auf den Weg von der Kapelle zu der Grabstätte, von der Bröker nicht wusste, wo sie sich befand. Aus den Augenwinkeln konnte er noch einen Kranz sehen, den einer Trauerschleife mit dem Aufdruck „Meinem geliebten Gerd" zierte. Es handelte sich also wirklich um die Beerdigung von Osthuesenhenrich und die drei, die seinem Sarg als erste folgten, waren seine Kinder und seine Witwe. Diese wurde immer wieder von Weinkrämpfen geschüttelt.

Unwillkürlich trat Bröker einen Schritt zurück. Zweierlei wurde ihm in diesem Moment klar: Zum einen konnte er unmöglich sofort nach der Grablegung zu Frau Osthuesenhenrich gehen und diese befragen, ob sie von einer Geliebten ihres Mannes gewusst habe. Zum anderen konnte er sich angesichts der tiefen Erschütterung der Witwe die Frage auch selbst beantworten: Jemand, der so offenkundig trauerte wie Frau Osthuesenhenrich, hatte wohl in dieser Hinsicht keinerlei Verdacht gehegt.

Behutsam, wie um die Trauerfeier nicht zu stören, schlich sich Bröker vom Friedhof. Hier hatte er genug gesehen.

Kapitel 24
Pagelsdorf schreitet ein

Als er kurz vor zwei wieder zu Hause ankam, wurde er von Pagelsdorf freudig begrüßt.

„Ach schön, dass du mich so magst, Pagelsdorf", sagte er und tätschelte dem Hund den Kopf. „Dir macht es auch nichts aus, ob ich jemanden zu Unrecht verdächtigt habe oder nicht. Gregor erzähle ich von meinem Ausflug gerade besser nichts."

Immerhin war mit der erkalteten Spur auf Osthuesenhenrichs Witwe nicht auch der letzte Hinweis auf den Mörder des Arztes verschwunden. Es blieb immer noch sein Vorhaben, die Mitglieder der Jagdbruderschaft zu befragen. Zwar waren die meisten wahrscheinlich gerade auf der Beerdigung, die Bröker kurz beobachtet hatte, aber immerhin konnte er die Befragung ja vorbereiten. Nun bereute Bröker allerdings, dass er Gregors Freundin nicht schon gestern Abend gefragt hatte, ob diese Jagdvereinigung einen Namen hatte, vielleicht sogar ein eingetragener Verein mit einem Vereinsheim war, wo man die Jäger regelmäßig antreffen konnte. Ohne sie würde es ungleich schwerer, wenn nicht unmöglich werden, das herauszufinden.

Bröker zögerte. Natürlich könnte er seinem ersten Trieb nachgeben, sich erst einmal ein verspätetes Mittagessen zu machen, dann noch ein kleines Nickerchen einschieben, um endlich den leichten Druck hinter der Stirn loszuwerden und dann in Ruhe abwarten, bis die junge Frau nach Hause zurückkehrte. Eigentlich kein schlechter Plan, befand er. Dann aber überkam ihn eine ungewohnte Unruhe. Den ganzen Nachmittag nichts zu tun, war Zeitverschwendung, und auch, wenn er nicht zu überhasteten Aktionen neigte, musste sich doch mit den nächsten drei, vier Stunden etwas Anderes anfangen lassen, als zu essen, zu schlafen und herumzutrödeln.

Du klingst schon wie Gregor, sagte ihm eine innere Stimme. Aber daran war ja nichts auszusetzen. Und Gregor hätte bestimmt eine Möglichkeit gefunden, auch ohne Sara zu recherchieren. Natürlich! Bröker musste beinahe lachen, so einfach war die Lösung seines Problems. Das Internet wusste bestimmt, ob es einen Jagdverein gab, in dem Osthuesenhenrich Mitglied war.

Bröker setzte sich schnell noch einen Kaffee auf, goss ihn sich ein, als er fertig war, und begab sich an seinen Computer im Bücherzimmer. Pagelsdorf folgte ihm treu und rollte sich dann an Brökers Füßen mit einem behaglichen Grunzen zusammen. Es dauerte eine ganze Weile, bis der alte Rechner, den Gregor liebevoll Abakus getauft hatte, endlich so weit in Form war, dass der Bildschirm den Desktop zeigte. Bröker öffnete einen Internetbrowser und ging auf die Seite seiner bevorzugten Suchmaschine. Ohne nachzudenken, gab er Osthuesenhenrich in die Suchmaske ein. Er stöhnte auf. Der Computer spuckte beinahe zwölftausend Treffer aus. Ein Vorfahr des Doktors musste eine reiche Nachkommenschaft gezeugt haben. Als nächstes versuchte er sich an „Doktor Osthuesenhenrich". Immerhin schnurrte die Trefferzahl schon ein paar hundert zusammen. Gleich der dritte Treffer war die Praxis eines Doktor Gerd Osthuesenhenrich in Bielefeld Brackwede. Richtig, diesen Vornamen hatte er ja auch eine Stunde zuvor auf dem Kranz gesehen. Als Bröker dem Link folgte, wurde er informiert, dass die Praxis geschlossen war. Kein Wunder, wenn der Arzt wirklich der erschossene Jäger war. Ein weiterer Treffer, der ihm angezeigt wurde, war ein Artikel Charlys, der schilderte, was sich am Sonntag zugetragen hatte. Bröker war also auf der richtigen Spur.

Als er sich sämtliche Suchergebnisse genauer angesehen hatte, war er jedoch weniger optimistisch. Das Einzige, das den Toten immer wieder mit der Jagd in Zusammenhang brachte, waren eben die Ereignisse an der Hünenburg.

Himmel. Stell' ich doch nicht so dumm an!, schalt sich Bröker. Er nahm noch einen Schluck Kaffee und konzentrierte sich.

„Gerd Osthuesenhenrich Jagdverein" tippte er dann in die Suchmaske. Wieder spuckte die Maschine ein paar Dutzend Treffer aus. Bröker klickte auf den ersten Link. Die Seite begrüßte ihn mit der Zeichnung eines Hirschkopfes in Grün. Jagdverein Hubertus, der größte Jagdverein Ostwestfalens, stand darunter. Immerhin gab es also Jagdvereine. Dessen war sich Bröker nicht sicher gewesen. Es folgte das Willkommenswort des Vorsitzenden. Auf dem Bild daneben erkannte Bröker einen der Jäger, die er am Sonntag gesehen hatte. Die Bildunterschrift erinnerte ihn daran, dass der erste Jäger Kuhfuß hieß. Genau, der Name hatte Bröker ja schon am Sonntag gefallen.

Aber wieso war ihm diese Seite ausgespuckt worden? Irgendwie musste sie doch mit Osthuesenhenrich im Zusammenhang stehen. Bröker scrollte weiter nach unten. Da! Unter der Rubrik Aktuelles stand etwas. Gleich der erste Eintrag verkündete: „Wir bedauern zutiefst, das Ableben unseres treuen Jagdbruders Dr. Gerd Osthuesenhenrich mitteilen zu müssen, der am Sonntag einem unglücklichen Jagdunfall zum Opfer gefallen ist. Unsere Gedanken sind bei seiner Witwe, der wir viel Kraft wünschen."

Bröker schüttelte den Kopf. „Jagdunfall, wer's glaubt", murmelte er. Außerdem gab es eventuell mindestens einen unter den Jagdbrüdern, der nicht besonders traurig über den Tod des Arztes war. Zumindest wenn sich sein Verdacht gegen die Mitglieder der Jagdgesellschaft erhärten ließ. Die ganze Meldung kam Bröker verlogen vor, aber wahrscheinlich stimmte das für mehr als die Hälfte aller Traueranzeigen. Kuhfuß hatte schlecht schreiben können „Gerd Osthuesenhenrich ist in die ewigen Jagdgründe eingegangen". Bröker musste bei diesem Gedanken grinsen. „Du bist pietätlos, Bröker", schimpfte er dann, schmunzelte aber immer noch über seinen Einfall.

Dann fiel sein Blick auf die nächste Meldung: „Haben Sie einen Jagdgebrauchshund?", hieß es da. „Oder glauben Sie, dass Ihr vierbeiniger Freund das Zeug zum Jagdhund hat? Haben Sie vielleicht schon ein Training mit ihm absolviert oder planen Sie es in naher Zukunft? Dann lassen Sie ihn in einem kleinen Wettbewerb am Donnerstagabend um 17.30 Uhr auf der Wiese hinter unserem

Vereinsheim antreten. Egal ob Rassehund oder Promenadenmischung, allein die Freude zählt. Auch Nicht-Vereinsmitglieder sind herzlich willkommen. Anmeldungen unter …"

Brökers Blick fiel auf Pagelsdorf. „Na, meinst du, du hast Talent, dich zum Jagdhund ausbilden zu lassen?", fragte er im Scherz. Dann dämmerte es ihm. „Natürlich, das ist eine geniale Idee! So kommen wir an diese Jagdbrüder heran! Pagelsdorf, du musst bei diesem Wettbewerb mitmachen", rief er aus. Pagelsdorf öffnete verschlafen die Augen. Er schien Brökers Einfall für weniger genial zu halten.

Sein Herrchen aber war mit einem Mal voller Elan. Er las das Datum. Donnerstag, klar, wie die Beerdigung war das schon heute. Alles schien sich in ein paar Stunden zu knubbeln und das verlange von Bröker einen ungewohnten Tatendrang. Hoffentlich gab es keinen Termin, bis zu dem man sich angemeldet haben musste.

Er klickte auf die in der Meldung angegeben Adresse. Sein E-Mail-Programm öffnete sich. Rasch formulierte er ein paar Zeilen und schickte sie ab. Nun war Pagelsdorf ein Jagdgebrauchshund in spe.

Kapitel 25
(K)ein Jäger

Kaum hatte die Mail seinen Computer verlassen, merkte Bröker, wie ihm das Adrenalin ins Blut schoss. Er war kein Wettkampftyp, war es nie gewesen. Für die meisten Sportarten fehlte ihm die Freude an der Bewegung und gleichzeitig auch das Talent. Und selbst beim Schach, dem einzigen Wettkampfsport, den er in einem Verein betrieben hatte, hatte er bemerkt, dass er wahrscheinlich zwar intelligent genug dafür gewesen war, dass er aber lieber eine Stunde vor einem guten Essen saß als vor einem karierten Brett. Nur die Spiele von Arminia Bielefeld konnte er mit einigermaßen Ehrgeiz verfolgen.

Nun, bei dem anstehenden Wettbewerb für angehende Jagdhunde würde er ja nur eine Nebenrolle einnehmen. Die Hauptrolle würde Pagelsdorf übernehmen müssen und Bröker hoffte inständig, dass der Hund seine Sache gut machen würde. Allerdings hatte er, wenn er ehrlich war, bisher nur wenig Zeit in die Erziehung des Vierbeiners investiert. Mit Mühe und Not hatte er es geschafft, dass er beim Spaziergang nicht mehr so an der Leine zog, dass Bröker Gefahr lief, seinen Arm ausgerissen zu bekommen. An guten Tagen schaffte Pagelsdorf es sogar halbwegs passabel, auf einen Sitzbefehl zu reagieren. Ansonsten aber war der Hund eher ein Freigeist, der die Befehle, die Bröker ihm erteilte, nach eigenem Gusto interpretierte, ein Tier, das unbestechlich war, auch wenn es meist bereit war, für ein Stückchen Käse alle möglichen Tricks anzubieten. Bröker musste sich eingestehen, dass ihm dieser Charakterzug Pagelsdorfs schon oft sehr sympathisch gewesen war und er sich sogar selbst des Öfteren in diesem widerspenstigen Geist erkannte. Nun aber galt es, einen Wettbewerb zu bestehen, einen, bei dem es sicherlich darauf ankommen würde, dass der Hund gehorchte und nicht etwa freie Interpretationen der Befehle seines Herrchens anbot. Wahrscheinlich konnte es nicht schaden, vorher noch ein wenig mit ihm zu trainieren.

Ein paar Augenblicke später hatte Bröker einen großen Streifen Gouda in kleine Stücke geschnitten und stand mit dem Käse in der Hand in seinem Garten.

„Sitz!", kommandierte er.

Pagelsdorf schaute ihn fragend an.

„Sitz!", wiederholte Bröker.

Der Hund wies mit seiner Nase auf Brökers Hand. Offenkundig kam es ihm sinnlos vor, zu sitzen, wo sich doch die versprochene Belohnung deutlich über seiner Sitzhöhe befand.

„Pagelsdorf, sitz!", beharrte Bröker. „Du weißt doch, wie das geht."

Der Vierbeiner tat sein Bestes, um sein Herrchen davon zu überzeugen, dass er es nicht wusste.

„Pagelsdorf, steh!", kam dem eine neue Idee. Wenn der Hund die Befehle nicht ausführen wollte, musste man eben die Befehle dem Verhalten des Hundes anpassen.

Augenblicklich setze sich Pagelsdorf.

„Fein!", lobte Bröker und gab dem Tier ein Stück Käse. Es stand schließlich nirgends geschrieben, dass „sitz" der Befehl war, auf den sich der Hund setzen sollte. Man konnte ebenso gut „steh" nehmen. Die anderen Teilnehmer des Wettbewerbs würden sich vielleicht ein wenig wundern, aber dieses Risiko war Bröker bereit einzugehen.

Unterdessen hatte sich Pagelsdorf wieder erhoben.

„Pagelsdorf, steh!", wiederholte Bröker.

Wieder setzte der Hund sich.

„Fein!", applaudierte das Herrchen und wieder gab es ein Stück Gouda für den Vierbeiner. Der Käse roch eigentlich ganz gut und es war nicht einzusehen, warum das Tier massenhaft davon bekam, während Bröker, der schließlich die schwierigen Befehle gab, darben musste. Beherzt belohnte Bröker auch sich selbst mit zwei Käsewürfeln für seinen Einsatz. Dann wandte er sich wieder Pagelsdorf zu. Der saß noch immer. So konnten die beiden den

Sitzbefehl nicht weiter trainieren. Vielleicht sollte er auch einen Befehl einüben, auf den hin Pagelsdorf aufstand. Leider war „steh" schon vergeben.

„Sitz!", probierte es Bröker mit einem Befehl, den er schon zu Beginn der Übungen versucht hatte.

Der Hund stand auf.

„So ein gelehriges Tier!", freute sich Bröker und tätschelte ihm den Kopf.

Pagelsdorf schüttelte sich und starrte auf Brökers Hände. Schließlich wollte er ja nicht umsonst aufgestanden sein. Erneut rückte sein Herrchen einen Würfel Gouda heraus, nicht ohne sich auch noch drei Stückchen Käse zu gönnen.

„Das klappt schon richtig gut", urteilte er. Allerdings regte sich in seinem Hinterkopf ein leichter Zweifel, ob das die Befehle waren, die am Abend von Pagelsdorf verlangt werden würden. Egal, mit irgendetwas musste er schließlich beginnen und „Jag das Kaninchen" konnte er mit dem Vierbeiner schließlich in Ermangelung eines geeigneten Wildtiers nicht einüben. Vielleicht gab es diesen Befehl sowieso nur in Brökers Fantasie. Außerdem war gar nicht mehr viel Käse vorhanden. Vielleicht sollte er einfach noch einmal das Gelernte vertiefen.

„Pagelsdorf, steh!", kommandierte Bröker wieder. Der Hund tat genau das, er blieb stehen.

„Steh", wiederholte sein Herrchen den Befehl.

Pagelsdorf guckte, als sei Bröker nicht ganz bei Trost. Dann legte er sich hin und rollte sich zusammen.

„Auch fein", kommentierte Bröker und gab dem Hund einen letzten Happen Käse. Die restlichen Goudawürfel schob er sich selbst in den Mund. So schlimm würde es am Abend schon nicht werden. Schließlich wollte er einen Einblick in den Jagdverein erlangen, nicht den Wettbewerb gewinnen.

Pünktlich um zwanzig nach fünf traf Bröker am Vereinsheim des Jagdvereins Hubertus ein. Trotz des kühlen Herbstwetters schwitzte er. Zu spät hatte er festgestellt, dass sich das Vereinsheim am Rande des Teutoburger Waldes in der Nähe von Bielefeld-Quelle und damit mehr als zwanzig Minuten zu Fuß von der nächsten Bushaltestelle befand. Allerdings hätte auch das Wissen darum, wo der Jagdverein regelmäßig tagte, ihn nicht davon abgebracht, die Jäger aufzusuchen. Schließlich ging es darum, einen Mord aufzuklären, und das ging nur, wenn alle potenziell Verdächtigen unter die Lupe nahm.

Dass es sich bei der Jagdgesellschaft um den größten Jagdclub in Ostwestfalen handelte, konnte man dem Gebäude, vor dem Bröker nun stand, ansehen. Was im Internet als bescheidenes Vereinsheim angepriesen worden war, stellte sich als eine Ansammlung von mehreren modernen Holzhäusern heraus. Auf dem Vorplatz gab es eine Grillstelle, ein langgestrecktes Gebäude im Hintergrund schien einen Schießstand zu bergen.

Neben Bröker hatten sich eine Handvoll anderer Menschen vor dem Vereinsheim versammelt, alle waren sie männlichen Geschlechts und alle hatten einen Hund dabei. Allerdings war Bröker der einzige, der einen Mischling mitgebracht hatte, alles andere waren Rassehunde. Bröker sah unter anderem zwei Dackel, einen Beagle, zwei Münsterländer und einen hellen und einen dunklen Labrador. Aber sollten nicht Mischlinge viel intelligenter als Rassehunde sein? Pagelsdorf würde schon zeigen, was in ihr steckt. Da viele der Hundebesitzer in olivgrüner Kleidung gekommen waren, hatte Bröker allerdings bezüglich des Ausbildungsstandes seines Vierbeiners ein wenig Bedenken. Konnte es sein, dass alle anderen Teilnehmer des Wettbewerbs erfahrene Jagdhunde waren? Bange machen gilt nicht, sprach er sich Mut zu und gesellte sich zu den anderen Teilnehmern des Wettbewerbs.

Punkt halb sechs öffnete sich die Tür der größten Hütte des Vereinsheims und ein Mann mittleren Alters, der mit seiner grünen Hose, der gleichfarbigen Lodenjacke und dem Hut mit Gamsbart für jedes Jagdmagazin hätte Werbung machen können, trat heraus.

An seiner Seite folgte ein schwarzer Kurzhaardackel, der begeistert an der Leine zog.

„Tobi, sitz!", kommandierte der Jäger und das Tier setzte sich brav neben sein Herrchen. „Ich begrüße Sie alle zu unserem kleinen Wettbewerb für Jagdhunde und solche, die es werden wollen. Für diejenigen, die mich nicht kennen: Mein Name ist Hartmann", fuhr er fort und lächelte breit in die Runde. „Da mir einige, ja beinahe alle Gesichter in dieser Runde vertraut sind, bin ich sicher, dass wir heute Leistungen unserer vierbeinigen Freunde und Helfer auf dem höchsten Niveau erleben werden." Dabei blieb sein Blick ausgerechnet an Bröker haften. Vielleicht war er wirklich der einzige, dessen Hund keine Jagdhundeausbildung und auch noch nie an einem solchen Wettbewerb teilgenommen hatte.

„Du machst das schon." Bröker tätschelte Pagelsdorf den Kopf. „Du musst nicht nervös sein."

„Damit wir heute Abend einen würdigen Sieger küren können, haben wir auf unserer Wiese da drüben einen Parcours aufgebaut." Er deutete auf eine Grünfläche, die knapp hundert Meter abseits des Vereinsheims lag. „Ich würde Sie beziehungsweise euch bitten, mir dahin zu folgen."

Auf dieses Kommando setzten sich die Herrchen mit ihren Vierbeinern in Bewegung. Die Tiere gingen mustergültig an der Leine, nur Pagelsdorf hatte sich in den Kopf gesetzt, zu zeigen, wer denn in ihrem Gespann der Leitwolf war. Aufgeregt zog der Hund bald hierhin, bald dorthin und versuchte sich aus dem Halsband herauszuwinden. Nur mit Mühe gelange es Bröker, ihn bei sich zu behalten. Endlich waren sie auf der Wiese angekommen. Hier waren an unterschiedlichen Stellen Holzscheite aufgestapelt oder Äste verstreut und Bröker begann zu ahnen, dass der Ausbilder hier eine Vielzahl von Aufgaben für die Hunde versteckt hatte.

„Ich vermute, Sie haben alle mit Ihren vierbeinigen Freunden schon verschiedene Aspekte der Jagd trainiert", begann der eine kurze Einführung. „Vielleicht ist Ihr Hund sogar schon ein ausgebildeter Jagdhund."

Bei den meisten Tieren konnte man in der Tat erahnen, dass sie schon mit auf der Jagd gewesen waren. Daher ruhte Hartmanns Blick auch diesmal fragend auf Bröker. Der nickte heftig, immerhin hatte er erst am Nachmittag mit Pagelsdorf trainiert, wenn auch der Sitzbefehl nicht ins engere Jagdrepertoire gehörte.

„Dann würde ich sagen, wir beginnen damit, dass wir unseren Hund neben uns sitzen lassen", eröffnete der Oberjäger den Wettbewerbsteil.

„Sitz!", konnte man von allen Seiten ein vielstimmiges Kommando hören.

Ein Hund nach dem anderen ließ sich auf seinem Allerwertesten nieder. Nur Pagelsdorf stand. Schließlich hatte Bröker nichts gesagt. Und „sitz" war auch ein Befehl, den er mit etwas anderem verknüpfte.

„Steh!", donnerte Bröker, als alle anderen Hunde brav saßen.

Pagelsdorf guckte ihn ergeben an und setzte sich. Auch die menschlichen Konkurrenten schauten Bröker an. In ihren Blicken las er ein Staunen ab, aber er zuckte nur die Schultern. „Ich habe eben meine eigenen Befehle", sagte er.

Allerdings wurde der überraschende Erfolg sofort von Pagelsdorf infrage gestellt. Der hatte neben sich einen offensichtlich attraktiven dunklen Labradorrüden entdeckt. Zuerst warf Brökers Hund verführerische Blicke nach links. Dann begann er kräftig an der Leine zu ziehen, um auch sein Herrchen auf seine neue Entdeckung aufmerksam zu machen.

„Pagelsdorf, steh!", gab Bröker erneut seinen ungewöhnlichen Befehl. Etliche Wettbewerbsteilnehmer grinsten. Wahrscheinlich freuten sie sich nicht nur über den ausgefallenen Sitzbefehl, sondern auch über den Namen seines Vierbeiners. Nun, ein wenig Arminiatradition konnte nichts schaden.

Allerdings machte Pagelsdorf nicht die geringsten Anstalten, dem Befehl seines Herrchens Folge zu leisten. Der Rüde links war offenkundig zu charmant, um unsinnigen Sitz- oder Steh-Befehlen ihres Herrchens zu gehrochen. Bröker wurde sich schmerzlich bewusst, dass Pagelsdorf eigentlich eine Hündin war, eine Tatsache, die er nicht nur ohne Gregors Hilfe nie bemerkt hätte, sondern die er auch zumeist geflissentlich übersah.

Inzwischen hatte sich Pagelsdorf ihrem Objekt der Begierde bis auf wenige Meter genähert. Sie warf sich auf den Rücken und versuchte den Labrador durch aufreizende Gesten ihres Unterleibs zu verführen. Glücklicherweise guckte der konzentriert geradeaus und schien wenig interessiert daran, sich aus der Wettbewerbssituation herausreißen zu lassen.

„Pagelsdorf, hierher!", rief Bröker entschieden. Da er gleichzeitig mit aller Kraft an der Leine zog, blieb seinem Hund keine andere Möglichkeit, als zu gehorchen.

„Nun, da wir alle bereit sind", begann Hartmann und Bröker konnte trotz seines gesenkten Blickes spüren, wie sich die Augen des Oberjägers auf ihn richteten, „wollen wir mit der ersten Übung beginnen. Dafür leinen Sie bitte Ihre Hunde ab."

Bröker ließ seine Leine klicken, die anderen menschlichen Teilnehmer taten es ihm gleich. Pagelsdorf peste los. Schnell begrüßte er den Labrador neben sich, der sich noch immer desinteressiert zeigte. Aber Pagelsdorf hatte schon ein neues Ziel gefunden. Am Rande der Wiese standen drei Mädchen im Alter von etwa zehn Jahren, die sich das Spektakel anschauen wollten. Pagelsdorf rannte zu ihnen, leckte ihnen die Hände und freute sich, als hätte die Hündin ihre vor vielen Jahren mit der Titanic untergegangene Mutter wiederentdeckt.

„Pagelsdorf!" Bröker zögerte. Welchen Befehl sollte er geben? Die Wahrscheinlichkeit dafür, dass sein Hund zu ihm kommen würde, war sowieso minimal. Er erinnerte sich daran, dass er mal von einem Hundetrainer gehört hatte, dass es in einem solchen Fall das Beste war, einen Befehl zu erteilen, der genau dem Verhalten entsprach, das das Tier sowieso zeigen wollte, dann war es wenigstens gehorsam. „Begrüß die Mädchen!", rief er genau dieser Eingebung folgend.

Tatsächlich versuchte der Vierbeiner den drei Mädchen ein Küsschen zu geben, dann sprintete er zu Bröker zurück. Die anderen Teilnehmer lachten. Bröker schien ihnen derjenige zu sein, der sich auf ausgefallene Befehle spezialisiert hatte.

„Wir wollen gucken, wie gut die Hunde ein paar der grundlegenden Kommandos erlernt haben, die man bei der Jagd braucht", erklärte Hartmann, als sich die Heiterkeit gelegt hatte. „Als Erstes haben wir eine Beute versteckt. In unserem Fall sind dies Teile von Tieren, die wir am letzten Wochenende erlegt haben und die unsere Kollegen aber nicht zum Verzehr mitgenommen haben. Also Hasenpfoten oder das Gehörn eines Rehbocks. Da wir ein gutes Dutzend solcher Stücke hier getarnt haben, sollte jeder Ihrer Vierbeiner ein solches finden können. Bitte lassen Sie die Tiere jetzt neben sich absitzen."

Jeder der menschlichen Teilnehmer des Wettbewerbs erteilte seine Variante des Sitzbefehls – Bröker sagte wieder: „Steh!". Zu seiner großen Überraschung setzte sich Pagelsdorf neben ihn. „Brav!", lobte er ihn und machte sich insgeheim Vorwürfe, überhaupt nicht an eine Belohnung für seinen vierbeinigen Kollegen gedacht zu haben.

„Und nun schicken Sie die Hunde auf die Suche", eröffnete Hartmann den Wettkampf. „Befehlen Sie ihnen, die Beute aufzustöbern, vor ihr stehenzubleiben und Laut zu geben."

Nach dieser Eröffnung waren die Kommandos der Hundebesitzer variantenreicher. Jeder hatte seine eigene Art, dem Jagdbegleiter mitzuteilen, was er von ihm wollte. Nur Bröker nicht. Er hatte nicht geahnt, dass Hunde überhaupt in der Lage waren, derart komplexe Befehle zu befolgen. Er war ja überglücklich, wenn sich Pagelsdorf auf den „Steh"-Befehl hinsetzte. Wie sollte er seinem Hund jetzt vermitteln, dass er ein Stück Wildfleisch aufstöbern sollte, das selbst er, Bröker, nicht sah und sich davor aufbauen sollte. Unruhig bemerkte er, dass ihn einige der anderen Teilnehmer schon anguckten. Er war der einzige, der seinem Hund noch kein Kommando gegeben hatte. Zum Glück scherte Pagelsdorf das wenig. Die anderen Vierbeiner waren losgerannt und folgten den Spuren, die ihnen ihre Nase eingaben, wieso sollte er da sitzen bleiben, nur weil Bröker vergessen hatte, ihm einen Befehl zu geben?

„Pagelsdorf, such das Wild und stell dich davor auf und sag Bescheid!", rief ihm Bröker hinterher. Den Blicken der anderen Teilnehmer nach zu urteilen war er nicht der einzige, dem der Befehl unnötig wortreich vorkam, aber vielleicht hatte er ja Glück. Er sah aus den Augenwinkeln, wie sich die ersten der geübten Jagdhunde schon mit aufgerichteter Rute vor ihrem Fund aufbauten. Einige bellten wie befohlen.

Pagelsdorf war aber kaum schlechter darin, Beute aufzustöbern als die erfahrenen Jäger. Es dauerte kaum eine Minute, da hatte auch er eine erfolgversprechende Spur gefunden. Die Nase dicht an der Erde sauste er über die Wiese und stoppte schließlich vor einem Haufen Zweige, den die Erbauer des Parcours hier offensichtlich aufgetürmt hatten, um darin etwas verstecken zu können.

„Bravo", rief ein Nachbar Bröker zu, der offenbar beobachtet hatte, dass Pagelsdorf der einzige Hund war, der keine Jagdausbildung hinter sich hatte.

Allerdings kam dieses Lob zu früh. Statt sich wie seine Artgenossen brav vor den Haufen Zweige zu stellen, stürzte sich Pagelsdorf mit der Nase voran in das Holz. Wenig später tauchte er wieder auf, den Lauf eines Rehs quer im Maul. Wieder erscholl ein vielstimmiges Lachen, wahrscheinlich weil die anderen Hundehalter erleichtert waren, dass nicht ihr Vierbeiner sich dem Kommando widersetzt hatte, nur anzuzeigen, wo denn die Jagdtrophäe zu finden war.

„Pagelsdorf, hierher!", rief Bröker, um das Schlimmste zu verhindern.

Der laute Befehl verschreckte den Hund aber nur. Wenn Bröker so schrie, konnte der nur ebenso scharf auf das Reh sein wie er selbst. Eiligen Schrittes galoppiert er an den Rand der Wiese, wo er begann, seine Beute genüsslich kauend zu vertilgen. Bröker stöhnte auf. Was hatte ihn nur dazu gebracht zu glauben, es sei eine gute Idee, mit Pagelsdorf an einem Wettbewerb für Jagdhunde teilzunehmen?

Immerhin schien Hartmann Milde walten lassen zu wollen. Vielleicht erhoffte er immer noch, mit Bröker ein zukünftiges Mitglied des Jagdvereins Hubertus anwerben zu können, vielleicht hatte er auch nur Mitleid, jedenfalls hatte er offenkundig beschlossen, Pagelsdorfs Verhalten einfach zu ignorieren.

„Eine ganz wichtige Eigenschaft unserer Jagdbegleiter ist die Schussfestigkeit", dozierte er den anderen Teilnehmern gegenüber. „Dies wollen wir nun überprüfen."

Bröker, der sich inzwischen in Richtung seines Hundes bewegte, schenkte er keine weitere Beachtung. Dafür war allerdings Pagelsdorf alarmiert. Konnte es sein, dass sich sein Herrchen den Lauf des Rehs krallen wollte? An seiner Beute knabbernd beäugte er Bröker misstrauisch. Als dieser sich seinem Hund bis auf wenige Meter genähert hatte, sprang der auf und sprintete quer über die Wiese, um sich weit entfernt von seinem Herrchen niederzulassen und sich erneut der Rehpfote zu widmen. Bröker hörte ein Kichern aus mehreren Mündern, als er sich wieder an die Verfolgung seines Vierbeiners begab. Pagelsdorf machte ihn wirklich zum Gespött der versammelten Hundebesitzer. Wenn er ehrlich war, war es nicht die Schuld des Tieres, dem fehlte einfach das richtige Training. Genau diese Erkenntnis sollte Bröker in den nächsten Augenblicken aufs Eindrücklichste widergespiegelt kommen. Hartmanns weitere Erklärungen der nächsten Übung bekam er nur unterbewusst mit.

„Bitte setzen Sie Ihren Hund wieder neben sich ab", bat er alle Teilnehmer, bis auf Bröker, der sich weiter an Pagelsdorf anpirschte. „Ich werde gleich einen Schuss abgeben. Um zu sehen, dass Ihr Hund schussfest ist, ist es wichtig, dass er darauf möglichst wenig reagiert."

Bröker sah weder, ob die menschlichen Teilnehmer des Wettbewerbs nickten, noch, wie der Oberjäger eine Flinte aus einer neben ihm liegenden Tasche zog. Er war ganz auf Pagelsdorf konzentriert, dem er sich nun bis auf ein halbes Dutzend Meter genähert hatte.

„Fein, mein Hund!", lobte er. „Ich will ja deine Beute nicht."

In diesem Moment krachte der Schuss. Bröker fuhr zusammen. Damit hatte er nicht gerechnet. Noch mehr aber erschreckte sich Pagelsdorf. Der Hund sprang auf, ließ den Lauf des Rehs liegen und sprintete mit eingezogenem Schwanz in Richtung des Teutoburger Waldes. Wieder hörte Bröker das Lachen einiger anderer Hundebesitzer, als er seinem Vierbeiner folgte.

Es dauerte eine geschlagene halbe Stunde, bis Bröker mit Pagelsdorf zurückkehrte. Der Hund hatte sich tief im Unterholz verkrochen und entsprechend lange brauchte Bröker, um ihn zu entdecken. Und dann hatte es vieler beruhigender Worte bedurft, bis Bröker Pagelsdorf so weit beschwichtigt hatte, dass dieser nicht mehr zitterte und bereit war, seinem Herrchen zum Vereinsheim des Jagdvereins Hubertus zu folgen. Dort hatte der Wettbewerb inzwischen sein Ende gefunden.

„Haben Sie Pagelsdorf wiedergefunden?", stellte Hartmann eine Frage, deren Antwort angesichts Brökers vierbeiniger Begleitung offensichtlich war.

„Ja", bestätigte Bröker. „Es hat sich herausgestellt, dass er nicht schussfest ist. – Ich vermute, wir haben den Wettbewerb nicht gewonnen", schob er nach, um zu zeigen, dass er den Vorfall nicht tragisch nahm.

„Nein, gewonnen haben wir." Ein kantiger Kerl mit vernarbtem Gesicht gesellte sich zu Hartmann und Bröker. „Komm, Bruno", wies er seinen Hund an. Bröker zuckte bei dem Namen zusammen. Der Hund hatte kurze, graue Haare. Bröker meinte, schon einmal gehört zu haben, dass diese Rasse Weimeraner hieß. Albernerweise trug Bruno eine Goldmedaille aus Pappe um den Hals. Daneben hatte er ein Würstchen im Maul, das wohl der Preis für den besten Jagdhund gewesen war. Als er Pagelsdorf erblickte, knurrte er und fletschte die Zähne.

„Hey, Bruno, nicht so stürmisch", griff sein Herrchen ein. „Sonst rennt Pagelsdorf wieder weg. Du hast doch gesehen: Er ist eine kleine Memme!"

„Pagelsdorf ist keine Memme", wehrte sich Bröker sofort. „Und außerdem ist Pagelsdorf eine Sie." Auch wenn sein Hund sich bei dem Wettbewerb nicht gerade als Held erwiesen hatte, so wollte er doch nichts auf ihn kommen lassen. „Sie ist es eben von zu Hause nicht gewöhnt, dass ihr Herrchen herumballert. Anders als andere Hunde offenbar." – Das hatte rausgemusst, auch wenn sich Bröker nun klar wurde, dass es keine besonders clevere Idee war, vor einer Gruppe von Jägern gegen das Jagen zu schimpfen. Einige der Umstehenden warfen ihm schon böse Blicke zu. Bröker drehte sich weg, nach einer derartigen Diskussion stand ihm jetzt nicht der Sinn.

Er guckte nach links und sein Blick hellte sich auf. Daher war also der Duft gekommen: Jemand hatte den Grill angeworfen und auch schon ein paar Würstchen darauf drapiert. Bröker gesellte sich zu dem Grillmeister, der entspannt hinter der Feuerstelle saß. An dem Wettbewerb schien der nicht teilgenommen zu haben, auch wenn er von einem belgischen Schäferhund begleitet wurde. Erst als nur der Grill zwischen Bröker und dem Schäferhundherrchen war, bemerkte er, dass sein Gegenüber nicht auf einem Campinghocker, sondern in einem Rollstuhl saß. Wahrscheinlich hatte er ihn daher bei der Prüfung nicht gesehen. Bröker wusste nicht, ob man auch im Rollstuhl auf die Pirsch gehen konnte.

„Das duftet aber herrlich", begann er unverfänglich ein Gespräch.

„So ist es auch gedacht", zwinkerte ihm sein Gegenüber zu. „Ich habe übrigens gerade Ihre Unterhaltung mitbekommen. Ich fürchte, wenn Sie in diesem Kreis gegen den Gebrauch von Schusswaffen argumentieren wollen, sind Sie sehr schnell alleine.

Auch wenn wir gerade heute einen Jagdbruder zu Grabe getragen haben, der bei einem Jagdunfall ums Leben kam."

„Ja, das mir auch eingefallen – leider zu spät", gestand Bröker. „Ich war nur sauer, weil sich der Kerl mit dem Weimeraner so aufgeplustert hat."

„Ach, das ist bei Schultenkötter normal, er kann nicht anders", lachte der Mann im Rollstuhl. „Aber es ist ganz schön mutig von Ihnen, mit einem Hund, der keine Jagdausbildung hat, hier anzutreten."

„Ich wollte nur mal sehen, wozu Pagelsdorf fähig ist. Es heißt ja immer, dass Mischlinge besonders intelligent sind. Nun weiß ich: Die Jagd ist nicht ihr Spezialgebiet."

„Nehmen Sie es nicht zu schwer", gab Brökers Gegenüber zurück. „Mein Harro ist auch kein ausgesprochener Jagdhund – aber trotzdem ein tolles Tier." Er deutete auf den Schäferhund, der sich zu seinen Füßen zusammengerollt hat. „Dann nehmen Sie einfach die kulinarische Seite unseres Treffens mit. Ich hätte gerade zwei Würstchen fertig."

Wenig später stand Bröker mit dem Grillgut abseits der anderen Wettbewerbsteilnehmer. Er hatte die Lust an weiteren Kommentaren der Jäger verloren. Dafür hatte er nun auch eine Beute, die er genussvoll verzehrte. Ab und zu gab er auch Pagelsdorf ein Eckchen von den Würstchen ab.

**Kapitel 26
Who is who**

Als Bröker seine Haustür aufschloss, hielt er seine Nase schnuppernd in die Luft. Er hätte mit einigen Düften gerechnet. Ein paar in der Pfanne angeschwenkte Knoblauchzehen wären ihm recht gewesen. Auch der Geruch eines medium-rare gebratenen T-Bone-Steaks hätte ihm gefallen. Aber das, was ihm gerade in die Nase stach, war viel schärfer. Besorgte eilte er die Treppe hinauf. Pagelsdorf stürmte hinterdrein und überholte ihn auf den letzten Metern zu den Zimmern, die jetzt von Gregor und Sara bewohnt wurden, sogar.

„Pagelsdorf, zurück!", hörte er Gregors Ausruf, noch bevor er die ehemalige Rumpelkammer, die er als Gästezimmer bezeichnet hatte, erreichte.

„Zu spät", kommentierte Sara noch.

Dann stieß Bröker die Tür weiter auf. Er hatte Schwierigkeiten, die überraschenden Eindrücke, die sich ihm boten, mit einem Blick zu erfassen. Gregor stand auf einer Leiter, hatte eine lustige Papiermütze auf dem Kopf und zog eine Lammfellrolle mit bordeauxroter Farbe über die Wand. Derselbe Farbton fand sich in einem Eimer unter der Leiter wieder, den Sara in diesem Moment gerade wieder aufrichtete – und, überraschenderweise an Pagelsdorfs Pfoten. Offenkundig hatte der Hund den Eimer umgerannt. Aus Angst, etwas verkehrt gemacht zu haben, machte er Anstalten, das Zimmer und am besten auch das Stockwerk so schnell wie möglich wieder zu verlassen.

„Stopp!", rief nun auch Bröker. Wenn Pagelsdorf seinen Plan in die Tat umsetzen konnte, würde er im kompletten Haus einen neuen Bogenbelag brauchen.

Ob es das Training am Nachmittag gewesen war, der Eindruck, dass der Hund bei dem Wettbewerb nicht alles richtig gemacht hatte, oder pures Glück, hätte Bröker nicht zu sagen gewusst, aber Pagelsdorf gehorchte und hielt direkt neben Bröker an.

„Komm, wir gehen erst einmal unsere Füße waschen, vor allem deine", ordnete Bröker an, hob das Tier hoch und trug es in seine Dusche.

Eine Viertelstunde später war er wieder in dem neuen Zimmer seiner Mitbewohner.

„Das ist ja gerade noch einmal gutgegangen", kommentierte Gregor. „Wir wollten deine Abwesenheit nutzen, um den Raum hier auf Vordermann zu bringen und ein bisschen moderner zu gestalten. Ich hoffe, du hast nichts dagegen – und auch nichts gegen den Farbton?"

Bröker schüttelte nur den Kopf. „Solange ich nicht selbst streichen muss."

„Eingedenk deiner handwerklichen Fähigkeiten, die du gestern so eindrucksvoll unter Beweis gestellt hast, hätte ich dich auf jeden Fall gebeten, nicht mitzuhelfen", grinste der Junge.

In diesem Moment unterbrach Pagelsdorf die Unterhaltung. Laut bellend und mit gesträubtem Fell hatte sie sich vor einer Schneiderpuppe aufgebaut, die offenbar Sara mit ins Haus gebracht hatte.

„Hey, das ist doch nur eine Puppe", versuchte Gregor den Hund zu beruhigen.

Pagelsdorf ließ sich nur mit Mühe von der Ungefährlichkeit seines Gegenübers überzeugen.

„Tut mir leid", entschuldigte sich Bröker für die Hündin. „Es war einfach alles ein bisschen zu viel für sie heute."

„Wo wart ihr eigentlich?", erkundigte sich der Junge.

„Beim Jagdverein Hubertus", erwiderte Bröker. Sara zog die Brauen hoch und Bröker erläuterte, wie er auf die Jägervereinigung gekommen war und was er dort getrieben hatte. Dabei verschwieg er auch nicht, dass sich Pagelsdorf in dem Wettbewerb nicht als idealer Jagdhund erwiesen hatte.

„Oh Mann, Pagelsdorf, was wir von dir alles verlangen", kommentierte Gregor und kraulte dem Hund den Hals.

„Hast du meinen Vater auch gesehen?", erkundigte sich Sara, die einen anderen Akzent setzte als ihr Freund.

„Zum Glück nicht", antwortete Bröker. „Ich hatte gar nicht darüber nachgedacht, dass ich ihn dort auch hätte antreffen können. Es wäre bestimmt nicht einfach geworden, ihm zu erklären, warum er mir zum zweiten Mal innerhalb kurzer Zeit begegnet, noch dazu unter vollständig anderen Vorzeichen."

„Ich hätte gerne gesehen, wie du dich da herausgewunden hättest." Gregor konnte sich das Grinsen noch immer nicht verkneifen. „Aber jetzt einmal ernsthaft", fuhr er dann fort. „Hast du aus dem Besuch bei den Jägern irgendwelche neuen Erkenntnisse gewonnen?"

„Das habe ich mich auf dem Heimweg auch gefragt", gab sein Hausherr zurück. „Aber der war nicht lang genug, um mich zu einer definitiven Antwort zu bringen. Auf dem Rückweg habe ich nämlich ein Taxi gerufen, weil ich mir dieses Geschaukel im Bus nicht noch ein zweites Mal antun wollte."

„Wen hast du denn alles bei den Jägern gesehen und was ist dein Eindruck von den Leuten?", fragte Sara. Bröker war sich nicht sicher, ob hinter dieser Frage der Wunsch stand, er möge etwas beobachtet haben, das ihren Vater entlasten konnte.

„Da waren bestimmt ein Dutzend Teilnehmer an dem Wettbewerb. Aber die meisten von ihnen konnte ich nicht genauer unter die Lupe nehmen", gab Bröker zu. „Pagelsdorf hat mich voll auf Trab gehalten. Aufgefallen ist mir natürlich ein Herr Hartmann. Er war derjenige, der die Übung geleitet hat. Ich muss aber zugeben, dass ich von ihm weder einen besonders guten noch einen besonders schlechten Eindruck hatte."

„Wenn das umgekehrt auch so ist, ist das wahrscheinlich gut", erwiderte Sara. „Herr Hartmann ist von Beruf Staatsanwalt. Wenn der einen auf dem Kieker hat, wird es meist unangenehm."

„Das heißt wahrscheinlich auch, dass man ihn aus dem Kreis der Tatverdächtigen ausschließen kann", folgerte Bröker. Er fragte sich kurz, ob er seinen Freunden mitteilen sollte, dass er die Witwe

Osthuesenhenrich am Vormittag auch schon von dieser Liste gestrichen hatte.

„So bestimmt würde ich das nicht sagen", schaltete sich Gregor ein. „Es soll schließlich auch schon Richter und Staatsanwälte gegeben haben, die sich eines Verbrechens schuldig gemacht haben."

„Aber vielleicht dann so, dass man nicht nach kurzer Zeit festgestellt hat, dass es sich tatsächlich um ein Verbrechen handelt", gab Bröker zu Bedenken. „Jedenfalls habe ich sonst nur zwei Mitglieder des Jagdvereins kurz kennengelernt: einen ziemlich hünenhaften Kerl, der aussieht, als habe er in seiner Jugend heftig Akne gehabt …"

„Herr Schultenkötter", gab Sara den Namen desjenigen an.

„Ja genau, Schultenkötter, das hat der andere Mann, den ich kennengelernt habe, auch gesagt."

„Herr Schultenkötter ist wie Doktor Osthuesenhenrich auch Arzt", ergänzte Gregors Freundin. „Er ist also eigentlich Doktor Schultenkötter. Er und Osthuesenhenrich waren Studienfreunde und – wenn ich Papa richtig verstanden habe – immer Rivalen. Sie haben sich um alles gebattelt: Sie haben beide in Münster Medizin studiert, sogar im gleichen Semester, und sie haben um den besten Abschluss konkurriert. Hier hatte wohl Osthuesenhenrich die Nase leicht vorne."

„Streber", sagte Gregor trocken.

„Anschließend haben sie beide die gleiche Facharztausbildung gemacht, beide sind beziehungsweise waren sie Orthopäden. Wenn ich mich richtig daran erinnere, was mein Vater erzählt hat, dann hat Schultenkötter noch einen weiteren Facharzt für Innere Medizin hinterhergeschoben. Er wollte sich wohl zumindest in dieser Hinsicht von Osthuesenhenrich unterscheiden. Inzwischen haben sie beide eine Praxis in Bielefeld. Das hast du vermutlich bei Osthuesenhenrich schon gecheckt", erläuterte Sara weiter.

„Ja, das habe ich", bestätigte Bröker. „Aber das ist ja alles sehr interessant. Es sieht so aus, als gäbe es ein mögliches Spannungsverhältnis zwischen den beiden Ärzten."

„Richtig, das klingt so", dachte Gregor weiter. „Allerdings sehe ich noch kein Mordmotiv."

„Du nimmst mir das Wort aus dem Mund", stimmte ihm Bröker zu. „Die Tatsache, dass sie gegeneinander um den besten Abschluss und wahrscheinlich auch um den einen oder anderen Patienten gekämpft haben, erklärt nicht, warum Schultenkötter Doktor Osthuesenhenrich umgebracht haben könnte. Aber ich halte es nicht für undenkbar, dass da noch mehr vorgefallen ist."

„Die Geschichte ist noch nicht zu Ende", ging Sara dazwischen. „Wenn ich die Gerüchte richtig aufgeschnappt habe, war Frau Osthuesenhenrich zuerst Schultenkötters Freundin. Wäre das nicht ein Motiv?"

„In der Tat", bestätigte Bröker. „Allerdings wird so ein Tatmotiv unglaubwürdiger, wenn alles schon ewig zurückliegt? Dennoch: Ich glaube, man sollte dem mal nachgehen."

„Solange du keine andere heiße Spur hast, sicher ein guter Gedanke", pflichtete ihm Gregor bei. „Aber du hast von zwei weiteren Hubertus-Jüngern erzählt, die dir außer Hartmann aufgefallen sind. Wer war denn der andere?"

„Ach, der zweite hat mich nur mit zwei Sachen überrascht. Zum einen war er freundlicher als die meisten anderen. Er hat bestimmt auch gesehen, dass ich kein Jäger bin, aber er hat mich trotzdem nicht wie einen Außenstehenden behandelt. – Und außerdem hätte ich jemanden wie ihn nicht in einem Jagdverein vermutet."

„Jemanden, der so freundlich ist?", fragte Gregor verwirrt.

„Nein, jemanden, der im Rollstuhl sitzt."

„Wenn es ein Rollifahrer ist, dann muss es Herr Schniggendiller gewesen sein", fiel es Sara ein. „Es gibt in dem ganzen Jagdverein meines Vaters nur einen einzigen Rollstuhlfahrer, jedenfalls soweit ich das weiß."

„Und der ist dir verdächtig vorgekommen? Komisch, wieso das denn?", fragte Gregor.

„Das habe ich nicht gesagt", erklärte Bröker. „Ich habe nur gesagt, er sei mir aufgefallen. Durch seine Freundlichkeit eher positiv als negativ."

„Ach so, das verstehe ich", nickte der Junge. „Übrigens würde ich gerne das Zimmer heute noch fertig streichen", wechselte er das Thema. „Wenn wir uns weiter so nett unterhalten, wird das nie etwas."

„Ist ja schon gut", entgegnete der Hausherr mit eingeschnapptem Unterton. Er verstand natürlich, was sein Mitbewohner meinte, nur hatte er den Eindruck, dass ihm die Gedanken Gregors und die Kenntnisse Saras bei seinen Ermittlungsversuchen hilfreich waren.

„Kannst du uns nicht wieder etwas Leckeres zaubern?", fragte Sara versöhnlich. „Ich glaube, wir sind hier in anderthalb Stunden fertig und ich habe schon jetzt einen Bärenhunger."

„Klar kann ich das, das mache ich doch gerne", erwiderte Bröker, auch wenn er sich ausnahmsweise noch keine Gedanken über das Abendessen gemacht hatte. War er an diesem Abend womöglich dem Mörder von Osthuesenhenrich begegnet? Nachdenklich machte er sich auf den Weg in die Küche.

Kapitel 27
Der eingebildete Kranke

Am Freitagmorgen erwachte Bröker mit einem guten Gefühl. Es dauerte eine Weile, aber als er nach seiner Morgenrunde mit Pagelsdorf bei seinem Frühstück saß, das endlich mal wieder aus seinen Standardzutaten, Kaffee und zwei Brötchen, einem mit Räucherlachs und einem mit altem Gouda, bestand, kam er der Ursache für seine Hochstimmung auf die Spur. Richtig! Die Diskussion mit Sara gestern Abend hatte er für umso fruchtbarer gehalten, je häufiger er sie sich ins Gedächtnis gerufen hatte. Beim anschließenden Abendessen hatte Gregors Freundin noch mehr Mitglieder des Jagdvereins beschrieben, aber da hatte Bröker nur mit halbem Ohr zugehört. Vielleicht lag es daran, dass ihn dieser Doktor Schultenkötter so herablassend behandelt hatte und ihm dadurch spontan unsympathisch gewesen war, aber es kam Bröker vor, als hätte er mit dem Arzt den idealen Mörder vor sich gehabt. Nur fehlte eben das Motiv. Und das Motiv war in allen Ermittlungen, die er in den letzten Jahren geführt hatte, immer sein Leitstern gewesen.

Nun, vielleicht war es ja wirklich so, dass Schultenkötter immer noch einen Groll gegen Osthuesenhenrich hegte, weil der ihm vor Jahrzehnten die Freundin ausgespannt hatte. Es gab die seltsamsten Charaktere. Aber das konnte man am besten herausfinden, wenn man den Konkurrenten von Osthuesenhenrich genauer unter die Lupe nahm. Also musste er erneut ein Gespräch mit ihm suchen. Er guckte auf die Uhr: Es war kurz nach zehn. Um diese Uhrzeit sollte der Arzt wohl in seiner Praxis sein.

Natürlich würde Schultenkötter ihn einfach herauswerfen, wenn Bröker sich ihm mit dem Vorwurf näherte, er habe seinen jahrelangen Rivalen umgebracht. Er war ihm ja schon im Jagdverein nicht gerade durch seinen angenehmen Charakter aufgefallen. Bröker musste es listiger angehen. Was konnte bei einem Arzt näherliegen, als wenn er sich krank stellte? Welche Fachrichtung vertrat dieser Schultenkötter noch gleich? Sara hatte berichtet, er sei Orthopäde und außerdem Internist, erinnerte sich Bröker. Ob er beide Fachrichtungen in seiner Praxis vertrat?

Bröker begab sich erneut an seinen Computer und startete eine Internetsuche. Allmählich kam er sich dabei vor wie ein Profi. Ja, er hatte von Gregor inzwischen einiges gelernt. Schon nach wenigen Minuten hatte er die Homepage des Arztes gefunden. Tatsächlich: Praxis für Orthopädie und innere Medizin verkündete die erste Seite. Ein Blick auf die Sprechzeiten verriet, dass der Doktor gerade Dienst tat. Bröker überlegte: Welches Gebrechen sollte er sich andichten, um von Schultenkötter behandelt zu werden? Sollte er eher über Schmerzen im Rücken, einen steifen Nacken oder eher Schmerzen in einem seiner Organe klagen? Er erinnerte sich, dass es üblicherweise einer langen Wartezeit bedurfte, um von einem Spezialisten behandelt zu werden. Bei einigen verkürzte die Angabe, dass er Privatpatient war, diese Frist erheblich. Dennoch würde es wohl mindestens eine Woche dauern, bis er mit dem Arzt reden konnte, wenn er sich jetzt anmeldete. Nein, er musste es dringlicher machen und einen Notfall vorschützen, ähnlich wie er dies bei Saras Vater getan hatte. Nach kurzem Nachdenken schien ihm dafür ein inneres Leiden besser geeignet als ein steifer Nacken. Und einen Beinbruch konnte er schließlich nur schlecht spielen. Sowieso konnte er seine vorgetäuschte Krankheit nur für begrenzte Zeit als Grund für seinen Praxisbesuch benutzen. Wenn Schultenkötter nicht völlig vergesslich war, würde sich mit Sicherheit an ihn erinnern und es bestimmt für einen seltsamen Zufall halten, Bröker binnen kurzer Zeit einmal in seinem Jagdclub und kurz darauf in seiner Praxis anzutreffen.

Eins nach dem anderen, mahnte sich Bröker zur Ruhe. Zunächst einmal musste er versuchen, kurzfristig einen Termin bei dem Arzt zu bekommen. Er notierte sich die Telefonnummer der Praxis und begab sich wieder ins Untergeschoss, um zu telefonieren. Wie üblich folgte ihm Pagelsdorf auf Schritt und Tritt. Zu dumm, dass

Schultenkötter kein Tierarzt war. Pagelsdorf hätte er alles denkbare Leid andichten können – der Hund konnte es schließlich schlecht abstreiten. Er gab die notierte Nummer in das Mobilteil seines Festnetztelefons ein, es tutete, dann meldete sich eine Frauenstimme: „Praxis Doktor Schultenkötter, Sie sprechen mit Daniela Überdick, was kann ich für Sie tun?"

Bröker musste über den Namen grinsen. Obwohl er Zeit seines ganzen Lebens nie länger als zwei Wochen aus Ostwestfalen herausgekommen war, amüsierte er sich über die hiesigen Nachnamen noch immer. „Mein Name ist Bröker, ich bräuchte einen dringenden Termin", sagte er schnell, bevor die Sprechstundenhälfte wieder auflegen konnte.

„Herr Bröker, ja?", kam es von der anderen Seite der Leitung.

„Ganz genau."

„Herr Bröker, waren Sie schon einmal bei uns?"

„Nein, das war ich leider nicht." Diesbezüglich konnte Bröker schlecht schummeln. „Ich bin meist sehr gesund, nur heute eben nicht", schob er schnell hinterher.

„Oh, dann sieht es schlecht aus. Wir sind nämlich auf neun Monate hin komplett ausgebucht." Offenkundig hatte Frau Überdick die Aufgabe, neue Patienten abzuweisen. Wahrscheinlich war das bei dem komplizierten Abrechnungssystem derzeit die profitabelste Art, eine Arztpraxis zu führen. In Zeiten, in denen Bauern dafür bezahlt wurden, kein Vieh zu halten, war das nicht mehr so abwegig.

„Ich bin auch gar nicht schwanger", erwiderte Bröker. Diesen Witz hatte er sich angesichts der neun Monate Wartezeit nicht verkneifen können. „Und außerdem bin ich Privatpatient." Wenn er nicht aus Recherchegründen zum Arzt gegangen wäre, hätte er sich nie erlaubt, diese Karte zu spielen. Allerdings war sein letzter Arztbesuch sechs Jahre her und auch damals war er nur dort gewesen, um sich für einen Fall über die Wirkungsweise verschiedener Dopingmittel zu erkundigen. Nur einen Zahnarzt hatte er zu seinem Leidwesen zwischendurch aufsuchen müssen.

„Privatpatient?" Frau Überdicks Stimme klang mit einem Mal verbindlicher. „Und wie kommen Sie auf uns?"

„Sie wurden mir empfohlen. Von einem Mitglied des Jagdvereins Hubertus."

„Worum geht es denn?", hatte die Praxisangestellte ein Einsehen.

„Ich habe seit heute Morgen starke Schmerzen", begann Bröker. Das war hinreichend vage, um ihm genügend Zeit zu lassen, sich zu überlegen, wo er diese Schmerzen empfand.

„Was für Schmerzen denn?", fragte die Sprechstundenhilfe prompt.

„Im großen Zeh", erwiderte Bröker einer Eingebung folgend. Sofort kam ihm das zu belanglos vor. Damit würde er bestimmt keinen schnellen Termin bei Doktor Schultenkötter bekommen. Hatte er sich nicht noch eben vorgenommen, ein organisches Leiden vorzuschützen? „Und vor allem in der Leber. Die tut besonders weh", schob er daher schnell hinterher.

„Zeh und Leber?", echote Frau Überdick. „Das ist eine ungewöhnliche Kombination …"

„Darum mache ich mir ja auch solche Sorgen", unterbrach Bröker sie.

„… vor allem, weil die Leber keine Nervenzellen besitzt", ergänzte die Sprechstundenhilfe.

„Ich wollte ja auch nur sagen, dass ich Schmerzen in der Gegend habe, wo ich meine Leber vermute", nahm Bröker rasch in einer Ausrede Zuflucht.

„Fühlen Sie sich matt? Antriebslos?"

„Auf jeden Fall." Je mehr der vermeintlichen Schmerzen Bröker zeigte, umso eher würde er wahrscheinlich einen Termin erhalten. Außerdem kam ihm eine gewisse Antriebslosigkeit durchaus bekannt vor.

„Haben sie eine gelblich gefärbte Lederhaut?"

„Ich habe überhaupt keine Lederhaut. Meine Haut ist für jemanden über fünfzig sogar noch relativ glatt und weich. Ich creme sie mir jeden Morgen ein." Auch wenn er zu dem Doktor vorgelassen werden wollte, musste Bröker sich von seiner Angestellten nicht alles bieten lassen.

„Jeder hat eine Lederhaut", kicherte diese belustigt. „Sie ist ein Teil des Auges. Aber wissen Sie was? Wenn Sie Schmerzen haben und sich Sorgen machen, dann kommen Sie doch bei uns in der Praxis vorbei. Ginge es morgen Nachmittag um 16 Uhr?"

„So spät? Heute hätte Herr Doktor Schultenkötter keine Zeit mehr für mich?"

Bröker hörte, wie Frau Überdick ungehalten seufzte. „Wenn Sie etwas Zeit mitbringen, können Sie auch sofort kommen. Wir werden Sie schon irgendwie dazwischenschieben können."

Eine halbe Stunde später drückte Bröker den Klingelknopf der Praxis des Orthopäden und Internisten. Bei einem zweiten Blick auf die Homepage des Arztes hatte er zu seiner Erleichterung festgestellt, dass der seine Niederlassung unweit der Sparrenburg ganz in der Nähe des Städtischen Krankenhauses hatte. Ein Summer ertönte, Bröker drückte die Tür auf und trat ein.

Vor ihm öffnete sich ein Empfangsbereich, der modern in schwarz-weißen Möbeln gehalten war. Hinter einem Tresen saß eine Frau mit langen, blonden Zöpfen und einer Harry-Potter-Brille. Überraschenderweise trug sie keinen weißen Kittel, sondern ein schwarzes T-Shirt. Daniela Überdick, las Bröker ihr Namensschild, als er an die Theke getreten war. Dann bemerkte er, dass die Frau nicht etwa saß, sondern stand. Zudem war sie spindeldürr. Mit dieser Figur hätte Bröker an ihrer Stelle den Nachnamen von Überdick auf Superschlank ändern lassen – aber diese Probleme hatte er nicht. „Mein Name ist Bröker, wir haben eben telefoniert", stellte er sich vor.

Die Sprechstundenhilfe lächelte erkennend und nickte. Dann holte sie einen Tablet-Computer aus einer Schublade vor sich und drückte ihn Bröker in die Hand. „Hier finden Sie unseren Anamnesebogen. Wenn Sie die dortigen Fragen bitte zunächst einmal beantworten würden?", sagte sie. „Dafür dürfen Sie sich in unseren Wartebereich setzen. Anschließend bringen Sie das Tablet bitte wieder hierher und wir kümmern uns um eine Voruntersuchung."

Bröker stöhnte innerlich auf. Er wollte ja nur mit dem Arzt sprechen, aber das konnte er kaum jetzt zugeben und daher geschah das wahrscheinlich erst bei der Voruntersuchung. Gehorsam begab er sich in das Nebenzimmer und machte Angaben zu sich, seinem Versichertenstatus und zu Vorerkrankungen. Letzteres stellte sich als erstaunlich einfach heraus. Da Bröker seit Jahrzehnten nicht mehr untersucht worden war, hatte er auch keine der zahlreichen Krankheiten, nach denen er gefragt wurde – jedenfalls soweit er wusste.

Stolz, die erste Hürde überwunden zu haben, legte er den kleinen Computer wenige Minuten später wieder auf den Tresen im Empfangsbereich.

„Hat alles funktioniert, haben Sie alles beantworten können?", fragte ihn Frau Überdick.

Bröker nickte nur.

„Dann darf ich Sie schon in unseren Behandlungsraum I weiterleiten", fuhr die Praxisangestellte fort. „Hier werden wir uns einen ersten Eindruck von Ihnen verschaffen."

Zufrieden öffnete Bröker die Tür. Nun würde er Doktor Schultenkötter sagen müssen, weshalb er eigentlich gekommen war. Das würde schwirig werden, hatte aber andererseits den Vorteil, dass er aufhören konnte, sich zu verstellen.

Hinter der Tür blickte ihm allerdings nicht der mürrische Blick des Doktors entgegen. Dafür lächelte ihn eine junge Frau mit braunen, langen Haaren und einem leichten Silberblick an.

„Mein Name ist Melissa Baumgarte", sagte sie und streckte Bröker die Hand entgegen. „Ich bin Doktor Schultenkötters Assistentin. Ich führe die Basisuntersuchungen durch."

„Bröker", erwiderte Bröker den Händedruck.

Frau Baumgarte warf einen kurzen Blick auf ein Tablet. Diese Computer schienen wirklich der letzte Schrei in Schultenkötters Praxis zu sein. „Das hatte ich gehofft, sonst untersuche ich hier den falschen", gab sie mit feiner Ironie zurück.

Bröker fühlte, wie er errötete, fand aber andererseits, dass er sich nichts vorzuwerfen. Sich vorzustellen, gehörte nun einmal zum guten Ton, wie er fand.

„Zunächst einmal möchte ich Sie bitten, sich zu entkleiden", fuhr die Assistentin unterdessen ungerührt fort.

„Was soll ich?" Bröker war entsetzt.

„Sie sollen sich entkleiden", lächelte Baumgarte.

„Das mache ich sonst noch nicht einmal für Geld", entfuhr es Bröker.

„Ich habe keine Vorstellung von Ihren Tarifen, aber hier dürfen Sie Ihre Wäsche auch anbehalten", kam die schlagfertige Antwort. Die Assistentin konnte sich ein Grinsen kaum verkneifen.

„Aber wozu soll das gut sein?", protestierte Bröker noch immer zaghaft.

„Herr Bröker, wir müssen aus allerlei Gründen Ihr Körpergewicht wissen, beispielsweise, um die richtige Medikation sicherzustellen", wurde Baumgarte wieder ernsthafter. „Das geht aber nur, wenn wir Kleidung nicht mit wiegen. Leuchtet Ihnen das ein?"

„Ja, ist ja schon gut." Brökers Widerstand war gebrochen. Daran, dass er sich hier beim Arzt entkleiden sollte, hatte er natürlich nicht gedacht, obwohl das sicherlich nicht ungewöhnlich war. Langsam streifte er sich seine braune Cordhose von den Beinen und zog sich seinen dunkelblauen Nickipulli über den Kopf. Das Feinripp-Unterhemd, das darunter zutage kam, war zeitlos, wie er fand, auch wenn Gregor in der Kletterhalle darüber gelacht hatte. Ob das für die Boxershorts mit dem Konterfei Pagelsdorfs, die wieder einmal ein Geschenk Gregors gewesen waren, ebenso galt, bezweifelte Bröker.

„Und nun auf die Waage", wies ihn die Assistentin mit einem Kopfnicken an. Nichts deutet an, dass sie Brökers Unterwäsche unpassend fand.

Ächzend kletterte Bröker auf das Folterinstrument und kniff die Augen zusammen. Er wollte sein Gewicht gar nicht wissen. Zum Glück notierte es Frau Baumgarte auch, ohne es ihm mitzuteilen.

„Jetzt würde ich gerne noch Ihre Größe feststellen", fuhr sie fort und wies auf ein Maßband, das an der Wand abgebracht war.

Bröker seufzte innerlich erleichtert auf. Er wusste nicht, ob er einen Meter vierundsiebzig, fünfundsiebzig oder sechsundsiebzig maß, aber das Ergebnis konnte kaum peinlich für ihn sein. Auch das anschließende Messen von Puls und Blutdruck fand Bröker beinahe angenehm im Vergleich zum Wiegen.

„Gut, das hätten wir", fuhr die Assistentin wenig später fort. „Nun brauchen wir nur noch ein wenig Blut von Ihnen."

„Blut? Nein!" Bröker waren diese Worte entschlüpft, noch bevor er darüber nachgedacht hatte.

„Es ist nicht viel", versuchte ihn Baumgarte zu beruhigen. „Ich brauche nur drei dieser Röhrchen." Sie hielt ein Plastikgefäß in die Höhe, von dem Bröker in diesem Moment glaubte, es könnte leicht eine halbe Flasche seines besten Rotweins fassen. „Das sind vielleicht zwanzig bis dreißig Milliliter. Sie haben mehr als hundertmal so viel Blut. Geben Sie mir einmal Ihren rechten Arm."

Nur widerwillig folgte Bröker der Aufforderung.

Die Assistentin zog eine wahrhaft monströse Nadel hervor. „Nun pikt es einmal ganz kurz", sagte sie und stach zu.

Bröker sah, wie sich die Injektionsnadel in seinen Arm bohrte. Blut trat hervor und füllte die Kanüle. Unmengen an Blut, wenn er es recht beurteilte. Er fühlte, wie er zunehmend kraftlos wurde. Sein Lebenssaft verließ seinen Körper. Die Welt um ihn herum wurde unscharf. Er verlor das Bewusstsein.

Kapitel 28
Versuch macht klug

Als Bröker wieder die Augen aufschlug, lag auf einer Untersuchungsliege, wahrscheinlich der Untersuchungsliege des Behandlungsraumes, in dem er in Ohnmacht gefallen war. Er blickte in ein bekanntes Antlitz.

Das Erkennen war beiderseitig, wie er aus dem ersten Satz seines Gegenübers erkennen konnte: „Sagen Sie, haben wir uns nicht erst gestern gesehen, alter Freund?" Doktor Schultenkötters vernarbtes Gesicht guckte dabei weniger freundlich, als es die Worte hätten vermuten lassen.

Bröker nickte. Mühsam versuchte er sich aufzurichten. Noch immer fühle er sich schummrig.

„Bleiben Sie ruhig noch etwas liegen", wies ihn der Arzt an. „Frau Baumgarte hat ja die wesentlichen Daten schon erhoben, für das, was nun folgt, ist es egal, ob Sie sitzen, stehen oder liegen."

Erleichtert ließ sich Bröker wieder zurückfallen.

„Haben Sie solche Ohnmachtsanfälle häufiger?", fragte der Mediziner interessiert.

„Nein, eigentlich nicht", gab Bröker zurück. Dann dachte er einen Moment nach. „Es kommt schon mal vor", musste er eingestehen. „Besonders beim Anblick von Spritzen und Nadeln. Oder manchmal, wenn ich mich überanstrenge."

„Sie meinen, wenn Sie Sport treiben?" Der Doktor hatte Brökers Schwachpunkt schnell erkannt.

„Ja, ich muss zugeben, dass sich einer meiner Ohnmachtsanfälle bei einem Besuch in einem Fitnessstudio ereignete", erwiderte Bröker resigniert.

„Dabei hätte ich Ihnen angesichts der Werte, die Frau Baumgarte erhoben hat, zu etwas mehr Sport geraten. – Aber wenn Sie dabei immer in Ohnmacht fallen ..."

Erst jetzt sah Bröker Schultenkötters Assistentin im Hintergrund stehen. Wenn er ihren Gesichtsausdruck richtig deutete, waren ihr die offenen Worte ihres Chefs beinahe peinlich. Er beschloss zu schweigen. Was hätte er dem Arzt auch entgegenhalten können? Objektiv betrachtet hatte er ja recht.

„Aber Sie sind nicht wegen Ihres Übergewichts hier, oder?", fuhr dieser fort.

„Nein", gab Bröker zu. Eigentlich hatte an dieser Stelle vorgehabt, seine Legende aufzugeben und den Mediziner und Hobbyjäger mit seinen Anschuldigungen zu konfrontieren. Allerdings hatte er da auch nicht auf der Rechnung gehabt, dass er auf einer Untersuchungsliege läge und der Arzt ihm Vorhaltungen über seinen Gesundheitszustand machte.

„Sondern?"

„Ich habe starke Schmerzen in der Leber. Und in der großen Zehe", wiederholte Bröker die Geschichte, die er schon am Telefon erzählt hatte.

„Das ist eine eher ungewöhnliche Kombination", wiederholte Schultenkötter die Worte seiner Sprechstundenhilfe. Weder seinem Tonfall noch seinem Gesicht war anzumerken, ob er das ironisch meinte. „Zumal die Leber keine eigenen Nervenzellen besitzt."

Richtig, das hatte ja schon Frau Überdick gewusst. Nur hatte es Bröker in der Aufregung vergessen. „Ja, es ist vielleicht eher die Lebergegend", räumte er ein.

„Tut Ihnen das weh?" Unverhofft presste der Arzt Brökers rechten Oberbauch.

Der stöhnte auf. „Ja", gestand er ein und fragte sich gleichzeitig, wer keine Schmerzen hätte, wenn ihm ein Zweizentnermann mit voller Kraft auf diese Stelle drückte.

„Hm", machte Schultenkötter nachdenklich. „Und wie sieht es mit Alkohol aus?"

„Ich habe keinen dabei", erwiderte Bröker gedankenverloren. „Und Sie?"

„Ich meine, wie es mit Ihrem Alkoholkonsum aussieht", präzisierte der Mediziner mit einem Seufzen die Frage.

„Gut."

„Was heißt gut?"

Erst jetzt ging Bröker auf, dass er wohl andere Vorstellungen hatte als ein Arzt, was ein angemessener Alkoholkonsum war. „Ich habe mal gelesen, dass ein Glas Wein pro Tag, vielleicht auch zwei der Gesundheit guttun. Das versuche ich jeden Tag einzuhalten", gab er an. Das war eigentlich nicht geflunkert.

„Wenn ich Sie mir so ansehe und das Gesehene richtig interpretiere, übererfüllen Sie Ihr Soll aber regelmäßig." Schultenkötters Analyse war unbestechlich. „Genaueres werden unsere Laborergebnisse ergeben. Aber darauf müssen wir ein paar Tage warten."

Bröker senkte betreten den Blick. Wieder wusste er nicht, was er hätte antworten können. „Viel hilft viel", murmelte er, aber der Arzt schien seine Antwort zu überhören.

„Und wie würden Sie Ihren Ernährungsstil bezeichnen?", setze der Mediziner die Befragung fort.

„Ich denke schon, dass ich mich vor allem gesund ernähre", erwiderte Bröker.

„Ich vermute, dass das davon abhängt, was man für einen gesunden Ernährungsstil hält." Schultenkötters vernarbtes Gesicht verzog sich zu einem Grinsen. „Wahrscheinlich haben Sie auch irgendwo gelesen, dass der Körper Fett und Fleisch braucht und führen es ihm daher in rauen Mengen zu."

Bröker fand, dass der Arzt mit so einer Bemerkung Grenzen überschritt. Er richtete sich auf. „Es ist immerhin mein Körper, dem ich das antue", ächzte er. Er ärgerte sich, dass er diese Bemerkung nicht mit mehr Nachdruck hatte formulieren können, aber er musste zugeben, dass ihn selbst das Aufstehen Kraft kostete.

„Ja, aber Sie sind in meiner Praxis, um sich gegen die Beschwerden, die Ihnen Ihr Verhalten verursacht, behandeln zu lassen", gab der Mediziner gelassen zurück. „Also sollten Sie sich auch anhören, was ich dazu zu sagen habe. – Und ich sage Ihnen, Sie bringen sich mit Ihrer Ernährung und Ihrer mangelnden Bewegung dem Tod ein Stückchen näher."

Er hätte nicht sagen können, ob es an Schultenkötters selbstzufriedenem Tonfall lag oder daran, dass er in seinem tiefsten Inneren wusste, dass der Arzt durchaus mit einigen seiner Vorwürfe recht hatte, aber in diesem Moment sah Bröker Rot: „Immerhin verkürze ich mit meinem Verhalten mein Leben und nicht das Leben meiner Mitmenschen", entgegnete er. Ungewollt hob er dabei seine Stimme.

Wenn Bröker mit seiner scharfen Replik die Vorwürfe des Arztes hatte unterbinden wollen, so war er erfolgreich. Allerdings musste er sich eingestehen, dass er spontan geantwortet hatte. Wie Schultenkötter reagieren würde, hatte er sich dabei nicht vorgestellt.

So oder so schwieg der Mediziner abrupt. „Wie meinen Sie das?", fragte er verwundert. Auch Frau Baumgarte blickte interessiert zwischen ihrem Chef und dessen Patienten hin und her.

„Ich denke an Ihren Kollegen, Doktor Osthuesenhenrich", erwiderte Bröker nach einem kurzen Moment des Nachdenkens.

Nein, er hatte diesen Dialog nicht geplant. Aber nun, da er sich in seinem Zorn über die Anschuldigungen des Arztes zu seiner Antwort hatte hinreißen lassen, konnte er die Gunst der Stunde auch nutzen und Schultenkötter mit der Theorie, er habe Osthuesenhenrich auf dem Gewissen, konfrontieren. Noch immer sah Bröker nicht, welches Motiv sein Gegenüber mit der Tat verfolgt haben konnte. Keines von denen, die Sara aufgezählt hatte, schien ihm stark genug. Allerdings wäre es nicht das erste Mal, dass er einen Verdächtigen mit seinen Mutmaßungen konfrontierte und dieser nicht nur die Tat gestand, sondern auch das dahinterliegende Motiv preisgab und Bröker damit wesentlich mehr verriet, als er zu hoffen gewagt hätte.

„An Gerd habe ich in letzter Zeit auch häufiger gedacht", gab Schultenkötter zurück. Offenkundig war ihm noch immer schleierhaft, was sein Patient sagen wollte.

„Und das lag nicht zufällig daran, dass Sie etwas mit seinem Tod zu tun haben?", half ihm Bröker auf die Sprünge.

„Ich? Man, sind Sie meschugge?" Urplötzlich fuhr sein Gegenüber aus der Haut. „Wie kommen Sie darauf, dass ich irgendetwas mit Gerds Tod zu tun haben könnte?" Nun übersäten neben Aknenarben auch rote Flecken das Gesicht des Arztes.

„Sie waren seit vielen Jahren Konkurrenten", versuchte Bröker seinen Verdacht mit den dürftigen Informationen zu erhärten, über die er verfügte. „Erst im Studium, wo er den besten Abschluss des Jahrgangs vor Ihnen erzielte. Dann haben Sie sich auf die gleiche Facharztrichtung spezialisiert und haben auch beiden Praxen hier in Bielefeld und haben sich wahrscheinlich gegenseitig die Patienten weggeschnappt. Schließlich hat er Ihnen die Freundin ausgespannt und sie geheiratet. Da ist es ganz normal, wenn sich eine natürliche Konkurrenz zu einer intimen Feindschaft entwickelt." Bröker hatte kein gutes Gefühl, als er diese Theorie vor dem Arzt ausbreitete.

„Herr Bröker", erwiderte der prompt, wobei er einen Blick auf das Krankenblatt warf, um sich Brökers Namens zu vergewissern. „Ich habe den Eindruck, ich habe die falsche Fachrichtung für Ihr Leiden. Sie wären mit einem Psychologen oder einem Psychiater deutlich besser bedient. Wenn ich Gerd aus Konkurrenzdenken hätte umbringen wollen, hätte ich ein Dutzend weitere Kollegen ebenfalls erledigen können. Wir haben hier in Bielefeld ein großes Spektrum an Internisten und Orthopäden. Und dass ich mit Carla befreundet war, ist drei Jahrzehnte her. Würde ich aus diesem Grund Mordgelüste hegen, hätte ich wohl schon eher etwas unternommen." Noch einmal warf er einen Blick auf das Krankenblatt. „Bröker?", fragte er dann mit einer plötzlichen Anwandlung des Erkennens. „Sind Sie nicht dieser Möchtegern-Detektiv, der versucht, der Polizei bei der Aufklärung von Todesfällen einen Stock zwischen die Speichen zu halten? Und jetzt haben Sie sich Gerds

Unfalls ausgesucht? Ich glaube, Sie leiden an übertriebenem Geltungsdrang." Schultenkötters Gesicht war bei dieser Tirade vollständig dunkelrot geworden.

Seine Assistentin verkroch sich in der hintersten Ecke des Behandlungsraums. Es war offenkundig, dass sie nicht wusste, wie sie reagieren sollte.

„Mag sein, dass ich ein blutiger Amateur bin", räumte Bröker ein. „Aber ist es nicht ein seltsamer Zufall, dass Sie sogar im selben Jagdverein sind wie Doktor Osthuesenhenrich?"

„Das ist kein Zufall. Ich habe Gerd zu uns gebracht. Ich! Verstehen Sie?", giftete der Arzt zurück. „Und falls es Ihrem detektivischen Scharfsinn entgangen sein sollte: Am Sonntag, dem Tag, an dem Gerd von der Kugel getroffen wurde, war ich noch nicht einmal mit auf der Jagd."

Das hatte Bröker auch bemerkt. Er hatte den Arzt mit den Aknenarben nicht bei der Jagdgesellschaft gesehen: „In meinen Augen entlastet Sie das nicht", erwiderte er. „Im Gegenteil. Wenn Sie nicht mit Ihren Kollegen durchs Unterholz gestreift sind, hatten Sie umso eher die Möglichkeit, sich Ihres Konkurrenten zu entledigen." Wenn er nur nicht dieses ungute Gefühl verspürt hätte, dass er sich auch irren konnte. „Ja, eigentlich macht Sie das in meinen Augen nur umso verdächtiger", fuhr Bröker fort, ohne sich um dieses Gefühl zu kümmern. „Die Waffen Ihrer Jagdfreunde, die am Sonntag mit auf der Pirsch waren, wurden überprüft. Aus denen ist der tödliche Schuss nicht abgefeuert worden. Ihre Waffe jedoch hat vermutlich niemand angeguckt."

„Das ist richtig", bestätigte Schultenkötter und lachte heiser. „Dafür habe ich aber etwas Besseres für Sie."

„Und was?"

„Sonntag war ein schöner Tag."

„Stimmt, es war mein Geburtstag."

„Nicht nur das, es war sonnig und für einen Oktobertag ungewöhnlich warm. Der letzte warme Tag des Jahres vielleicht."

„Worauf wollen Sie hinaus?" Bröker zog die Stirn in Falten.

„Herr Bröker, es geht Sie zwar nichts an, aber ich habe außer der Jagd ein weiteres Hobby: Ich segele gern. Und ich habe ein eigenes Segelboot, das am Dümmersee liegt."

„Wie schön für Sie." Bröker schwante, dass diese Unterhaltung nicht gut enden würde.

„Und da wir nicht wussten, ob das in diesem Jahr noch einmal möglich sein würde, bin ich mit zwei Freunden dorthin gefahren, um noch einmal einen kleinen Turn zu starten. Ich war den ganzen Tag am Dümmer. Darum war ich nicht mit meiner Jaggesellschaft auf der Pirsch. Und ich habe Zeugen dafür. Das sollte selbst Ihre amateurhafte Schnüffelnase befriedigen. Und jetzt ziehen Sie sich bitte an. Ich muss mich um Patienten mit einem echten Leiden kümmern."

Mit hängendem Kopf griff Bröker nach seinem Pullover.

„Und meinen Tipp, weniger zu essen und zu trinken und mehr Sport zu treiben, sollten Sie trotzdem beherzigen", sagte der Arzt noch, bevor er den Raum verließ. Die Tür knallte ins Schloss.

Kapitel 29
Allein

Leise zog Bröker die Tür der Arztpraxis hinter sich zu. Er ging noch ein paar Schritte, bis er wieder den Gehweg erreicht hatte. Dann merkte er, wie die Wut auf sich selbst in ihm hochstieg. Ein Schrei kroch seine Kehle hinauf: „Verdammter Mist, was bin ich für ein abgrundtiefer Idiot!", brüllte er.

Das Echo seines Schreis hallte von den umliegenden Häuserwänden zurück. Ein Passant, von Alter und Kleidung her ein Rentner, blieb vor der Praxis stehen und starrte Bröker an. Der starrte wütend zurück.

„Was gibt es da zu glotzen?", entfuhr es ihm. „Haben Sie noch nie jemanden gesehen, der sauer auf sich ist?" Rasch lenkte er seine Schritte weiter.

Schließlich konnte der ältere Herr nichts dafür, dass sich Bröker gerade zum Trottel gemacht hatte. Warum hatte er nicht wenigstens einige der grundlegenden Fakten in einem Gespräch mit Schultenkötter geklärt, etwa, ob der ein Alibi für Sonntagnachmittag hatte, bevor er den Arzt mit seinen Anschuldigungen überfallen hatte. So etwas hatte er doch sonst gekonnt, wieso nicht dieses Mal? Stattdessen hatte er dem Mediziner Vorhaltungen gemacht, die er schon deshalb nicht belegen konnte, weil sie schlichtweg nicht wahr waren. Er hätte sich vor Wut in den Allerwertesten beißen mögen, er kam nur so schlecht an die vorgesehene Stelle.

Er passierte eine Bar, die trotz der mittäglichen Zeit schon geöffnet hatte. Ohne nachzudenken, trat er ein, bestellte ein Glas Weißwein, bezahlte und kippte es in einem Zug hinunter. Dann ging er weiter. Er bezweifelte, dass er von einem Glas Wein betrunken werden würde, aber sollte es so sein: umso besser. Er wollte nur noch vergessen, was er in der letzten Stunde erlebt hatte. Aber das funktionierte nicht. Im Gegenteil: Der Alkohol schien eher zu bewirken, dass sich Bröker die Szene in der Praxis wieder und wieder vor Augen führte.

Als er endlich an seinem Haus angekommen war, hätte er aus Wut über sich heulen mögen. Pagelsdorf kam ihm schon im Flur schwanzwedelnd entgegen und leckte ihm die Hände. Offenbar spürte er, wie sich sein Herrchen fühlte.

„Ach, Pagelsdorf, ich bin so ein Trottel", sagte Bröker und kraulte seinem Hund den Kragen. „Ich habe alles falsch gemacht."

Der Vierbeiner spitzte die Ohren. Zum Glück wusste er nicht, was ein Trottel war.

„Ich mag jetzt nicht mit dir ausgehen", erklärte sein Besitzer. „Ich mag einfach gar nichts mehr. Komm, du kannst in den Garten gehen." Bröker öffnete die Terrassentür. Von draußen wehte ein frischer Wind herein, aber das nahm er in Kauf. Mochte das Gas in diesem Jahr noch so teuer sein, er konnte sich einfach nicht überwinden, jetzt auch noch Pagelsdorf auszuführen.

Er ging in den Keller. Es war erst ein Uhr mittags, aber wenn er sich jetzt nicht eine gute Flasche Wein genehmigte, würde er sich etwas antun, dachte er. „Und was?", hörte er Gregors Stimme in seinem Kopf.

„Ich könnte zum Beispiel die Kartoffelsuppe kochen, die ich als Kind schon gehasst habe und die jeden Samstagmittag auf den Tisch kam", antwortete er laut, obwohl außer ihm niemand im Keller war. „Wäre das Strafe genug?"

Niemand antwortete.

Bröker griff sich eine Flasche Primitivo, dann hielt er inne. Besser nahm er sich gleich zwei Flaschen, dann würde er später nicht noch einmal in den Keller gehen müssen. Als er in der Küche angekommen war, überlegte er noch einmal. Wenn ihn Gregor später mit zwei Flaschen Rotwein in der Küche sähe, würde ihn der Junge mit Vorwürfen überschütten. Er lachte trocken. Gregor kam ja meist erst gegen fünf nach Hause, manchmal noch später. Dann wäre höchstens noch eine Flasche übrig. Und gegen eine Flasche Wein, noch dazu vermutlich nur noch halb voll, konnte niemand etwas sagen. Aber hatte der Junge nicht sowieso angedeutet, dass er mit Sara nach der Arbeit auf eine Party ginge und nur sehr spät, wahrscheinlich sogar erst morgen früh nach Hause käme? Bröker seufzte. Zum einen entledigte ihn das aller Sorgen darum, was er dem Jungen sagen sollte, wenn der fand, dass zwei Flaschen Primitivo am Abend mehr als eine Flasche zu viel waren. Zum anderen spürte er, dass es ihm gutgetan hätte, jemanden zum Reden zu haben – auch wenn ihn derjenige wahrscheinlich in seinen Selbstvorwürfen bestärkt hätte, dass er bei seinem Besuch bei Schultenkötter alles, aber auch wirklich alles falsch gemacht hatte.

Bröker nahm sich ein großes Glas, entkorkte die erste Flasche und goss sich ein. Eigentlich musste er zu so einem Wein zumindest etwas essen, sonst würde ihm der Alkohol sofort in den Kopf steigen. Aber er hatte keine Lust zu kochen. Verdrossen ging er noch einmal in den Keller. Er warf einen Blick in die Tiefkühltruhe – dort musste doch noch irgendetwas sein. Er durchforstete seine Vorräte, dann entnahm er der Kühlung eine großzügig bemessene Portion Gyros und eine Pizza. Nach kurzem Nachdenken befand er, dass auch eine große Portion Mousse au Chocolat als Nachtisch nicht schade konnte. Mit diesen Schätzen im Arm machte er sich wieder auf den Weg ins Obergeschoss.

Sechseinhalb Stunden später hatte sich einiges an Brökers Lage geändert: Sämtliche Vorräte, die er aus dem Keller hinaufgeschafft hatte, waren inzwischen in seinen Bauch gewandert, dazu noch zwei Päckchen Erdnüsse und ein halbes Pfund alter Gouda. Auch vom Inhalt der Weinflaschen war nur noch ein Gläschen übrig. „Die Flaschen werden auch immer kleiner", seufze er und goss sich den Rest ein. Immerhin fühlte er sich mit dem Alkohol im Blut freier und auch die Selbstvorwürfe waren auf ein erträgliches Maß geschrumpft. Pagelsdorf hingegen beäugte sein Herrchen skeptisch. Dass dieser gelegentlich zu viel trank, hatte er inzwischen gelernt, dennoch fand er den Geruch des Alkohols noch immer als unangenehm.

„Alles gut, kleiner Hund", erläuterte Bröker und merkte, dass seine Stimme nicht so fest klang wie gewohnt. „Ich brauche das gerade. Mein Tag war wirklich übel – und ich war selbst schuld daran. Aber vielleicht ziehen wir uns schon einmal ins Obergeschoss zurück. Ich glaube, Gregor und Sara kommen heute sowieso nicht nach Hause." – „Ach, warte, wir sollten noch etwas mehr Wein und auch Whisky mitnehmen", fügte er bei einem Blick auf den Rest der zweiten Weinflasche hinzu. Er ging unsicheren Schrittes in den Keller, von wo er eine weitere Flasche Primitivo holte, und dann ins Wohnzimmer. Dort öffnete er seinen Whiskyschrank und entnahm ihm ein Glas. Mit welchem seiner edlen Tropfen er es befüllen sollte, war allerdings eine schwierigere Entscheidung, ja sogar eine, die ihn in seinem derzeitigen Zustand beinahe überforderte.

„Hm, die sind alle lecker", befand er mit leicht schwankender Stimme. Wieder sah er, dass ihn Pagelsdorf mit skeptischem Blick musterte. „Für heute ist ein Ardbeg Uigeadail genau das Richtige", befand er. Der hatte mehr als 54 Prozent Alkohol und würde den Verlauf des Abends somit krönen können. „So lässt es sich doch gleich viel besser leben, oder, Pagelsdorf?", versuchte er seinem Hund seine Idee näherzubringen. Er öffnete die Flasche und hielt sie Pagelsdorf vor die Nase. Der drehte sich mit einem angewiderten Gesichtsausdruck weg. „Auch gut, dann bleibt eben mehr für mich übrig", entschied Bröker. Konnte es sein, dass er lallte? Nach zwei Flaschen Wein war das nicht unmöglich. Andererseits würde er mit Pagelsdorf ohnehin keine langen Diskussionen mehr führen und seine Mitbewohner bekäme er erst in etlichen Stunden wieder zu Gesicht. „Ich könnte mir jetzt hier ein Gläschen Whisky eingießen oder die ganze Flasche mit nach oben nehmen", sinnierte er. „Wenn ich die ganze Flasche nehme, muss ich sie morgen wieder nach unten tragen, aber wenn ich nur ein Glas mitnehme, muss ich noch einmal gehen, falls ich nachher noch Durst bekomme. Ach, Pagelsdorf, das Leben ist voller schwieriger Entscheidungen."

Bröker stützte den Kopf auf die Hände und dachte nach. „Ich glaube, dass es ziemlich wahrscheinlich ist, dass ich nachher noch etwas Whisky nachfüllen möchte", urteilte er, nachdem er in sich hineingehorcht hatte. „Außerdem könnte es auch sein, dass ich auch Hunger kriege." Er nickte zur Bestätigung. „Gegen Hunger hilft Käse", verkündete er, als ob es sich um eine alte chinesische Weisheit handelte. „Der alte Gouda eben war gar nicht schlecht."

Wie er wusste, hatte er auch noch einen Camembert im Kühlschrank, nur hatte der gerade einen nur schwer auszusprechenden Namen. „Camembert", versuchte er es. Nein, das war zu sehr genuschelt. „Camembert." Auch der zweite Versuch klang nicht besser. „Ach, nehmen wir eben den Gouda", entschied er. „Der schmeckt vor allem auch ohne Brot und ein halbes Pfund davon ist noch da."

Nun stellte sich allerdings ein logistisches Problem. Eine Flasche Wein, eine Flasche Whisky, zwei Gläser und den Käse zu transportieren, schien ihm unmöglich. „Vielleicht sollte ich den Whisky einfach aus dem Weinglas trinken", überlegte er. Der umgekehrte Weg, den Wein in ein Whiskyglas zu schütten, kam ihm spontan absurd vor. „Oder ich gehe zweimal."

Nach langem Überlegen entschied er sich für den letzteren Weg, obwohl der beschwerlicher war. Mühsam begab er sich mit den beiden Flaschen und dem Weinglas ins Obergeschoss. Pagelsdorf folgte ihm, wobei er sein Herrchen nicht aus den Augen ließ. Bröker ging an Saras und Gregors offenstehenden Zimmertür vorbei und stellte sein Gepäck auf einem Beistelltischchen in seiner Bibliothek ab. Kurz ließ er sich auf dem Sessel davor sinken. „Nur ein bisschen ausruhen", sagte er. Als er den vorwurfsvollen Blick seines Hundes sah, rappelte er sich wieder auf und ging noch einmal die Treppe hinab.

„Ich wusste gar nicht, dass du so ein Moralapostel bist, Pagelsdorf", beschwerte er sich. „Ich sage ja auch nichts, wenn du deinen Napf leersäufst. Im Gegenteil: Ich fülle ihn sogar noch nach."

Die Treppe kam ihm ungewöhnlich steil vor. Kurz überlegte er, ob Gregor vielleicht irgendetwas an ihrem Bau verändert haben konnte, dann musste er über seine widersinnige Idee kichern. Leider wurde der Aufstieg noch dadurch erschwert, dass er vergessen hatte, das Licht anzuschalten.

„Bröker, Bröker, du bist ganz schön betrunken", lachte er. Aber eigentlich war das nicht schlimm und so betrunken war er auch gar nicht, immerhin hatte er noch nicht begonnen, sich beim Vornamen zu nennen. Wieder in der Küche angelangt, nahm er sich das Whiskyglas, den Käse und, weil er gerade an seinem Vorratsschrank vorbeikam, noch eine Packung Erdnüsse. Der zweite Aufstieg ins Obergeschoss war noch beschwerlicher als der erste. Auf jeder zweiten Stufe blieb Bröker stehen. Pagelsdorf stand jedes Mal direkt hinter ihm. „Nie wieder lege ich mein Schlafzimmer so weit nach oben", jammerte der Hausherr. „Da kann ich ja gleich auf dem Gipfel des Matterhorns schlafen."

Aber bald war es geschafft. Nur noch vier Stufen. Mit frischem Schwung nahm er die Hälfte des ausstehenden Anstiegs. Noch einmal hielt er inne. „Auf geht's", feuerte er sich an. Dann sprang er die letzten Stufen nach oben. Genauer eine davon. An der letzten Stufe blieb er hängen, stolperte und ging am Eingang zum Obergeschoss zu Boden. Der Käse flog ihm in hohem Bogen aus der Hand und landete zwei Meter weiter. Pagelsdorf wartete nicht darauf, dass sich ihm diese Gelegenheit zweimal bot. Er sprintete an Bröker vorbei und ließ den Gouda in seinem Magen verschwinden. Das Whiskyglas hingegen hatte Bröker fest mit seiner rechten Hand umschlungen. Es war wie durch ein Wunder heil geblieben.

Dafür aber war sein Knie lädiert. Es schmerzte so, dass er beinahe befürchtete, dass es gebrochen war. Oder konnte man sich sein Knie nicht brechen? Bröker wusste es nicht. Noch einmal richtete er seinen Blick auf den Gouda, der gerade in Pagelsdorfs Maul verschwand. Wie schade. Also würde er doch auf den Käse mit dem unaussprechlichen Namen ausweichen müssen. Dann wanderte sein Blick in das frisch hergerichtete Zimmer von Sara und Gregor. Er erstarrte. In dem Zimmer stand jemand. Ohne sich zu bewegen, behielt er Bröker im Blick. Oder Moment: Von einem Blick konnte keine Rede sein. Die Person in Saras und Gregors neuem Zimmer hatte keinen Kopf. Dafür aber hielt sie lässig ein Gewehr an die Beine gelehnt.

Bröker schrie auf. Pagelsdorf, die das Entsetzen ihres Herrchens mitbekam, rannte Hals über Kopf zurück ins Erdgeschoss.

„Pagelsdorf, bleib hier", rief Bröker, aber der Hund dachte gar nicht daran zurückzukommen. Bröker blieb wie gelähmt im Eingang zum Obergeschoss liegen. „Bitte, tun Sie mir nichts", flüsterte er in Richtung des Kopflosen. „Ich habe nicht viel Geld im Hause, aber das können Sie sich nehmen. Ich gebe es Ihnen freiwillig."

Der Einbrecher antwortete nicht. Ebenso wenig rührte er sich von der Stelle.

„Haben Sie mich verstanden?", startete Bröker einen neuen Versuch. Vielleicht sprach der Eindringling ja kein Deutsch. „Ich gebe Ihnen, was Sie wollen."

Wieder kam keine Reaktion. Oder hatte Brökers Gegenüber das Gewehr bewegt, das noch immer aufreizend an seinem Bein lehnte. Diese zur Schau gestellte Lässigkeit fand Bröker bedrohlicher, als wenn der Fremde die Waffe auf seine Brust gerichtet hätte. Vielleicht war es auch niemand, der es auf sein Geld abgesehen hatte. Schließlich war Osthuesenhenrich auch mit einem Gewehr erschossen worden, ohne dass ihm jemand die Brieftasche geklaut hatte. Eine andere Möglichkeit war es, dass Bröker, ohne es zu merken, den Mörder des Doktors aufgestöbert hatte und der Bröker nun zum Schweigen bringen wollten, womöglich für immer. War vielleicht Schultenkötter der Mörder – trotz seines vorgeblichen Alibis? Hatte der ihn jetzt aufgesucht und war eingebrochen, ohne dass Bröker es bemerkt hatte? Aber wieso hatte Schultenkötter plötzlich keinen Kopf mehr? Außerdem schien er auch deutlich dünner geworden zu sein.

„Bitte, tun Sie mir nichts." Brökers Stimme war noch leiser geworden.

Der Einbrecher spielte noch immer seine Psychospielchen und erwiderte nichts. Auch Bröker wusste nicht, was er sagen sollte. Nur eines war klar: Lange würde er diese Situation nicht mehr aushalten. Schließlich konnte er doch nicht einfach auf dem Boden liegen und darauf warten, dass sein Gegenüber ihn erschoss. Vielleicht war dies gerade seine beste Chance. Noch hatte der Angreifer sein Gewehr nicht erhoben, noch glaubte er, cool wirken zu können, indem er dessen Einsatz nur andeutete. Andererseits hatte Bröker einigen Alkohol im Blut, auch wenn er sich in diesem Augenblick so nüchtern fühlte wie selten zuvor in seinem Leben. Würde er seinen Gegner trotz der Promille überwältigen können? Er wusste es nicht, beschloss aber, es auf einen Versuch ankommen zu lassen. Noch verzweifelter konnte seine Lage kaum werden.

Langsam zählte Bröker innerlich bis drei. Dann sprang er auf und stürmte auf den Einbrecher los. Der war zu überrascht, um die Waffe zu heben. Bröker stieß ein Kriegsgeheul aus, wie er es zuletzt in einem Western von einer Gruppe Apachen gehört hatte. Noch immer war sein Gegner wie gelähmt. Noch zwei Meter, dann hätte er ihn erreicht. Bröker wollte sich auf ihn stürzen. Links am Boden lag eine Kiste. Die hatte er übersehen. Bröker stolperte und fiel der Länge nach hin.

Im Fallen riss er die Schneiderpuppe um, die Sara gestern hier aufgestellt hatte. Es war also gar kein Einbrecher hier. Und das Gewehr stellte sich als eine hölzerne Schneiderelle heraus. Bröker bemerkte, wie ihn eine Welle der Erleichterung überkam. Er hatte überlebt. Und noch etwas regte sich in seinem Hinterkopf. Ein Gedanke, der irgendwie mit dem Fall zu tun hatte, er kam nur nicht gleich darauf, wie. Er war einfach zu müde. Er bettet seinen Kopf auf die umgefallene Schneiderpuppe und schlief ein.

**Kapitel 30
Ideen aus dem Nebel**

„Bröker, das glaube ich jetzt nicht!" Gregor holte seinen Hausherren unsanft aus dem Reich der Träume.

Der drehte sich auf den Rücken. Es kam ihm vor, als stünde Junge, der eigentlich eher schmächtig war, hoch aufgerichtet über ihm. „Willst du mir erklären, was du hier machst, oder ist es dir lieber, wenn ich das nicht weiß?", kam auch schon Gregors erste Frage. Auch die Stimme des Jungen schien tiefer und bedrohlich zu sein.

„Nicht so laut, bitte", erwiderte Bröker. „Mein Kopf dröhnt so fürchterlich. Hast du vielleicht eine Aspirin?"

„Von wegen, erst will ich wissen, was hier vorgefallen ist", beharrte Brökers Mitbewohner.

Im Hintergrund war unterdessen auch Sara aufgetaucht. Ihr Gesichtsausdruck changierte zwischen Panik und Lachen. Offenbar wusste sie nicht, ob Brökers Anblick sie mehr erschreckte oder belustigte. Immerhin aber hatte sie Mitleid mit ihm. Sie verschwand aus seinem Blickfeld und tauchte kurze Zeit später mit einem Glas und einer Tablettenschachtel wieder auf.

Bröker griff zu und nickte dankbar. Dann richtete er sich auf, das machte nicht nur die Einnahme der Pillen einfacher, sondern versetzte ihn auch für Diskussionen mit Gregor in eine würdigere Position. Als er das zweite Aspirin hinuntergespült hatte, war ihm, als würde der Druck in seinem Schädel schon leicht nachlassen. „Danke", seufzte er. „Das tut gut."

„Du siehst echt nicht gut aus", zeigte sich nun auch Gregor mitfühlender. „Trotzdem frage ich mich, warum du in unserem Zimmer liegst. Wir haben die Diskussion um die Privatsphäre deiner Mitbewohner ja schon einmal geführt. Ich hoffe, die müssen wir nicht noch einmal von vorne beginnen."

„Nein, sorry, müssen wir nicht", gab sich der Hausherr geschlagen. „Ich muss mich entschuldigen. Natürlich wollte ich nicht in euer Zimmer gehen. So ein echtes Eindringen war es ja auch nicht. Die Tür stand offen, sonst wäre das alles nicht geschehen."

„Was meinst du genau?", fragte Sara. Sie klang eher neugierig als anklagend.

„Ich hatte echt einen beschissenen Tag", erläuterte Bröker. Er schilderte, wie er sich bei Doktor Schultenkötter als Hilfe suchender Kranker vorgestellt hatte und ihn im Laufe der Untersuchung mit seinen Mutmaßungen konfrontiert hatte. Er verschwieg auch nicht, dass er sich anschließend vorsätzlich zwei Flaschen Wein zu Gemüte geführt hatte. Dass ein Zimmer weiter noch eine dritte stand, behielt er allerdings für sich. Schließlich schilderte er seine Begegnung mit der Schneiderpuppe, die er für einen Einbrecher gehalten hatte. „Ich fürchte, das war gestern alles zu viel für mich", beschloss er seinen Bericht reumütig. „Ich war einfach überfordert mit meinen eigenen Fehlern. Ich fürchte, ich habe auch Pagelsdorf einen ziemlichen Schrecken eingejagt. Ganz davon zu schweigen, dass ich ihn heute noch nicht ausgeführt habe. Wie spät ist es eigentlich?"

„Es ist Samstag und es ist viertel vor elf", klärte ihn Gregor auf. Dass er dabei nicht nur die Uhrzeit, sondern auch den Tag erwähnte, zeigte, wie er Brökers Zustand einschätze. „Aber keine Sorge, Pagelsdorf haben wir schon in den Garten gelassen und gefüttert. Ich denke, sie hat vorerst keine weiteren Bedürfnisse."

„Danke", erwiderte Bröker erneut.

„Vielleicht könntest du mir dafür auch einen Gefallen tun und die Szene mit dem Mann, der dich bedroht hat, noch einmal nachstellen", grinste Gregor. „Sag nicht, dass du die Puppe wirklich für einen Einbrecher gehalten hast."

„Doch, habe ich, leider", musste Bröker einräumen. „Wenn du gnädig bist, erlässt du es mir, mich noch einmal da drüben auf die Treppe zu legen. Ich hatte eine solche Angst. Ich glaube, diese Augenblicke zählen zu den schlimmsten Minuten meines Lebens."

„Trotzdem hätte ich es gerne gesehen", erwiderte Gregor. „Bröker, es gibt Situationen, in denen bist du einfach unschlagbar."

„Und auf einige davon würde ich gerne verzichten", gab der zurück. „Ich würde sie gegen ein paar mehr helle Momente in meinen Ermittlungen eintauschen." Er machte eine Pause. Etwas kam ihm schemenhaft in den Sinn. Kurz bevor oder nachdem er auf die Puppe gefallen war, hatte er doch eine Idee gehabt. Was war das noch gleich gewesen? Es wollte ihm einfach nicht mehr einfallen. Gedankenverloren begab er sich auf die Position, die am gestrigen Abend kurz vor seinem Gegenangriff auf die Schneiderpuppe innegehabt hatte. Er kniete nieder.

„Bröker, sag nicht, dass du meinem Wunsch Folge leistest", rief Gregor entgeistert aus. Er hatte ja mit vielem gerechnet, doch damit nicht.

Aber Bröker reagierte nicht. Wie am Abend zuvor lugte er in Richtung des neuen Zimmers von Sara und Gregor. Die Puppe fehlte. „Gregor, kannst du mir einen Gefallen tun und die Schneiderpuppe wieder aufstellen?", bat er.

„Damit du sie wieder umrennen kannst", lachte Gregor, entsprach aber Brökers Bitte.

Derweil beobachteten Sara und Pagelsdorf staunend die Szenerie. Beide hatten den Eindruck, einem obskuren Schauspiel zu folgen.

„Danke", sagte Bröker, als die Puppe wieder stand. Was war es nur gewesen, was er am vergangenen Abend gedacht hatte. Er konnte nur hoffen, dass es wirklich so wichtig war, wie er vor ein paar Stunden gedacht hatte. Es war ja nicht ungewöhnlich, dass er Einfälle hatte, die ihm in betrunkenem Zustand ungeheuerlich bedeutungsvoll vorkamen, die aber nüchtern betrachtet entweder trivial oder falsch waren.

„Kannst du mir mal sagen, was wir gerade veranstalten?", unterbrach Gregor seine Gedanken.

„Ich dachte, ich hätte gestern Abend eine Idee gehabt, die zur Lösung des Falles Osthuesenhenrich beitragen könnte", gab Bröker Auskunft. „Aber ich weiß nicht mehr, was es gewesen sein könnte."

„Na, unter Alkoholeinfluss kommen einem ja die besten Gedanken." Mit seiner Ironie bestärkte der Junge Brökers Zweifel an den eigenen Geistesblitzen.

„Vielleicht irre ich mich ja, aber zieh noch einmal die Vorhänge zu und lass das Licht ausgeschaltet", beharrte er. So schnell wollte er sich nicht von seiner Eingebung abbringen lassen.

Gregor folgte den Anweisungen, das Obergeschoss der Stadtvilla am Sparrenberg war ins Dunkel getaucht, wie in der Nacht zuvor. Die Schneiderpuppe aber kam Bröker nicht halb so furchteinflößend vor wie zuvor. Es war ein bisschen Metall und ein bisschen Plastik, das mit Stoff überzogen war, wovor sollte man sich da fürchten? Aber er hatte ja seine Idee auch nicht gehabt, weil er sich vor der Puppe geängstigt hatte. Er duckte sich weiter und starrte in Richtung des Zimmers.

„Bröker, alles in Ordnung?", hörte er Gregors Stimme wie von ferne.

„Ja, ja, alles gut", erwiderte er und starrte weiter in dieselbe Richtung. Was war es gewesen? Was war es nur gewesen? Ja. Plötzlich kehrte der Gedanke zu ihm zurück. „Wisst ihr, was mir gestern Abend eingefallen ist?"

„Vielleicht, dass du lange keine Schneiderpuppe mehr flachgelegt hast?", mutmaßte Gregor mit einem Lachen.

„Es geht um die Stellung", erläuterte Bröker, ohne auf den Jungen zu achten,

„Beim Flachlegen geht es immer um die Stellung", grinste sein Mitbewohner.

„Gregor, etwas mehr Ernst", ermahnte ihn Bröker. „Ich erkläre es dir: Mütze hat neulich erwähnt, dass das Bemerkenswerteste an dem ganzen Fall der Einschusswinkel ist, unter dem Doktor Osthuesenhenrich getroffen wurde."

„Aha", erwiderte Gregor trocken. Während Sara an Brökers Lippen hing, schien ihr Freund noch immer nicht an einen Geistesblitz seinen Hausherrn zu glauben.

„Und als ich da so kniete, hatte ich den Einfall, für wen dieser Winkel ganz normal wäre", fuhr der unbeirrt fort.

„Für einen Gnom?", riet der Junge.

„Für den auch", bestätigte Bröker, „Aber auch für jemanden, der sich nicht mehr als ein paar Dutzend Zentimeter über den Boden erheben kann."

„Und an wen denkst du da?", fragte Sara. Auch sie schien zunehmend Interesse an dem Fall zu finden.

„Da war doch dieser Rollifahrer, als ich mit Pagelsdorf beim Hundetraining war", gab Bröker zurück. An den Namen konnte er sich in seinem Zustand beim besten Willen nicht erinnern.

„Herr Schniggendiller", half Sara aus.

„Genau der", bestätigte Bröker. „Der hätte auf sehr natürliche Weise den passenden Schusswinkel."

„Stimmt", bestätigte Gregors Freundin. „Aber wieso hätte er auf Doktor Osthuesenhenrich schießen sollen?"

„Das ist in der Tat die Frage", entgegnete Bröker. „Vielleicht müssen wir genau das als Nächstes herausfinden. Vielleicht sogar, indem wir Herrn Schniggendiller direkt befragen."

„Davon würde ich abraten", bremste Gregor. „Hast du mir nicht eben erzählt, dass du Doktor Schultenkötter auf dieselbe Weise in die Mangel genommen hast?"

„Das stimmt schon", räumte Bröker ein. „Ich habe das Gefühl, dass ich bei Schultenkötter einfach Pech hatte. Bei anderen Gelegenheiten war die Strategie, einen Täter mit meinem Verdacht zu konfrontieren, ja schon erfolgreich."

„Das liegt vielleicht daran, dass du in den Fällen auch den echten Täter vor dir hattest und nicht jemanden, den du zu Unrecht verdächtigst und der noch dazu ein handfestes Alibi hat", erwiderte Gregor mit einem Augenzwinkern.

„Ja, ja, reib nur weiter Salz in meine Wunden", klagte sein Hausherr, musste aber gleichzeitig zugeben, dass der Junge nicht Unrecht hatte.

„Wenn ich das richtig sehe, lag es bei Doktor Schultenkötter vor allem daran, dass du nicht gründlich genug nachgeforscht hast, ob er über ein Alibi verfügt", schaltete sich nun auch Sara ein.

„In früheren Fällen hattest du doch auch meist eine vage Idee, was das Motiv sein könnte", ergänzte ihr Freund.

„Wie sollte ich auch Schultenkötters Alibi erforschen?", verteidigte sich Bröker. „Ich habe halt nicht die gleichen Möglichkeiten wie die Polizei – und auch bei der weiß ich nicht, ob sie Schultenkötter nicht auf dem Kieker hat, weil sie an sein Alibi glaubt, oder ob Schewe uns seine Untergebenen ihn schlichtweg übersehen haben." Er machte eine Pause und seufzte. „Bei genauerem Hinsehen ist ja die Lage noch fataler", fuhr er fort.

„Wie meinst du das?", fragte Gregor mit gerunzelten Brauen.

„Na, wo du das mit dem Motiv erwähnst: Bei Schultenkötter wusste ich wenigstens, warum ich ihn verdächtige, der hatte zumindest irgendeinen Grund, Osthuesenhenrich umzubringen, wenn auch keinen besonders triftigen …", erklärte Bröker.

„… oder schussfesten", unterbrach ihn Gregor grinsend.

„Auch das", fuhr sein Freund fort. „Jedenfalls ist der einzige Grund, warum ich auf diesen Schniggendiller gekommen bin, der, dass er im Rollstuhl sitzt und damit den richtigen Schusswinkel hätte. Wenn mir irgendwer anderes eine solche Vermutung auftischen würde, würde ich sagen: Das ist aber ein bisschen dürftig."

„Ja, das verstehe ich, auch wenn ich noch nie ermittelt habe", nickte Sara. „Aber ist das nicht ein Ansatz dafür, was du heute tun könntest?"

„Genau, überleg doch, ob du nicht ein Motiv findest, aus dem Schniggendiller Doktor Osthuesenhenrich ermordet haben könnte", pflichtete ihr Gregor bei. „Es ist nämlich so, dass wir die nächsten paar Stunden nicht mithelfen können, weil wir noch einmal ein paar Möbelgeschäfte abklappern wollen. In der Woche haben wir dazu nicht so viel Zeit, die nächsten Arbeitstage werden für uns echt stressig."

„Aber wir waren doch erst vor ein paar Tagen in diesem norwegischen Möbelhaus", erwiderte Bröker konsterniert. Er hatte ansonsten in den vergangenen zwanzig Jahren kein Möbelgeschäft betreten.

„Stimmt schon, aber ich würde gerne noch ein paar Kleinigkeiten suchen, die unser Leben hier schöner machen", lächelte Sara.

„Du weißt ja: Frauen", ergänzte Gregor, auch wenn so ein Spruch eher untypisch für ihn war. „Ach ne, damit kennst du dich ja nicht so aus. Jedenfalls würden wir dir in den nächsten Stunden keine große Hilfe sein können. – Aber nach Mordmotiven zu suchen, ist ja auch eher deine große Spezialität. Das hast du ja auch in der Vergangenheit immer sehr gut selbst hinbekommen."

„Wenn du mich so lobst, ist meist ein Haken an der Sache", entgegnete Bröker mit einem gequälten Lächeln. „Dieses Mal kenne ich ihn wenigstens."

Mit einem fröhlichen Winken verließen seine beiden Mitbewohner den Raum.

Kapitel 31
Auf der Jagd

Bröker war weniger fröhlich, als er sich eine halbe Stunde später frisch geduscht und mit einem Kaffee und der Schachtel Aspirin in seine Bibliothek zurückzog. Seine Kopfschmerzen, die er für von den Tabletten besiegt gehalten hatte, waren zurückgekehrt. Er hatte seinen alten Computer angeschmissen, starrte aber nur mit stumpfem Blick auf seinen Desktop, den ein Bild von seinem vor drei Jahren verstorbenen Kater Uli zierte.

„Ach, Uli, du warst so eine treue Seele", sprach er mit dem Bild. „Schade, dass du nicht mehr da bist, heute könnte ich gut etwas Gesellschaft vertragen." Natürlich konnte das Tier ihn nicht hören, aber eigentlich war der Satz auch mehr ein Vorwurf in Richtung Pagelsdorf. Der Hund hatte Bröker das Ende des gestrigen Abends anscheinend noch nicht verziehen und es sich daher auf seinem Lieblingssessel im Wohnzimmer bequem gemacht.

Natürlich konnte Bröker Pagelsdorf seine Skepsis nicht übelnehmen und wenn er es recht bedachte, suchte er gerade nur einen Anlass, um sich selbst leidzutun. Die Kopfschmerzen waren natürlich ein solcher Grund, allerdings war er für die ganz und gar allein verantwortlich.

„Ach, was geht es mir schlecht", stöhnte er trotzdem. Er nahm sich eine weitere Tablette aus der Schachtel, spülte sie mit einem Schluck Kaffee hinunter und wartete darauf, dass das Schmerzmittel zu wirken begann.

Es mochte sich um einen Placeboeffekt handeln, aber wie schon eine Stunde zuvor meinte Bröker schon kurz nach Einnahme der Tabletten ein Nachlassen der Kopfschmerzen zu verspüren. Oder konnte eine Medizin wirklich so unmittelbar wirken? Letztendlich war es ihm auch egal. Die Hauptsache war doch, dass er sich nun mit klarerem Kopf an seine Ermittlung begeben konnte.

Wie er dies jedoch konkret in die Tat umsetzen sollte, war ihm trotz des langsam verschwindenden Kopfwehs weniger klar.

Wenn er seinen Verdacht gegen Schniggendiller aufrechterhalten wollte, musste er sich Gedanken über dessen Motiv machen. Aus welchem Grund konnte der Rollstuhlfahrer den Doktor ermordet haben? Noch immer dachte Bröker, dass es das Einfachste wäre, wenn er den Verdächtigen direkt befragen würde. So ein Gespräch war oft am besten dazu geeignet, einen Verdacht zu erhärten oder zu widerlegen und überraschende Details eines Falles ans Tageslicht zu bringen. Als er sich jedoch an seinen kläglichen Versuch erinnerte, am Vortag Schultenkötter als Mörder zu entlarven, nahm er von einer direkten Befragung Schniggendillers vorerst Abstand.

Vielleicht sollte er zunächst auf andere Weise probieren, seinen Verdacht zu erhärten. Es gab ja Wege und Möglichkeiten, bei denen er nicht sofort mit dem Rollstuhlfahrer sprechen musste. Aus gutem Grund hatte er seinen Computer gestartet. Inzwischen wusste das Internet so viel, für das man früher lange und umständlich hätte recherchieren müssen. Man musste nur wissen, wie man dieses Wissen urbar machte. Und da hatte er noch immer seine Defizite, dachte Bröker. Wie viel einfach wäre es, wenn ihm Gregor mit all seinen Computerkenntnissen gerade hätte zur Seite stehen können.

Aber Gregor war nun einmal die nächsten Stunden nicht da. Also musste Bröker sich selbst an dem uralten Rechner versuchen. Wenig motiviert startete er einen Internetbrowser und öffnete seine bevorzugte Suchmaschine, die ihm Gregor empfohlen hatte.

„Schniggendiller", tippte er in die Suchmaske. Auch wenn der Nachname in Ostwestfalen schon mal vorkam, konnte es doch unmöglich viele Einträge zu diesem Namen geben, dachte er. Dann starrte er auf das Ergebnis. Beinahe zehntausend Treffer. Die entsprechenden Webseiten konnte er nie im Leben alle lesen. Er überflog die ersten. Es gab eine Bäckerei dieses Namens, Johannes Schniggendiller war vor fünf Jahren gestorben, Erna Schniggendiller vor drei. Entnervt schloss er die Seite mit den Sterbeanzeigen. Er wusste ja noch nicht einmal, wie der Rollstuhlfahrer mit

Vornamen hieß, ohne den aber war es kaum möglich, die Suche weiter einzugrenzen. Es war einfach frustrierend. Bröker war nahe dran, den Computer wieder auszuschalten. Das Internet verfügte einfach über zu viele Informationen. Tausende Millionen von Seiten gab es und auf jeder befand sich irgendein Inhalt. Und wo war ein bestimmtes Ei am schwierigsten zu finden? Unter lauter anderen Eiern. Bröker wusste nicht, wie es Gregor regelmäßig fertigbrachte, mit irgendwelchen Erkenntnissen aus einer kurzen Recherche im Cyberspace zurückzukehren.

Schon fuhr der Mauszeiger zu der Stelle, auf der er den Computer herunterfahren konnte, da erinnerte er sich, dass er ja erst vor kurzem hier am Rechner erfolgreich recherchiert hatte. Er war vielleicht doch fortschrittlicher, als es ihm seine Mitbewohner zugetraut hätten, lächelte er. Also hieß es, nicht überhastet alle Hoffnung fahren zu lassen. Damals hatte er auf den Seiten von Osthuesenhenrichs Jagdverein gesurft und den Jagdhund-Wettbewerb entdeckt, bei dem sich Pagelsdorf zwar nicht mit Ruhm bekleckert hatte, aber bei dem Bröker immerhin genau jenen Schniggendiller getroffen hatte, den er nun zum Verdächtigen machen wollte. Moment, das war doch ein Anhaltspunkt! Wenn Schniggendiller in diesem Jagdverein war, dann gab es ja vielleicht auf deren Homepage auch eine Mitgliederliste. Und dort wäre auch sein Vorname zu finden. Das konnte Bröker dann bei der weiteren Recherche hilfreich sein.

Einige Augenblicke später wusste Bröker, dass die Webseite der Jagdgesellschaft keine Mitgliederliste aufführte. Im Nachhinein kam ihm seine Hoffnung naiv vor. Wenn alle Vereine eine Mitgliederliste auf ihrer Homepage aufführen würden, dann müsste ein Verein wie Arminia Bielefeld mehr als zehntausend Namen dort aufführen, ganz zu schweigen von Bayern München.

Gelangweilt warf er einen letzten Blick auf die Seite des Jagdvereins Hubertus. Eine Notiz fiel ihm ins Auge und ließ sein Herz schneller schlagen. Sie war aufgrund der Ereignisse um Doktor Osthuesenhenrich und andere aktuelle Meldungen schon in den

Hintergrund gerückt. Vor einem halben Jahr hatte der Verein seine Jahreshauptversammlung abgehalten. Der neue Vorstand war gewählt und anschließend fotografiert worden. Ganz rechts auf dem Foto war der wiedergewählte zweite Kassenwart abgelichtet worden: Dort saß eindeutig Schniggendiller in seinem Rollstuhl und sein Vorname war Jens.

Mit neuem Elan gab Bröker „Jens Schniggendiller" in die Maske der Suchmaschine ein. Die Anzahl der Treffer reduziert sich drastisch. Statt zehntausend Treffern gab es jetzt nur noch ein paar Dutzend, an erster Stelle just die Seite, auf der Bröker Schniggendillers Vornamen gefunden hatte. Die ignorierte er. Die nächsten Seiten zeigten eine Reihe von Artikeln, die anscheinend vor ein paar Jahren in Charlys Zeitung erschienen waren. Als Bröker sie anklickte, waren sie allerdings hinter einer Bezahlschranke verborgen. Man konnte sie nicht lesen, ohne dafür einen Obolus zu entrichten. Natürlich hätte Bröker die erforderlichen Mittel besessen, aber für jeden der Artikel einen Euro abzudrücken, kam ihm nicht nur teuer, sondern umständlich, ja beinahe unmöglich vor. Gregor hatte ihm zwar schon vor langer Zeit geraten, einem der Online-Bezahldienste beizutreten, aber Bröker war noch immer ein Anhänger von Bargeld und wann immer er konnte, beglich er ausstehende Beträge mit Scheinen und Münzen, und so hatte er den Rat des Jungen ignoriert. Nun rächte sich das.

Aber wozu kannte er Charly seit Jahrzehnten? Er war sich sicher, dass ihm seine Studienfreundin leichter Hand Zugang zu den gewünschten Informationen gewähren konnte. Außerdem konnte er ihr dann auch mitteilen, dass er in dem Fall vorankam – wenn das denn richtig war. Mit irgendjemandem musste er schließlich sprechen und Gregor kaufte gerade Nippes ein. Er zog sein Smartphone aus der Tasche und wählte Charlys Nummer.

„Charlotte Lindhorst", meldete sich seine Studienfreundin wenige Augenblicke später.

„Charly, hallo", entgegnete Bröker, ohne sich lange mit einer Vorstellung aufzuhalten. „Ich brauche deine Hilfe."

„Ach, Bröker, du bist es", kam die Antwort prompt. „Sei froh, dass ich deine Stimme unter Tausenden erkennen würde."

„Das wusste ich doch", brummte Bröker zurück.

„Wie kann ich dir denn helfen?"

„Es geht um den toten Doktor."

„Echt? Hast du eine Spur?" Schlagartig war Charlys berufliches Interesse erwacht. Solange dies dazu führte, dass sie Bröker mit den gewünschten Informationen versorgte, sollte es ihm recht sein.

„Vielleicht", erwiderte er dennoch vorsichtig. Den gestrigen Fehlschlag bei Schultenkötter hatte er noch nicht verwunden. „Um zu sehen, wie heiß oder auch wie kalt diese Spur ist, brauche ich dich eben."

„Gerne, wenn du meinst, dass ich Dinge weiß, die dich weiterbringen können." Charly war sich bewusst, dass jeder Ermittlungserfolg Brökers auch ihr einen Artikel auf der Titelseite ihrer Zeitung verschaffte. Ihre Berichte über den Mister Marple von der Sparrenburg waren in den letzten mehr als zehn Jahren zu einem ihrer Markenzeichen geworden.

„Ob du etwas weißt, kann ich auch nicht sagen, aber du könntest bestimmt etwas in Erfahrung bringen."

„B., rede doch nicht immer so lange um den heißen Brei herum. Worum geht es?" Diesen Vorwurf musste sich Bröker gelegentlich auch von Gregor gefallen lassen.

„Ist ja schon gut. Also: Ich habe jemanden, bei dem ich gestern dachte, er könnte vielleicht verdächtig sein. Allerdings hatte ich zu dem Zeitpunkt schon ein wenig Alkohol getrunken ..."

„Ein wenig Alkohol? B., das passt gar nicht zu dir." Charlys Lachen kam ansteckend und laut durch den Hörer.

„Stimmt schon, es war ein wenig mehr, sogar ein wenig zu viel", gestand Bröker. „Ich muss auch zugeben, dass der Grund für meine Mutmaßungen ein bisschen vage ist. Insbesondere finde ich noch kein Motiv für einen Mord – und du weißt ja: Das ist oft der Schlüssel bei Ermittlungen, jedenfalls bei meinen."

„Verstehe. Und wie kann ich da einspringen?"

„Ich habe eben im Internet recherchiert, ob ich etwas über den Mann herausfinde. Tatsächlich gibt es offenbar ein paar Seiten, auf denen er aufgetaucht ist. Allerdings sind das fast alles Artikel, die hinter Bezahlschranken versteckt sind. Und die allermeisten davon sind bei deiner Zeitung erschienen."

„Ach, darum geht es", lachte Charly noch lauter als zuvor. „Du bist zu geizig, unsere Artikel zu bezahlen."

„Da solltest du mich besser kennen", gab Bröker zurück. „Ich würde ja zahlen, aber ich bin anscheinend zu verstaubt, um über so hippes elektronisches Geld zu verfügen. Und was anderes nehmt ihr ja nicht."

„Okay, okay, ich helfe dir ja", bot Charly an, bevor Bröker zu einem Plädoyer für Scheine und Münzen ansetzen konnte. „Wie heißt denn dein Verdächtiger nun?"

„Schniggendiller."

„Wie?" Wieder prustete Charly am anderen Ende der Leitung los.

„Schniggendiller. Jens Schniggendiller", beharrte Bröker.

„Gut, einen Augenblick." Bröker hörte das Geklapper einer Tastatur. Dann meldete sich seine Freundin wieder zurück: „Stimmt. Wir haben vor mehr als zehn Jahren mal etwas über einen Jens Schniggendiller gebracht. Das scheint eine kleine Serie gewesen zu sein. Die muss ein Kollege von mir gemacht haben, ich kann mich jedenfalls an nichts erinnern."

„Kann ich die Artikel bekommen?"

„Natürlich, weil du es bist." Noch immer hatte Charly den spöttischen Unterton in ihrer Stimme. „Ich maile sie dir zu. Deine elektronischen Kenntnisse reichen doch, sie dann zu lesen?"

„Natürlich", erwiderte Bröker empört.

„Gut. Und sei mir nicht böse. Ich muss jetzt auflegen, ich habe gleich noch einen dringenden Interviewtermin mit dem Rektor der Universität. Es geht um die neue Medizinische Fakultät, eine der größten Neuerungen der Uni in den letzten zwanzig Jahren, wenn du mich fragst."

„Vielen Dank", sagte Bröker.

Da aber hatte Charly schon aufgelegt. Kurz darauf gab sein Computer ein „Ping" von sich. Bröker öffnete die Mailbox. Charly hatte ihm vier Artikel geschickt. Daneben stand nur eine kurze Nachricht: „Viel Freude bei der Lektüre, Gruß, C."

Bröker öffnete den ersten Bericht. Bei dem Alter der Texte hatte Charly nicht übertrieben: Der Text stammte aus dem Jahr 2013. Er begann zu lesen. Mit jedem Satz wurden seine Augen größer. War das wirklich möglich? Hatte ihn seine Intuition dieses Mal nicht getrogen? Er überflog die folgenden Zeilen nur. Dann klickte er den nächsten Artikel an. Tatsächlich, es ging im gleichen Stil weiter.

Noch bevor er den dritten Artikel öffnen konnte, klingelte sein Smartphone. Bröker wusste nicht, wann er den Ton angeschaltet hatte, aber da Charlys Name auf dem Display blinkte, war er froh darum. Er nahm den Anruf entgegen.

„B. Da bist du ja auf eine Goldader gestoßen, oder täusche ich mich?", rief seine alte Studienfreundin aus, noch bevor er sich melden konnte.

„Scheint fast so", erwiderte Bröker. „Ich muss allerdings zugeben, dass ich noch nicht alles gelesen habe."

„Ich ja auch nicht", erwiderte Charly. „Aber das, was ich bislang gesehen habe, ergäbe ein astreines Mordmotiv."

„Ja, wenn ich es richtig gesehen habe, dann hat Doktor Osthuesenhenrich seinen Patienten Jens Schniggendiller im März 2013 wegen eines Rückenleidens behandelt und ihm eine Operation vorgeschlagen, die er auch selbst durchgeführt hat", fasste Bröker zusammen, was er bislang gelesen hatte.

„Richtig", pflichtete ihm die Journalistin bei. „Und bei dieser OP ist etwas schiefgegangen. Seitdem sitzt dieser Schniggendiller im Rollstuhl. Wir haben angefangen darüber zu berichten, weil er den Doktor verklagt hat."

„Das habe ich auch noch gelesen, aber bevor ich gesehen habe, wie es weiterging, hast du angerufen."

„Ein bisschen mehr weiß ich noch: Schniggendiller hat Osthuesenhenrich verklagt. Aber wie so oft in solchen Kunstfehlerprozessen haben sich die Kollegen des Doktors nicht überwinden können, ihm eindeutig die Schuld zu geben."

„Er hat also keine Entschädigung bekommen?"

„Keinen Cent. Das war doppelt tragisch für ihn, denn er hat durch den Kunstfehler – wenn es denn einer war – seinen Beruf verloren. Er war früher der Gebietsleiter für Norddeutschland für eine große Pharmafirma. Das war natürlich mit entsprechender Fahrtätigkeit verbunden – das ging nun nicht mehr, weil er nicht mehr so lange Autofahren kann."

„Das ergibt tatsächlich ein prächtiges Mordmotiv", sinnierte Bröker.

„Es kommt noch besser", ergänzte Charly. „Ich habe gerade den letzten Artikel überflogen, den wir über dieses Schniggendiller gebracht haben: Zwei Jahre nach der Operation hat ihn seine Frau verlassen. Wir haben sogar ein Interview mit ihr gebracht, in dem sie erzählt, dass es nicht nur finanzielle Probleme gab, sondern dass ihr Ehemann auch immer mehr zur Unausgeglichenheit und zu Depressionen neigte."

Bröker atmete tief durch. „Ich hatte gestern keinen guten Tag", sagte er. „Ich habe erst einen Kollegen von Doktor Osthuesenhenrich zu Unrecht des Mordes verdächtigt und ihm das auch ins Gesicht gesagt. Anschließend habe ich mir aus lauter Frust die Kante gegeben." Dass er anschließend eine Schneiderpuppe mit einem Einbrecher verwechselt hatte, verschwieg er wohlweislich. „Aber es scheint fast, als wäre der letzte Gedanke, den ich gestern Abend hatte, durchaus etwas wert gewesen. Danke nochmal, Charly."

„Gern geschehen, aber nun muss ich wirklich mit dem Rektor sprechen."

Ohne weiter darüber nachzudenken, was er tat, beendete Bröker das Gespräch.

Kapitel 32
Soll ich oder soll ich nicht

Bröker merkte, wie sein Puls in den letzten Minuten nach oben geschnellt war. Sein Körper war voller Adrenalin. Nichts war mehr von den Kopfschmerzen zu spüren, die ihn noch eine halbe Stunde zuvor geplagt hatten. Noch einmal warf er einen Blick auf die Artikel, die Charly ihm zugesandt hatte. Es konnte kaum einen Zweifel geben: Schniggendiller hatte ein lupenreines Motiv. Nun galt es nur noch, ihm diesen Mord nachzuweisen. Aber wie? So sehr Bröker auch überlegte, es fiel ihm kein anderer Weg ein, als den ehemaligen Gebietsleiter direkt mit seinem Verdacht zu konfrontieren – und das nicht nur, weil er ohnehin ein Freund direkter Begegnungen war.

Allerdings wusste er nicht, wo Schniggendiller wohnte. Wäre er nur halb so geschickt in der Internetrecherche wie Gregor, der über so viele Quellen verfügte, von deren Existenz Bröker noch nicht einmal wusste, dann hätte er die Adresse des Verdächtigen vermutlich in weniger als fünf Minuten gefunden. Für Bröker gestaltete sich diese Aufgabe ungleich schwieriger. Ihm fiel ein, dass er schon einmal mit einer Anfrage beim Einwohnermeldeamt erfolgreich gewesen war. Allerdings wollten für gewöhnlich nicht nur den Namen wissen, sondern oft auch eine Straße, eine Hausnummer oder eine Postleitzahl. Dies fand Bröker absurd, wenn er die Straße mit Hausnummer kannte, würde selbst er die Postleitzahl leicht selbst ermitteln können. Nun, diese Überlegungen waren ohnehin müßig: Es war Samstag und das Einwohnermeldeamt würde erst am Montagvormittag wieder öffnen. So lange konnte und wollte Bröker nicht warten.

Vielleicht konnte er Mütze anrufen. Ein Polizist kam sicher auch am Wochenende an die gewünschten Angaben, schließlich ermittelte die Polizei in dringenden Fällen ja auch am Wochenende. Bröker griff zu seinem Smartphone und suchte nach Mützes Handynummer. Dabei fiel sein Blick auf die Uhrzeit. Es war kurz nach zwölf und es war Samstag. Himmel, heute spielte ja die Arminia! Auch wenn die sich in dieser Saison noch nicht mit Ruhm bekleckert hatte, war es nicht unwahrscheinlich, dass sich Mütze auf dem Weg in die Schüco-Arena befand. Wenn er nicht gestern Abend so abgestürzt wäre und nicht so von den Ermittlungen in Bann gezogen wäre und darüber alles vergessen hätte, wäre Bröker selbst wohl auch auf der Alm. Trotzdem konnte er versuchen, seinen Polizistenfreund zu erreichen. Es war nicht unmöglich, dass es für Mütze nur zwei Tastendrücke brauchte, um an die gewünschten Angaben zu kommen.

Dennoch hielt Bröker inne. Mütze ahnte nicht nur, er wusste, dass Bröker mal wieder ermittelte. Und wenn der jetzt eine Adresse von ihm erfragte, würde er auch wissen, dass Bröker wenig später an dieser Adresse auftauchen würde. Mütze war viel zu sehr Polizist, um in so einem Fall nicht auch selbst zu der Adresse zu fahren. Das wäre einerseits natürlich gut, denn auch wenn ihm Schniggendiller nicht gefährlich vorkam, so fand es Bröker oft hilfreich, bei der finalen Befragung einen Polizisten zur Seite zu haben. Andererseits erinnerte er sich sofort erneut an das Debakel bei der Befragung Schultenkötters. Wenn er da Mütze an seiner Seite gehabt hätte, hätte er sich nicht nur vor dem Doktor, sondern auch vor einem seiner besten Freunde bis auf die Knochen blamiert.

Zögernd steckte Bröker das Telefon wieder in seine Gesäßtasche. Vielleicht würde er Schniggendiller doch besser alleine befragen. Allerdings stand er damit wieder vor dem gleichen Problem: Er wusste nicht, wo er den Verdächtigen antreffen konnte.

„Himmel!", seufzte er. Das konnte doch nicht so schwer sein. Wie hatte man denn früher, vor dem Aufkommen des Internets, eine Adresse ausfindig gemacht? Damals hatte man im Telefonbuch nachgesehen. Diese Methode war heute deutlich ineffektiver, weil sich viele Leute einfach nicht mehr im Telefonbuch listen ließen. Andere ließen die Adresse unterdrücken und wieder andere hatten überhaupt keinen Festnetzanschluss mehr, unter dem sie aufgeführt werden konnten. Trotzdem war es einen Versuch wert.

Seufzend schob Bröker seinen Bürostuhl zurück und erhob sich. Hinter ihm sprang Pagelsdorf erschrocken auf. Der Hund hatte sich unbemerkt wieder in die Bibliothek geschlichen und hinter Brökers Stuhl zusammengerollt.

„Pagelsdorf, was machst du denn hier?", sprach Bröker das Tier an. „Komm, wir müssen nach unten gehen und ins Telefonbuch gucken."

Pagelsdorf blickte sein Herrchen fragend an.

Der stutzte. „Ach, stimmt ja", lachte er. „Ich bin wirklich manchmal ein bisschen altmodisch. Natürlich steht das Telefonbuch auch im Internet."

Wenige Momente später hatte er die entsprechenden Seiten geöffnet. „Schniggendiller", tippte er in das Namensfeld. Ein Vorname wurde leider nicht abgefragt. Bei der Stadt gab er „Bielefeld" ein und hoffte, dass der Verdächtige nicht in einem der umliegenden Orte wohnte.

Eine Zehntelsekunde darauf hatte er das Ergebnis. In ganz Bielefeld gab es niemanden dieses Namens.

„Verdammt!", schimpfte Bröker. Dabei erhob er seine Stimme so sehr, dass Pagelsdorf mit eingezogenem Schwanz in Richtung Tür trabte. „Bleib halt hier, Pagelsdorf", rief ihm Bröker nach. „Ich habe ja nicht dich gemeint."

Der Hund blieb stehen und schien zu überlegen. Selbst nach zwei Jahren, die er nun bei Bröker verbracht hatte, waren ihm dessen gelegentliche Wutausbrüche nicht geheuer.

„Ich habe nur immer so ein verdammtes Pech!", entschuldigte sich sein Herrchen.

Das Tier hatte ein Einsehen und rollte sich wieder zu Brökers Füßen ein.

Bröker überlegte erneut: Entweder war Jens Schniggendiller nicht im Telefonbuch verzeichnet, weil er das nicht wollte, oder er wohnte schlichtweg nicht in Bielefeld. Zumindest wollte er die zweite Möglichkeit nicht von vornherein ausschließen. Aber die Suchmaske bot einfach die Möglichkeit „Name: Jens Schniggendiller, Wohnort: nicht Bielefeld" nicht an. Verdammt, wieso war er nur so schrecklich unbeholfen, wenn es um alles Technische ging? Das war ja geradezu grotesk. Aber nach Vornamen zu suchen, gestattete die Version des Telefonbuchs, die er aufgerufen hatte, einfach nicht. Wo sonst konnte der Verdächtige denn wohnen? Bröker probierte es in Herford, aber auch da gab es keinen Schniggendiller. Vielleicht Gütersloh? Bröker gab den Namen der nächsten ostwestfälischen Stadt ein – und tatsächlich gab es dort ein paar Treffer. In Gütersloh selbst wohnte nur einer von denen, aber Bröker hatte den Eindruck, dass das elektronische Telefonverzeichnis Mitleid mit ihm gehabt hatte.

„Der Suchradius wurde auf 20 Kilometer erweitert", verkündete es und dadurch tauchten auch eine kurze Liste von Schniggendillers in Rietberg auf.

Ach, das Programm sollte nur nicht so großzügig tun, dachte Bröker, Rietberg oder Gütersloh, das war für ihn beinahe dasselbe. Dann warf er einen Blick auf die Treffer und hielt inne. Eine Gärtnerei war dabei, ein Ernst Schniggendiller und dann, der dritte Eintrag, lautete auf Jens Schniggendiller. Natürlich konnte es sich um einen Zufall handeln. Bei allem, wie das Schicksal Bröker manchmal mitspielte, war das nicht unmöglich. Aber der Nachname war doch selbst in Ostwestfalen eher ungewöhnlich, nicht zu vergleichen mit Müller, Meier oder Schulze und auch nicht Bröker. Es war wahrscheinlich, dass es sich bei diesem Jens Schniggendiller um den von Bröker gesuchten handelte.

Ja, er musste es einfach sein, beschloss Bröker für sich. Aber wenn es sich bei dem Treffer wirklich um den von Bröker Verdächtigten handelte, war die nächste Frage, was er nun tun sollte. Natürlich konnte er ihn anrufen, immerhin hatte er bei seiner Recherche nicht nur die Adresse, sondern vor allem auch die Telefonnummer von Jens Schniggendiller erhalten. Aber das kam Bröker lahm und ineffizient vor. Den allermeisten Menschen fiel es am Telefon bedeutend leichter zu lügen, als wenn sie dem Fragenden direkt gegenüberstanden. Also würde er Schniggendiller einen Besuch abstatten. Das war ja von vornherein der Plan gewesen – allerdings hatte Bröker da gehofft, der potenzielle Mörder wohne in Bielefeld. Trotzdem war das sicherlich ein kluger Gedanke. Auch jetzt wäre es wieder einmal hilfreich, wenn Gregor nicht gerade einkaufen wäre. Wie schnell wäre er auf dem Sozius von dessen Roller in das Städtchen bei Gütersloh gefahren. Er konnte sich das leider nicht aussuchen. Also erfragte er schnell, auf welche Weise er am schnellsten mit öffentlichen Verkehrsmitteln an sein Ziel gelangte. Das Ergebnis war wenig ermutigend. Er würde mehr als anderthalb Stunden unterwegs sein und das auch nur dann, wenn alle Verbindungen pünktlich wären.

Bröker lachte auf. Einen Verdächtigen mit öffentlichen Verkehrsmitteln aufzusuchen, entsprach zwar ganz seinem Temperament, ja, er hätte auch eine Verfolgungsjagd mit einem Linienbus gestalten können. Aber wenn er daran dachte, dass ihn Charly in ihren Artikeln gelegentlich als Detektiven bezeichnete und wenn er dann dieses Bild mit den Detektiven abglich, die ihm das Fernsehen zeigte, Magnum, Kojak oder Remmington Steele, dann fand er es schwer vorstellbar, dass die ihre Verdächtigen mit Bus und Bahn jagten. Ja, selbst Sherlock Holmes hatte meist eine Mietdroschke benutzt, wenn er schnell von einer Ecke Londons an eine andere gelangen wollte. Er behauptete zwar stets kein Detektiv zu sein, dennoch konnte er sich von den TV-Ermittlern etwas abgucken. Seufzend griff er erneut zu seinem Smartphone und rief die Taxizentrale an.

Eine Dreiviertelstunde später und um siebzig Euro leichter stieg Bröker an seiner Zieladresse aus. Es hatte dann doch alles viel schneller gehen müssen, als er sich das vorgestellt hatte, da beinahe sofort ein Wagen bereitgestanden hatte. In letzter Sekunde hatte er noch daran gedacht, Gregor und Sara eine kurze Botschaft zu hinterlassen, in der er ihnen mitteilte, wo er sich befand und was er gerade machte.

Jens Schniggendiller wohnte in einem Einfamilienhaus am Rande des beschaulichen Rietberg. Das nächste Haus mochte etliche hundert Meter entfernt sein. Schniggendillers Behausung war solide, aber wenig spektakulär. Bröker fragte sich, was er denn von einem ehemaligen Gebietsleiter erwartet hatte. Er öffnete eine kleine Gartenpforte. Auf dem Klingelschild neben der Eingangstür fand er den Namen „Schniggendiller". Insofern war alles wie erwartet. Er atmete tief ein und drückte den Klingelknopf. Von drinnen erklang eine Komposition aus zwei Akkorden, die er schon aus vielen Wohnungen gehört hatte. Kurz darauf folgte das tiefe Bellen eines Hundes. Bröker stutzte. Richtig, auch vorgestern hatte Schniggendiller je einen belgischen Schäferhund dabeigehabt. Gespannt wartete er. Leider aber geschah nichts. Noch einmal drückte Bröker die Klingel. Wieder antwortete die Abfolge der beiden Dreiklänge, gefolgt von dem diesmal noch deutlicheren Bellen des Hundes. Noch immer gab es kein Anzeichen dafür, dass sich ein menschliches Wesen in Schniggendillers Haus befand.

Bröker zögerte. Sollte er versuchen, in das Haus des Verdächtigen einzudringen? Nein, die Laute, die sein Hund von sich gab, klangen nicht so, als sei das eine gute Idee.

Dennoch schaute sich Bröker um. Die meisten Menschen hatten irgendwo in der Nähe der Haustür einen Reserveschlüssel versteckt – nur für den Fall, dass sie sich einmal ausgesperrt hatten. Er selbst hatte einen Ort dafür gewählt, von dem er sich sicher war, dass ihn kein Unbefugter herausfinden konnte. Andere aber legten den Schlüssel unter einen Blumentopf oder auf einen Mauervorsprung. Da oben, die Regenrinne der Haustürüberdachung wäre zum Beispiel ein perfekter Ort. Er fingerte in dem Ablauf, konnte aber keinen Schlüssel finden. Natürlich nicht, fiel es ihm ein. Schniggendiller war Rollstuhlfahrer. Es wäre eine seltsame Idee, wenn er seinen Reserveschlüssel in einer Höhe verstauen würde, an die er ohne Hilfe unmöglich herankommen konnte. Sicherheitshalber ließ er seine Finger trotzdem noch einmal tastend durch die Regenrinne gleiten.

In diesem Moment öffnete sich die Haustür vor ihm. Er sah die Vorderräder eines Rollstuhls, dann erblickte er Jens Schniggendiller, der interessiert zu beobachten schien, wie Bröker in dem Wasserablauf herumfingerte.

„Darf ich fragen, was Sie da machen?", fragte er. Seine Stimme klang schneidend. Neben seinem Rollstuhl stand sein Hund, derselbe belgische Schäferhund, den Bröker schon zwei Tage zuvor gesehen hatte, und knurrte vernehmlich.

Bröker fragte sich, ob das Tier vorgestern auch schon so groß und furchteinflößend gewesen war. „Ich, ich habe mir Sorgen um Sie gemacht", stotterte er.

„Sorgen? Um mich? Und deshalb kommen Sie von wo auch immer hier in diese Gegend und fingern im Ablauf meiner Haustürüberdachung herum?" Schniggendillers Stimme triefte vor Misstrauen.

Bröker konnte es ihm kaum verdenken. „Nein, nicht ganz so", begann er zu erklären und zog dabei seine Hand aus der Regenrinne. „Ich bin zu Ihnen gefahren, weil ich vorgestern sehr davon beeindruckt war, wie gut Ihr Hund auf Sie hört und wie sehr er auf Sie eingeht." Es war die erste Erklärung, die Bröker durch den Kopf ging. Gerne hätte er dem Tier über den Kopf gestreichelt, traute sich aber angesichts des immer noch gut vernehmbaren Knurrens nicht. „Aber nachdem Sie auf mein Klingeln nicht geöffnet haben, hatte ich Sorge, dass Ihnen etwas passiert sein könnte und habe daher gesucht, ob sich hier in dem Ablauf eventuell ein Zweitschlüssel befindet. Das ist ein Ort, an dem viele so einen Notschlüssel verstecken." Er lächelte verlegen.

„Das wäre angesichts meiner körperlichen Einschränkung wohl kaum eine kluge Idee", erinnerte ihn Schniggendiller. Er sah Bröker lange prüfend an. Erst jetzt schien er ihn zu erkennen. „Sie sind das", sagte er. „Wir haben uns vorgestern bei dem Jagdhundewettbewerb gesehen, oder?"

Bröker nickte. Ein erster Schritt schien getan.

„Ich habe danach auch überlegt, wieso Sie mir so bekannt vorkommen", fuhr sein Gegenüber fort. „Sie sind ein Detektiv, oder?"

„Na, einen Detektiv würde ich mich nicht direkt nennen." Bröker kam sich bei dieser Bezeichnung noch immer beinahe wie ein Hochstapler vor.

„Doch, doch, ich habe schon über Sie gelesen: Der Mister Marple von der Sparrenburg." Nun lächelte Schniggendiller zum ersten Mal. „Sie sollten das nicht so abtun. Gerade in ihrer Lage nicht. Hätte ich mich nicht erinnert, wieso Sie mir so bekannt vorkamen, fände ich eine Situation, in der ein Fremder meine Regenrinne nach einem Zweitschlüssel absucht, äußerst suspekt."

„Entschuldigen Sie", murmelte Bröker. „Ich hatte einfach nicht bedacht, dass man mit so einem Rollstuhl wahrscheinlich nicht so gewandt ist." Er fragte sich, ob diese Bemerkung politisch korrekt oder gar klug war, aber immerhin entsprach sie anders als seine bisherigen Erklärungen der Wahrheit und außerdem hatte auch Schniggendiller gerade auf seine Behinderung hingewiesen.

„Ja, das ist leider richtig", stimmte Schniggendiller zu. „Sie wollen also etwas zu meinem Hund wissen?", kam er dann auf Brökers angeblichen Grund für seinen Besuch zurück. „Wollen Sie nicht hereinkommen? Hier an der Tür zieht es ein wenig und auch für Sie ist es wohl bequemer, wenn Sie sich setzen können. – Ich sitze ja schon seit ein paar Jahren", fügte er mit einem Lachen hinzu, das Bröker nicht ganz geheuer war.

Einige Momente später hatte Bröker auf einer breiten Couch in Schniggendillers Wohnzimmer Platz genommen. Der Hausherr hatte seinen Rollstuhl ihm gegenüber platziert, sodass nur ein gläserner Couchtisch die beiden trennte. Der Hund, der auf den Namen Harro hörte, wie Bröker sich erinnerte, lag neben Schniggendiller auf dem Boden und fixierte den ungewohnten Besucher.

„Sie interessieren sich also für meinen Hund?", nahm Schniggendiller den Gesprächsfaden wieder auf. Ein kleiner Hauch Skepsis klang noch immer in seiner Frage mit, vielleicht hatte ihn Bröker noch nicht vollständig überzeugt.

„Ja", erwiderte der umso eifriger. „Ich war so beeindruckt davon, welche Bindung Harro zu Ihnen hat. Sie müssen ihn sich ja nur gerade einmal ansehen, wie sehr er auf ein Zeichen von Ihnen wartet, was er tun soll. Ich wünschte, mein Pagelsdorf wäre genauso anhänglich."

„Pagelsdorf? Ihr Hund heißt Pagelsdorf? Ist er etwa nach dem Stürmer von Arminia Bielefeld aus den Achtzigern benannt?", lachte Schniggendiller.

„Das war ursprünglich die Idee. Allerdings ist wohl eher Frau Pagelsdorf die Namenspatin."

„Frau Pagelsdorf?"

„Es hat sich herausgestellt, dass Pagelsdorf ein Mädchen ist, da konnte ich sie ja kaum nach Frank Pagelsdorf benennen", erläuterte Bröker. „Jedenfalls ist sie ein wenig dickköpfig und daher wollte ich fragen, ob Sie vielleicht Tipps haben, wie man sie mehr an mich binden könnte." Da sein Gegenüber schwieg, fügte er noch hinzu: „Die anderen Teilnehmer dieses Jagdhundewettbewerbs konnte ich ja kaum danach fragen, die haben ja auf Pagelsdorf und mich nur hinabgesehen." Bröker hoffte, dass er mit seiner Vorstellung nicht übertrieb und sich dadurch bei seinem Gastgeber unglaubwürdig machte.

„Hm, das verstehe ich", brummte der nur. „Aber wie könnte ich Ihnen helfen?"

„Ich habe mich gefragt, ob Sie irgendwelche Tricks haben, mit denen Sie Ihren Hund erzogen haben", spielte Bröker seine Rolle weiter.

„Hundeerziehung basiert vor allem auf der Belohnung des gewünschten Verhaltens", dozierte Schniggendiller prompt. „Aber das ist natürlich nicht meine Theorie. Ich habe sie von einem Hundetrainer gelernt."

„Und haben Sie den über den Jagdverein kennengelernt?" Irgendwie musste Bröker auf das Thema kommen, das ihn eigentlich interessierte.

„Tatsächlich gibt es beim Jagdverein Hubertus jemanden, der sich besonders gut mit der Hundeerziehung auskennt", gab der Jäger zurück. „Und den kann man auch immer nach Tipps und Tricks fragen. Sind Sie denn auch Jäger? Sie haben doch an dem Wettbewerb für Jagdhunde teilgenommen. Aber Pagelsdorf ist nach allem, was ich gesehen habe, bestimmt kein ausgebildeter Jagdhund."

„Das stimmt", räumte Bröker ein. „Aber ich habe mich schon immer für die Jagd interessiert." Vor allem für das Wild, fügte er in Gedanken hinzu. „Bislang hatte ich wenig Zeit für ein solches Hobby, aber ich hoffe, dass das in Zukunft anders wird. Und da habe ich mich gefragt, inwiefern mein Hund zu einem Jagdhund taugt."

„Ohne eine entsprechende Ausbildung wird das nichts", wusste der Hausherr. „Dafür ist ein Hund viel zu sehr darauf ausgerichtet, sich selbst Futter zu beschaffen. Damit ein Hund jagdtauglich ist, schussfest wird und vor einer Beute stehenbleibt, statt sie zu fressen, braucht es viele Stunden Training. Und das lohnt sich natürlich nur, wenn man selbst Jäger ist oder plant, es zu werden. Also sollten Sie für sich überlegen, ob Sie in Zukunft Zeit für die Jagd finden."

„Jagen Sie denn noch?", fragte Bröker mit einem zweifelnden Blick auf Schniggendillers Rollstuhl.

„Es gibt ein paar Jagdarten, bei denen ich noch mitmachen kann", gab der zurück. „Wenn man dem Wild nicht folgen muss, sondern darauf wartet, dass es sich zeigt, das geht. Aber sich selbst anzupirschen, ist natürlich mit dieser Karre unmöglich." Er deutete mit verächtlicher Geste auf sein Gefährt, wobei er wohl eher seine Situation als seinen Rollstuhl meinte.

„Vielleicht ist es auch besser so", warf Bröker leichtfertig ein.

„Wie meinen Sie das?"

„So ganz ungefährlich scheint die Jagd ja auch nicht zu sein, wenn ich zum Beispiel an Ihren Jagdkameraden Doktor Osthuesenhenrich denke."

„Ja", seufzte Schniggendiller. „Das war wirklich ein tragischer Fall. Zum Glück kommen nur wenige Kameraden so bei der Jagd ums Leben."

„Ich habe gehört, dass es sich dabei nicht um einen Unfall gehandelt haben soll."

„Gehört habe ich das auch. Aber ich kann es kaum glauben. Ich meine: Wer hätte Gerd denn umbringen sollen?"

„Ich habe ein wenig darüber nachgedacht …", schob Bröker nach.

„Sehen Sie, Sie sind doch ein Detektiv", triumphierte sein Gastgeber. „Immer auf der Suche nach einem Mörder."

„Vielleicht … Jedenfalls gab es einige, die ein Mordmotiv gehabt haben könnten, ich habe da vielleicht sogar einen Verdacht …"

„Ach, darüber müssen Sie mir unbedingt mehr erzählen", gab Schniggendiller zurück. „Aber vorher brauche ich einen Kaffee. Sagen Sie, wollen Sie auch etwas zu trinken?"

„Wenn Sie einen Kaffee kochen, würde ich auch einen nehmen", erwiderte Bröker, bevor Schniggendiller aus dem Raum rollte.

„Gerne", hörte Bröker seinen Verdächtigen aus dem Flur.

Dann folgte ein Rumpeln, das Schlagen einer Schranktür oder einer Truhe. Schniggendiller schien nicht sehr oft Kaffee zu kochen, wenn er die zugehörigen Geräte aus den Tiefen seiner Küchenschränke ans Tageslicht holen musste. Vielleicht unterschätzte Bröker auch nur, wie mühsam selbst die allergewöhnlichsten Verrichtungen waren, wenn man sich dabei nicht aus seinem Rollstuhl erheben konnte.

Er überlegte, ob er seinem Gastgeber helfen sollte. Eventuell war der ja mit seinem Gefährt gestürzt und auch wenn Bröker ihn verdächtigte, sollte er ihm in diesem Fall helfen. Andererseits hatte das eben nicht nach einem Sturz geklungen. Dennoch erhob sich Bröker.

„Alles in Ordnung?", rief er in Richtung der Küche.

Gleichzeitig stand auch Harro auf, stellte sich vor Bröker und starrte ihn mit seinen braunen Augen an. Spontan begann der sich unwohl zu fühlen.

„Braver Hund, ich tu dir ja nichts", sagte er. „Ich will nur gucken, ob es deinem Herrchen gut geht."

Der Hund sträubte sein Nackenhaar und knurrte. Offenkundig war er nicht bereit, ähnliche Friedensangebote zu machen. Schniggendiller hingegen antwortete nicht.

Daher machte Bröker trotz der Drohgebärden des Hundes einen Schritt in Richtung der Tür. Das Knurren des Hundes wurde tiefer. Er fletschte die Zähne.

„Ist ja schon gut", beschwichtigte Bröker ihn und setzte sich wieder. „Dann lasse ich dein Herrchen eben alleine herumfuhrwerken. Vielleicht liegt er aber auch ohnmächtig auf dem Fußboden. Wenn ich ihm dann nicht helfen kann, ist das deine Schuld."

Das schien Harro kaltzulassen. Das Tier legte sich wieder auf seinen Platz.

Wenig später öffnete sich die Wohnzimmertür wieder. Brökers Vermutung über Schniggendillers Unfall waren also falsch gewesen.

„So, hier bin ich wieder", hörte er den Hausherrn fröhlich sagen. Sein Anblick passte allerdings wenig zu der unbeschwerten Stimme. Sobald der Rollstuhl die Türschwelle überquert hatte, hielt sein Fahrer ihn an. Bröker sah, wie Schniggendiller eine Büchse hob und auf ihn richtete.

„Herr, Herr ... Herr Schniggendiller", stotterte Bröker. „Machen Sie sich nicht unglücklich."

„Im Gegenteil." Das Lachen des Hausherrn klang in Brökers Ohren dissonant, aber diese Einschätzung mochte der misslichen Lage geschuldet sein, in der Bröker sich befand. „Ich fürchte, Sie würden mich unglücklich machen, wenn ich Ihrem Treiben nicht Einhalt gebiete."

„Wie meinen Sie das?", hakte Bröker nach, obwohl er nur zu gut wusste, worauf Schniggendiller hinauswollte.

„Ob Sie es nun zugeben oder nicht, Sie sind ein Detektiv – und wenn man den Zeitungen glauben darf, gar kein schlechter. Und da Sie nun einmal beinahe Zeuge von Osthuesenhenrichs Tod waren, haben Sie es sich zur Aufgabe gemacht, denjenigen zu finden, der ihn vom Leben in den Tod befördert hat."

Bröker nickte.

„Und daher glaube ich nicht, dass Sie zufällig bei mir aufgekreuzt sind", fuhr Schniggendiller fort. „Ich weiß zwar nicht, wie Sie auf mich gekommen sind, aber ich habe die Vermutung, dass Sie mich des Mordes an Osthuesenhenrich verdächtigen."

Wieder sagte Bröker kein Wort. Abstreiten konnte er den Verdacht des Hausherrn nicht. Ihn zu bestätigen hätte ihn aber in noch größere Gefahr gebracht als ohnehin schon.

„Ich gebe zu, dass Sie da eventuell nicht völlig falsch liegen, wahrscheinlich haben Sie gemerkt, dass ich ein Motiv hätte", schwadronierte der munter weiter. „Nun, ich sage Ihnen: Ein Motiv ist nicht alles!" Er lachte dürr.

„Das weiß ich doch", brachte Bröker mühsam hervor. Es gelang ihm aber noch immer nicht glaubhaft abzustreiten, dass er sein Gegenüber verdächtigte.

„Nun, wir werden Sie vorerst einmal kaltstellen", verkündete Schniggendiller in einem Plural, der Bröker nicht einschließen konnte. Diesen Beschluss musste er schon vorher gefasst haben. „Stehen Sie auf!"

Bröker blieb wie sitzen, als sei er seiner Unterlage festgenagelt.

„Los, stehen Sie auf", wiederholte der Hausherr seinen Befehl. Gleichzeitig richtete sich Harro auf und knurrte erneut vernehmlich.

Langsam erhob sich Bröker aus dem Polster. Sein Puls raste, zur gleichen Zeit fühlten sich seine Beine schwer an wie Blei.

„Ab zur Tür!", kommandierte Schniggendiller.

Wie in Zeitlupe verließ Bröker das Wohnzimmer. Fieberhaft suchte er nach einem Ausweg. Wollte ihn sein Gegenüber erschießen? Sollte er Schniggendiller um Gnade anflehen? Und würde er ihn dadurch nur auf die Idee bringen, wie er sich den ungeliebten Detektiven schnell vom Leib schaffen konnte?

„Jetzt rechts", fuhr der unterdessen fort und deutet auf eine schwere Eisentür.

Bröker zog. Die Tür klemmte.

„Etwas kräftiger, wenn ich bitten darf. Sie sehen nicht so schmächtig aus, als bekämen sie eine einfache Tür nicht auf", hörte Bröker die Stimme, die sich nun hinter ihm befand.

Noch einmal zog er. Quietschend schwang die Tür auf. Dahinter befand sich ein langer, nicht sonderlich hoher, düsterer Raum. Einzig durch zwei Glasbausteine fiel etwas Licht. Bröker trat ein. Es roch nach Benzin. Wahrscheinlich dies die Garage des Hauses. Jetzt, da sich seine Augen an das Dunkel gewöhnten, sah er auch das Auto, ein Kleinwagen, bei dem Bröker aber nicht wusste, welcher Marke er angehörte.

„Das ist in nächster Zeit Ihr Aufenthaltsort." Wieder lachte der Hausherr sein freudloses Lachen. „Hier können Sie schreien, wo viel Sie wollen. Erstens ist das Gebäude gut isoliert und zum anderen sind es ein paar hundert Meter zum nächsten Haus. Kurz und gut: Hier hört Sie keiner. – Ach, damit Sie wirklich keinen Unsinn anstellen können: Geben Sie mir doch bitte Ihr Handy", fuhr Schniggendiller fort.

Bröker wandte sich um, sein Peiniger wedelte ungeduldig mit der linken Hand. In der rechten lag nach wie vor das Gewehr. Bröker zögerte kurz. War das der richtige Moment, um Schniggendiller anzugreifen? Vielleicht wäre der nicht schnell genug, um sein Gewehr in Anschlag zu bringen und abzudrücken. Aber wenn doch, dann wären dies die letzten Sekunden von Brökers Leben. Nein, er wollte noch nicht sterben, nicht so und nicht jetzt. Anders als in dem betrunkenen Zustand vom Vorabend fühlte er sich für einen Angriff nicht gewappnet. Widerstrebend zog er sein Smartphone aus der Hosentasche.

„So ist's brav", lobte ihn Schniggendiller. Noch einmal lachte er. Dann legte er das Handy in seinen Schoß, bugsierte seinen Rollstuhl wieder über die Türschwelle und schloss die Eisentür.

Bröker hörte, wie sich der Schlüssel im Schloss drehte. Er war allein und er war gefangen.

Kapitel 33
Ein Freund, ein guter Freund

Wieder hämmerten Brökers Fäuste gegen das Garagentor. „Hilfe!", schrie er. „Ich will hier raus! Hört mich denn keiner?"

Doch nichts geschah. Niemand schien ihn zu hören, niemand antwortete, noch nicht einmal die Tür gab mehr als ein leises Wummern von sich.

„Hilfe!", wiederholte Bröker sein Rufen. Er hätte nicht sagen können, wie oft er dieses Wort nun schon ausgestoßen hatte. Immer hallten sie dumpf in der niedrigen Garage wider, doch sonst passierte nichts. Wahrscheinlich hatte Schniggendiller recht: Sein Haus lag so weit von den Häusern seiner Nachbarn entfernt, dass es eines Wunders bedurfte, damit jemand auf Brökers Rufen aufmerksam wurde.

Für einen Moment kam es Bröker vor, als sei sein Gefängnis besser schallisoliert als der Probenraum einer Heavy-Metal-Band, dann aber sagte er sich, dass das Unsinn war. Wer würde schon eine Garage schallisolieren? Wahrscheinlich hörte sein Kidnapper trotzdem viel von seinen Schreien, ansonsten müsste ihm der ständige Lärmpegel doch irgendwann auf die Nerven gehen. Aber vielleicht war er auch gar nicht im Haus. Überprüfen konnte Bröker das nicht.

Allerdings würde er ohne das Auto, das weiterhin in der Garage stand, wohl nicht allzu weit kommen. Beim Blick auf den PKW erkannte Bröker schemenhaft ein Kabel, das aus einer Steckdose zu dem Fahrzeug führte. Schniggendiller hatte also ein Elektroauto. Das beantwortete auch eine Frage, die sich Bröker gestellt hatte, seitdem er den Rollstuhlfahrer im Verdacht hatte. Der hatte aufgrund seines Handicaps notwendig mit dem Auto zu den Fernmeldetürmen kommen müssen und Bröker sich gefragt, wieso man das Auto nicht hatte abfahren hören. Er hatte sich die Frage mit der Entfernung beantwortet, die er zu diesem Zeitpunkt zur

Straße gehabt hatte, aber ein Elektromotor war natürlich eine viel bessere Erklärung.

Sorgenvoll betrachtete er die schwere Eisentür, die zwischen ihm und Schniggendillers Wohnung lag. Was der wohl mit ihm vorhatte. Mit seiner zweifelsohne ungeplanten Aktion hatte sich der Rollstuhlfahrer für den Augenblick von der Sorge befreit, dass ihm Bröker auf die Schliche gekommen war und sein Wissen an die Polizei weitergeben würde. Allerdings war es eine zeitlich sehr befristete Lösung: Wenn er Bröker dauerhaft zum Schweigen bringen wollte, würde Schniggendiller zu drastischeren Maßnahmen greifen müssen. Bröker konnte nicht verhindern, dass er sich ausmalte, was das bedeutete. Der Rollstuhlfahrer war offenkundig noch immer im Besitz von Jagdwaffen und nach allem, was Bröker in Erfahrung gebracht hatte, war er auch bereit, sie einzusetzen. Er wusste nicht, was er machen sollte, wenn sein Kidnapper mit der festen Absicht, ihn zu erschießen, auf ihn zu rollte. Auch wenn sein Gegenüber durch die missglückte Operation körperlich stark eingeschränkt war, würde Bröker ihn nicht davon abhalten können, ihn zu erschießen.

Bröker sah sich um. Gab es irgendetwas in dieser Garage, das er zu einer Waffe umfunktionieren konnte, mit der er sich gegebenenfalls verteidigen könnte? Als Erstes fiel ihm ein motorbetriebener Rasenmäher auf, der in einer Ecke stand. Trotz seiner prekären Lage musste Bröker grinsen. Das war eine wirklich dämliche Idee: Er würde Schniggendiller kaum mit dem Rasenmäher angreifen können, selbst wenn er diesen zum Laufen bekäme. Bevor er ihn mit dem Rasenschneider erreicht hätte, hätte der Jäger ihn zigmal über den Haufen schießen können.

Der Gedanke lenkte Bröker in eine neue Richtung. Er brauchte entweder eine Waffe, mit der er ebensolche Reichweiten wie sein Kidnapper mit seinem Gewehr erzielen konnte – nur solche sah er hier in der Garage nicht – oder er musste sich eine Nahkampfwaffe suchen und sich nahe der Tür postieren. Noch einmal guckte er nach links und nach rechts. Ein hölzernes Gestell, in dem sich verschiedene Werkzeuge befanden, fiel ihm ins Auge. Hier war einiges, was sich als provisorische Waffe eignete. Bröker betrachtete die einzelnen Werkzeuge nachdenklich, steckte sich dann einen schweren Hammer in seinen Hosenbund und nahm einen scharfkantigen Schraubenzieher in seine Hand. Wenn Schniggendiller in die Garage käme, wäre er so wenigstens in einem Mindestmaß vorbereitet.

Noch einmal rief Bröker um Hilfe. Das Echo seiner Stimme kam ihm fremd vor. War das wirklich sein Schrei gewesen? Vermutlich schon. Nur war seine Stimme durch die Schallisolierung und die niedrige Decke sehr verzerrt. Außerdem merkte Bröker, wie ihm vom vielen Rufen der Hals schmerzte. Auch deshalb mochte er anders klingen als gewohnt. „Hört mich denn niemand?", krächzte er noch einmal seine Frage ins Nichts. Lange würde seine Stimme dieser Beanspruchung nicht mehr standhalten. Er wusste allerdings nicht, ob das sonderlich tragisch war. Die Nachbarn waren ohnehin zu weit entfernt, sonst hätten sie seine Schreie schon längst bemerkt.

Beinahe sehnte er sich die Wiederkehr seines Entführers herbei. Dann gäbe es wenigstens etwas zu tun. Dann wieder graute ihm vor der Vorstellung, wie eine erneute Konfrontation mit Schniggendiller ausgehen konnte.

„Ich will noch nicht sterben", flüsterte er. „Ich bin vielleicht nicht mehr der Jüngste, aber ich muss mich um Pagelsdorf kümmern." Der Gedanke an seinen Hund trieb ihm die Tränen in die Augen. „Und um Gregor. – Der Junge kennt sich natürlich bei der Technik viel besser aus als ich, aber ich kann ihm doch ein bisschen von dem weitergeben, was ich im Leben gelernt habe." Dann schwieg er betroffen. Einerseits hätte er weder seinem Hund noch dem Jungen gegenüber eingestanden, wie viel ihm diese bedeuteten. Andererseits klangen ihm Gregors spöttische Worte im Ohr, wenn dieser jemals von Brökers Stoßgebet erführe. Und überhaupt beten, man betete doch wohl zu einem Gott: Brökers Verhältnis zu einem Gott hingegen war doch eher locker – aus Brökers Sicht hatten sich beide daran gewöhnt, den jeweils anderen nicht zu sehr mit ihren Wünschen zu behelligen.

„Sorry", sagte er in Richtung seines imaginären Gottes.

Dennoch war sein Mitbewohner zur gleichen Zeit in großer Sorge um seinen Hausherrn und Freund, ja er war diesem näher, als der vermutet hätte.

Bröker erschrak. Ein mächtiges Wummern ertönte in der Garage. Dann noch einmal. Offenkundig schlug jemand gegen das Garagentor.

„Hallo?", hörte Bröker eine Stimme.

Wenn es noch eines Beweises bedurft hatte, so zeigte das, dass die Garage tatsächlich schalldicht war.

„Hallo?", ertönte die Stimme erneut. Sie kam Bröker seltsam bekannt vor. Konnte das sein? Er war zu perplex, um zu antworten.

Zum dritten Mal rief jemand „Hallo". Diesmal kam der Ruf schon aus größerer Entfernung. Nein, das durfte doch nicht wahr sein! Hatte Bröker durch seine Passivität den möglichen Helfer vertrieben?

„Hier bin ich!", antwortete er endlich, aus seiner Erstarrung erwacht. Und dann noch einmal lauter hinterher: „Hierher. Hier bin ich!"

Aber die Stimme antwortete nicht mehr. Die Chance war vertan.

„Verdammter Mist!", schrie Bröker seinen Frust heraus. Seine Stimme echote abermals in dem niedrigen Raum. Hätte er nur vor zwei Minuten so laut geschrien, vielleicht wäre er dann schon frei.

Dann gab es wieder ein Geräusch, diesmal quoll es unspezifisch durch die schwere Eisentür. Bröker legte sein Ohr gegen das Metall. Da stritten sich zwei, nein drei. Bröker machte zwei Männerstimmen und eine Frauenstimme aus.

„Hallo, hier bin ich!", wiederholte er seine Worte von ein paar Augenblicken zuvor. Niemand schien ihn zu hören. „Hierher!", schrie er. Dann hatte er eine Idee. Er griff sich den Hammer, den er noch immer in seinem Hosenbund trug, und schlug gegen die Eisentür. Es gab ein metallenes Plong, aber richtig laut war es nicht. Das musste doch noch besser gehen. Bröker durchquerte die Garage und schlug mit dem Hammer mit aller Kraft gegen das Garagentor. Diesmal war der Effekt beeindruckend. Der Knall dröhnte durch den niedrigen Raum, als wäre ein Schuss abgefeuert worden. Für kurze Zeit befürchtete Bröker einen Tinnitus zu bekommen. Gleichzeitig wies das Tor eine beachtliche Delle auf. Bröker hielt inne. Das mussten die Besucher Schniggendillers nebenan doch gehört haben.

Tatsächlich waren die Stimmen von jenseits der Eisentür verstummt. Oder war Bröker durch den Knall taub geworden? Nein! Schritte näherten sich der Eisentür. Jemand rüttelte daran.

„Bröker, bist du da?", rief jemand. Das war Gregor, Bröker hatte sich nicht darin getäuscht, dass er die Stimme kannte.

„Ja!", rief er laut zurück. „Ich bin hier in der Garage."

Noch einmal folgte eine Diskussion in Schniggendillers Haus, dann endlich hörte Bröker, wie sich ein Schlüssel im Schloss der Eisentür drehte, sie schwang auf. Bröker erblickte Gregor, dahinter sah er Sara, die Schniggendiller mit dessen eigener Waffe bedrohte. Er war frei.

Ein paar Augenblicke später saßen Bröker, Gregor und Sara in Schniggendillers Wohnzimmer, wo das Unheil nur ein paar Stunden zuvor seinen Anfang genommen hatte. Sara hatte den Hausherren mit der Waffe bedroht, während Gregor ihn vorsorglich mit einem Stück Schnur aus der Garage gefesselt hatte.

„Was wollt ihr mit mir machen?", fragte Schniggendiller heiser. „Ich habe Geld", fügte er hinzu. „Wenn auch nicht so viel wie früher. Ich würde euch eine Menge bezahlen, wenn ihr mich freilasst."

„So weit kommt es noch!", erwiderte Bröker. „Sie wollten mich wahrscheinlich umbringen. Ich glaube nicht, dass Sie so viel bezahlen können, um das wiedergutzumachen."

„Lassen Sie es mich doch versuchen, ich …", flehte Schniggendiller.

„Klappe", unterbrach ihn Gregor barsch.

In diesem Moment ertönte die Türglocke.

„Erwarten Sie Besuch?" Bröker guckte Schniggendiller konsterniert an.

„Ich wüsste nicht, wen", gab der zurück. „Ich kenne nicht viele Leute, die mich hier besuchen. Und nun klingelt hier heute schon zum dritten Mal jemand."

„Ich glaube, ich weiß, wer das ist", meldete sich Gregor zu Brökers Erstaunen zu Wort und ging zur Haustür.

Kurz darauf hörte Bröker zwei weitere bekannte Stimmen.

„Mütze, Charly, was macht Ihr denn hier?", begrüßte er seine Freunde, nachdem die eingetreten waren. Gleichzeitig sah er, wie die Gesichtszüge des Rollstuhlfahrers entgleisten, als der den Hauptkommissar sah. Obschon der keine Uniform trug, strahlte seine ganze Haltung Autorität aus.

„Das musst du eigentlich Gregor fragen", gab der Polizist gut gelaunt zurück.

„Ich habe gar nicht viel gemacht", erläuterte der Junge. „Als wir vom Einkaufen nach Hause kamen, habe ich deine Nachricht gesehen, Bröker. – Du wärest einer ganz heißen Fährte auf der Spur und du würdest zu unserem freundlichen Gastgeber hier fahren." Er wies mit dem Kopf auf Schniggendiller, der nur einen unwirschen Laut von sich gab.

„Und da haben wir gedacht, dass es zwei Möglichkeiten gibt", setzte Sara den Bericht ihres Freundes fort. „Entweder, du hast dich in Schniggendiller ähnlich getäuscht wie gestern in Schultenkötter."

„Erinnere mich nicht daran", unterbrach Bröker sie.

„Oder deine Spürnase hat dich diesmal nicht in die Irre geführt", ergänzte Gregor. „In beiden Fällen dachten wir, dass es hilfreich sein könnte, wenn wir dir bei deinem Besuch Beistand leisten."

„Ja, entweder, um dich davor zu beschützen, erneut jemanden zu Unrecht zu beschuldigen, oder aber, um dir zu helfen, den wahren Täter zu überführen", war nun wieder Sara an der Reihe.

„Und für den Fall, dass du diesmal wirklich den Richtigen verdächtigst, dachte ich, es könnte nicht schaden, wenn auch gleich ein Polizist dabei wäre", grinste Gregor.

„Allerdings musste er mich erst vom Heimspiel der Arminia loseisen", ergänzte Mütze. „Ich war nämlich da und hatte eigentlich erwartet, auch dich dort anzutreffen."

„Ist mir bei den ganzen Ermittlungen ganz entgangen", erwiderte Bröker. „Und was treibt Charly hierher?"

„Die habe ich aus reiner Sympathie angerufen", lachte der Junge. „Wir haben ja schon lange nichts mehr über den Mister Marple von der Sparrenburg in der Zeitung lesen dürfen."

„Und dafür bedanke ich mich", meldete sich nun auch Charly zu Wort. „Hätte ich die Adresse hier gekannt, wäre ich aber ohnehin schon hier gewesen. Ich habe vor ein paar Stunden mit Bröker telefoniert und das, was wir dabei herausgefunden haben, hat ausgereicht, auch bei mir alle Alarmsirenen schrillen zu lassen."

Unterdessen hatte Mütze zu seiner professionellen Routine zurückgefunden. „Gehe ich recht in der Annahme, dass Sie Herr Schniggendiller sind?", wandte er sich an den Rollstuhlfahrer.

Der nickte. „Stimmt", sagte er knapp.

„Und darf ich wissen, was hier heute vorgefallen ist?"

„Vor ein paar Stunden stand mit einem Mal dieser Herr hier vor der Tür." Bröker war gespannt, wie Schniggendiller die Geschichte aus seiner Sicht schildern würde.

„Kannten Sie ihn?", erkundigte sich Mütze.

„Kennen ist zu viel gesagt", gab der Befragte zurück. „Er war vor ein paar Tagen zu einer Jagdhundeprüfung in unserem Jagdverein, bei der er sich und seinen Hund zum Gespött gemacht hat.

– Heute kam er dann, um sich angeblich danach zu erkundigen, wie ich meinen Hund erzogen so habe, dass er mir so gut gehorcht." Er deutet mit einem Kopfnicken in Richtung einer Tür, hinter der in unregelmäßigen Abständen wütendes Bellen erklang.

„Ich dachte, es ist sicherer, wenn ich Harro wegsperre", erklärte Gregor. „Ich hatte keine Lust, mir eine Bisswunde von einem belgischen Schäferhund zuzuziehen."

Durch diese Geste Schniggendillers wurde Mütze darauf aufmerksam, dass dem Rollstuhlfahrer noch immer die Hände gebunden waren. „Ich denke, die Fesseln brauchen wir aber nicht, oder?", fragte er in Richtung von Gregor und Sara. „Ich glaube nicht, dass uns Herr Schniggendiller gefährlich werden kann, zumal ihr ihn ja entwaffnet habt."

„Das stimmt wohl", erwiderte Gregor leise und band Schniggendiller los.

Der rieb sich die Handgelenke, als sei er tagelang gefesselt gewesen. „Als ich diesen Herrn ..."

„Das ist Bröker", informierte ihn Charly.

„Gut, als ich Herrn Bröker eingelassen hatte, war plötzlich von Hundeerziehung keine Rede mehr", spann Schniggendiller seine Geschichte fort. „Stattdessen hat er mich bedroht und wollte Geld. – Ich hatte ihm unvorsichtigerweise vor ein paar Tagen erzählt, dass ich immer größere Summen Bargeld im Hause habe und es auch daher vorteilhaft ist, einen gut abgerichteten Hund bei mir zu haben. Wahrscheinlich dachte er, dass er bei einem Rollstuhlfahrer leichtes Spiel hat. – Er war mir gleich irgendwie suspekt: Als ich die Tür aufgemacht habe, war er gerade dabei, in der Dachrinne vor meiner Haustür nach einem Zweitschlüssel zu suchen."

„Das ist ja eine Unverschämtheit!", unterbrach ihn Bröker. Nun hatten ihn Schniggendillers Lügen doch aus der Fassung gebracht.

„Mich würde nur mal interessieren, wieso Bröker dann in der Garage eingesperrt war, als wir angekommen sind?", versuchte Gregor den Rollstuhlfahrer unterdessen zu überführen.

„Das ist schnell erklärt." Schniggendiller verteidigte sich einfallsreich. „Es ist mir durch einen Trick gelungen, mein Jagdgewehr aus dem Schrank zu holen. Damit konnte ich Herrn Bröker überwältigen und in die Garage manövrieren. – Ich war gerade dabei, die Polizei zu rufen, als die beiden jungen Leute hier angekommen sind."

„Das sind wirklich die unverschämtesten Lügen, die jemals jemand über mich verbreitet hat!" Bröker spürte, dass er vor Wut rot anlief. Bestimmt traten auch die Zornesadern auf seiner Stirn hervor.

„Ganz ruhig", besänftigte ihn Mütze. Dann wandte er sich wieder an den Verdächtigen. „Eine interessante Geschichte, die Sie da erzählen. Allerdings gibt es in meinen Augen mehrere Ungereimtheiten."

„Wie kann es bei der Wahrheit Ungereimtheiten geben?", erwiderte der dreist.

„Zuallererst ist Herr Bröker kein armer Mann", begann der Hauptkommissar aufzuzählen. „Ich glaube nicht, dass er auf Ihr Geld angewiesen wäre, selbst wenn Sie ihm alles gäben, was Sie besitzen. – Zum zweiten wüsste ich gerne, wie Sie es geschafft haben, zum Waffenschrank zu kommen, während Sie bedroht wurden", fuhr er nach einer kurzen Pause fort. „Sie selbst haben ja gerade auf Ihre körperliche Beeinträchtigung hingewiesen."

Noch immer sagte Schniggendiller nichts.

„Und drittens gibt es da ein kleines Problem im zeitlichen Ablauf", sprang stattdessen Gregor ein. „Wann bist du noch einmal hier angekommen, Bröker?", wandte er sich an seinen Freund.

Bröker blickte auf die Uhr. „So genau weiß ich das nicht, aber es ist bestimmt so ungefähr drei Stunden her. Vielleicht auch länger. Ich bin mit dem Taxi gekommen, das kann man also überprüfen", gab er Auskunft.

„Gut. Wir sind seit etwa einer halben Stunde hier", fuhr Gregor fort. „Wenn man bedenkt, wie lange Ihre Unterhaltung mit Herrn Bröker gedauert haben mag, und dafür großzügig eine halbe

Stunde einplant, bis Sie ihn in die Garage gesperrt haben, dann bleiben zwei Stunden zwischen dem Zeitpunkt, zu dem Sie ihn festgesetzt haben, und dem Augenblick, in dem wir hier erschienen sind."

„Und?", fragte Schniggendiller.

„Angeblich wollten Sie gerade die Polizei rufen, als wir ankamen", beendete der Junge seinen Gedankengang. „Was haben Sie in der Zwischenzeit gemacht? – Wenn alles so abgelaufen ist, wie Sie das schildern, wieso haben Sie dann nicht sofort zum Telefon gegriffen, nachdem Sie eingesperrt hatten?"

„Ich musste den Überfall dieses Herrn erst einmal verdauen." Noch immer schien Schniggendiller nicht bereit, aufzugeben. „Ich war wie gelähmt, innerlich erstarrt. Das müssen Sie doch verstehen – gerade, wenn Sie von der Polizei sind", wandte er sich an Mütze.

„Wenn alles so abgelaufen wäre, wie Sie uns das glauben machen wollen, dann wäre so eine Reaktion natürlich verständlich", antwortete der. „Allerdings habe ich aus den genannten Gründen Zweifel daran, dass Sie uns die Wahrheit sagen. – Sag mal, Bröker, hast du denn keinen Beweis, dass Herr Schniggendiller wirklich der Mörder von Doktor Osthuesenhenrich ist?"

Diese Frage hatte Bröker gefürchtet. „Es ist vielleicht kein Beweis", begann er defensiv. „Aber Jens Schniggendiller hat ein erstklassiges Motiv ..."

„Und zwar welches?", unterbrach ihn der Polizist.

„Osthuesenhenrich hat Jens Schniggendiller vor ein paar Jahren operiert und dabei einen Kunstfehler begangen. Erst seitdem sitzt er im Rollstuhl", sprang Charly ein.

„Wie kommt es eigentlich, dass du davon nichts wusstest, Sara?", unterbrach Gregor sie an seine Freundin gewandt.

„Das war offenbar schon, nachdem ich zu Hause ausgezogen war. Danach habe ich nur am Rande mitbekommen, was zu Hause geschah. Der Jagdverein war ja auch nicht das wichtigste Thema", gab die zurück.

„Jedenfalls hat Herr Schniggendiller in der Folge sowohl seinen Job als auch seine Ehefrau verloren, wahrscheinlich, weil er ihr nicht mehr den gewohnten Lebensstandard bieten konnte", fuhr Charly fort.

„Vielleicht auch, weil er zu dem Stinkstiefel geworden ist, der er nun offenbar ist", ergänzte Gregor.

„Aber aus diesen Gründen bringt man doch niemanden um", protestierte der Verdächtige.

„Wenn nicht deshalb, warum dann?", erwiderte Bröker. „Es kommt hinzu, dass Herr Schniggendiller bestimmt kein Alibi hat …"

„Woher weißt du das?", wollte Mütze wissen. „Herr Schniggendiller, können Sie mir sagen, wo Sie am Sonntagnachmittag waren?"

„Ich war zu Hause und habe gelesen. Das machte ich beinahe jeden Sonntag so", gab Schniggendiller Auskunft.

„Habe ich es doch gesagt – er hat kein Alibi", triumphierte Bröker. „Und darüber hinaus würde es erklären, warum Osthuesenhenrich aus einem so merkwürdigen Winkel erschossen wurde, wenn Herr Schniggendiller der Täter wäre", ergänzte er.

„Ich gebe zu, das sind starke Indizien", nickte Mütze. „Allerdings werden wir Herrn Schniggendiller einem langen Verhör unterziehen müssen, wenn er nicht gesteht. Es gibt kaum schwierigere Prozesse als solche, die auf Indizien aufbauen."

„Ich gestehe nichts, was ich nicht getan habe – nur, weil so ein Möchtegerndetektiv mit fadenscheinigen Beweisen um die Ecke kommt", giftete der Verdächtige. „Dann versucht mich doch zu überführen." Erregt fuchtelte er dabei hin und her. Es sah beinahe aus, als würde er mal auf Charly, mal auf Mütze und mal auf sein Gewehr deuten, das Sara auf einem Sideboard im Wohnzimmer abgelegt hatte.

Mit einem Mal kam Bröker eine Idee. „Sag mal, Mütze, man kann doch überprüfen, ob eine Kugel aus einer bestimmten Waffe abgefeuert wurde, oder?", fragte er.

„Natürlich", erwiderte sein Freund. „Was meinst du denn, was wir seit Sonntag mit den Gewehren von Doktor Osthuesenhenrichs Jagdbrüdern gemacht haben? – Insofern war es ja auch für die Ermittlungen günstig, dass der Arzt nicht durch eine Ladung Schrot getötet wurde. Da wäre zumindest dieser Nachweis viel schwieriger."

„Wir haben da drüben doch Schniggendillers Waffe liegen", fuhr Bröker fort und nickte in Richtung des Sideboards. „Wie wäre es, wenn wir mal überprüfen, ob das die Tatwaffe ist."

Er konnte sehen, wie der Verdächtige erstarrte.

„Brillante Idee", kommentierte Mütze.

„Ich, ich glaube, das ist nicht nötig", stieß Schniggendiller gleichzeitig hervor.

„Warum nicht?", hakte Mütze mit sonorer Stimme nach, obwohl er die Antwort ohne Zweifel kannte.

„Ich gebe es ja zu, ich habe auf Doktor Osthuesenhenrich geschossen", murmelte Schniggendiller. „Alles, was Herr Bröker herausgefunden hat, stimmt. Dieser Kerl hat mich operiert. Wahrscheinlich war er betrunken. Jedenfalls hat er ein paar wichtige Nerven durchtrennt und ich sitze seit dieser Zeit im Rollstuhl. Von da an war nichts mehr, wie es mal war. Ich kann nicht mehr lange Auto fahren. Um oben zur Hünenburg zu fahren, hat es noch gereicht, weil mein Auto eine Spezialanfertigung ist."

„Aber da darf man doch mit dem Auto nur mit einer Sondergenehmigung hoch", wandte Charly ein.

„Als ob das wichtig wäre, wenn man vorhat, sich an jemandem zu rächen", lachte Schniggendiller bitter. „Aber dank meines Rollis und meiner Mitgliedschaft im Jagdverein habe ich so eine Genehmigung natürlich. Wie gesagt: Da hochzufahren, dafür reicht es noch,

aber weitere Fahrten schaffe ich einfach nicht mehr. Darum konnte ich meinen Beruf nicht mehr ausüben. Die Ersatzzahlungen, die ich bekomme, reichen zum Leben – aber große Sprünge kann ich davon nicht machen. Das war meiner Frau irgendwann zu wenig und sie hat sich von mir getrennt. Seitdem habe ich nur noch dieses Haus. Später habe ich mir dann noch meinen Hund angeschafft. – Trotzdem: Dieser Kurpfuscher hat mein Leben zerstört. Er hat den Tod verdient!"

Bröker konnte sehen, wie dem Rollstuhlfahrer die Tränen über das Gesicht liefen.

„Und darum sind Sie am Sonntagnachmittag zur Hünenburg gefahren, und als der Moment günstig war, haben Sie ihn erschossen?", fragte er.

„Ja", nickte Schniggendiller. „Genau so war es. Es wäre auch alles gut gegangen. Die Jagdgesellschaft war breit aufgefächert, niemand konnte den anderen sehen. Und ich hatte unverschämtes Glück: Osthuesenhenrich lief weit voran und kam direkt auf mich zu. Ich habe seinen Namen gerufen, zweimal, dreimal, bis er ganz nahe war. Dann hatte ich ihn vor der Büchse. Sekunden danach war ich schon wieder bei meinem Auto und bin nach Hause gefahren. Ich konnte doch nicht ahnen, dass zum gleichen Zeitpunkt ein Hobbydetektiv durch den Teutoburger Wald spaziert."

„Herr Schniggendiller, ich verhafte Sie wegen des dringenden Tatverdachts, am vergangenen Sonntag Herrn Doktor Osthuesenhenrich erschossen zu haben", schaltete sich Mütze in seinem offiziellsten Tonfall ein. Er zog weder seine Dienstwaffe, noch zauberte er ein paar Handschellen hervor, trotzdem kam es Bröker vor, als habe er seinen Freund noch nie zuvor so sehr als Polizisten erlebt.

Kapitel 34
Nächster Versuch

„Happy birthday to you!"

Der vielstimmige Gesang seiner Freunde klang nicht nur schief, er war es auch. Gerade deshalb kam Bröker die Szene merkwürdig vertraut vor. „Halt, halt, halt", unterbrach er den Chor. „Wie wir alle wissen, habe ich heute gar nicht Geburtstag", erklärte er. „Und wie wir ebenfalls wissen, enden Feiern, die mit diesem Lied von euch beginnen, mit einem Toten. Und darauf habe ich gerade wirklich keine Lust."

„Das kann ich verstehen", pflichtete ihm Mütze bei. Der Polizist komplettierte die Gästeschar im Zweischlingen, die ansonsten mit der identisch war, die sich eine Woche zuvor am selben Ort eingefunden hatte, um Brökers Geburtstag zu feiern.

„Aber wir wollten doch deinen Geburtstag nachfeiern – zumindest das Abendessen, das vor einer Woche ins Wasser gefallen ist", protestierte Gregor.

„Das können wir ja auch", entgegnete Bröker. „Ich verspreche euch, ihr bekommt alle so viel von dieser Speisekarte, wie ihr wollt. Dazu müsst ihr nicht singen. Im Gegenteil: Bei einigen ist Singen eher kontraproduktiv", fügte er mit einem Seitenblick auf Gregor hinzu, der zwar in puncto Lautstärke wieder einmal alle anderen übertraf, dies aber mit deutlichen Einbußen bei der Melodie bezahlte.

„Ach, sei doch nicht so empfindlich", gab der Junge zurück. „Sonst bekommst du ein Geburtstagsgeschenk nicht. „Wir haben es im Lichte dessen, was du in den letzten Tagen alles erlebt hast, noch abgeändert." Er überreichte Bröker eine Kaffeetasse, die mit einem bunten Klettergriff geschmückt war, das auf dem Becher aufgeklebt war. „Und für diejenigen, die nicht wissen, was es damit auf sich hat ...", fuhr er fort.

„Das interessiert hier niemanden", unterbrach ihn Bröker.

„Vielleicht doch", grinste Charly. „Aber guckt mal, es ist sogar inzwischen etwas auf die Speisekarte gewandert, das zu deinem letzten Fall passt", schob sie nach, um ihren Freund zu retten. „Seht mal hier: Hirschbraten mit Knödeln, Preiselbeeren und frischen Waldpilzen."

„Du vergisst, dass der Jagdverein meines Vaters letztes Wochenende nicht auf Rotwild angestanden ist, sondern auf der Fuchsjagd war.

„Igitt, ich glaube, Fuchs will niemand essen", grinste ihr Freund.

Pagelsdorf, die unter dem Tisch Platz genommen hatte, jaulte auf, als habe sie verstanden – auch die Hundedame bevorzugte offenbar Hirsch – und vor allem Käse.

„Hauptsache, die Pilze sind allesamt ungiftig", kommentierte Mütze. „Ehrlich gesagt, war ein Mordfall in dieser Woche nämlich für mich mehr als genug."

„Für mich auch", nickte Charly, und obwohl jeder Todesfall für sie auch neue Schlagzeilen bedeutete, klang sie glaubwürdig.

„Bevor wir uns jetzt in Nebenkriegsschauplätzen ergehen, lasst mich doch erst einmal fragen, wer was trinkt", begann Bröker sich auf das Wesentliche zu konzentrieren. „Ich würde erst einmal zwei Flaschen von dem Primitivo und eine Flasche Weißburgunder bestellen. Gibt es irgendjemanden, der lieber ein Bier möchte?"

Nur Mütze hob die Hand.

„Gut, dann also drei Flaschen Wein und ein Pils. Und als Vorspeise nehmen wir eine große Platte mit Oliven, Käse, Schinken und Salami", stellte Bröker fest und gab die Order gleich weiter.

„Und alkoholfreie Getränke dürfen wir nicht bestellen?", fragte Gregor mit einem Grinsen.

„Sag nicht, dass Sara schwanger ist", gab Bröker zurück. Dann überlief ihn ein kalter Schauer. Was, wenn er mit seiner vorlauten Bemerkung recht hatte? Dann würden Sara und vor allem Gregor trotz allem, was er ihnen angeboten hatte, in den nächsten neun Monaten ausziehen.

„Ach, Unsinn, ich wollte dich nur ein bisschen ärgern", gab der Junge gutmütig zu.

„Sag mal, etwas Anderes", meldete sich Britta zu Wort, als die Getränke gekommen waren. „Ich habe noch gar keinen Bericht über den Mister Marple von der Sparrenburg von dir gelesen, Charly."

„Den gibt's auch noch nicht", erwiderte die Journalistin.

„Ach ne, sag nicht, ich komme diesmal darum herum, dass du mich mal wieder ganz groß rausbringst." Für einen kurzen Augenblick schöpfte Bröker Hoffnung.

„Das nicht", gab seine ehemalige Studienfreundin lachend zurück. „Aber heute ist, wie selbst du wissen solltest, Sonntag. Und an Sonntagen erscheint meine Zeitung nicht – selbst dann nicht, wenn Mister Marple mal wieder einen neuen Fall gelöst hat. Die Zeit der Extrablätter ist vorbei."

„Das heißt, ab morgen fragen mich wieder alle, ob ich der berühmte Bielefelder Detektiv bin?", stöhnte Bröker gequält.

„Das ist der Preis des Ruhms", erwiderte die Journalistin lachend. „Und damit ich auch ein realistisches Bild von dir zeichnen kann, habe ich sogar noch einen kleinen Anschlag auf dich vor."

In diesem Moment kamen die Bestellungen. Bröker goss allen bis auf Mütze von dem Wein ein und eroberte dann drei verschiedene Käsesorten von dem Vorspeiseneller. „Sei froh, dass ich durch den Käse friedlich gestimmt bin", sagte er dann an Charly gewandt. „Daher bin ich bereit, dir beinahe jeden Wunsch zu erfüllen."

„Es ist ja auch nichts Großes", entgegnete die. „Ich brauche nur ein aktuelles Foto von dir. Sonst glaubt ganz Bielefeld, du veränderst dich gar nicht." Sie zog einen Fotoapparat aus ihrer Handtasche hervor.

„Och nein", protestierte Bröker nun doch. „Das heißt, du willst mich nicht nur fotografieren, sondern der Welt auch noch zeigen, wie alt ich geworden bin."

„Ach, wir werden doch alle älter", gab die Journalistin zurück.
„Du bist doch sonst nicht so eitel."

„Na gut", willigte Bröker ein. Wie um sich zu beruhigen, schob er sich ein weiteres Stück Käse in den Mund.

Der Duft, den dieser verströmte, lockte Pagelsdorf an. Mit einem Satz kam der Hund unter dem Tisch hervor, drängte sich zwischen Brökers Beinen hindurch und versuchte ihm den Käse aus dem Mund zu stibitzen. Just in dem Moment drückte Charly auf den Auslöser.

„Bröker wieder auf Mörderjagd. Der Mister Marple von der Sparrenburg entlarvt zusammen mit der Bielefelder Kripo den Täter im Hünenburgfall", machte der Lokalteil von Charlys Zeitung am nächsten Morgen auf. Daneben war Bröker zu sehen – beinahe eine Viertelseite groß. Pagelsdorf, nicht kleiner als sein Herrchen, schleckte ihm genussvoll durchs Gesicht.